KB025026

기록자의 윤리,
역사의 마음을 생각하다

문학으로서의 『사기』 읽기

기록자의 윤리, 역사의 마음을 생각하다: 문학으로서의 『사기』 읽기

발행일 초판1쇄 2020년 7월 17일(庚子年 癸未月 辛酉日) | **지은이** 최경열

펴낸곳 북드라망 | **펴낸이** 김현경 | **주소** 서울시 종로구 사직로8길 24 1221호(내수동, 경희궁의아침 2단지) |

전화 02-739-9918 | **이메일** bookdramang@gmail.com

ISBN 979-11-90351-20-1 03800 이 도서의 국립중앙도서관 출판시도서목록(CIP)은 서지정보유통지원시스
템 홈페이지(http://seoji.nl.go.kr)와 국가자료공동목록시스템(http://www.nl.go.kr/kolisnet)에서 이용하실
수 있습니다.(CIP제어번호: CIP2020026852)| **Copyright © 최경열** 저작권자와의 협의에 따라 인지는 생략
했습니다. 이 책은 지은이와 북드라망의 독점계약에 의해 출간되었으므로 무단전재와 무단복제를 금합니다.
잘못 만들어진 책은 서점에서 바꿔 드립니다.

책으로 여는 지혜의 인드라망, 북드라망 **www.bookdramang.com**

기록자의 윤리, 역사의 마음을 생각하다

문학으로서의 『사기』 읽기 · 최경열 지음

티
BookDramang
북드라망

인간에 대한 신뢰, 『사기』에서 배운 것

운동을 한다. 크로스핏(crossfit)이란 스포츠는 역도와 체조를 결합해 응용한 것이라 강도가 세다. 매일 프로그램을 짜기 때문에 똑같은 운동을 반복하지 않는다는 장점이 있다. 어느 날 '채드'(Chad)라는 이름의 운동을 했다. 15kg·20kg 무게를 메고 20인치(32cm) 박스를 1,000번 스텝업(step up) 하기. 간단한 거다. 발을 올린다. 200번이 지나면서 땀이 나고 숨이 차오른다. 잠깐 숨을 돌리며 주위를 둘러보니 모두 땀을 뻘뻘 흘리며 무거운 발로 오르내린다. 무슨 한심한 행동인가. 반복, 반복, 반복. 500번이 넘어서자 힘들다는 생각조차 희미해지고 온몸이 땀에 전 채 묵묵히 동작을 반복한다. 거친 숨소리만 들려오고. 눈에 들어오는 땀을 닦으며 함께 운동하는 동료들을 힐끔 보는데, 문득 동질감이랄까 동료애 같은 연대감이 생기면서 새로운 느낌이 차올랐다. 이것은 무엇일까.

사마천司馬遷을 다시 생각한다. 사마천은 「백이열전」伯夷列傳에서 백이·숙제는 원망을 했을까, 안 했을까 물었다. 자공子貢이 묻고 공자가 대답한 『논어』의 구절을 가져왔지만 사마천은 공자의 대답에도 불구하고 백이·숙제가 원망했다고 생각했다. 나는 묻는다. 사마천은 원망했을까, 하지 않았을까. 옳은 말을 한 자신에게 사형을 선고한 무제武帝를 원망했는가라는, 무제에게 초점을 맞춘 간단한 질문이 아니다. 곧은 소리를 냈는데도 세상과 불화하게 될 때 느꼈을 심정의 반응을 염두에 두어야 할 것이다.

사마천은 「노장신한열전」老莊申韓列傳을 썼다. 노자老子로 수렴되는 노장학파 계열의 집전으로 읽을 수 있다. 내게는 주인공이 한비자韓非子로 보인다. 사마천은 한비자의 글 「세난」說難(유세의 어려움)을 길게 인용한다. 「세난」 이론 부분의 결론은 이렇다. "알기 어려운 게 아니라 아는 것을 운용하는 것이 어렵다."非知之難也, 處之則難矣 사마천에게 이 말은 사무치는 언사였을 것이다. 그는 옳은 말을 했으나 때가, 기회가 좋지 않았던 것이다. 사마천은 자신이 옳은 줄은 알았지만 상대를 설득하는 일에는 서툴렀다는 데 문제가 있었음을 「세난」을 읽으면서 통감했을 것이다. 「염파인상여열전」廉頗藺相如列傳 사평史評에도 이와 유사한 표현이 나온다. "죽을 줄 알면 용감해지기 마련이다. 죽는 게 어려운 게 아니라 죽음에 대처하는 것이 어렵다." 知死必勇, 非死者難也, 處死者難 두 번이나 되풀이한 걸 보면 그만큼 절실했기 때문이었다.

사마천이 한비자에게 동감했던 증거는 여기서 그치지 않는다. '한비자전'韓非子傳 마지막 문장이 이렇게 끝난다. "나는 한비자가 「세난」을 썼으면서도 스스로 벗어날 수 없었음을 홀로 슬퍼한다."余獨悲韓子爲說難而不能自脫耳 이는 자기고백이 아닌가. 옳은 말을 했으면서도 파멸에서 벗어날 수 없었던 자신의 괴로움을 한비자에게 투영하지 않고서야 "홀로 슬퍼한다"라고 말할 수 없으리라. 한비자는 「고분」孤憤이라는 걸작을 썼다. 세상이 자기를 알아주지 못하는 사태에 분노하는 글로, 한비자 글의 장점──치밀한 논리, 절묘한 비유, 그리고 무엇보다 열정으로 가득하다(이는 명문의 조건이기도 하다). 사마천의 「임소경에게 보낸 답장」과 쌍벽을 이루는, '분노의 문학'發憤之書의 명편이다. 사마천은 「세난」이 아니라 「고분」을 옮겨 적고 자신의 분노와 울분을 포개 놓을 수 있었다. 그런데 「고분」 대신 「세난」을 택했고 많은 사람들에게 호소할 수 있는 길을 스스로 막았다. 왜 그랬을까.

사마천은 한비자를 칭찬한다. "기준을 도입했고 현실에 밀착했으며 시비를 명확히 했다"韓子引繩墨, 切事情, 明是非고. 이는 장점임에 분명하다. 그러나 사마천은 한비자의 문제점도 놓치지 않는다. "극단에 이르러서는 참혹하고 각박해 은혜가 적었다."其極慘礉少恩

사마천은 글 쓰는 사람으로서 훌륭한 자질을 가졌다. 그는 분노할 줄 알고 타인의 아픔에 감정이입할 줄 아는 불같은 열정을 지녔다. 그리고 그는 다른 사람을 평가하거나 관찰할 때 차가워져서 냉철한 안목이 흔들리지 않는다. 물과 불의 상반되는 자질을 갖추기가 어디 쉬운가. 사마천이 뛰어난 까닭은 물과 불의 자질을 갖춰서가 아니라 그것을 때에 맞게 운용할 줄 알았다는 데 있다. 이게 진정한 재능이다. 그는 열정을 토할 때와 냉정하게 판단할 때를 정확하게 구사하고 있다. 그런 사마천이었다. 그는 원망했을까. 원망하지 않았을까.

「관안열전」管晏列傳 '안영전'晏嬰傳에는 흥미로운 등장인물이 나온다. 안자晏子의 마부 부인 말이다. 재상의 마부라고 "의기양양"한 자기 남편을 본 아내는 일을 마치고 돌아온 남편에게 말한다. "안자는 6척이 안 되는 몸이고 제나라의 재상이자 제후 사이에서도 유명합니다. 오늘 제가 나가는 모습을 보니 뜻과 생각이 심오해 보이고 항상 자신을 낮추고 있었습니다. 당신은 8척이나 되는데도 남의 마부가 되고서는 스스로 만족스럽게 생각하시니 저는 이 때문에 당신을 떠나겠다고 하는 겁니다."

마부 아내의 진술이 중요한 이유가 몇 가지 있다.

첫째, 주인공이 안자인데도 무명의 등장인물을 내세워 발언하게 함으로써 주인공을 객관적으로 그리고 있다는 점. 안자의 행적을 직접 묘사해 독자를 설득할 수 있었는데 사마천은 간접적인 방법을 썼다. 목표는 주인공을 도드라지게 하는 데 있지만 이 말을 통해 마부 부인의 현명함이 드러나 새로운 캐릭터로 부상하게 된다. 주인공을 중심으로 원근법으로 주변 인물을 배치하는 수법을 벗어나는 빼어난 기법이다. 더구나 마부까지 변모시키고 안자에게까지 여파가 미쳤으니 마부 부인은 예사 인물로 그려진 게 아니다.

둘째, 마부의 부인이 이런 정도의 진술을 할 정도면 식견 높은 사람들이 안자를 어떻게 볼 것인지는 상상하고도 남을 것이며, 백성으로서 말한다는 측면에서 보자면 제나라가 잘 다스려지고 있다는 사실을 미루어 짐작할 수 있다. 여운이 남는 양수겸장의 솜씨다.

셋째, 진정 주목할 점은, 위의 말을 다르게 표현하건대, 무명인의 말이라는 사실이다. 아내의 말을 듣고 마부가 행실을 고쳤다 했으니 이 말은 거짓이 아니었을 것이다. 사마천은 안자의 뛰어남을 강조하면서 갑남을녀의 말들 가운데 하나를 선택해 기록했다. 백성들 사이에 떠도는 말이 진실을 전하는 데 더 적합하다고 여겼기 때문일 것이다. 아내의 말에서 느낄 수 있는 안자에 대한 존경은 제나라 사람들이 안자를 보는 여론의 한 증거로 볼 수 있으리라.

처음 질문으로 돌아가 보자. 사마천은 원망했을까. 「임소경에게 보낸 답장」은 원망을 넘어 분노에 차 있다. 그는 원망했던 것이다. 그렇다면 질문을 다시 해야 한다. 사마천은 어떻게 원망을 이겨 냈을까. 사마천은 잊혀진 인물들을 기록하는 것을 자신의 소명으로 삼았고 이를 사명감으로 승화시켰다고 나는 「백이열전」을 해석했다. 그렇다면 숱한 인물들을 끌어안은 사마천의 너른 품새는 어디에서 왔을까. 거기엔 인간에 대한 애정이 깔려 있지 않았을까. 아니 인간에 대한 믿음을 발견한 것이 아니었을까. 평범한 말인 줄 나는 안다. 그럼에도 여전히 소중한 말이다.

사마천은 작가로서 훌륭한 자질을 가졌다. 그는 분노할 줄 알았으되 분노로 자신을 오염시키는 데까지 나아가지 않았다. 사마천이 「고분」보다 「세난」을 택한 이유다. 분노가 가치 있을 때가 있으나 울분으로 쏘아대는 객기가 아님을 알고 있었기에 그는 자제했다. 나는 그것을 배웠다. 사마천은 냉철하게 판단했다. 그러나 언제나 장점을 거론하고 그들을 돌본 다음에 내리는 결론이었다. 차가운 결단이 자칫 인물 평가를 일그러뜨릴까 걱정했기 때문이었다. 모나지 않은 그의 마음을 나는 배웠다.

열전은 서사방식이 다채로워서 문학 공부에 절실한 텍스트다. 나는 어떻게 이야기를 구성하고 어떻게 이끌어 나가는지 그에게서 배웠다. 서사를 이해하기 시작한 것이다. 글 읽는 사람에겐 큰 배움이다. 많은 등장인물은 각양각색의 모습을 갖고 있어 그들의 마음을 헤아릴 줄 알아야 했다. 나는 사마천에게서 마음을 헤아리는 법을 배웠다. 한 시대의 가장 명민한 사상가 한비자의 심사를 꿰뚫어 보고 거론한 사람이 사마천이었으며 시정의 이름 없는 여인의 진솔한 언사를 가져와 평범하지 않음을 드러내 준 것도 사마천이었다. 그는 한비자처럼 뛰어난 지식인의 고뇌를 이해했으며 마부의 아내처럼 남편을 고상한 삶으로 이끄는 아낙네의 현명함에 대해서도 잘 알고 있었다. 이들을 기록하면서 이들을 이해하고 애정의 눈으로 가꾸지 않았다면 이들은 그의 붓끝에서 생생한 인물로 살아남지 못했을 것이다. 그는 기록하였으되 되살려 내었으며 되살려 낸 그의 손끝에는 테크닉에 능숙한 글쟁이의 것이 아니라 인간을 신뢰하게 된 사람만이 쓸 수 있는 겸손함이 있다. 그것을 깊이라 이름할 수 있으리라. 나는 사마천에게서 깊이를 배웠다.

나는 달리기처럼 고독한 운동을 선호한다. 크로스핏을 하며 흠뻑 땀을 흘리면 그만 한 쾌감도 드물다. 그런데 1,000번 스텝업을 하면서 동료들에게 연대감을 느꼈다. 그건 단순 동작을 반복하는 어리석음 때문에서 온 것이었다. 그 쓸데없는 짓에서, 그러나 어떤 감정이 움직였다면 사랑스런 어리석음이 아닐 수 없다. 기약할 수 없는 반복, 그것이 운동이든 글쓰기든 어느 순간 변화가 생기기 시작한다. 언제인지를 알 수 없다. 내가 느꼈던 감정의 움직임이 인간에 대한 신뢰임을 이제는 안다. 그것은 사마천이 많은 인물을 기록하면서 그들의 연약함·꾀·괴로움·이익을 탐하는 마음·시기·선망 등등을 이해했을 때 느낄 수밖에 없는 그런 것이 아니었을까. 내가 사마천에게서 참으로 많은 것을 배웠으나 가장 귀한 것은 인간에 대한 믿음을 회복한 것이었다.

2020년 6월

서강西江 불석재不釋齋에서

저자는 쓰다

목차

시작하며:

문학으로 읽는 『사기』

그리고

작가의 탄생

『사기』史記를 처음 만난 것은 수업 시간을 통해서였다. 1995년 겨울이었을까. 한 학기 동안 『통감절요』通鑑節要를 읽었다. 수업은 진秦나라가 패망하는 중간에서 마무리됐고 나머지 한漢나라 통일까지는 교수님 제안으로 몇몇이 모여 읽기로 했다. 12월 내내 일주일에 한 번씩 만나 발표를 하고 선생님이 다시 정리해 읽는 방식이었다. 마지막 모임 날 항우의 죽음을 읽을 때, 나는 놀랐다. 이것은 무슨 글인가. 이 장대한 피날레는 대체 무엇인가.

　『통감절요』는 사마광司馬光의 방대한 역사서 『자치통감』資治通鑑의 요약본(절요)이었고 『자치통감』은 역대 사서를 두루 참조해 편년체로 편집한 책이다. 전통적으로 찬撰했다는 표현을 썼다. 전국시대에서 한나라 무제까지의 역사는 『사기』가 주요 텍스트였고 『사기』에서 중요하게 다뤄진 유방과 항우의 쟁패가 『자치통감』을 통해 『통감절요』에까지 전해진 것이었다. 『사기』를 먼저 읽지 못하고 우회해서 축약본을 통과한 셈인데 『사기』의 원문이 뛰어나서였을까.

항우의 죽음 부분은 큰 결락 없이 옮겨졌고 내 눈을 크게 뜨도록 만든 것이다.

『사기』에서 얻은 첫인상은 쉬 지워지지 않았다. 이후 책을 읽고 공부하면서 『사기』가 언급되면 해당 부분을 찾아 읽긴 했지만, 통독하지 못한 상태에서 『사기』는 첫 경험의 충격이 가시지 않은, 읽어야 할 로망이었다. 몇 해 전 『삼국지연의』三國志演義를 읽으면서 문득 『사기』에 도전할 때가 됐다는 생각이 들었다. 『삼국지연의』에서 느낀 기시감은 철없는 학창 시절의 독서에서 오는 낯익음 때문이 아니었다. 배면에 어른거리는 큰 산의 존재감이 뚜렷했고 나는 그것이 『사기』라고 무작정 판단했다.

무엇이 첫 경험의 충격을 이길 수 있겠는가. 돌고 돌아 『사기』를 읽으면서 나를 놀라게 했던 게 무엇이었을까, 곰곰이 생각해 보았다. 그것은 감정의 격동에서 온 것이었을 것이다. '감동'이라는 말로 요약할 수 있는 이 비정상적인 상태는 오랫동안 잊고 있었던 경이로움이었다.

고등학교 진학을 앞둔 겨울방학 동안 도스토옙스키를 만났다. 『죄와 벌』을 읽으며 열병에 걸린 듯 앓았다. 그것은 다른 세계가 있다는 걸 가까스로 감지한 사람이 겪어야 할 통과의례였다. 손에 잡을 수는 없으나 얼핏 본 '이상한 나라'에 대한 느낌. 막연하고 광대해 보이는 세계에 대한 동경. 그때 문학이라는 세계가 마음에 자리를 잡았고 이후 모든 독서는 이때의 경험을 잣대로 평가하게 된다. 독서의 길로 들어선 것이다. 그러나 어떤 책을 읽어도 그 겨울의 경험을 다시 불러오지 못했다. 어느 날 『통감절요』에 실린 『사기』 「항우본기」의 한 부분을 읽게 된다. 그리고 도스토옙스키와 만난 지 15년 만에, 잊고 있었던 잃어버린 감각이 다시 살아났다. 회복된 감각에 어리둥절했다. 이젠 그것만으로는 부족했다. 되살아난 감동을 설명해야 했다. 구체적으로 언어화해야 한다는 의무를 스스로에게 부과했다. 나만의 언어로 대답할 수 있어야 한다. 『삼국지연의』를 읽었고 드디어 『사기』에 접속했다.

자신에게 다시 물었다. 감정의 격동이 일어났다. 그렇다면 감동은 어디에서 왔는가. 『사기』가 훌륭하기 때문이다. 어떤 점이 훌륭하다는 말인가. 감정을 절제했기 때문이다. 감정의 절제란 무엇인가. 간결한 문장에서 비롯된다. 간결한 언어로 다 설명할 수 있단 말인가. 아니다. 간결한 문장으로 대표되는 문학성을 말하는 것이다. 『사기』의 걸출함은 문학성에서 나오는 것이니까. 그렇다면 문학성은 무엇을 말하는가. 『사기』를 말할 때 문학성은 피할 수 없는 문제였다. 자신과 논란을 벌여야 했다. 앞서 꺼낸 간결한 문체로 돌아가 다시 시작해 보자.

간결한 문장이라면 『논어』論語를 빼놓을 수 없는데 『논어』를 읽고 『사기』처럼 감동받았었던가. 아니다, 그렇지 않다. 그러나 『논어』를 포함한 소위 경전經典의 언어가 『사기』를 읽는 데 도움을 준 건 사실이다. 네거티브한 방향에서.

『통감절요』라는 역사 산문을 읽기 전 한문 수업과 내 공부는 죄다 유가 경전이었다. 경전은 읽기 수월치 않았다. 문장이 어려워서가 아니었다. 간결하다 못해 간단하고 심지어 토막 나기까지 한 경전의 언어는 읽기는 했으나 이해할 수는 없었다. 이해한 언어들은 임시로 의미만 매어 놓은 것일 뿐 내 의식에 달라붙지 못했다. 외우고 입에 올리기는 하나 낯섦은 떨쳐지지 않았고 이방의 언어로서 한문은 불안감을 가중시켰다. 읽어도 읽어도 남는 불편한 느낌은 무엇이란 말인가.

소화되지 않는 한문 문장에 대한 불만이 쌓일 때였다. 경전의 모호한 상태를 부숴 버린 건 역사서의 언어였다. 자신의 이해 부족을 경전이 심오해서라고 바꿔치기 해서 위안을 삼던 차에 항우의 죽음 장면은 선명한 이미지로, 애매한 언어를 정확한 언어로 알아볼 수 있게 해주었다. 이성과 논리로 더듬거리며 해독해야 할 암호에서 감정에 직접 호소하는 격정의 언어로 글이 바뀌었을 때 눈이 번쩍 떠진 것이다.

언어 변화에 그치지 않았다. 언어에 눈이 떠지자 다른 게 보이기 시작했다. 사마천司馬遷이 항우의 죽음에서 보여 준 것은 '장중함'이라고 부를 수 있는 감정의 무게였다. 작가는 설교도 설명도 하지 않는다. 그는 장면을 보여 줄 뿐 군소리를 달지 않았다. 담담하게 묘사하고 등장인물이 스스로 말하도록 했다. 독자는 읽으면서 태산같이 무거운 한 인간의 죽음을 받아들인다. 항우는 죽음 앞에서 자신의 온 생애를 감당해 받아들였다. 그는 비굴하지 않았다. 짧은 문장과 행간 속에 죽음의 문제가 이토록 장중하게 담길 수 있었다.

깃털처럼 가벼운 죽음이 있는가 하면 태산보다 무거운 죽음이 있다. 죽음은 생명의 소멸이라는 생물학적 현상에 그치지 않는다. 죽음에는 한 인간 전체의 삶이 걸려 있고 인간을 판단하는 가치가 배어난다. 우리는 이 느낌을 감동이라고 부른다. 감동은 인간이 옹호하는 가치와 함께할 때 격동한다. 감정이 움직이지 않는 인간은 이성을 갖지 못한 인간과 마찬가지로 온전한 인격이 될 수 없다. 항우의 죽음을 대하면서 독자는 한 인간의 죽음을 목도하고 격한 감정에 휩싸인다. 항우는 책임감 있게 죽음을 받아들였다. 항우라는 역사적 인간의 죽음을 읽으면서 나는 인간의 위엄을 체험한다. 죽음에 의연한 인간에게 인간의 위엄을 느낀다면 그것은 삶의 가치를 안다는 말과 다르지 않다. 사마천은 유방과 항우의 격전이라는 한 시대의 사실을 기록했으니 거기엔 인간의 위엄이라는 고귀한 가치가 담겼다. 역사적 기록이라는 사실은 중요하다. 그러나 삶의 가치가 은연중 담길 때 작품은 문학이 된다.

전통시대에는 문文이 있었다. 문文은 문사철文史哲을 아우르는 포괄적인 말이었다. 이때 문文은 한 사회의 핵심 가치를 담는 가장 훌륭한 제도였기에 문화文化라는 말과 동의어였다. 문사철이란 말은 서양학문이 밀려들어 올 때 전통학문이 그에 대응하면서 만들어 낸 분과학문적인 개념이기는 하나 쓸모없는 표현이라고 치부할 필요는 없다. 전통의 문文은, 근대에 들어 사史는 역사학이 가져가고 철哲은 철학이 차지하면서 정체성이 크게 흔들렸다. 지금 『사기』는 역사학에서 주로 언급한다. 애초에 『사기』는 사史의 전유물이 아니었다. 그것은 연대기 형식-시간의 틀 안에 느슨하게 기록된 글이었다. 작가는 연대기(편년체)에 만족할 수 없어 이야기 형식(전傳)을 만들었고 『사기』는 인간의 이야기가 되면서 다양한 군상이 그려질 수 있었다.

사마천은 인간을 평면적으로 이해한 사람이 아니었다. 인간은 이성으로 살아가는, 세 치 혀로 논리를 구사하는 유세객이기도 하지만 지아비의 첩을 두고 질투에 눈이 멀어 잔혹하게 복수하는 정념의 존재이기도 한 것이다. 환경이 인간을 만들기도 하지만 어떤 사람은 환경을 넘어서 인간만의 가치를 선명하게 드러내기도 한다. 이러한 가치들은 가르침이나 교훈과는 다르다. 훈계는 배우고 깨쳐야 하지만 가치는 느끼기 때문이다. 보여 주기만 하되 느끼게 하는 효과. 문학이 가장 능숙한 분야다. 전통적으로 문文을 높인 이유가 여기서 기인한다. 전통학문에서 높이 친 교화教化라는 말의 의미가 여기 담겨 있다. 이것이 내가 『사기』를 문학으로 읽는 이유이기도 하다.

전통적으로 읽는 방식을 따라 문文(포괄적인 의미의 문학)으로 읽지 않으면 『사기』의 진면목이 어떻게 드러날까. 인간의 위엄을 보여 주는, 감정을 가진 인간임을 환기시켜 주는, 고귀한 가치를 지닌 존재가 인간임을 '느끼도록' 하는 작품이 『사기』임을 어떻게 온전하게 누릴 수 있겠는가. 현재도 인간에 대한 통찰력에서 어떤 작품도 『사기』를 극복했다고 잘라 말하기 어려워 보인다.

『사기』의 문학성을 염두에 둘 때 한 걸음 더 나아가 사마천의 글쓰기까지 가늠할 수 있다. 그의 글쓰기를 한마디로 한다면 나는 '역사화'라고 대답하고 싶다. 역사의식이라는 말이 어울릴지 모르겠지만 '절대' 혹은 '보편'이라는 개념에 해독제가 되는 언어로 '역사화'라는 말이 정확해 보인다. 사마천은 유학에 물들지 않은 역사관을 가지고 중국 통사를 썼다. 자신이 사는 현대사까지 아우르는 작업이었다. 사마천은 우리가 현재 사용하는 '역사'라는 정의에 부합하는 의미에서 역사를 쓰지 않았다. 그는 모든 사건과 인간을 '시간'에 넣고 볼 줄 알았다. '시간'이라는 축은 테마와 결합하면서 역사 서술에 질서를 낳았고, 우리는 이를 '기전체'紀傳體 형식이라 부른다. 사물을 보는 방식에 어찌 형식이 없을 수 있겠는가. 형식은 빈 그릇이 아니어서 작가의 정제된 세계관이 담겼고 나는 그것을 '역사화'라 부른다.

　사마천의 역사화 작업을 추상화해 보자. '역사화'란 무엇인가. 소중한 가치 혹은 공유하고 합의할 수 있는 가치는 존재하지만 그것은 절대화될 수 없으며 시간을 통과한 결과물이라는 것이다. 우리는 모두 역사적으로 구성된 개념과 지식 안에 있다는 깨달음을 『사기』는 준다.

　'역사화'는 강요해서 되는 게 아니다. 설득해야 한다. 사마천은 긴 설득 과정으로 독자를 끌어들인다. 그가 『춘추』春秋를 끌어오고 『서』書를 거론하며 서술/서사의 전통에 기댄 것도 설득 전략 가운데 하나다. 작품 끝자락에 평가를 달아 자기 견해를 뚜렷하게 밝힌 것도 설득을 위한 수사 전략이었다. 설득의 수사학은 단순하게 구사되지만은 않아서 주관적인 감정의 언어를 불쑥 끼워 넣기도 한다. 정감이 끓어오를 즈음에선 오히려 언어를 축소해 버리기도 한다. 백이·숙제의 안타까운 죽음을 두고 그들을 평가하면서 사마천은 값싼 동정과 감상에 몸을 맡기지 않았으며 세상에 대한 절망감을 숨기지도 않았다. 그는 안이한 독서를 허락하지 않고 끝까지 독자를 긴장하게 만든다. 그의 치밀한 방법까지 받아들일 때 '역사화'는 수용된다.

그렇게 사마천은 자신의 이름과 작품을 역사에 새겼다. 기록 (literature)의 역사에 최초로 등록된, 신뢰할 수 있는 작가와 작품의 탄생이기도 하다.

| 일러두기 |

1 이 책에서 『사기』를 비롯하여 한문으로 쓰인 작품을 인용하며 옮긴 번역은 모두 저자의 것입니다.

2 단행본·정기간행물의 제목에는 겹낫표(『 』)를, 단편·시·노래 등의 제목에는 낫표(「 」)를 사용했습니다.

3 인명·지명 등 외국어 고유명사는 2002년에 국립국어원에서 펴낸 외래어표기법을 따라 표기했습니다.

1장

『사기』의

주변

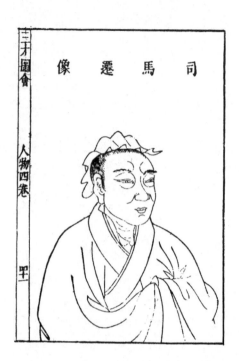

사마천 초상 사마천의 초상이 두드러지게 눈에 띄는 이유는 궁형을 겪어 수염이 없기 때문이다. 고뇌를 드러내는 그의 이마에 주목할 것.

1. 연암의 편지

연암燕巖 박지원朴趾源의 글 가운데 『사기』를 언급한 서간문이 있다. 『사기』 읽기를 시작하는 데 좋은 재료다.

그대는 태사공의 『사기』를 읽었지만 그 글만 읽었을 뿐 그 마음은 읽지 못했습니다. 왜일까요? 「항우본기」를 읽으면 성벽 위에서 전투를 보는 장면을 떠올리고 「자객열전」을 읽으면 고점리가 축筑을 타던 장면을 떠올린다지만 이는 늙은 서생의 진부한 말이니 부엌에서 숟가락 줍기와 무엇이 다르겠습니까.

어린아이가 나비를 잡는 것을 보면 사마천의 마음을 알 수 있습니다. 앞다리는 반쯤 꿇고 뒷다리는 비스듬히 들고서 손가락을 丫(아) 자 모양으로 하고 앞으로 다가가 망설이며 잡았을까 하는 순간 나비는 날아가 버립니다. 사방을 둘러보고 아무도 없자 씨익 웃지만 부끄럽기도 하고 분하기도 한, 이것이 사마천이 저술할 때의 마음입니다.

足下讀太史公, 讀其書, 未嘗讀其心耳. 何也? 讀項羽, 思壁上觀戰, 讀

刺客, 思漸離擊筑, 此老生陳談, 亦何異於廚下拾匙. 見小兒捕蝶, 可以
得馬遷之心矣. 前股半跽, 後脚斜翹, 丫指以前, 手猶然疑, 蝶則去矣.
四顧無人, 哦然而笑, 將羞將怒, 此馬遷著書時也.

_경지에게 답하다[答京之之三]

연암은 독서 방식의 두 층위를 언급한다. 첫째는 글을 읽으면
讀 인상적인 장면을 생각하는思 단계. 가장 일반적이고 쉬운 방식이
다. 「항우본기」項羽本紀에는 기억에 남는 곳이 많은데 예컨대 홍문연
회 장면이라든가, 우미인과 이별하는 부분이 그렇다. 그리고 항우
의 최후 결전은 공들여 묘사해서 강한 인상을 남긴다. 연암은 항우
가 빛나게 된 전성기의 시작, 거록전투의 영광을 거론했다. 「자객열
전」刺客列傳의 경우에도 「항우본기」와 마찬가지로 경지가 글을 읽고
讀 특정 장면이 떠오른다思고 말했기 때문에 고점리가 진시황 암살
을 시도하는 장면을 재론했다. 보통 독자는 특정 텍스트를 읽고 나
면讀 가장 인상적인 부분을 떠올리기思 마련이다. 이야기에 굴곡과
파란이 일 때마다 마음에 흔적이 남아 되살아나는 것을 '떠오른다'
고 표현한 것이다. 하필 그 장면인가는 중요하지 않다. 글을 읽고 떠
올리는 방식은 일차원적인 반응이므로 글 읽는 사람이라면 그 단계
에서 그치지 말고 더 높은 단계로 진입해야 한다는 게 다음 문단의
요지이고 이 글의 전언이다. 귀담아들을 만한 합당한 말이다.

연암은 메시지를 늘어놓지 않고 나비 잡는 어린아이를 비유로
들어 짧은 글에 생기를 불어넣었다. 연암답다. 연암의 글을 읽으면
讀 나비 잡는 어린아이의 모습이 떠오르도록思 말이다. 한데 연암의

글을 읽고 나비 잡는 모습을 떠올리는 것에 그쳐서는 연암의 글을 잘 읽은 게 아니다. 연암이 『사기』를 읽고 사마천의 마음까지 읽었듯, 이 편지를 읽고 연암의 마음을 읽어야 연암을 이해하는 게 된다. 연암이 경지에게 하고자 했던 말도 그게 아니었던가. 연암이 비유를 사용한 것은 무엇을 전달하려는 목적에서지 비유 자체의 신선함을 위해서가 아니다. 메시지나 전언보다 비유만 남는 글과는 다르다. 연암의 글이 그러하며 『장자』莊子가 좋은 예이며 『사기』도 마찬가지다. 의론에도 능한 연암이 메시지보다 강한 비유를 가져온 것은 『사기』가 환기시키는^{喚起} 강렬한 측면을 나비 잡기 비유를 통해 실천적으로 보여 준 게 아닐까. 『사기』는 그만큼 독자를 매혹시킨다. 그럼에도 매혹에 빠져 있지 말고 진전해 가야 할 곳이 있다고 말한다. "늙은 서생의 진부한 말"이라는 표현은 누구나 매혹되는 수준만으로는 독서인의 자질이 의심된다는 말이기도 하다.

연암이 가리키는 높은 곳은 어디일까. 어린이의 동작에서 '부끄러움'과 '화가 남'을 읽을 수 있을까. 이는 감정의 어린이 버전이다. 이 감정을 어른 버전으로 읽는다면? 나비 잡는 어린이의 비유를 거쳐 연암이 엿본 사마천의 마음은 수치와 분노로 보인다. 연암이 이해한 『사기』——수치와 분노가 사마천의 마음이라고 볼 때 수치와 분노는 구체적으로 무엇을 말하는 것일까.

2. 『사기』 이해의 첫 번째 열쇠, 「임소경에게 보낸 답장」

사마천의 수치와 분노를 말하려면 사마천의 삶을 얘기해야 한다. 첫번째로 떠오르는 글이 「임소경에게 보낸 답장」報任少卿書(이하 1장 내에서는 '임소경서')이다. 『사기』를 이해하고 사마천을 아는 데 이만 한 글이 없다. 까다로운 글이다. 죽음을 앞에 둔 친구 임소경(소경은 자字, 이름은 안安)에게 보내는 편지이지만, 궁형을 받은 후 『사기』 저술 완수의 일념으로 살아남아 치욕 속에 글을 쓴 심정, 무제武帝에게 이릉李陵을 변호했다가 화를 부른 과정을 상세하게 기록한 심리적 자전自傳이기도 하다. 이 글은 『한서』漢書 「사마천전」에 실려 있고, 후에 소통蕭統이 편집한 뛰어난 문학선집 『문선』文選에도 수록돼 있다. 두 책에 실린 글은 글자 차이가 있긴 하나 내용 이해에는 전혀 문제가 되지 않는다. 소통은 반고班固의 책을 참고해 작업했을 것이므로 여기서는 「사마천전」에 실린 글을 텍스트로 삼기로 한다. 중요한 글인 만큼 자세히 읽어 볼 필요가 있다.

(전략) 저는 이릉李陵과 함께 궁중에서 일을 보았지만 평소 친하게 지내는 사이는 아니었습니다. 지향하는 바가 달라 술 한잔 마시면서 작은 기쁨도 은근하게 나눈 적이 없습니다. 하지만 그 사람 됨됨이를 보니 특출한 선비奇士였습니다. 효도로 부모를 섬기고 믿음으로 사인士人을 대하며 청렴으로 재물을 대하고 도의道義를 가지고 물건을 주고받았고, 분별심을 갖고 남에게 양보하였으며 공손하고 검소한 생활을 하며 아랫사람에게 자신을 낮추었습니다. 분발하는 마음으로 자기 몸을 돌보지 않고 국가의 위기에 목숨을 바칠 생각을 늘 하고 있었습니다. 그의 평소 언행을 통해 저는 나라를 위하는 선비國士의 풍모를 가지고 있다고 생각했습니다. 무릇 신하된 사람이 만사萬死를 무릅쓰고 자신을 돌보지 않는 계책을 내어 나라의 위기에 몸을 던졌으니 이미 특출한 것입니다. 지금은 일을 하다 하나만 온당치 않아도, 자신만 온전히 하고 처자식만 돌보는 신하들이 따라다니면서 그 사람의 단점을 만들어 내고 부풀립니다. 저는 진정 마음속으로 애통해합니다.

또 이릉은 오천 명도 안 되는 군사를 이끌고 전쟁터에 깊숙이 들어가 흉노의 왕이 사는 곳까지 발길이 닿아 호랑이 입에 먹이를 주며 강한 오랑캐를 유인했습니다. 억만의 적군을 맞아서 선우(흉노의 왕)와 십여 일간 계속 전투를 벌여 죽인 자가 우리 군사보다 많았습니다. 저들은 시체를 거두고 부상자를 구할 수도 없어 우두머리조차 모두 공포에 싸여 두려움에 떨었습니다. 마침내 자기 휘하의 군사를 모두 동원하고 활 쏠 수 있는 사람은 전부 징발해 온 나라가 함께 이릉을 공격하고 포위했습니다. 이릉은 천 리를 전

전하며 전투를 벌였으나 화살이 떨어지고 길이 막힌 데다 구원병이 오지 않아 사상자가 언덕을 이룰 정도였습니다. 그러나 이릉이 한번 큰소리로 외치며 군사를 위로하자 군사들 중 떨쳐 일어나지 않은 사람이 없었습니다. 모두 눈물을 흘리며 피투성이로 비통悲痛을 삼키고 빈 활을 다시 당기며 시퍼런 칼날을 무릅쓰고 적군을 향해 북으로 머리를 돌려 싸우다 죽었습니다.

이릉이 아직 패배하지 않았을 때 보고서가 도착하자 한나라의 공경과 왕후는 모두 술잔을 들고 왕에게 축수를 올렸습니다. 수일 후 이릉이 패했다는 소식이 들리자 주상께서는 이 때문에 음식을 드시면서 단 줄 모르셨고 정사를 들으시면서도 기쁜 기색이 없으셨습니다. 대신들도 걱정하고 두려워하며 어찌할 바를 몰랐지요. 저는 제 비천함을 헤아리지 못한 채 주상께서 참담히 슬퍼하는 모습을 보고 제 충성스런 마음을 바치고 싶었습니다. 이릉은 평소 사람들과 사귀며 좋은 것은 갖지 않고 조그만 것도 나눠 남이 그를 위해 사력을 다할 수 있었으니 옛날의 명장이라도 그보다 나을 수는 없다, 몸은 비록 적에게 패했지만 그의 마음을 보면 죄를 갚고 나라에 보답하려 할 것이다, 일은 이미 어찌할 수 없지만 적을 패배시켰으니 그 공적 또한 천하에 드러낼 만하다고 저는 생각했습니다. 제 품은 뜻을 말씀드리고 싶었지만 전할 길이 없었지요.

마침 주상께서 부르시고 하문하시기에 이런 뜻으로 이릉의 공적을 진술해 주상의 마음을 너그럽게 해드리고 이릉을 헐뜯는 말을 막아 보려 했습니다. 미처 말씀을 다 올리지도 못했는데 주상께서는 깊이 이해하지 못하시고 제가 이사貳師 장군(이광리李廣利)

을 비방하고 이릉을 위해 변호한다고 생각하시고는 끝내 저를 법의 심리에 넘기셨습니다. 진심이었던 충성은 종내 말도 마치지 못한 채 이 때문에 주상을 속인 죄가 되어 법관들의 판결을 받게 되었습니다.

집안이 가난해 속죄할 재물이 부족했고 친구들은 구해 주지 않았으며 임금 좌우의 가까운 신하들도 저를 위해 말 한마디 해주지 않았습니다. 저는 목석도 아닌데 홀로 형리들 사이에 끼어 감옥에 갇혀 있으니 누구에게 하소연할 수 있겠습니까. 이는 진정 소경께서도 직접 보셨을 터이니 제가 겪은 일이 어찌 그렇지 않았겠습니까. 이릉은 살아 항복한 뒤라 집안의 명예를 무너뜨렸고 저 또한 잠실蠶室(체형을 받은 사람들이 치료차 머무르는 따뜻한 곳)로 밀려났으니 거듭 천하의 웃음거리가 되고 말았습니다. 슬픕니다. 슬픕니다.

일이란 쉽게 하나하나 사람들에게 설명할 수 있는 게 아닙니다. (중략) 사람이란 진정 한 번 죽습니다. 어떤 죽음은 태산보다 무겁고 어떤 죽음은 깃털보다 가볍습니다. 죽음의 방향이 다르기 때문입니다. 가장 먼저 조상을 욕보이지 않아야 합니다. 그다음은 자신을 욕보이지 않아야 합니다. 그다음은 도리와 (임금의) 안색을 욕보이지 않아야 합니다. 그다음은 조정의 사령辭令을 욕보이지 않아야 합니다. 그다음은 죄인이 되어 모욕을 받는 것입니다. 그다음은 구금되어 모욕을 받는 것입니다. 그다음은 칼을 차고 줄에 묶여 채찍을 맞으며 모욕을 받는 것입니다. 그다음은 머리가 깎이고 쇠사슬에 묶여 모욕을 받는 것입니다. 그다음은 살갗을 훼손하

고 사지가 잘려 모욕을 받는 것입니다. 가장 아래가 부형腐刑(=궁형)입니다. 최악입니다. (중략)

용기 있는 자가 반드시 절개節介를 위해 죽는다고 할 수 없으며 겁쟁이가 의리에 마음을 두고 늘 자신을 채찍질하기도 합니다. 제가 나약하고 비겁해 구차하게 살려고 하나 거취의 분별 정도는 할 줄 압니다. 어찌 자신을 죄인의 치욕에 빠져 있도록 하겠습니까. 저 포로로 잡혀 노비나 첩이 된 사람들마저 자살을 하는 터에, 하물며 어찌하지 못하는 저 같은 사람은 어떻겠습니까. 치욕을 참고 견디며 구차하게 살면서 썩은 흙 속에 잠겼는데도 사양하지 않는 이유는 마음에 품은 것을 모두 드러내지 못해 한스럽고, 헛되이 세상을 떠나 훌륭한 저술을 후세에 남기지 못하는 것이 부끄러워서입니다.

예로부터 부귀한 사람으로 이름이 사라져 잊힌 일은 다 헤아릴 수 없을 정도이고 비상하고 훌륭한 인물만이 사라지지 않고 남았습니다. 주周나라 문왕文王은 은殷나라의 주紂에게 붙잡혀 『역』易을 부연 설명했고, 공자는 곤란 속에서 『춘추』春秋를 지었으며, 굴원屈原은 초楚나라 왕에게 추방되어 「이소」離騷를 썼고, 좌구左丘가 눈을 잃고 『국어』國語가 존재하게 되었으며, 손자孫子가 다리가 잘리는 형을 받아 『병법』兵法이 생기게 되었고, 여불위呂不韋는 촉蜀에 유배되어 『여씨춘추』呂氏春秋를 전했으며, 한비자韓非子는 진나라에 갇혀 「세난」說難·「고분」孤憤을 썼습니다. 『시』詩 삼백 편도 성인 현자가 발분發憤하여 지은 것입니다. 이들은 모두 마음속에 맺힌 것鬱結이 있는데 배출할 길을 찾을 수 없었습니다. 그렇기에 과거의 일을 서술해 미래의 사람이 자신을 알아주리라 생각했던 것입니다. 좌구명이 눈을 잃고 손자가 다리가 잘려 종내 세상에 쓰일 수 없었을 때 세상에서 물러나 저술을 하면서 자신의 분憤을 펼치고, 덧없는 문장을 전할 생각으로 자신을 드러낸 것입니다.

저는 공손하지 못해 잘하지 못하는 문장에 자신을 부쳐, 천하에 흩어진 옛일을 모두 망라하여 인간의 행동을 깊이 생각하고, 왕조의 흥망성쇠의 이치를 헤아려, 모두 130편을 지으려 하였습니다. 이는 하늘과 인간의 경계를 탐구하고 고금의 변화를 연구하여 일가一家의 저술을 완성하려는究天人之際, 通古今之變, 成一家之言 것입니다. 초고를 완성하지 못했는데 마침 이 화를 당한지라 저술을 완성하지 못한 것이 애석해 이 때문에 극형極刑을 받으면서도 성내는 기색을 하지 않았습니다. 제가 이 책을 저술해 명산名山에 수장하고 큰 도시에 사는 사람들에게 전해진다면 치욕은 보상받는 것이니, 제가 수없이 사형을 당한들 무슨 후회가 있겠습니까.

짧은 설명을 붙여 보자. 이릉에 대해서는 사마천이 사관史官—문서를 담당하는 자리에 있었던 만큼 상세히 알 수 있었다. 이릉과의 인연부터 상세히 이야기한 까닭은 이릉이 훌륭하고 뛰어날수록 자신의 결백이 선명해지기 때문이다. 전투 장면 묘사는 사마천의 상상력이 작동한 곳으로 박진감과 애통함이 잘 드러난다. 이릉의 마음을 읽은 사람만이 쓸 수 있는 글이다. 『한서』「이릉전」의 전투 장면이 명문으로 꼽히는데 사마천의 묘사에 자극받았음에 틀림없으리라. 그럼에도 사마천이 자신의 충심을 밝히고 억눌린 심정을 드러낸다 한들 자신이 궁형을 받았다는 처절한 사건은 지워지지도 보상되지도 않는다.

편지 곳곳에 반복되는 악몽은 궁형의 기억이다. 임소경에게 인사말을 건네고 늦은 답장에 대해 사과한 후 본문을 시작하면서, "궁형보다 더 큰 치욕이 없습니다. 이 형벌을 받은 사람은 남과 똑같은 취급을 받지 못하니 제 시대에만 그런 것이 아니라 그 유래가 오래됐습니다. 옛날 위衛나라 영공靈公이 환관 옹거雍渠와 함께 왕의 수레를 타자 공자가 이것을 보고 진陳나라로 떠났습니다. (중략) (이런 까닭에) 예로부터 궁형받은 이를 사람들이 (접촉하는 것조차) 부끄러워했던 것입니다. 보통의 재주를 가진 사람도 환관과 관계되는 일이라면 자기 뜻이 상처받지 않는 경우가 없는데 하물며 강개한 뜻을 가진 선비는 어떻게 생각하겠습니까. 지금 조정에 아무리 사람이 부족하다 한들 어찌 이런 형벌을 받은 저를 천하의 호걸이라고 추천하겠습니까"라고 말한다.

편지를 마무리하면서도, "오명을 지고서는 살기 쉽지 않습니다. 비천한 처지에서는 헐뜯는 말을 많이 듣습니다. 제가 이릉을 변호한 일 때문에 이런 화를 당했고 다시 고향에서 웃음거리가 되어 선조를 욕되게 하고 더럽혔으니 또 무슨 면목으로 부모의 무덤 곁에 누울 수 있겠습니까. 수백 년이 지나도 더 더러워질 뿐입니다. 이 때문에 하루에도 속이 수없이 뒤집혀 집에 멍하니 있으면 제가 사라진 것 같고 밖에 나가면 갈 곳을 모릅니다. 이 수치를 생각할 때마다 등에서 땀이 나 옷을 적시지 않은 적이 없습니다. 저는 궁중에서 일하는 사람일 따름이니 어떻게 깊은 산에 들어가 은거할 수 있겠습니까. 그저 세속을 따라 부침浮沈하고 시대를 따라 흘러가면서 그 미친 심정과 홀린 마음狂惑을 말할 따름입니다" 하면서 악몽을 떨치지 못한다. 트라우마라고 설명할 수 있는 성질이 아니다. 글을 쓰고 말을 하면 치유가 되는 정도의 일이 아니었다. 치유로서의 글쓰기를 말하고자 한다면 이 편지를 포함해 『사기』 전체의 글쓰기를 가리켜야 할 것이다. 20여 년의 집필——『사기』를 필생의 작품이라 하는 말은 멋진 찬사로 소비되는 표현이 아니다.

사마천은 말미에 "일가의 저술을 완성하려 한다"成一家之言고 했는데 이는 자신감을 나타내는 말이 아니라 스스로에게 책임감을 부여하는 말이다. 『춘추좌전』春秋左傳에는 삼불후三不朽라 해서 인간이 이름을 후세에 전하는 법 세 가지를 언급하는데, 첫째가 입덕立德, 둘째가 입공立功, 셋째가 입언立言이다. 훌륭한 덕을 이룩해 후대의 모범이 되는 일, 뛰어난 공적을 세워 후대에 은혜를 끼치는 행동, 사람들에게 회자되는 좋은 책을 써서 글이 길이 남게 하는 것. 사마천은 마지막의 입언立言을 염두에 두고 자신의 각오와 사명을 드러냈던 것이다. 전통시대에 글 읽는 사람이라면 누구나 마음에 품었던 이상이었다.

명문이란 이런 글을 두고 하는 말이리라. 부분적으로 인용했지만 짧지 않은 전문을 읽고 나면 사마천이 느꼈던 분노, 치욕, 좌절, 체념, 고뇌, 아픔 등등 인간이 갖는 온갖 감정이 독자를 난타한다. 사마천과 관련해 수치와 분노란 말을 들으면 「임소경서」가 떠오르는 건 자동화된 연상 작용이라 해야 할 것 같다. 사마천이 임소경에게 자신의 가장 깊은 속내를 털어놓은 데에는 동병상련이랄까, 임소경의 처지에 동감했기 때문이었다.

여기엔 사연이 있다. 무제는 치세 기간이 길어 54년의 재위(B.C. 141~87) 동안 다사다난한 시기를 보냈다. 특히 50년, 무제 나이 65세에 벌어진 자신의 아들 여태자戾太子(원래는 위태자衛太子. 여태자는 시호다)의 반란과 죽음은 수많은 사람의 목숨을 앗아간 중요한 사건이었다. 무고巫蠱의 난으로 알려진 이 불상사는 나중에 태자가 억울하게 죽었음이 밝혀져 태자를 추모하는 사자궁思子宮을 짓기도 하지만 무제에게는 뼈아픈 일이었다. 위태자는 37세의 성인. 무제의 애첩 조부인趙夫人이 아들을 낳으면서 신하와 후궁 사이에 후계를 둘러싼 파벌이 생기고 액막이를 하기 위해 무고를 하는 일이 빈번하면서 황제의 목숨을 노린다는 소문까지 퍼진다. 무제는 강충江充을 등용, 사건을 맡겼고 강충은 황제에게 저주를 거는 행동을 위태자와 연결해 태자를 몰아내려 하였다. 이궁離宮에 머물던 무제에게 결백을 알리려는 일이 실패하자 태자는 천자의 사자를 사칭하여 강충을 체포해서 죽여 버리고 미앙궁에서 군사를 일으켰다. 사건을 들은 무제가 군사를 보내 태자군과 황제군 사이의 시가전이 장안에서 벌어지고 많은 사람이 죽는다. 난은 진압되고 장안을 탈출했던 태자는 결국 발각되어 자살. 어머니 위태후까지 자살한 데다 연루되어 죽은 사람도 적지 않았다.

그 가운데 사마천의 친구 임소경이 있었다. 임소경은 수도 주둔 사령부의 관리로 태자에게서 위조된 명령서를 받았으나 성의 군문軍門을 닫고 추이를 관망하고 있었다. 사건이 수습되는 과정에서는 임소경에게 책임을 묻지 않았으나 나중에 부하의 밀고로 연좌

되어 사형을 선고받고 만다. 관망하던 태도가 기회주의적인 처사로 판결받았던 것. 옥에 갇힌 임소경이 사마천에게 편지를 보냈고 여기엔 구명을 요청하는 뜻이 있었을 것이다. 공무에 바빴던 사마천이 늦게 보낸 답장이 우리가 읽은 이 편지다. 죽음과 마주했었던 사마천이 죽을 날을 기다리는 친구에게 보낸 편지. 사마천이 진정을 털어놓는 사정이 여기 있었던 것이다.(『후한서』, 「임안전」任安傳)

분노의 문학

「임소경서」 가운데, 사마천이 문왕의 『역』易부터 한비자의 「고분」孤憤까지 언급한 부분은 주목할 필요가 있다. 이 단락은 『사기』「태사공자서」에서도 반복된다. 『역』부터 한비자의 「고분」까지 나열한 다음, "이런 사람들은 모두 마음속에 울분이 맺혔으나 그것을 시원하게 풀어 버릴 방법이 따로 없어 이에 지난날을 서술하여 미래에다 희망을 건 것이었다"라고 같은 취지의 말을 조금 더 정리된 형태로 재천명한다. 『사기』를 발분서發憤書라고도 하는데 억제하지 못하는 분한 감정을 동력으로 쓴 책이라는 뜻으로 읽을 수 있다. 유가에서는 온유돈후溫柔敦厚의 자세를 핵심미학으로 삼는데, 이에 대치되는 미학의 다른 축으로 발분의 미학은 후대 문학사상의 큰 흐름이 된다. 사마천이 언급한 글 이외에 굴원의 『초사』楚辭가 이 계열의 선구를 이루며 사마천이라는 준령을 넘어 당나라 때의 한유韓愈·유종원柳宗元으로 이어지고 그 뒤로 길고 굵은 계보를 만들어 문학사를 살찌운다.

시련 속에서 자기 계획을 끝까지 실행에 옮긴 사마천의 의지는 놀랍다. 의지 저변에, 「임소경서」 전반에 발분의 정서가 지배적임을 감지할 수 있다. 연암은 이것을 염두에 둔 것이었을까. 개연성은 충분하나 꼭 이것만은 아니었을 것이다. 연암은 『사기』를 말하고 있기 때문이다. 「임소경서」에서 간취할 수 있는 어떤 감정이 『사기』에 투영됐다고 보는 게 온당할 것이다. 「임소경서」가 『사기』를 이해하는 중요한 글이지만 『사기』를 전부 설명한다고 볼 수는 없다. 연암은 '마음'이라고 했지 감정이라고 하지 않았다. 『사기』에 담긴 마음은 훨씬 복잡하고 세심하다. 감정 자체가, 분노 자체가 문학이나 역사가 될 수는 없으니까.

3. 『사기』 이해의 두번째 열쇠, 「태사공자서」

『사기』 이해에 필수적인 글이 하나 더 있다. 『사기』 마지막에 실린 「태사공자서」太史公自序(이하 1장 내에서는 '자서')가 그것이다. 「임소경서」가 개인적인 글이라고 한다면 「자서」는 공적인 성격이 강하다. 「임소경서」가 감정을 토로하는 울림을 준다면 「자서」는 『사기』 전체를 총괄하는 안내문이므로 체계적이고 지적이며 논지가 분명하다. 「자서」에는 『춘추』에 기반을 둔 전통적인 역사 서술에 대한 안목과 함께 『사기』 저술의 사명감이 응축돼 있다.

> 나 태사공은 말한다. 선친께서, "주공이 죽고 난 뒤 500년 만에 공자가 태어났다. 공자가 죽고 난 뒤 오늘에 이르기까지 500년이 지났으니, 다시 밝은 세상을 이어 『역전』易傳을 바로잡고 『춘추』를 계승하고 『시』・『서』・『예』・『악』에 근본을 둔 (저서를 쓸) 시기가 됐을 게다"라고 말씀하셨는데, 아버지의 뜻이 바로 여기 있으셨다. 내 어찌 감히 그 일을 사양하겠는가. (중략)

호수壺遂가 또 물었다. "공자도 당시에 위로는 밝은 군주가 없었고 아래로는 관직에 임명되지 못했습니다. 그래서 공자는『춘추』를 지어 부질없는 문장을 전해 예의를 판단하여 제왕의 법칙을 대표했습니다. 그러나 선생은 위로는 밝은 천자를 만났고 아래로는 관직을 가졌으며 만사가 이미 다 갖춰져 있고 모든 일이 각자 제자리를 찾았는데, 선생의 논점은 무엇을 밝히려는 것입니까?"

태사공은 말하였다. "네, 네, 아니, 아닙니다. 그렇지 않습니다. 저는 돌아가신 아버님으로부터, '복희는 지극히 순후純厚한 인물로『역』의 팔괘八卦를 지었다. 요순의 성덕盛德은『상서』尚書에 기록됐고 예악이 만들어졌다. 탕왕湯王과 무왕武王 시대의 융성함은 시인들이 노래하였다.『춘추』는 선을 싣고 악을 물리치며 삼대三代(하·은·주)의 성덕을 추숭追崇하고 주나라 왕실을 찬양하지만 단지 풍자나 비방에 그치지만은 않는다'라는 말씀을 들었습니다. 한나라가 개국한 이래 밝은 천자(무제)에 이르러 상서로운 징조를 얻어 봉선을 거행하고, 역법을 개정하고, 의복 색깔을 바꾸고, 하늘로부터 천명을 받아 그 은혜가 한없이 퍼지고 있습니다. 풍속이 우리와 다른 해외의 민족들도 여러 차례 통역을 거쳐 변새邊塞 지방에 와서 공물을 헌상하고 황제를 알현하겠다고 청하는 자들도 다 헤아릴 수 없습니다. 신하 백관들이 황제의 성덕을 열심히 찬양하고 있습니다만 그 뜻을 다 펴내지 못합니다. 하물며 현명한 인재들이 등용되지 못한 것은 나라를 다스리는 군주의 치욕입니다. 주상께서 명성明聖하신데도 그의 덕이 온 나라에 퍼져 알려지지 않는다면 이는 관리의 잘못입니다. 지금 제가 그 일을 맡았으면서도 황제의 명성하신 덕을 폐기하고 기록하지 않으며, 공신功臣·세가世家·현대부賢大夫들의 공업功業을 인멸하고 서술하지 않아 선친의 유언을 지키지 않는다면 그보다 큰 죄는 없을 것입니다. 제가 이른바 '지난 일을 서술한다' 함은 대대로 전해 온 것을 정리하는 것이지 이른바 창작이 아닙니다述而不作. 선생께서 이를 『춘추』와 비교하신 것은 잘못입니다."

이리하여 그 문장을 논하고 차례대로 쓰게 되었다. 그 후 7년째 되던 해, 나 태사공은 이릉李陵의 화禍를 당해 감옥에 갇혔다.

공자가 『춘추』를 지은 까닭이 무엇이었냐는 호수의 질문과 사마천의 답변이 이 글의 중심이다. 호수의 질문은 두 가지였는데 의례적인 첫번째가 아니라 앞서 인용한 두번째 질문이 진짜였던 것. 사마천의 대답에는 긍정과 부정이 교차되면서 뜻하지 않은 질문에 당황하는 모습이 역력하다. 호수의 질문은 예리하다. 사찬私撰이라는 전례 없는 글쓰기에 사심私心이 끼어들지 않겠는가, 정확히 말하면 무제의 치세와 관련해 황제를 평가하는 일이 주제넘은 작업이라고 생각하지 않느냐라는 직설적인 물음이었기 때문이다. "네, 네, 아니, 아닙니다"라는 응답에 어쩔 줄 모르는 사마천의 모습이 잘 묘사됐다.

예리한 질문에 어떻게 대응해야 할까. 「임소경서」의 일방적인 토로보다 「자서」의 대화 형식이 강점을 갖는 이유가 여기에 있다. 사마천은 전력을 다해 설득해야 했고 설득의 이유는 『사기』를 정당화하는 관건이 된다. 격정적인 진정 토로에서 설득하는 정당성으로의 이동——「임소경서」와 「자서」의 차이다. 기록을 남기는 이유, 그 모범답안이 발설된다. 한데 기대에 비해 답변이 평범하다. 왜 평범해 보이는 걸까? 사마천의 답이 낡아 보이는 까닭은 이런 대답을 흔히 봐 왔기 때문이다. 기시감. 후대의 글에서 반복된 까닭에 착시 현상으로 인해 최초의 글이 지닌 신선도와 오리지널리티가 빛바랜 것이다. 공식적인 해명이었던 만큼 파격을 기대할 수 없는 탓도 있었을까.

사마천은 앞서 아버지의 임종 자리를 회상하며, "'획린獲麟(B.C. 481, 『춘추』가 여기서 끝난다) 이래 지금까지 400여 년 동안 제후들은 서로 겸병에만 몰두하여 역사를 기록하는 일은 단절되고 말았다. 이제 한나라가 흥하여 해내海內는 통일되었고 역사상에는 명주明主·현신賢臣·충신忠臣·사의死義의 인물들이 많이 있었는데 내가 태사령의 지위에 있으면서도 천하의 역사를 폐기하고 말았구나. 나는 이 점에 대해 심히 두려워하고 있다. 너는 내 심정을 잘 살피길 바란다.' 사마천은 고개를 숙이고 눈물을 흘리면서 '소자 불민하오나 선조 대대로 편집해 배열한 구문舊聞을 어느 것 하나 빠뜨리지 않도록 하겠습니다'라고 대답하였다"라고 기록하고 있다. 「자서」는 부친의 유언, 그리고 사관史官이라는 자리가 갖는 공적인 책임감 등 사명감에 무게가 실려 있다. 사관이라는 자리의 기원에서부터 대대로 사관직을 맡았던 자기 조상에 관해 긴 글을 쓰면서 「자서」를 시작한 이유도 이 때문이었다. 사관이라는 직職에는, 막중한 책임감과 부담, 거부할 수 없고 회피할 수도 없는, 목숨까지 거는 무게감——지금으로서는 헤아리기 어려운 무서운 직업윤리가 있었던 것이다.

사마천은 자신의 사명감을 토로하면서 "정리하는 것이지 창작이 아닙니다"述而不作라고 했다. 공자가 한 유명한 말을 인용하면서 자신의 각오를 다진 것이다. 술이부작述而不作. 간단한 말이지만 음미해야 할 말이다. 공자가 생각하는 '문화'에 대한 관점이 이 말에 집약돼 있기 때문이다.

공자는 자신을 기록자로 생각했다. 기록자란 문자를 안다는 의미였다. 문자는 문화를 담는 최고이자 최적의 수단이었다. 전설이지만 노자가 왕실도서관의 관장이었다는 언급도 동일 차원에서 생각해 볼 수 있다. 이들은 문자에 통달·숙련된 지식인으로 문자를 지배하는 표상으로 존재가 재조정된다. 이들이 글을 남기지 않았을 가능성이 높은데도 후대 사람들은 문자기록을 이들의 창작作이라고 끊임없이 강조했다. 공자의 경우 분명히 문화의 전달자로서 이전의 문화를 기록한다述고 말했지만 이때 '술'述은 '전달한다'(to transfer)는 의미에 방점을 찍은 것이었고 그 수단은 반드시 문자기록을 남긴다는 의미는 아니었다. 공자는 어떤 면에서 텍스트를 만들면 근본적인 영향력을 발휘할 수 있다는 생각에 저술을 남기지 않았을 수 있다.

그러나 후대 유가들은 텍스트를 지배하는 존재로서 공자를 만들어 공자의 권위 아래 문자세계의 우위를 점하려는 욕망의 작동을 제어할 수 없었다. 공자가 『춘추』를 지었다는 전설을 지속적으로 유포시킨 이유가 여기에 있었던 게 아닐까. 그럼에도 유가들의 욕망은 성공했다. 그것이 유가들의 욕망이든 상상된 공자이든 공자는 권위와 동의어가 되었고 그 권위에는 문화의 전달자라는 아우라가 핵심에 박혀 있다. 뒤에 저술을 하는 사람은 공자가 『춘추』를 지었다는 전설을 사실로 받아들이고 술이부작의 의미를 재해석하면서 스스로에게 공자와 같은 사명감을 부여했다. 이렇게 문자의 힘은 전통으로 뿌리를 내리게 된다.

「임소경서」와 「자서」, 두 글은 방향이 전혀 다르다. 두 글을 같이 읽을 때 『사기』의 윤곽이 뚜렷해진다. 이럴 때 연암이 사마천의 마음을 분노와 수치심이라고 비유한, '연암이 파악한' 『사기』의 성격을 알게 된다. 그것은 독서의 모범으로 제시할 만하고 따라할 만한 가르침이기에 자연스레 수긍할 수 있다. 이렇게 읽는 것으로 연암의 편지를 이해할 수 있을 것이다. 연암의 글을 읽는 통상적인 독법이기도 하다.

4. 수치와 분노라는 감정

정리를 하고 나니 석연치 않은 몇 가지가 따라온다. 수치와 분노로 읽은 것은 연암의 안목인바, 그것은 『사기』에 어떻게 구현됐을까. 『사기』가 사찬私撰이긴 하나 기록성이 중시되는 만큼 수치와 분노를 공공연하게 표현할 수 없음은 명약관화하다. 수치와 분노가 날것으로 드러났다면 쓰는/읽는 당장은 통쾌할지 모르나 후대에 훌륭한 기록으로 남아 모델이 될 수 있었을까. 후대에 남길 공적 기록이라는 논란을 벌일 수 없는 조건 앞에서 자신의 원한을 사사로이 개입시킬 수 있을까. 객관성이라는 거리감은 필수 아닌가. 이런 문제들이 쉽지 않았기에 연암은 "마음"이라고 했을 것이다. 수치와 분노는 대체 어떤 마음일까. 공적 기록에 수치와 분노를 담는다는 건 어떤 것일까.

공분

나는 수치와 분노를 개인적인 감정으로 이해하는 것이 연암의 글,

나아가 『사기』 읽기의 장애라고 생각한다. 이 시대를 사는 우리는 모두 근대인일 수밖에 없다. 사고 단위가 개인으로 분절돼 있어서 전통시대를 읽는 데 서투르다. 연암의 글을 포함해, 『사기』는 말할 것도 없고, 전통시대의 글은 반드시 공공성(public mind)을 전제로 읽어야 한다. 사마천의 수치와 분노는 공적인 것이었다. 이 점을 잊으면 안 된다. 연암의 글도 공공성을 전제로 해야 한다.

이제 연암의 글을 다시 읽어 보자. 뛰어난 글을 읽으면 인상적인 장면을 떠올리는 건 당연하다. 하지만 『사기』가 훌륭한 이유는 자신이 험한 일을 당했음에도 굴하지 않고 개인의 경험을 공공성으로 심화시켰기 때문이다. 그걸 읽지 못하고 인상적인 장면 운운하는 건 늙은 서생의 진부한 말이 아니고 무엇이겠는가. 연암의 말은 그렇게 읽어야 하지 않을까.

무제에 대한 사마천의 분노가 강렬했음은 두말이 필요치 않다. 그러나 무제를 비난하고 저주하는 일에 개인적인 원한을 썼다면 사마천의 글은 감정 배설에 그쳤을 것이다. 이릉을 변호한 그의 행동은 공적인 자리 즉 조정에, 정사에 참가해 실행한 일이었다. 그것이 무참히 꺾였을 때 이것은 그의 공적 행위가 무산된 것이었다. 사마천의 분노는 군주의 모범적인 행동이란 무엇인가를 사색하는 단계로 나아간다. 제국이 한 개인의 감정에, 호오好惡에 맡겨졌을 때 어떤 결과가 빚어지는가. 사마천은 너무 비싼 대가를 치렀다. 그는 깊이 따져 봐야 했다. 군주로서 무제가 지금까지 어떤 행동을 했는지 살펴보고 검토하며 이전의 왕과 황제의 경우와도 견주어 봐야 했다. 이전 군주까지 포괄해 따져 보는 일은 필수적이었다. 그 결과는 구체적인 기록으로 남길 가치가 있어야 하며 남겨야 했다. 그게 기록자로서 사관의 임무다. 그 결과물이 『사기』였다. 그의 분노를 공적이라고 하는 이유가 여기 있다. 앙드레 지드의 『좁은 문』이라는 소설은 러브 스토리가 아니라 분노의 책이다. 정신과 영혼을 구원하고 정화하는 종교가 오히려 인간을 죽음으로 내몰 때 그걸 목격한 인간이 느끼는 의분義憤으로서의 분노가 조용히 타오르기 때문이다.

수치심이라는 자질

수치심도 마찬가지다. 상상화이긴 하지만 전해지는 사마천의 초상화를 보면 여느 초상화와 도드라지게 다른 특징이 하나 눈에 띈다. 사마천의 초상에는 수염이 없다. 수염은 전통시대 남성성의 상징이다. 옛사람들은 멋으로 수염을 기르지 않았다. 수염은 단순히 성적 매력을 의미하거나 남성성과 여성성을 구분하는 기표記標에 그치는 게 아니다. 전통시대 인간의 의무는 후손을 이어 가는 것이었고 이는 개인이 아니라 가문 내 존재로, 신분이 근본지표였던 시대를 살았던 남성의 절대의무였다. 남성에게 수염은 사회적 기호였다. 남자건 여자건 가문이라는 큰 울타리 내에서 자기 존재를 인지하는 전통사회에서 수염이 없다는 것은 사마천이 인간으로서 존재를 부정당했음을 보여 준다. 수염의 부재만큼 비존재非存在를 적나라하게 보여 주는 표시도 없다. 수염의 상실은 개인의 문제가 아니라 가문이 끊어진다는 무거운 책임과 공포가 따라붙는다. 이는 가문에 대한 죄이기도 하고 사회적 존재가 절멸됐음을 의미한다. 강조하지만 궁형을 당했을 때 최초의 타격은 개인이 당했다는 수치가 아니라 조상 뵐 면목이 없다는 가문의식이다. 「임소경서」에서, "부모의 무덤 곁에 누울 수 없다"고 한 토로는 비유가 아니라 사실을 진술한 것이었다.* 이것이 그의 부끄러움에 대한 일차 이해일 것이다.

이게 전부가 아니다. 사마천이 이릉 변호에 실패하고 이릉의 식솔들은 멸족당한다. 이 소식을 들었을 때 이릉의 심사가 어땠을지 상상해 보라. 이 처분을 알고 사마천의 심정은 또 어땠을까. 사마천이 이릉을 변호할 때 그의 주변에 있던 숱한 조정의 벼슬아치들은 사마천이나 이릉을 도와주지 않았다. 옳은 일을 한 결과가 이런 것인가. 글깨나 읽었다는 관리들의 보신주의를 실제 목도한 이의 심정. 궁형을 당할 때 대속금代贖金을 내면 형을 벗어날 수 있었지만 그는 가난했거니와 그를 도와주는 친구 하나 없었다! 모두가 화를 입을까 두려웠던 것이다. 이것이 사마천이 존경했던 문제文帝가 닦아 놓은 단단한 기초 위에 전성기를 누리는 한漢나라의 맨얼굴이었다. 이런 황제, 이런 관료와 함께 이런 사회에 산다는 사마천의 괴로움. 그것이 수치심이었다. 이것은 이데올로기(가치관의 편협화)와 이해관계라는 관념(허상)에 물들지 않은 지식인의 뼈저린 느낌이었

---

* 수염에 대한 인식은 시대마다 다르다. 전통시대에는 남성의 절대적 사회기호였지만, 우리나라의 경우 근대가 시작되면서 위생 담론과 연결돼 수염은 더러움의 상징이었다. 수염이 버려야 할 전통의 상징물로 변한 것이다. 최근 멋과 패션담론이 성행하면서 수염은 다시 개성의 상징으로 바뀌었다. 그럼에도 근대 이후 수염에 대한 생각은 개인 범주 안에 머무른다. 개인 중심이냐 아니냐 하는 문제는 근대와 전통시대가 근본적으로 갈라지는 곳이다.

다. 그것은 인간이라면 의당 가져야 할 부끄러움이었다.

영국의 뛰어난 소설가 그레이엄 그린(Graham Greene)의 『조용한 미국인』(*The Quiet American*, 1955)이라는 작품이 있다. 미국이 베트남에 개입할 것을 예언한 소설로 유명한데, 화자인 주인공은 기자로 잠입한 스파이(?) 미국인과 친구가 되고 결국 그를 죽이게 된다. 화자의 행동은 충분히 정당화될 수 있는 것이었다. 하지만 화자는 해야 할 일을 했음에도 표현할 수 없는 어떤 죄책감에 자책하며 괴로워한다. 자책하는 밑바탕에는 부끄러움이 존재한다. 소설의 뛰어난 부분이 이 지점이다. "문학은 근본적인 의미에서 윤리적이다"라고 말할 때 『조용한 미국인』 정도는 되어야 이런 명제에 부끄럽지 않은 것이다. 인간을 얽어매고 삶을 질식시키는 매너 따위와는 다른 차원의 문제가 윤리에 걸려 있고 그 윤리의 핵심 가운데 하나가 수치심이다. 의로운 일을 하고도 부끄러움을 느끼는 게 인간이라는 이상한 존재 아닌가. 나는 사마천의 부끄러움을 인간으로서 가져야 할 근본 자질로 이해한다. 그것은 추상화된 이념형이 아니라 처절한 경험을 통해 터득한 감정이었다. 맹자가 강조한 부끄러움도 이것이 아니었던가. 수치심은 인간됨의 근본 자질이었다.

프로이트에 익숙한 사람이라면 사마천을 좋은 케이스 스터디로 보고 트라우마를 『사기』라는 작품을 쓰는 에너지로 전화시켰다고 '승화'라는 표현을 썼을지 모르겠다. 탐나는 말이긴 하다. 「임소경서」와 「자서」는, 사적인 글과 공적인 저술로 결이 달라 거리가 멀어 보이지만 겉으로 그렇게 보일 뿐 뫼비우스의 띠처럼 연결돼 있다. 공적 성격을 바탕에 두고 읽으면 이해에 지장이 없다. 프로이트가 관심을 기울인 콤플렉스 혹은 트라우마 같은 병적 징후가 아니다. 「임소경서」에 남아 있는 개인적인 감회와 「자서」의 공적인 심각함 사이의 갈등과 긴장이 『사기』를 특별한 저술로 만들었다고 생각한다. 「임소경서」는 개인적인 성격이 강해 보이지만 공적인 지향이 담겨 있다. 「자서」는 책임감과 진지한 사명감이 주조를 이루지만 감추지 못하는 억울함이 저변에 흐른다. 복잡하게 맞물린 마음의 뒤엉킴, 그리고 그 극복이 『사기』를 읽는 한 길이기도 하다. 문학이라는 감정에 호소하는 방식과 기록성이라는 이성적 기술 방식이 맞물리는 곳, 이것이 『사기』의 문학성을 형성하고 지탱한다.

문학을 읽는 마음

아직 석연치 않은 부분이 남아 있다. 나는 나비 잡는 어린아이의 비유가 마음에 걸린다. 「임소경서」와 「자서」를 읽고 나면 감정의 격동이 느껴진다. 억눌린 마음에서 올라오는 세찬 파도를 막지 못하고 독자 역시 감정이 출렁이고 꿈틀댄다. 나비 잡는 어린아이의 평화롭고 겸연쩍은 심사와 사마천의 마음 사이는 격차가 크다. 어린아이의 비유가 사마천의 마음과 균형이 맞지 않는다는 생각이 지워지지 않는다. 교과서적인 해소 방법이 있긴 하다. 연암이 지적한 것은 어린아이의 순수한 마음 상태이고 사마천이 저술을 할 때도 순수한 상태였다고, 창작심리와 동심을 일치시키는 것이다. 고개를 끄덕일 만한 답변이다. 사마천이 치욕을 잘 다스렸다는 사실(그 결과가 『사기』이니까)을 기억한다면 받아들일 수 있다.

연암의 글은 편지에 보이는 심플한 전언보다 훨씬 복잡한 회로를 갖고 있는 것 같다. 첫째, 연암의 편지는 독서인으로서 선비의 자세를 일러 주는 게 표면 주제지만 사士를 독서인으로 규정했던 연암의 정의(「원사」原士)를 생각할 때 보이지 않는 주제까지 더듬어 봐야할 것이다. 독서의 지향점이 간단치 않아 보인다. 둘째, 『사기』를 예로 들었지만 저자의 마음을 읽는다고 하는 것은 창작심리를 포함한 '저자의 삶과 저술의 관계'까지를 독서의 범위로 잡고 있다고 판단된다. 독서란 생각보다 쉽지 않은 일이다. 강조하건대 사마천의 마음이 『사기』에 여실히 드러나는 건 사실이지만 수치와 분노가 곧바로 작품은 아니다. 작품과 사마천 마음과의 거리는 생각보다 멀 수 있다. 이 거리를 좁히는 것이 독자가 개입하는 독서 행위다. 저자는 이 거리를 구체적인 글쓰기로 메꿨다. 그것은 내러티브 방식이기도 하고, 레토릭의 구사이기도 하며, 인물 형상화이기도 하고, 세밀한 언어 표현이기도 하며, 다양한 삶의 제시이기도 하고, 기발한 사건의 재현이기도 하다. 이러한 구체적인 글쓰기의 결을 따라 감춰진 이면과 음영을 읽는 것이 적극적인 독서 행위다.

바꿔 말하면 연암이 읽은 『사기』는 작품에 그치지 않고 저자에게로 나아갔다. 이때 저자란 작품론에서 작가론으로 진행되는 대상이 아니다. 저자의 삶이 포함되고 창작심리를 염두에 두어야 하며 공적 지향을 전제로 하기 때문이다. '문학은 삶'이라는 명제를 떠올릴 때 삶은 사실(팩트)의 다발로 설명한다는 뜻이 아니다. 마음이라는 깊고 어두운 세계를 인간의 삶에 끼워 넣어야 한다. 연암의 말을, 이런 마음을 읽어야 한다는 뜻으로 파악해야 할 것 같다.

문학이 훌륭한 까닭은 인간의 마음을 이해할 수 있게 한다는 점이다. 사라진 사람의 마음을 읽고 이해할 수 있다는 경이로움은 문학만이 할 수 있는, 양보할 수 없는 존재 이유다. 어렸을 때 나비를 잡고 놀던 순수한 상태까지 내려가지 않는다면 어떻게 다른 사람을 이해할 수 있을 것인가. 연암이 읽은 『사기』는 수치와 분노였다. 연암은 인간의 마음 가운데 감정에 초점을 두고 읽었다. 문학은 마음과 통하기에 감정을 가장 잘 다룬다. 국사國事 중심의 연대기는 공식 기록의 주요 대상으로 오랜 기간 사관史官의 임무였다. 사관의 기록을 근대적인 의미의 역사로 이해할 필요가 없다. 연암은 공적 기록의 성격을 띤 글에 마음을 포개 읽었다. 마음까지 보았으니 『사기』를 문학으로 읽었다는 의미로 이해해도 무방하리라.

5. 문학으로 읽는 『사기』

이제 『사기』를 에워싼 여러 이야기들을 자유롭게 흩트려散布 보려한다. 『사기』를 문학과 연결시킬 때 필연적으로 붙는 상식들이다.

'비방하는 책', 『사기』

수치와 분노라는 감정과 연관되면서 『사기』를 두고 '비방하는 책'誘書이라고 하는 오래된 이야기가 있다. 나관중의 『삼국지연의』에 보이는 흥미로운 에피소드. 왕윤王允은 초선의 미인계를 이용해(초선은 허구의 인물이다) 동탁董卓을 죽이고 동탁의 시체를 저잣거리에 버리고는 축하잔치를 벌인다. 이때 한 사람이 동탁 시체에 엎드려 통곡한다는 소식을 듣게 된 왕윤은 그를 체포하라는 명을 내리는데 잡고 보니 다름 아닌 채옹蔡邕이었다. 채옹은 묵형墨刑을 받고 발꿈치가 잘리는 형벌을 받더라도 한漢나라의 역사를 써서 속죄하겠다고 소망을 말한다. 당대 최고의 문사文士였던 채옹의 재주를 아껴 많은 사람이 채옹을 구하려 애쓰는 가운데 왕윤은 채옹의 소망을 듣고 말한다. "옛날 무제가 사마천을 죽이지 않고 역사를 쓰게 해서 비방하는 책이 후세에 전해지게 되었다."昔孝武不殺司馬遷, 後使作史, 遂致誘書流于後世 동탁의 은혜를 입은 채옹이 동탁을 죽인 자신에 대해 좋지 못한 글을 남길까 왕윤은 두려웠던 것이다. 왕윤은 채옹을 옥에 가두고 스스로 목매 죽도록 한다.

사마천의 이야기가 의외의 곳에서 화젯거리로 등장한다는 사실이 눈길을 끈다. 채옹이 누구인가. 중국문학사에서 유명한 문인 가운데 한 사람으로 이른 시기(후한)에 널리 알려진 인물이다. 중국문학사에서는 '건안建安 시기'(196~220. 후한 헌제獻帝의 연호)라 해서 시가詩歌 문학이 최초로 꽃을 피웠던 빛나는 시대로 기록하는데 저자를 확정할 수 있는 걸작들이 속출하던 시대였다. 남조南朝시대 제량齊梁의 평가에 근거를 두고 후대에 일반화된 시각이다. 한대漢代에 합의된 사실이 아니라는 점에 주의해야 한다. 이 시대를 주도하던 주요 인물 가운데 조씨 삼부자(조조曹操·조비曹丕·조식曹植)를 빼놓을 수 없다. 조식은 한 시대를 대표하는 대시인이었고 후에 문제文帝가 되는 그의 형 조비도 훌륭한 시인이었으며, 일반 사람들에게 가장 잘 알려진 조조 역시 뛰어난 무장이자 학자(현재 전하는 『손자병법』孫子兵法의 가장 뛰어난 주석가 가운데 한 명이 조조다)였으며 시인으로서도 발군이었다. 사람을 아끼고 수하에 거두기로 유명한 조조가 구하지 못해 안타까워한 사람이 바로 채옹이었다. 후에 조조는 채옹의 딸 채염蔡琰(보통 채문희蔡文姬로 널리 알려졌다)을 오랑캐 땅에서 한나라로 데려와 살게 해 채옹에 대한 안타까움을 달랜다. 채염의 이야기는 그녀의 아버지 채옹과의 관계에서도 그렇고 그녀의 걸작 시를 언급할 필요도 있어서 따로 독립시켜야 할 만큼 곡절이 많은 데『사기』와도 관련이 있다. 2장에서 좀 더 자세히 다루려 한다.

『삼국지연의』三國志演義는 후한 말에서 진晉나라 성립까지를 다룬 역사물로 명나라 때 완성된 작품이다. 주요 배경이 후한에서 삼국시대까지 걸쳐 있지만 작품에는 송나라·원元나라까지의 지명·관직명·의복명 등등이 시대와 상관없이 자유롭게 구사된다. 역사소설이라고 통칭하지만 리얼리티 중심으로 읽으면 낭패를 당하기 십상이다. 역사적 실증에 구애되지 않는 자유로운 성격 때문에 '역사 로망스'(historical romance)의 전형적인 작품으로 꼽힌다. 『사기』를 '비방하는 책'謗書이라고 언급한 데에는 당시 사람들이 『사기』를 이해하는 어떤 측면을 잘 보여 준다. 이는 옳고 그름의 문제가 아니다. 『사기』에 대한 이런 인식은 『삼국지연의』가 문자로 완전하게 정착한 명나라 때의 학문 분위기와 맞물리는 면이 있다. 『사기』 연구가 명나라 때 와서 본격화됐기 때문이다.

문학사의 변동과 『사기』

『사기』를 조망하기 위해 문학사의 관점을 도입해 보자. 문학사의 변동은 특정 텍스트를 보는 관점 변화를 알 때 명확하게 인지되는 경우가 있다. 중국의 경우 당나라 때의 이름 높은 시 장계張繼의 「풍교야박」楓橋夜泊을 둘러싼 해석이 그 예에 해당한다.

달 지고 까마귀 울어 서리가 하늘 가득한데
강의 단풍 배의 불빛 대하며 시름에 잠 못 든다
고소성 밖 한산사
한밤 종소리 객선에 이르네
月落烏啼霜滿天 江楓漁火對愁眠
姑蘇城外寒山寺 夜半鐘聲到客船

이 시를 두고 송宋나라의 빼어난 문인 구양수歐陽脩는 자신의 저서 『육일시화』六一詩話에서 문제를 제기했다. "좋은 시이긴 하지만 삼경(깊은 밤)은 종 치는 시각이 아니다." 구양수는 야반종성夜半鐘聲을 문제 삼은 것. 시가 사실과 어긋난다고 지적한 발상이 재밌다. 이후 문헌 증거를 가져와 사실이다 아니다, 라는 갑론을박이 명明나라 시대까지 벌어진다. 구양수의 문제 제기가 중요한 까닭은 시를 읽는 규범의 변화를 머금고 있기 때문이다. 논란의 핵심은 사실 여부가 아니다. 사실 여부에만 매달려 논란을 벌이면 중요한 점을 놓치게 된다. 구양수가 문제 삼은 것은 당唐나라에서는 당연했던 어떤 지점이 송나라에 와서 문제로 떠올랐다는 사실을 보여 준다. 시관詩觀의 변화가 시 독법에도 영향을 미쳤던 것.

통상 '송시宋詩의 일상화'라고 하는데 송시는 당시唐詩와 전혀 다른 세계를 개척했다. 보통 당시唐詩, 송사宋詞, 원곡元曲, 명청소설明淸小說이라 해서 한 시대를 대표하는 문학 장르를 내세우는데 그러다 보니 당나라와 송나라의 이질적인 시 세계를 놓치게 된다. 송나라 때에도 당나라 시에 뒤지지 않는 위대한 시가 존재한다. 송시가 당시

唐詩와 차이가 나는 곳은 이전까지 문학 전통에서 언급되지 않은 소재와 감정이 시 세계로 대거 들어와 새로운 세계가 펼쳐졌다는 점이다. 그 여파는 컸다. 문학적 관습이 강하게 작용했던 이전의 문학장文學場의 장벽이 무너지고 시를 감상하고 평가하는 새로운 독법과 비평이 등장했다. 문학 관습에 따라 시를 읽고 감상하던 규칙이 의심을 받고 일상과 연결되는 읽기가 형성됐던 것. 시의 언설을 현실성 혹은 리얼리티란 관점에서 보는 전례 없는 해석이 등장했다. 후대에 이를 송시의 일상화라 불렀고 그 극적인 예가 구양수의 문제 제기로 나타난 것이다. 그랬기에 후대에 구양수의 시관詩觀을 둘러싸고 현실과 시의 관계, 시 자체의 예술성, 예술의 독립성이란 테마로 논란이 확대될 수밖에 없었다. 구양수의 문제 제기는 사실의 시비 문제가 아니라 문학적 감수성이 변하는 시기를 보여 주는 중요한 역사적 선례였다.

『사기』로 돌아가 보자. 『사기』의 지위가 고전으로 확립된 것은 저술이 세상에 전해지고 유통되면서 바로 일어난 일이었을까. 『한서』漢書 「사마천전」에 따르면 『사기』가 세상에 알려진 것은 사마천 사후 그의 외손 양운楊惲이 유포시키면서인데 선제宣帝(B.C. 73~49) 연간이다. 『사기』 텍스트의 위상 변화는 문학사와 연동된다. 반고班固의 『한서』는 『사기』와 더불어 문장의 모범으로 일컬어지는 고전이다. 역대로 『한서』가 『사기』보다 높은 평가를 받았다. 『한서』의 균형 잡히고 규칙적인 문장은 문장 공부의 표준이었고 문인들은 『한서』를 기준으로 글을 익혔다. 한나라가 끝나고 뒤를 이은 역대 왕조는 사륙변려문四六駢儷文이라는 규칙적인 문장 형식을 공식 문서의 문체로 채택해 사용했다. 『한서』는 변려문은 아니었지만 문인들은 『한서』를 통해 일정한 리듬을 익힐 수밖에 없었다. 문학관의 혁신이 없었다면 『사기』는 지금의 지위에 오를 수 없었다.

　『사기』는 처음부터 고전은 아니었다. 당唐나라 때 와서 한유韓愈가 고문古文운동을 일으키면서 문학관의 변화가 생기자 『사기』가 주목받게 된다. 송宋나라 때 고문이 완전히 자리를 잡고 나서야 『사기』가 『한서』만큼 중요해진다. 우리가 아는 위대한 문학 작품으로서 확인받기까지는 명明나라 때까지 기다려야 했다. 명나라를 대표하는 문장가 귀유광歸有光은 『사기』 텍스트를 연구해 문장 자체의 예술성에 집중했고 명나라의 유명 문장가들 역시 귀유광의 뒤를 이었다. 조선의 문인들이 읽었고 일본의 문인들도 널리 읽은 책이 바로 명대 문인들의 비평과 주석을 담은 『사기평림』史記評林이다. 문학성에 대한 풍부한 언급 때문에 내가 텍스트로 삼은 책이기도 하다. 『사기평림』은 명대 유명 문장가들의 비평문을 폭넓게 수록해 문장을 보는 안목을 높일 수 있는, 『사기』에 관한 한 명대 비평문의 집성이라고 할 수 있다. 네 글자씩 일정한 리듬으로 안정된 문장을 구사했던 『한서』에 비해 와일드하고 불규칙한 리듬과 행문行文을 보였던 『사기』의 숨은 진가가 재발견된 것이다. 요컨대 고전으로서 『사기』가 자리 잡기까지는 문학관의 변동이라는 오랜 세월의 진행을 기다려야 했다.

　이야기를 우회했는데, 그렇다면 이러한 문학관의 변화는 앞에서 왕윤이 '비방하는 책'謗書이라고 한 『사기』에 대한 오명과 관계가 있는 것일까? 있을 것이다. 각도를 바꿔 미학적인 관점에서 이야기

해 보자. 왕윤의 말은 소설 『삼국지연의』에 나온다고 했지만 원래
는 정사正史 『후한서』後漢書 「채옹열전」에 보인다. 「채옹열전」의 기록
은 소설과 약간 다르다. 동탁이 피살당했을 때 채옹은 왕윤과 함께
있다가 소식을 듣고 자기도 모르게 탄식을 한다. 채옹은 동탁이 자
신의 재주를 아껴서 우대하자 어쩔 수 없이 벼슬을 하였고 자기 말
을 들어주기도 하여 인간적인 어떤 감정이 없을 수 없었던 것이다.
소설을 통해 나쁜 놈으로만 인식된 동탁은 의외의 면모가 있는 인
물이기도 하다. 후한 말 환관들이 득세하면서 나라가 어지러워지고
환관을 비판했던 선비들이 탄압받으면서 소위 청류파淸流派 선비들
이 어려운 시기를 보낼 때 이들을 발탁해 쓴 장본인이 동탁이었다.
왕윤도 기개가 있는 인물이어서 청류파적 면모 때문에 동탁과 연결
된 것이었다.

　왕윤은 채옹의 의도치 않은 한탄을 듣고, 동탁과 개인적인 관
계로 큰 절개를 잊었다며, "하늘이 죄인을 죽였는데 오히려 가슴 아
파하니 어찌 똑같은 역적이 아니겠는가"*라고 꾸짖으며 옥리에게
넘겨 죄를 다스리게 한다. 이때 채옹은 사죄하며 묵형이나 월형刖刑
을 받더라도 한漢나라 역사를 완성하게 해달라고 했다. 사대부들이
그를 구하려고 애썼으나 구할 수 없자 당시 태위太尉였던 채옹의 친
구 마일제馬日磾까지 나서서 구명하게 된다. 마일제가, 채옹은 세상
에 없는 재주를 가졌고 한나라의 일을 잘 알고 있으므로 역사서를
완성하게 해서 한 시대의 훌륭한 고전이 되도록 해야 한다고 설득

---

* 원문 今天誅有罪, 而反相傷痛, 豈不共爲逆哉.

한다. 이때 왕윤이 대꾸한 말. "옛날 무제가 사마천을 죽이지 않고 비방하는 책을 짓게 해 후세에까지 전해지게 되었다."[*] 『후한서』 쪽이 간결하고 덜 드라마틱한데 핵심 메시지는 큰 차이가 없다. 『삼국지연의』의 묘사는 정확한 사실史實에 근거를 둔 창작으로, 허튼소리가 아니었다.

『사기』의 후예들

이야기가 나온 김에 『삼국지연의』의 작법과 관련해 한마디 덧붙이자. 『삼국지연의』의 작법이 『사기』와 긴밀하게 관련되기 때문이다. 조식曹植에 대한 이야기다. 한나라가 망하고 조조曹操의 아들 조비曹조가 위魏나라를 세우게 되는데 이때 조비와 조식 사이의 권력 다툼은 유명하다. 조비가 동생 조식을 핍박하는데 『삼국지연의』에는 일곱 걸음을 걷는 동안 시를 지으면 죽음은 면하게 해주겠다면서 조식에게 시를 짓게 하는 장면이 나온다. 인구에 회자되는 유명한 칠보시七步詩가 나오는 순간이다.

> 콩을 삶으며 콩대를 태우니
> 콩은 솥 안에서 우네
> 본래 같은 뿌리에서 태어났건만
> 왜 이리 심하게 지져대나

---

[*] 원문 昔武帝不殺司馬遷, 使作謗書, 流於後世.

煮豆燃豆萁 豆在釜中泣

本是同根生 相煎何太急

『삼국지연의』에 보이는 이 시는 창작이 아니라 인용한 것인데 근거가 있다. 남조南朝 송宋나라 유의경劉義慶의 『세설신어』世說新語 「문학」文學에 조비와 조식의 에피소드가 보인다. 『세설신어』에 실린 시는 인용된 시와 약간 차이가 있다. "콩을 삶아 국을 만들고/ 콩을 걸러 콩물을 내네/ 콩대는 솥 아래서 타고/ 콩은 솥 안에서 울고/ 본래 같은 뿌리에서 태어났건만/ 왜 이리 심하게 지져대나."煮豆持作羹 漉菽以爲汁 其在釜下然 豆在釜中泣 本是同根生 相煎何太急 6구와 4구의 형식 차이는 중요하지 않다. 상황이 빚어내는 안타까운 장면이 독자에게 감동을 준 데에는 이 시의 역할이 크다. 말로 다 못하는 심사를 절묘하게 드러낸, 그야말로 시의 기능이 여실히 발휘된 작품이라 하겠다. 한데 현전하는 조식의 시전집 『조자건집』曹子建集(자건은 조식의 자)에 이 시는 실려 있지 않다. 조식의 작품이 아니라는 이야기다.

앞서 잠깐 언급했던 남조의 제나라·양나라 시대는 중국문학사 최초로 이전의 중국문학을 사적史的으로 정리하면서 수준 높은 문학사적 안목이 성립한 시기였다. 우리가 아는 건안의 위대한 작가들이 정리·평가되었고 그 대표적인 집성이 『문심조룡』文心雕龍, 『시품』詩品, 『문선』文選, 『옥대신영』玉臺新詠이다.** 유의경의 저술은 후대

** 여기서 문학사와 관련해 두 가지를 기억해야 한다. 첫째, 한나라 때의 문학 작품에 대한 평가와 인식은 한나라 당대가 아니라 이 시기에 결정됐다는 사실. 이때의 평가를 그대로 이어받아 지금까지 한나라의 문학사를 인식하고 있다는 말이다. 둘째, 이런 정리

의 정리를 위한 전조에 해당한다고 판단할 수 있다. 중요한 사실은 저자가 불분명한 작품을 비슷한 상황에 처했던 유명인과 연결해 저자를 귀속시키는 중국 특유의 문학 관습이 여기서 확인된다는 점이다. 아니 본격화한다고 해야겠다. 저자 귀속이란 시의 내용이 유명 작가의 삶과 어느 부분에서 유사점을 보일 때 저자 미상의 시를 유명인에게 귀속시키는 현상을 말한다.

　　채염蔡琰의 「비분시」悲憤詩*를 이런 예로 들 수 있고, 가장 유명한 예는 이릉李陵과 소무蘇武의 관계에서 비롯된 일군의 이별시일 것이다. 이 이별시들은 워낙 유명해 이별시의 전형이 된다. 앞에 인용한 조식의 경우, 형 조비에게 핍박받은 조식의 실제 삶이 시와 맞아떨어져 조식이 작가라고 추정한 것이다. 시의 화자를 작가와 동일시하는 현상이 되풀이되고, 시인으로서 명성이 자자했던 조식의 재주가 일곱 걸음이라는 드라마틱한 설정과 맞아떨어진 셈이다. 한데 조식의 시로 가장 유명한 이 시가 현전하는 조식 시집에 실리지 않고 실제로는 저자 미상의 의심스러운 작품으로 남은 것은 어째서일까. 직접적인 답은, 조식의 작품이라는 칠보시七步詩를 다른 시와 비교해 볼 때 확실히 격조가 낮다는 이유를 들 수 있을 것이다. 직설적

작업과 판단, 비평이 있었기에 이를 계승해 당나라의 걸작들이 나올 수 있었다는 사실을 명확히 인식할 필요가 있다. 많은 경우 문학사는 이전 시대 문학 평가의 재정리다.
* 이 시는 오언시와 초사(楚辭) 스타일로 된 두 작품이 있는데 훨씬 후대에 또 다른 버전 「호가십팔박」(胡笳十八拍)이 나오면서 세번째 버전에 주로 관심이 집중돼 있다. 오랑캐에게 끌려가 아이들을 낳고 살다가 아이들을 남겨 두고 고향으로 돌아온 시의 화자가 채염의 일생과 겹치면서 작가가 채염이 되었다. 시적 화자와 작가가 동일인가 따지기보다 당대의 문학적 관습이 채염이 작가이게끔 이끌었다고 하겠다.

비유, 평이한 언어, 동일 언어의 반복 사용은 조식의 작품인지 의심할 여지가 충분하다. 이야기가 길어졌는데 핵심은 이렇다. 『삼국지연의』의 이러한 작법——정사正史를 인용하고 문학과 관련된 에피소드를 끌어와 로망스의 특징을 잘 발현한 『삼국지연의』의 낭만성은 『사기』와 어떤 관련이 있는가?

세계관의 변화와 『사기』

원래 이야기로 돌아가자. 『사기』를 "비방하는 책"이라고 기록한 『후한서』後漢書 범엽范曄의 글에는 당나라 이현李賢 등이 주注를 달면서 『반고집』班固集(『한서』의 저자 반고의 문집)에 보이는 다음 글을 인용하고 있다. "사마천의 저서는 일가의 언어를 이루었다. 자신이 형벌을 받게 되자 그 때문에 미묘한 말로 풍자하고 원망하며 자신의 시대를 깎아내리고 손해를 입혔다. 의로운 선비가 아니다."** 『사기』에 대한 악평(?)이 일찍부터 있었다는 사실이 의외이고 이것이 반고의 직설적인 비판이라 놀랍다. 여기에는 다른 사정이 끼어 있는 게 아닐까.

사마천에게 치욕을 안겨 준 무제武帝는 정치에서뿐 아니라 학술사에서도 중요하다. 무제 치세에 사마상여司馬相如를 중심으로 문학이 부흥, 부賦라는 화려한 언어 구사를 중시하는 문학 형식이 탄생했고, 『사기』의 탄생으로 역사학이 새 장을 열어 후대 역사의 모

** 원문 『班固集』云: 司馬遷著書, 成一家之言. 至以身陷刑, 故微文刺譏, 貶損當世, 非誼士也.

델이 된다. 또 유가의 독존이 시작되어 학술계가 단일화되면서 유교가 통치이념이 되고 이데올로기 쪽으로 색채가 변모하기 시작한다. 이후 유가의 오경五經이 규범으로 확정되고 경전을 해석하는 학문인 경학經學이 학술의 중심이 된다. 관리가 되기 위해서는 필수적으로 유교를 익혀야만 했다. 유교로의 이행 과정이 본격적으로 일어나기 시작한 시대가 바로 무제 시기. 무제시대를 기점으로 세상을 보는 관점에 변화가 생긴 것이다. 필수가 된 유교적 교양은 이전과 다른 미학관의 변화를 수반했다.

『사기』「자서」에는 사마천의 아버지 사마담司馬談의 육가요지六家要旨가 보인다. 무제 당시 유행했던 여섯 학파의 핵심을 정리한 명문이다. 여섯 학파는 음양가陰陽家·유가儒家·묵가墨家·명가名家·법가法家·도가道家로 사마천 당대까지 지성계의 주요 흐름이었다. 각 학파의 장점과 단점을 일목요연하게 적시했는데 예컨대 유가의 경우, "경전經傳이 헤아릴 수 없을 만큼 많아 몇 대에 걸쳐 배워도 그 학문에 통달할 수 없고 한평생을 다 바쳐 연구해도 그 예의를 규명할 수 없다. 그러나 군신과 부자 사이의 구별을 분명히 밝혀 놓은 점은 여타 백가百家라도 고칠 수 없다"고 했다. 당시에 벌써 유가는 배울 게 많다고 일반적으로 인식되었던 모양이다. 사마담은 도가에 친밀감을 보여 요지 가운데 가장 공들여 논의를 펼친다.

사마천이 육가 요지를 길게 써 넣은 의도가 무엇일까. 내용도 내용이지만 사마담의 진술을 요약한 사마천의 의도가 궁금할 수밖에 없다. 육가 요지를 보면 다양한 학술과 학파가 공존하면서 여러 가지 논의들이 검토되고 토론되는 지성의 장場을 상상할 수 있지 않을까. 무제 때 학술을 논하면서 통상 동중서董仲舒의 건의를 받아들여 유교로 사상을 일원화하고 관학화官學化함으로써 이데올로기로 변질되고 실체화하는 유교를 거론한다. 한 학파를 지칭하던 '유가'儒家에서 만인에게 가르침을 주는 보편적 학문 '유교'儒敎가 되었다. 유가에서 유교로. 언어 개념의 단순한 변화를 지칭하는 게 아니다. 다채로운 학술계가 단일하게 정리됨으로써 다른 학파가 사라지는 풍토가 만들어진 것이다. 관리가 되기 위해서는 유교적 교양이 필수였고 관리를 목표로 하는 한 유교적 세계관의 체질화는 피할 수 없었다. 유교적 지식인이 탄생한 것이다. 이제 유교적 지식인은 유교를 세계관의 중심에 두고 유교로 사고한다. 이는 유교의 언어가 세계를 규정하는 힘이 이전보다 증대한다는 뜻이다. 언어는 유교의 자장 안에서 재조정되고 유교 개념으로 재정의되기 시작하며, 배운 사람들은 유교화된 언어를 기준으로 세상을 바라보고 운영하게 된다. 반면 유교의 규정력에서 벗어난 언어와 시각은 위력이 훨씬 줄어든다. 언어는 깊어지기 시작했지만 시야가 좁아졌다.『사기』의 언어는 유가의 규정력 밖에 위치한다.

유교적 세계관의 주요 요소인 유가 미학美學은 어떻게 변했을까. 유가 미학은 유학의 포괄적 성격 덕에 미의식의 문제에 그치지 않고 삶의 문제와 완전히 겹친다. 유가 미학의 특질은 거칠게 요약하자면 온유돈후溫柔敦厚로 집약된다. 온화하고 부드러우며 도타운 성질을 가져야지 극단으로 치우치거나 경직되고, 각박하거나 감각적이어서는 안 된다는 의미다. 요컨대 절제와 균형 감각을 중시하는 중용中庸의 미학으로 고전적인 품격을 지향한다고 풀 수 있겠다.

"임금은 임금답고 신하는 신하다우며 아비는 아비답고 자식은 자식다워야 한다"君君臣臣, 父父子子는 말로 공자가 요약한 정신. 사마천은 자신이 요약한 아버지의 말대로 여섯 학파를 포함한 다양한 학파를 모두 읽고 익히며 공부한 사람이다. 유가적 지식인의 범주로만 묶을 수 없는 좀 더 자유로운, 폭이 넓은 사람이었다. 무제의 유가 독존화獨尊化 이후 점차 유가적 세계관이 강화되면서 유가적 세계관에서 벗어난 사람은 기이한 인간으로 비치게 되었고 특히 감정 문제는 온유돈후의 관점에서 가장 먼저 비판의 대상이 되었다. 반고가 사마천을 평가한 데에는 이런 세계관의 변화가 자리 잡고 있다고 생각한다. "비방하는 책"이라는 말에는 온유돈후하지 못한, 감정이 절제되지 못하고 신하답지 않은 행동을 한 저술이라는 판단이 깔려 있다.

다른 시대를 볼 때는 전혀 다른 '시대 감각'이 작동해야 한다는 원칙은 예나 지금이나 쉽지 않았던 모양이다. 하기야 자기가 사는 시대가 아닌 다른 시대의 감수성과 느낌을 어찌 쉽게 알겠는가. 바로 이곳에 문학이 개입하고 바로 그 때문에 문학이 중요하다. 가장 어려운 작업인 타자를 이해하는 관문에 문학이 존재한다. 문학이 어떤 면에서 극단을 추구함으로써 새로운 돌파구를 열 수 있는 까닭은 이해의 지평을 넓힐 수 있기 때문이 아닌가. 극단 추구는 자유로움에서 오는 것. 사마천은 무제 때부터 형성되는 유교적 교조화/관료화의 세례를 덜 받은 상태였다. 상대적으로 자유로웠던 것.『사기』에서 느낄 수 있는 자유로움──대표적으로『한서』에 비해 활달하고 리듬이 불규칙한 문장은 그만큼 사마천의 유연성을 드러낸다.

『한서』에 오면 그만큼 시대가 달라진다. 후세에 가서 결국 사마천의 폭넓은 사유와 문장은 시빗거리가 되고 만다.

  『사기』를 말하기 위해 먼 길을 돌아왔다. 『사기』를 알기 위해, 감상하기 위해 인내력을 발휘했다고 치자. 여기까지 읽고 나면 궁극적인 질문이 생길 수밖에 없지 않을까. 여태껏 길게 논의한 것들――사마천의 시대에는 없었을 가능성이 큰 오언시(오언시는 훨씬 후대에 탄생했다)는 무엇이며, 사마천이 몰랐을 채염, 이릉·소무 이야기, 후대의 『삼국지연의』, 그리고 낭만성 따위가 도대체 『사기』와 어떤 관계가 있다는 말인가? 『사기』가 양서인 까닭은 이 질문을 감당했기 때문이다. 이런 쓸모없는(?) 질문에 대답하는 것만으로도 『사기』의 문학성을 음미할 수 있을 것이다. 『사기』가 준 대답을 음미하는 여정을 본격적으로 시작해 보자.

2장

역사의 낭만성
—「항우본기」

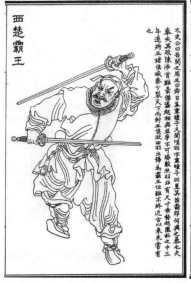

항우(왼쪽)와 우미인(오른쪽) 초상 항우의 그림에는 사마천이 직접 쓴 사평(史評)이 실려 있다. 우미인의 초상에 보이는 글은 후대에 첨가된 상상의 시다. 연약한 이미지가 떠오르는 우미인인데 칼춤을 추는 모습으로 그려져 이채롭다.

1. '본기'에 실리다

'열전'列傳이 아니라 '본기'本紀에 실렸기 때문에 문제가 된 항우項羽. 『한서』漢書에서는 항우를 열전 자리에 놓아 항우의 지위(?)가 『사기』와 다르다. '본기'라는 체재는 중요하다. 본기냐 세가世家냐 혹은 열전에 속하느냐 하는 문제는 입전 인물을 어떻게 평가하는가라는 말과 동의어이기 때문이다. 바꿔 말하면 사마천은 항우를 대왕大王으로 인정했다는 뜻이고 『한서』를 쓴 반고는 항우를 일개 무장으로 봤다는 의미다. 단지 항우의 지위를 올렸다 내렸다 하는 문제에 그치지 않는다. 항우의 지위가 중요한 게 아니다. 항우를 역사의 중심 인물로 본 시각과 그것을 인정하지 않은 관점 차이, 서로 다른 평가를 내린 이유를 묻다 보면 단순한 시대 차이가 아님을 알게 된다. 사마천과 반고의 다른 시각과 평가에도 주의를 기울여야 하지만 시각차가 생긴 연유에 더 눈길을 주어야 한다.

사마천이 항우를 본기에 둔 것은 까닭이 있다. 진나라가 망하고 한고조 유방劉邦이 황제로 등극하기까지, 5년의 기간 동안 항우가 실질적인 지배자였기 때문이다. 휘하의 장군들을 모두 왕으로 임명해 토지를 나눠 준 사람이 항우였다. 서초패왕西楚霸王이란 지위는 그의 위치를 말해 준다. 사마천은 항우가 실질적인 지배자였다는 사실을 인정한 것이다. 그렇지만 항우는 왕조를 세우지는 못했다. 왕이었지 황제는 아니었다. 그런 까닭에 「항우본기」項羽本紀라 하고 「서초패왕본기」西楚霸王本紀라고 하지 않았다.

반고는 『한서』에서 항우의 자리를 열전으로 옮겼다. 유방을 다뤘으므로 항우를 다루지 않을 수 없다. 하지만 항우를 '본기'에 둘 수는 없었다. 항우는 엄밀히 말해 황제가 아니었기 때문이다. 본기는 문자 그대로 황제의 사적을 편년編年으로 기록하는 자리이기 때문이다.

후대의 독자들은 사마천과 반고를 어떻게 이해해야 할까. 시비를 가릴 문제는 아니다. 찬자撰者의 생각을 읽어야 할 것이다. 사마천은 현실적으로 접근해 항우의 지배를 사실(fact)로 인정했다. 반고는 명분을 엄격하게 적용해 항우를 열전에 넣었다. 사실이라 했지만 저자의 판단이 개입한, 해석된 사실이다. 그렇다면 사마천과 반고, 두 사람의 다른 평가였다고 인정하면 될 것인가? 사마천(B.C. 145?~86?)이 살던 시대와 반고(32~92)의 시대는 시간상의 차이만 나는 것이 아니다. 앞서 언급한 대로 1세기 사이 크게 변화한 것 중 하나가 유학의 관료화였다. 한나라 때, 유학은 왕조의 학문으로 관학화하면서 성격이 완전히 변한다. 그 현상 가운데 하나가 유학이 지배적인 사고방식이 되면서 명분론이 강화된 것. 사마담이 육가요지六家要旨에서 잘 지적했듯 유학은 군신관계에 특히 관심을 집중했고 그에 따른 위계와 명분 중심으로 사회를 재편성했다. 유학은 천지를 받들었고 이것이 군신관계에 투영된 것인데 천지에 대한 순종이 군주에 대한 충성으로 전화하면서 유학적 질서·이치에 대한 헌신이 군주 혹은 군주 체제에 대한 충성으로 변질되었다. 자연에 대한 헌신이 체제에 대한 충성으로 바뀐 것이다. 반고에게는 한나라 혹은 황제에 대한 충성이 자연스런 현상이었고 유학적 질서 감각이 체질화된 상태에서 항우가 본기에 있다는 게 이상하게 보일 수밖에 없었다. 사마천과 반고의 차이는 평가 문제가 아님을 확인할 수 있다.『사기』의 독창성도 이런 부분과 관련된다. 뒤집어 말하면 반고의 자리에서『사기』를 읽을 때에는 세련되지 못하고 거칠다고 판단했을 것이다.

「항우본기」는 인구에 회자되는 뛰어난 장면으로 가득하다. 첫째 거록鉅鹿전투, 둘째 홍문鴻門의 연회, 셋째 팽성彭城 수복, 넷째 우虞미인과의 이별, 마지막으로 항우의 죽음을 꼽을 수 있다. 다섯 장면은 항우의 상승과 몰락이라는 일관된 주제로 요약할 수 있는데 각 장면마다 고유한 묘사와 표현을 통해 명편名篇의 아우라를 창조했다. 이 장에서는 '역사의 낭만성'을 중심으로 문학성이 어떻게 구현됐는지 하나하나 살펴보자.

2. 명장면 다섯—첫번째: 전성기의 시작, 거록전투

거록鉅鹿전투는 항우가 전국적인 인물로 우뚝 서는 결정적 사건이었다. 거록전투 이후 「항우본기」는 항우에게 서술이 집중된다. 그이전에는 계부季父 항량項梁을 중심으로 다양한 사람들이 배치되어 역할을 했고, 그들이 사라지면서 서서히 항우가 부각되는 구도로 짜여졌다. 편폭이 짧고 기간이 길어 보이지 않아 항우가 중심이 되기까지 복잡하게 느껴지지는 않는다. 『삼국지연의』를 떠올려 보자. 『삼국지연의』에는 조조, 손권, 유비 세 주인공으로 정립鼎立되기까지 숱한 사건과 무수한 인물들이 명멸해 독자는 큰 스케일과 복잡한 사정에 긴장한다. 『삼국지연의』에서 세 주인공이 활약하기 시작하는 부분까지는 「항우본기」의 거록전투 전까지의 과정이 확대된 버전으로 볼 수 있다. 『삼국지연의』를 깊이 읽을수록 『사기』의 그림자가 짙게 깔려 있음을 감지하게 되는데 「항우본기」의 전개 방식도 그 가운데 하나다.

거록전투 전까지 항우에 대한 간략한 소개가 나온다. 가장 중요한 언급은 항우의 수학修學 시절. 무엇 하나 제대로 배우고 끝마치지 못하는 항우. 글은 이름만 쓰면 족하고 검술은 한 사람을 상대하는 것이라 배울 바 못 되니 만인萬人을 대적할 수 있는 걸 배우겠다고 말한다. 항우의 이 말은 무인武人으로서 문文을 경시하는 일반적인 모습과 병법을 배워 장수의 역할을 감당하겠다는 그의 포부를 드러낸다. 주의할 곳은 병법을 배우겠다는 그의 각오와 큰 뜻인데, 사마천은 의미심장한 말을 덧붙인다. "대략 병법의 뜻을 알고는 또 끝까지 배우려고 하지 않았다."略知其意, 又不肯竟學 이 말은 복선으로 읽힌다.

　　항우에게는 천하를 제패할 기회가 있었다. 하지만 진나라 통일 이전의 육국병립시대로 돌아가는 것에 만족해 대략 자기의 뜻이 이루어졌다고 판단하고 새 나라를 세우는 데까지 나아가지 않았다. 홍문연회에서도 유방을 처치하지 못했고 팽성전투에서도 유방을 놓쳤으며 둘만의 대결에서 활로 유방을 명중시켰으면서도 결정적으로 격파하지 못했다. 항우는 초楚나라의 장군 항연項燕의 후손인데 항연은 진秦나라 장군 왕전王翦에게 패해 죽음을 당했다. 이 사실은 항우가 초나라의 명족名族이라는 인적사항 소개에 그치지 않는다. 항우가 진나라에 품었을 원한을 상상케 하는데 이는 항우가 진나라 군사를 격파하는 동력이자 그들을 잔인하게 대하는 바탕이기도 하다. 한데 거기까지였다. 뭐든 끝까지 가질 못했다.

　　항우는 거록전투에 이르기까지 몇 가지 고비를 넘긴다. 중요한 계기는 경자관군卿子冠軍(경자卿子는 공경公卿을 말하며 관군冠軍은 최고의 부대, 으뜸가는 군사라는 말이다)을 이끌던 자신의 상관 송의宋義를 죽인 일이었다. 이때 항우는 이치에도 맞고 전략적으로도 정확한 판단을 내린 명연설을 한다.

"힘을 모아 진나라를 공격해야 하는데 오랫동안 머무르며 진격하지 않는다. 지금 흉년으로 굶주리고 백성들은 가난하고 병사들은 토란과 콩을 먹는다. 군대에는 당장 먹을 식량도 없는데 술을 마시며 큰 잔치를 열고, 군사를 이끌고 황하를 건너 조趙나라의 양식을 먹으며 조나라와 힘을 합쳐 진나라를 공격하지 않는다. 그러면서 '그들이 피곤해진 기회를 타자'고 말한다. 진나라가 강력한 힘으로 새로 탄생한 조나라를 공격하면 그 기세는 필시 조나라를 이기고 말 텐데, 조나라가 패하고 진나라가 강력해지면 무슨 놈의 기회를 탄단 말인가. 또 우리나라 군사가 막 패배해서 왕이 좌불안석이라 온 나라를 싹 쓸다시피 해서 장군에게 군사를 다 맡겼으니 국가의 안위가 이 한 행동에 달려 있다. 이제 병사를 돌보지 아니하고 자기 사사로운 일을 따르고 있으니 사직을 지키는 신하가 아니다."

조리정연하고 정세를 읽는 안목이 틀림없으며 앞을 내다보는 식견을 갖췄다는 점에서 항우가 주인공임을 명명백백 밝히는 말이다. 항우의 말은 명연설로 그치지 않는다. 무엇보다 정세 판단이 정확했다. 정예병으로 구성된 진나라는 항량을 패배시켜 사기가 올랐고 초나라를 주축으로 한 반란군 진영은 모든 군사를 모아 전투에 투입했기 때문이다. 항우가 전투에서 패하면 모든 일이 끝장나는 결정적인 순간이었다. 다른 한편, 항우의 전성기가 시작됨을 알리는 언설이기도 한데 안타깝게도 유일무이한 경우로, 이후로는 이런 빛나는 말을 볼 수 없다. 뛰어난 연설 다음 장면에는 항우의 눈부신 승리가 이어진다. 글이 고전적이라 함은 이런 수법을 일컫는 것이다. 정확한 언어 뒤에 오는 훌륭한 성과. 기언記言과 기사記事가 잘 어울렸다. 정확한 판단 뒤에 실패가 온다든지, 어설픈 분석 뒤에 성공이 오는 일은 없다. 정당한 언어 뒤에 따르는 예측할 수 있는 결과. 일반적으로 이런 방식은 『사기』 전반에 구사될 뿐 아니라 『삼국지연의』며, 전통시대 글에 공통된다.

　항우가 송의를 죽이고 군사를 이끌고 거록으로 향하며 황하를 건널 때 사마천의 묘사를 보자. "모든 배를 침몰시키고, 솥과 시루를 부숴 버리고, 막사를 태워 버리고는 3일치 양식만 지니고서* 병사들에게 반드시 죽어 돌아갈 뜻이 전혀 없음을 보여 주었다." 모름지기 묘사란 간결하게 보여 주는(showing) 것이다. 죽을 각오를 하고 황하를 건넜다느니, 모두 필승을 다짐하고 나아갔다느니 따위의 해설은 쓸모없다. 항우의 명연설에 이어 전투 준비를 보여 주는 이 문장은 압축된 묘사를 통해 군사들의 전투 태세를 나타냈다. 퇴로를 차단하고 먹을 것과 잠잘 곳을 없앴다는 몇 글자로 항우의 심리와 각오를 드러내는 모범적인 문장이다.

* 원문 皆沈船, 破釜甑, 燒廬舍, 持三日糧.

절제의 효과

이어지는 전투 장면. 당시 거록전투에 참가한 제후군은 10여 개. 모두 거록성 아래 성벽을 쌓고 군사를 풀지 않고 있었다. 사마천은 묘사한다. "초나라가 진나라를 치자 제후군의 장군들은 모두 성벽 위에서 관전하였다. 초나라 전사戰士들은 일당십一當十으로 싸우지 않는 사람이 없었으며, 초나라 병사들이 외치는 소리가 하늘을 뒤흔들었다. 제후의 군사들은 사람 사람마다 두려워 무서워하지 않는 사람이 없었다."

세 문장을 썼지만 문장이 절묘하다. 초나라 병사의 전투를 말한 것은 단 한 문장. 전투 장소로 독자를 데려가기보다는 전투를 바라보는 제후병들의 모습과 반응을 썼을 뿐이다. 앞서 언급한 연암의 편지에서 「항우본기」를 읽으면 전투하는 모습을 떠올리게 된다는 말은 이 부분을 가리킨다. 그런데 실제 전투 장면은 없다. 피 튀기며 적을 무찌르는 용감한 전사의 모습도 없다. 전체적인 분위기를 스케치한 데 불과하다. 한 문장으로 전투를 개괄하며 분위기를 전하고 이에 대한 관람자들의 반응을 전하면서 전투를 상상하게 만들었다. 독자가 상상하게 하는 힘. 여지를 남겨 두고 독자들로 하여금 말하지 않은 부분을 떠올리도록 하는 문장법. 사마천은 전투 현장으로 안내했지만 리얼한 묘사를 하지 않았다. 묘사하지 않고 설명으로 사태를 정리했다.

전투가 끝나고 제후들을 만날 때, "진나라 군사를 격파한 후 항우는 제후의 장군들을 불러 만났는데 군문軍門으로 들어오면서 무릎으로 기어 나아가지 않는 사람이 없었으며 감히 항우를 올려다보지 못하였다"고 했다. 묘사가 여기에서야 보인다. 전투 후의 묘사를 통해 전투 현장에 대한 상상력이 더 증폭된다. 전투를 지켜본 장군들이 항우를 두려워해 무릎으로 기어갈 정도라면 어떻게 싸운 것일까. 이 부분을 읽는 독자는 전투 묘사가 없는데도 엄청난 전투였을 거라 상상하고 실제 격렬한 전투를 본 것처럼 인식하게 된다. 전투 전에 배를 침몰시키고 취사도구를 부순다는 묘사를 통해 분위기를 만들고, 전투 후 장군들이 두려워 무릎으로 기었다는 묘사로 마무리했지만 중요한 전투 장면은 스쳐 지나갔다. 그런데 이 글을 읽고 나면 전투 장면이 떠오른다고 연암은 지적했고 현대의 독자들도 다르지 않다. 변죽만 때렸을 뿐인데 중앙이 울리는 이치. 항우의 반응은 하나도 보이지 않는데 독자들은 또 항우의 상태가 어땠을지 기분이 어떨지 상상하고도 남는다. 사마천 묘사의 비밀이 여기 있다. 묘사가 정교하다, 치밀한 묘사가 필요하다 하는 차원의 문제가 아니다. 묘사의 효과를 지적하려는 것이다. 전투 장면이 대단하다고 착각하게 만드는 효과는 묘사에 여백을 만들어 독자의 상상력을 자극하는 데서 왔다.

『사기』와 『장자』

사마천의 뛰어난 묘사력을 사마천만의 독창성이라고 볼 수는 없을 것 같다. 사마천 이전의 전례를 찾을 수 있지 않을까. 우물 안 개구리井底之蛙의 출전으로 알려진 『장자』「추수」秋水 편에 보이는 에피소드를 떠올려 보자. 당대의 변설가 공손룡公孫龍이 장자가 그렇게 대단하냐면서 자신과 장자를 비교하자 이에 위모魏牟가 한숨을 쉬며 공손룡을 은근히 우물 안 개구리에 비유한다. 우물 안에서 맘껏 뛰놀던 개구리란 놈이 우물이라는 세계가 즐겁다며 동해東海의 자라鼈를 초대한다.

"그대는 왜 언제든 들어와 보시지 않는지요?"라는 개구리의 말에, 동해의 자라가 오른발을 미처 들이밀지도 않았는데 왼 무릎이 이미 (우물 난간에) 걸렸다.右足未入而左膝已縶矣 이에 자라는 조용히 뒤로 물러나 개구리에게 바다에 대해 이야기해 주었다.

위모는 자라의 행동을 묘사한다. 세상 큰 줄 모르고 젠체하는 개구리의 세계(우물)에 들어가려다 입구가 너무 작아 들어가지 못하고 물러나는 자라의 모습을 여덟 자字[右足未入, 左膝已縶]로 처리했다. 묘사의 유머러스한 면모까지 부가되어 감정이 실린 것도 기억할 만한데 간단한 언급을 통해 개구리의 세계가 얼마나 작은지 설명하지 않고도 단번에 알 수 있도록 했다. 자신이 노는 세계는 넓다고 개구리가 장황하게 늘어놓은 말을 단 두 마디로 무화시키면서 동시에 바다가 얼마나 큰 세상인지를 순식간에 받아들이게 하는 진술이다. 속된 말로 10자로 게임은 끝난 것이다. 아무 말 없이 우물로 들어가려는 자라의 동작은 의뭉스럽기까지 한 자라의 성격을 보여주고 개구리의 세계를 답답한 공간으로 축소하면서 바다에 대해 어떻게 진술할지 기대하게 만든다. 묘사란 이런 것이다. 짧되 핵심을 찌르면서 나머지를 상상하게 하고 다음 장면까지 자연스럽게 암시한다. 『장자』는 우화와 촌철살인의 표현으로 독자를 경탄하게 만드는데 이런 방식의 묘사 때문이다.

『장자』를 두고 기문奇文이라고 하는 까닭은 대체로 묵직한 전언傳言이 기발한 방식으로 전달되기 때문이다. 메시지나 의미에 주안점을 두고 읽더라도 독해가 까다로워 『장자』는 난해하다. 기발한 이야기로 독자의 허를 찔러 즐거운 독서를 경험하게 한다는 『장자』의 인상도 틀리지는 않다. 하지만 대부분 스쳐 지나가는 부분에 『장자』의 강력하고 아름다운 묘사와 이미지가 박혀 있다. 이런 곳이 『장자』를 빼어난 문학으로 만든다. 명나라 때 문인들의 의견이긴 하지만 중국문학사에서 위대한 두 문학책으로 『장자』와 『사기』를 꼽는다. 거기에는 그럴 만한 이유가 있다.

이야기가 나왔으니 『장자』와 『사기』에 대한 전통시대 문인들의 평가를 들어 보자. 송나라 때부터 사마천의 문장에 대한 높은 평가가 자리 잡기 시작했다. 예컨대 이도李塗는, "장자의 문장은 허虛를 잘 써서 그 허로 천하의 실實을 모두 허虛로 만들었다. 태사공의 문자는 실實을 잘 써서 그 실로 천하의 허虛를 실實로 만들었다"* 라고 하였다. 교묘한 문장이다. 함의가 풍부한 문자 허虛와 실實을 대구로 놓고(이때 허/실을 '허구/실제'로 풀어도 무방하리라) 문장을 운용해 장자와 사마천을 대척점에 놓으면서 둘 다 칭찬한 글이다. 주희와 가까웠고 문상에 밝았던 여조겸呂祖謙도 이런 말을 했다.

---

* 원문 莊子文章, 善用虛, 以其虛而虛天下之實. 太史公文字, 善用實, 以其實而實天下之虛.

사마천의 글쓰기에 대해 글자에 얽매인 유학자나 한 가지 기술만 가진 선비들이 어떻게 그 말을 이해할 수 있겠는가. 가리키는 뜻은 심원하고 담아 놓은 흥취는 유장하며, 은밀했다가 선명하게 드러나고 끊어졌다가 이어지며 정격正格이었다가 변칙變則을 보이며, 문장은 여기 보이는데 의미는 저쪽에 떠오른다. 마치 물고기나 용이 변하는 것과 같아서 자취를 찾을 수가 없다. 이 책을 읽는 사람들은 앞뒤로 참고하고 서로 대조해 보면서 그 큰 뜻이 모이는 곳을 탐구하지 않을 수 있겠는가.

太史公之書法, 豈拘儒曲士所能通其說乎. 其指意之深遠, 寄興之悠長, 微而顯, 絶而續, 正而變, 文見於此, 而起意在彼, 若有魚龍之變化, 不可得而蹤跡者矣. 讀是書者, 可不參考互觀以究其大指之所歸乎.

상당한 수준의 독서를 요구하는 글이면서 정곡을 꿰뚫은 사람만이 할 수 있는 적실한 의견이다. 명나라의 문인 능약언凌約言은, "육경 이하로는, 옛것과 가까우면서 규모가 크고 아름다운 것으로 좌구·장주·사마천·반고 네 거대한 인물이 쓴 책이 있는데, 그 문장이 우뚝 대가의 자리를 차지했다. (중략) 장자는 신선이 이 세상에 내려와 맘껏 해학을 내뱉어 모두 단사丹砂를 만든 것 같다. 사마천의 호방한 문장은 노련한 장군이 용병술을 펼칠 때 병사를 종횡으로 치달리게 해 통제할 수 없는데도 저절로 법도에 들어맞는 것과 같다"*라고 평했다. 모두 『사기평림』에 실린 글이다. 특정 부분을 정밀하게 분석한 글이 아니고 총평이긴 하지만 요컨대 "문장의 최고 기술"文章之絶技이란 말이다(냉정하게 보자면 『사기』와 『장자』를 평가한 필자들의 문학관이 더 잘 드러난다고 해야 할 것이다. 그렇다고 두 책이 훌륭하다는 사실이 달라지진 않지만).

『장자』와 『사기』, 두 책은 지향점이 전혀 다른데 공유하는 부분이 있다고 지적한 사실이 흥미롭다. 사마천이 『장자』를 모방했다거나 응용했다는 뜻이 아니다. 사마천의 창안이 아니라 해도 사마천의 가치는 떨어지지 않는다. 『춘추좌전』을 잘 익힌 글이 『사기』라는 게 중평이지만 그런 면모만이 아니라 많은 책을 소화해 사마천 자신만의 언어를 조성雕成했다는 사실을 환기할 필요가 있다. 사마천은 이전 시대의 글을 읽고 잘 배운 사람이다. 나도 사마천처럼 잘 배우고 싶다.

한문은 전통성이 강한 문장이라 좋은 글은 계속 이어지고 모범이 된다. 묘사법의 예를 하나 더 들어 보자. 『삼국지연의』에서 관우의 실력을 보여 주는 장면이 떠오른다. 반란이 크게 번져 반란군과 마주한 관군. 관군의 장수 몇몇이 반란군 장수와 대적하다 모두 적에게 당하고 만다. 이편의 사기가 땅에 떨어지고 암울한 기운이 감돌아 희망이 없어 보일 때 관우가 나선다. 관우는 마시던 차를 탁자에 놓으며 차가 식기 전에 돌아오겠다며 막사를 나선다. 그리고 들려오는 병사들의 환호성. 관우가 승리했음을 알리는 신호다. 바로 막사로 돌아와 약속대로 차를 마시는 관우. 저자는 관우의 전투 장면을 보여 주지 않는다. 이 장면을 읽는 독자들은 관우의 솜씨를 상

---

* 원문. 六經而下, 近古而閎麗者, 左丘明莊周司馬遷班固四鉅公具有成書, 其文卓卓乎擅大家也. (中略) 莊子如神仙下世, 咳吐謔浪, 皆成丹砂. 子張之文豪如老將用兵, 縱騁不可羈, 而自中于律.

상할 수밖에 없다. 문자 그대로 '극적'인 주변 상황 묘사만 하는데 현장을 지켜본 병사들의 환호성이라는 청각 이미지로만 관우의 대단함을 짐작할 뿐이다. 저자의 수법은 따져 볼 만하다. 병사들의 환호라는 간접 매개로 관우의 실력을 상상할 뿐인데 독자의 머릿속에는 '관우는 대단하다'는 인상이 각인되고 관우의 실력에 대한 신뢰가 확고하게 자리 잡는다. 이렇게 관우에 대한 초기값이 인식되고 나면 이후 관우가 전투에서 어떤 초인적인 행동을 하더라도 사건은 문제없이 진행될 수 있다. 묘사의 묘미다. 사마천이 분명하게 보여 줬고 후대 눈썰미 좋은 작가들이 배우고 익혀 구사한 방식이다. 사마천이 문장가로 불리는 이유가 이런 수법 때문이다. 테크닉의 문제가 아니라는 사실은 덧붙일 필요도 없을 것이다.

항우가 빛나는 모습을 보여 전과를 올렸으므로, 그 모습을 보고 제후군의 장군들이 무릎을 꿇고 두려움에 떨었으므로, 항우가 제후군의 우두머리가 되고 그들을 지휘하는 건 당연한 수순. 독자들도 자연스레 받아들일 수밖에 없지 않은가. 송의를 죽이고 전국적인 인물로 떠오른 항우가, 소문으로서뿐만 아니라 모든 사람이 보는 앞에서 자신을 확실하게 증명한 거록전투. 항우의 전성기가 열린 것이다.

3. 명장면 두번째: 극적 구성, 홍문의 연회

홍문鴻門의 연회는 가장 유명한 장면일 것이다. 유방과 정면으로 만났으나 유방을 제거할 절호의 기회를 무산시킨 만남으로, 결정적인 면모가 부족한 항우의 성격을 보여 줌으로써 향후 사건의 분수령이 되는 계기이기도 하다. 이 만남을 통해 항우와 유방의 앞날이 달라진다. 상승곡선을 그리던 항우가 멈추게 되고 유방이 상승기류를 타게 된다. 주목할 점은 두 가지. 하나는 사마천이 100퍼센트 연극 기법을 발휘해 썼다는 사실, 두번째는 저자의 논평이 없어도 두 인물이 뒤바뀌는 변화를 읽을 수 있다는 점이다. 홍문의 연회가 끝나고 항우가 초나라로 회군하는 실수를 저질렀기 때문이다.

「항우본기」의 홍문연회 장면은 역사가들이 못마땅해하고 비판하는 부분이기도 하다. 사건 자체를 볼 때 항우의 실수와 유방의 재기라는 의미만 부각되면 충분한데 지나치게 극적으로 묘사됐기 때문이다. 역으로 문학성이 뛰어나다는 증거로 읽을 수 있다. 홍문연회 장면만 잘라서 한 편의 연극으로 연출하고 상연해도 될 만큼 드라마가 잘 짜여졌다. 무대 설명, 무대 장치와 인물 배치, 지문, 등장 인물의 등장과 퇴장, 동선動線의 절도, 등장인물의 성격, 굴곡이 심한 사건 진행, 사건의 여파 등등 연극 공연에서 상상할 수 있는 행동과 심리까지 남김없이 들어 있다.

홍문연회는 역사적 관점을 엄밀하게 적용하면 문제의 소지가 적지 않다. 항우와 유방의 힘의 불균형에서 비롯된 사건이 극이라는 장치로 바뀌면서 역사의 실상이 가려졌음을 감지할 수 있어서다. 당시의 정황을 따져 보고, 유방이 황제가 된 이후 가해졌을 윤색을 떠올리면 유방에게 불리한 사실이 회피됐을 가능성이 높다. 극적 장치라고 했는데 문자 그대로 흥미로운 한 편의 연극이 되면서 역사의 리얼리티가 삭제 혹은 희생된 경우라 역사가들이 그대로 받아들이지 못하는 것이다. 예컨대 군문軍門은 규율이 엄정해 아무나 쉽게 들락거릴 수 없다. 맹장 번쾌樊噲가 연회 자리에 들어가면서 무력을 사용해 위병을 쓰러뜨렸다는 기록도 그렇거니와 이후 사태에서 많은 유방 측 인사가 제 집 안방 드나들 듯 거침없이 항우의 진영을 탈출한다. 적진 한가운데서 상상하기 힘든 일이다. 시비를 걸기 시작하면 이상한 구석이 계속 눈에 띄는데 사료를 검증하는 자리가 아니므로 합리화하는 작업이 적지 않게 들어간 유방 측 자료를 바탕으로 재구성한 장면이라는 사실만 기억하고 지나가자.

유방의 정치 공세

홍문연회가 열리기까지 배경을 보자. 항우는 함곡관函谷關으로 오기

전 신안新安에서 항복한 진나라 병사 20여만 명을 죽이고 진나라를 평정했다. 함곡관에 도착하자 유방의 병사들이 관문을 지켜 진입할 수 없는 데다 유방이 함양咸陽에 먼저 입성했다는 소식에 항우는 크게 노한다大怒. 거기다 유방 휘하 좌사마左司馬 자리에 있는 조무상曹無傷이 유방이 관중關中 지역의 왕이 되려 한다고 몰래 알려 준 정보에 또 크게 노한다大怒. 항우는 날이 밝으면 유방을 격파하겠다고 말한다. 항우의 참모 범증范增도, 유방은 재물과 여자를 탐하는 위인인데 함곡관에 들어와서는 재물에도 여자에도 손을 대지 않았다며 그의 뜻이 큰 데 있다고 간파하고 유방의 기氣를 보니 천자의 기운이라며 급히 공격해 기회를 놓치지 말라고 했다. 이때 항우의 계부季父 항백項伯은 야밤을 틈타 자신을 구해 준 은인 장량張良에게 달려가 공격 소식을 전한다. 유방과 장량, 항백은 서로 상의해 다음 날 유방 일행이 항우를 찾아와 사죄하는 것으로 일을 처리하기로 결정한다.

다소 길어졌는데 복선이 깔려 있어 한두 마디가 더 필요하다. 첫째, 신안 사건은 나중에 항우에게 불리한 빌미를 제공한다. 유방은 항우에게 정치 공세를 퍼붓는데 그때 거론된 문제가 항우의 잔인성. 두 가지를 증거로 든다. 의제義帝를 죽인 일. 그리고 신안에서 진나라 병사들을 학살한 것. 두 가지는 문자 그대로 정치 공세일 뿐 항우에게 변명의 여지가 없는 게 아니었다. 의제의 경우, 뜻밖에 권력 욕구가 강하고 능숙하게 지휘권을 행사하며 자기 권력을 확장하는 인물임이 드러나자 항우는 의제를 처치할 수밖에 없었다. 함양에 먼저 들어가는 사람을 관중關中의 왕으로 삼겠다는 의제의 말에 유방이 덕을 본 건 사실이다. 그렇다면 유방이 천하를 안중에 넣고 움직이기 시작할 때 의제가 생존했다면 자신의 꿈을 접고 의제를 황제로 추대했을까. 신안 사건도 마찬가지다. 진나라는 육국을 통일하면서 많은 군사를 죽였다. 다른 나라 사람들은 진나라 군사에게 큰 원한을 품고 있었다. 유방과 항우가 진나라에 반기를 들었을 때 호응이 컸던 것도 백성들의 원한 때문이 아니었던가. 신안 사건은 끔찍한 일이었지만 항우를 위해 변명을 하자면 한풀이를 했다는 점에서 수긍할 면이 없지는 않다.

둘째, 조무상이란 인물에게는 따로 생각할 거리가 있다. 여기에는 알 수 없는 미묘한 사정이 개입된 것 같다. 조무상은 유방 봉기 초반부터 유방과 함께한 뛰어난 무장으로 유방의 측근이었다. 좌사마란 지위가 그 사실을 증명한다. 한데 유방을 비방해 마치 항우의 편이면서 유방군에 들어간 스파이인 것처럼 묘사했다. 항우가 조무상이 자기 편임을 유방에게 발설하자 유방이 목을 베는 것으로 처리했는데 항우는 스파이를 노출할 만큼 어리숙하고 유방의 반응은 빠르다. 항우와 유방이 짜기라도 한 듯 조무상을 버렸다. 장기판의 졸이 아닌데 조무상이 함부로 취급된 느낌. 저간에 무슨 사정이 있었음에 틀림없지만 내막이 가려져 알 길이 없다.

셋째, 사소하지만 고전적인 인물 표현 방식이 항우에게 전형적으로 드러나기에 거론할 만하다. 「항우본기」에서 항우의 성격을 가장 잘 나타내는 언어를 찾는다면? 단연코 "대로"大怒일 것이다. 항우의 반응을 나타낼 때 가장 빈번하게 쓰인 말이 "대로"大怒다. 사마천은 항우의 성격을 "대로"大怒라는 말로 압축해 표현한다. 자기 뜻대로 되지 않는 데 대한 항우의 반복되는 반응. 이는 잘못을 지적하면 그 자리에서 고쳤던 유방과 대비되는 성격을 드러낸다. 욕을 잘한다는 뜻의 "매"罵(유방)와 "대로"大怒(항우)라는 말은 주인공의 성격을 드러내는 전형적인 수식어로 글 전체에 일관되게 적용된다.

연극 연출

본론으로 돌아가 연극 각본으로 장면을 읽어 보자. 다음 날 아침 유방 일행이 항우의 진영 홍문에 도착하고 유방은 바로 항우에게 사죄한다. 함곡관에 먼저 들어온 건 의도한 바가 아니었다고. 유방의 말은 핑계가 아니다. 유방과 항우는 각기 다른 전선에서 싸웠고 유방이 먼저 당도했던 것. 이에 대한 항우의 답. 조무상이 유방을 비방해 사태가 이렇게 됐다고. 유방의 함양 입성은 항우의 도움 없이는 어려웠을 것이다.「고조본기」에 함양에 들어오기까지 유방군이 치른 전투가 보이기는 한다. 항우가 진나라의 주력을 무너뜨려 사람들에게 진나라가 무너졌다는 인식을 심어 주지 않았다면 유방의 진군은 어려웠을 것이다. 갑작스레 조무상 이야기를 꺼낸 항우. 여기까지가 서막이다.

이어지는 술자리. 먼저 자리 배치. 항우와 항백은 동향. 범증은 남향. 유방은 북향. 장량은 서향.* 항우가 양옆으로 유방과 범증

---

* 원문은 "項王項伯東嚮坐, 亞父南嚮坐, 亞父者, 范增也. 沛公北嚮坐, 張良西嚮侍"이라고 했다. 문장이 이상하다. 자리 배치를 묘사한 지문인데 중간에 "亞父者, 范增也"라는 말이 끼어들면서 문장의 리듬이 깨졌다. 자리를 나열하는 문장에 난데없는 설명은 무엇인가. 이는 주석이 본문으로 잘못 표기된 것이다. 사마천의 원 글이 아니다. 『사기』에는 의

을 두고 장량과 마주한 배치다. 항우는 항백의 왼편, 그러니까 동쪽을 향하고 북쪽 편으로 올라가 앉았을 것이다. 이 자리를 상석으로, 주인 자리로 보아야 할 것이다. 유방이 북향했다는 말은 북쪽에 있는 항우를 윗사람으로 모셨다는 뜻으로 읽어야 한다. 유방이 범증보다 낮은 자리에 앉았다. 자리를 잡자 범증이 항우에게 결玦이라는 옥玉을 세 번 들어 보이며 눈짓한다. 결玦은 고리 형태의 옥으로 한쪽이 터진 모양이다. 결玦은 결決이란 말과 통하는데 결단을 내려 처단하라는 뜻이다. 불응하는 항우. 1차 시도 실패. 범증 퇴장. 항장項莊을 불러 칼춤을 추며 유방을 저격하라고 지시. 항장 입장. 항장의 검무. 항백의 검무 합류. 원문은, "項莊拔劍起舞, 項伯亦拔劍起舞, 常以身翼蔽沛公"(항장이 칼을 빼들고 춤을 추기 시작했다. 항백도 칼을 빼고 춤을 추기 시작해 항상 몸으로 패공을 막고 가려 주었다)이라고 해서 항백이 몸으로 유방을 가려 주었다는 말을 덧붙였는데(2차 실패) 동작만 묘사해 긴장감을 고조시켰다. 이후 동작만 보여 주는 장면으로 일관한다. 장량의 퇴장. 번쾌를 만나 유방이 위험하다고 전언. 번쾌, 곧바로 칼 차고 방패 들고 입장. 들어가지 못하게 하는 호위무사를 방패로 쳐 쓰러뜨리고 무대 중앙으로 등장. 항우를 마주 보고 선 번쾌, "눈을 부릅뜨고 항우를 보는데, 머리카락은 곤두섰고 눈초리는 다 찢어질 지경이었다. 항왕이 칼을 당겨 무릎으로 서며(번쾌의 모습이 하도 험악해 자기도 모르게 엉덩이를 깔고 앉은 자리에서 일어나 싸우려

외로 잘못 끼어든 글, 중복되는 말, 뒤바뀐 문장, 틀리게 베낀 말, 주석가들이 원문을 오독해 이상하게 쓴 글 등등 착오가 적지 않다. 주의해야 한다.

칼을 잡고 무릎으로 설 정도였다) 말하였다. '손은 뭐하는 자인가?'"*

장량: 패공(유방)의 참승參乘(수레에 동승하는 호위) 번쾌입니다.

항우: 장사로다. 그에게 술을 주어라.

(큰 술잔에 따라 주자 번쾌, 절을 하고 일어서서 마신다.)

항우: 돼지 어깨를 주어라.

(생 돼지 어깨生彘肩를 주자 방패를 땅에 엎어 놓고 그 위에 돼지 어깨를 놓더니 칼을 빼 잘라 먹는다.)

항우: 장사로다. 한잔 더 마실 수 있는가?

번쾌: 신은 죽음조차 피하지 않는데 어찌 술 한잔을 사양하겠습니까. 저 진나라 왕은 호랑이·늑대와 같은 마음을 가져서 헤아릴 수 없을 만큼 사람을 죽이고 셀 수 없을 만큼 사람에게 형벌을 내려 천하가 다 반란을 일으켰습니다. 회왕懷王께서 여러 장군들과 약속하길, '먼저 진나라를 격파하고 함양에 들어가는 자를 왕으로 삼겠다'고 하였습니다. 지금 패공은 먼저 진나라를 격파하고 함양에 들어왔지만 감히 가까이 있는 걸 털끝 하나 소유하지 않고 궁성을 봉해 닫고 패수 가로 군사를 돌려 대왕께서 오시기를 기다리고 있었습니다. 그런 까닭에 장군을 보내 관문을 지키게 한 것은 다른 도적의 출입과 비상사태를 대비해서였습니다. 일을 고생스레 하고 공로가 이처럼 높은데 제후로 봉하는 상은 주지 않고 자질구레한 말을 듣고 공을 세운 사람을 죽이려 하시니 이는 망한

* 원문 瞋目視項王, 頭髮上指, 目眥盡裂. 項王按劍而跽曰, "客何爲者?"

진나라를 따라하는 것입니다. 대왕께서는 이러시지는 않으리라 생각합니다.

항우: (대답하지 못하다가) 앉게.

(번쾌, 장량 곁에 앉고 얼마 후 유방, 화장실 가기 위해 퇴장.)

이 장면은 유방 살해 계획이 수포로 돌아가는 클라이맥스다. 번쾌의 빈틈없는 언변으로 사건은 내리막길로 들어서고 이어 일어나는 사건은 마무리로 볼 수 있다. 홍문연회 사건의 여파는 컸다. 액면 그대로 받아들이기 쉽지 않지만 문맥대로 읽자면, 범증은 분노로 장량이 보는 앞에서 받은 선물을 부수고 유방은 전력으로 자기 진영으로 도망간다. 유방은 구사일생으로 살아나 자신의 역량을 자각하고 힘을 비축할 시간과 기회를 얻었고 항우는 서초패왕에 올라 명실상부한 제1인자가 되지만 제후를 분봉하면서 전략적인 실수를 저지르고 하강길로 들어선다.

인용한 장면에는 흥미로운 부분이 적지 않다. 사소한 것부터 보면, 번쾌가 방패를 들고 등장하는데 이 소품은 호위무사를 쓰러뜨리는 데 사용할 뿐 아니라 돼지 어깨살을 먹을 때 도마로도 쓰였다. 번쾌의 저돌적인 성격과 맞아떨어져, 잘 활용된 물건이다. 원문에는 "생 돼지 어깨"生彘肩라고 했는데 생 돼지를 연회자리에 놓았을 리는 없고 번쾌 캐릭터를 부각시키다 보니 과한 설명을 한 것으로 보인다. 주석가들 사이에서는 생 돼지가 아니라 "통돼지 어깨"全彘肩로 보는 견해가 있는데 이 말에 동의한다. 캐릭터 때문에 오버한 케이스. 번쾌는 "머리카락은 곤두섰고 눈초리는 다 찢어질 지경이었다"頭髮上指, 目眦盡裂라는 여덟 자로 완벽하게 캐릭터가 구현되어서 이런 인물이라면 어떤 행동도 할 수 있으리라고 분명하게 신호를 주었다. 번쾌를 처음 본 항우의 반응에 주의하라. 항우는 자기도 모르게 칼로 손이 갔을 것이다. 번쾌를 잘 묘사했을 뿐만 아니라 항우의 무의식적인 반응이 이 장면을 리얼하게 만든다. 액션과 리액션의 상승 효과. 번쾌 캐릭터가 동작마다 구현되지 않았다면 '항우 앞에서' 벌컥벌컥 술을 마시고("장사로다"라는 항우의 리액션에서 술 마시는 모습이 충분히 그려진다), 방패 위에 고기를 턱 놓고 칼을 빼들고 잘라(크게 잘랐을 것이다) 먹는 거침없는 행동은 정신 나간 짓으로 보였을 것이다.

감독과 주인공

번쾌라는 인물이 재미있다. 번쾌는 유방이 죽고 문제文帝 때까지 생존하는데 번쾌 생애에서 이때가 가장 빛나는 순간이었을 것이다. 번쾌는 독립시켜 열전에서 다룰 정도로 비중이 큰 인물이다. 그런데 「항우본기」에 나오는 번쾌의 이미지를 새긴 채 「번역등관열전」樊酈滕灌列傳의 '번쾌전'을 읽으면 실망스럽기 그지없다. 번쾌는 개장수 출신. 말이 개장수지 개도둑이라 하는 편이 맞을 것 같다. '번쾌전' 전체가 개처럼 명령을 받아 전투하러 싸돌아다니는 번쾌를 전해 줄 뿐이다. 번쾌에게서 전략가의 형상이라거나 사고하는 모습이라거나 언변이 뛰어난 면모는 전혀 나타나지 않는다. 그렇다면 번쾌가 항우 앞에서 토한 논리적이고 열렬한 언변은 어찌된 일인가.

장량을 다룬 「유후세가」留侯世家에 번쾌가 한 말이 그대로 보인다. 실상 이런 논리를 창안하고 언어화할 사람은 장량밖에 없다. 발설하는 일은 다른 문제고. 장량은 몇 번이고 번쾌에게 이 말을 해 익히도록 했을 것이다. 번쾌가 등장하기 전 항백의 칼춤으로 위험을 직감한 장량은 자리를 떠나 "군문에 이르러 번쾌를 보았는데/만났는데" 張良至軍門, 見樊噲 실상은 번쾌를 찾았을 것이고 번쾌에게 할 말을 상기시키면서 그가 할 역할을 알려 주었을 터, 번쾌의 목숨 건 역할은 기대 이상이었다. 앞서 "이 책을 읽는 사람들은 앞뒤로 참고하고 서로 대조해"보라는 여조겸의 말을 인용했었다. 홍문연회를 읽을 때 '번쾌전'과 「유후세가」 등과 함께 보아야 번쾌라는 캐릭터를 오해하지 않는다. 번쾌는 이 장면에서만 특별히 빛났던 것이다.

이렇게 따져 보면 홍문연회 장면에서 주인공은 뜻밖에 번쾌가 되고(가장 강력한 인상을 남기며 유방 살해 계획을 무산시켰으니), 숨은 주인공은 장량이 된다. 항우의 몰락이 시작되는 지점이 장량의 연출이라고 읽을 때 홍문연회는 이질적인 성격의 사건이 된다. 주제의 측면에서 읽으면 항우의 치명적인 실수와 몰락의 조짐이라는 해석에 차이는 없다. 하지만 배후에서 장량이 총지휘했다는 사실에 눈을 뜨면 항우의 라이벌 유방은 운이 좋고 수확을 잘하는 인물이 된다. 장량이 보이지 않게 큰 그림자를 드리우면서 항우가 주인공인 전기에서 조연이 주연을 압도하고 주연과 조연이 엇갈리는 불규칙적인 서술이 되었다. 작품이 뜻밖에 다면체로 변모한다. 역사학자들이 이 장면을 싫어하는 이유가 문학성이 승하기 때문인데 장량이 배후에 있다는 사정까지 헤아리고 보면 까다롭게 구는 게 나름 수긍이 간다. 그렇지만 사실史實을 정확히 기록했는가 하는 문제를 일단 접고 홍문의 연회를 처리한 사마천의 솜씨를 헤아릴 필요는 있다. 도드라지는 에피소드를 다루면서 인물을 드러내고 숨기며 역할을 배정하고 보이지 않는 여파를 만드는 사마천의 주도면밀함. 무엇 하나 허투루 읽게 하지 않는 힘을 가졌다.

4. 명장면 세번째: 절정의 능력, 팽성 수복

항우의 삶에서 분수령이 되는 곳은 제후를 분봉할 때일 것이다. 항우는 두 번 실수를 저지른다. 첫째, 제후를 잘못 분봉한 일. 둘째, 초나라로 돌아간 일. 첫번째 실수로 고단한 그의 전투가 시작되고, 엎친 데 덮친 격으로 두번째 실수는 항우가 천하의 판세를 전혀 읽지 못한다는 사실을 적나라하게 보여 준다. 둘 다 돌이킬 수 없는 전략적인 실패였다는 데 문제의 심각성이 있다.

초나라로 돌아간 일부터 보자. 유방과 홍문의 연회를 마치고 초나라로 돌아가기 전 항우는 함양에 불을 놓아 도시를 다 태워 버린다. 진나라에 대한 증오심으로 이해할 수 있다 치더라도 함양을 중심으로 하는 관중 지역의 의미를 파악하지 못한 게 아닐까 의문을 갖기 시작하면 이야기는 달라진다. 단순히 지리 문제를 말하는 게 아니다. 불이 3개월 동안 꺼지지 않았다고 하니 과장된 표현이라 감안해도 오랫동안 타오른 불은 진나라 궁성의 규모와 동시에 궁정 도서관에 간직한 서류와 서적도 함께 사라졌을 것임을 짐작하게 한다. 항우의 무모함은 유방과 비교할 때 도드라진다. 「소상국세가」蕭相國世家에는 소하蕭何가 함양에 들어갔을 때 궁전에 보관된 문서를 모두 손에 넣었다고 했다. 진나라의 정교한 행정체계가 만든 국가의 중요 문서를 입수한 것. 천하를 다스릴 정보를 차지한, 선견지명이 돋보이는 행동이었다. 이에 견주어 보면 항우에게 어떤 비전이 있었을까. 관중 지역을 떠나기 전 항우에게 간언을 한 선비가 있었다. 관중은 요새 지역이기도 하고 토지가 비옥하니 천하를 제패할 도읍으로 삼으라고. 항우는 말을 듣지 않았고 조언을 한 선비는 초나라 사람을 빗대 원숭이처럼 조급하고 난폭하다고 말했다가 죽음을 당한다. 이때 선비는 중요한 문제를 거론한 것이었다.

관중 지역의 중요성

시중에 유통되는 5권짜리 영인본 『사기평림』에는 1권에 200페이지에 걸쳐 여러 자료를 수록하고 있는데 특히 역대 문인들의 「독사총평」讀史總評이 읽을 만하다. 「독사총평」 뒤에 부록으로 「장단설」長短說이라는 독특한 글이 실려 있다. 찬자撰者는 명나라의 유명한 문인 왕세정王世貞으로 짧은 서문을 붙였다. 서문에는, "제齊나라 들판에서 밭을 갈다가 흙무덤에서 대전大篆으로 씌어진 죽책竹冊 한 질帙을 발견했는데 제목이 장단長短이었다. 문장은 볼품이 없으나 기록한 일이 역사와 종종 어긋나는 게 있다. 기록해 패관의 일종으로 보충하고자 한다. 모두 40조목이다"라고 했다. 서문 중간에 『사기』를 읽으면서 느꼈던 의문, 예컨대 상산사호商山四皓는 아무래도 가짜로 만들어 사기를 친 것 같다는 말을 하는 걸 보면 왕세정의 희작戱作일 수 있겠다는 의심이 없지는 않으나 옛글이라는 왕세정의 말을 믿고 내용을 보도록 하자.「장단설」長短說의 핵심은 익히 아는 역사와 어긋난다는 점. 왕세정은 이를 강조한다. 항우가 관중에 도읍할 것인가를 두고 벌어진 상세한 사정이「장단설」에 보인다. 내용을 간추려 읽어 보자.

항왕이 아침에 대부들의 조회를 받을 때 한생韓生이 말했다. 대왕께서는 관중에서 왕이 되도록 마음을 써야 한다, 관중은 요새 지역이고 땅이 비옥해 도읍으로 삼고 잃어서는 안 된다고. 항왕은 묵묵부답. 아부亞父(범증)가 곁에서 동조하며 말했다. 한생의 말이 훌륭하다, 진나라가 관중 땅에 호랑이처럼 걸터앉아 동쪽을 바라보고 천하를 채찍질해 만세의 업을 굳건히 했다고. 유방은 이 소식을 듣고, 위험하다, 항왕은 호랑이·늑대인데 관중을 근거지로 삼는 것은 짐승이 산을 등지고 사람을 잡아먹으려 엿보는 것과 같다, 내가 고기가 되겠구나, 개탄한다. 장량은 이에 꾀를 내어 항백을 만나 항왕에게 건의토록 한다. 장량의 말인즉, 신성新城전투에서 20만을 죽였는데 그 가족 100만이 함양 지역에 산다, 초나라 고향을 그리워하는 10만여의 군사로 100만을 대적할 수 있겠는가, 라는 것이 그 요지였다(여기서도 장량의 그림자는 뚜렷하다. 보이지 않게 핵심 역할을 수행한다).

「장단설」에 보이는 말은 당시 사람들이 함양에 대해 품고 있던 생각을 대변한다. 관중 지역을 누가 차지하느냐가 관건이었고 항우 편에도 이를 명확히 인식한 사람이 있었다. 항우의 결단이 문제를 일으킨 셈이다. 항우가 생각한 천하는 진나라 제국 이전 육국시대로 돌아가 초나라가 패권을 유지하는 구도였기 때문에 초나라로 돌아갈 생각이 강했다. 유방은 관중 지역을 중심으로 세력을 확장해 끝내 천하를 통일하는데 이는 유방이 자기 입으로 한 말을 실천한 것이었다. 관중 지역의 전략적 위치를 간파한 것.

진나라가 중국을 통일하기 전에도 관중 지역의 중요성은 계속 언급되었고 육국 연합군의 마지막 공격도 관중이 요새였기 때문에 좌절되고 말았다. 전국시대 함곡관전투는 항우와 유방 모두 알고 있는 중대한 사건이었다. 관중이 전략적인 위치에서만 중요한 게 아니었다. 치세가 짧았다 하더라도 진제국의 수도가 함양이었고 제국의 수도로서 함양은 중국의 어떤 지역과도 차별성을 갖는 수도의 위엄이 있었다. 제국의 수도로서 문화적 아우라가 컸다. 함양을 중심으로 사방에 치도(고속도로)가 깔려 있지 않은가. 유방은 부역을 하러 함양에 와서 수도의 위용을 본 적이 있다. 관중 지역의 중요성을 인지하고 천하를 관념이 아니라 구체적 형태로 어렴풋이나마 실감할 수 있었던 기회였다. 제국의 수도는 제국의 역량이 실질적으로나 상징적으로 집결한 곳이었다. 장량은 한(韓)나라 명족의 후손으로, 진나라에 시달리면서 전략적 위치의 중요성을 누구보다 잘 알고 있었다. 항우의 초나라 중심주의가 이 사실을 못 보게 만들었다. 관중 지역이 후대 당나라 때까지 제국의 중심부로서 중화제국의 수도였다는 사실만큼 이 지역의 가치를 잘 보여 주는 것도 없다. 항우의 철수는 유방에게 유리한 지역을 내준 패착이었다.

연쇄 반응의 발화

두번째 실수, 잘못된 분봉. 실질적인 권력자로서 영토를 분할해 제후로 임명하는 건 당연한 권리이긴 하다. 하나 항우는 새로운 나라를 세워 정식으로 황제에 오른 게 아니다. 권력구도에 아직 정리되지 못한 게 남아 있었다. 항우는 자신의 세력권이 안정되지 않았는데도 일단 자기 세력을 각지에 분봉한다. 「항우본기」에는 항우가 임명한 인물과 나라의 리스트를 길게 적어 놓았다. 예나 지금이나 구체성과 실제 모습을 보여 주는 것에 리스트만 한 게 없다. 읽는 사람은 건조한 나열에 불과해 보일지 몰라도 리얼리티를 확보하는데 리스트는 확고한 역할을 한다. 동서양을 막론하고 고전 시기에는 인물과 사물의 리스트를 길게 늘어놓는다. 독자 혹은 청자로 하여금 익숙한 인물·사물과 접촉하면서 기억을 환기시키고 기대감을 높이며 흥취를 돋게 하는 역할은 그만큼 중요했다. 두 지역이 중요했다. 제나라와 관중 지방.

관중 지방은 유방에게 줄 수 없으니 촉蜀 지방을 관중이라 하면서 유방을 고립시켰다. 파촉巴蜀 지방은 진나라 때에도 죄수를 유배시켰던 소수민족의 땅. 오랑캐들이 사는 곳이라 불모지나 다름없었다. 다만 유방을 관중왕으로 임명하면서 파촉 외에 한중漢中 지역을 추가했다. 파촉으로 그쳤으면 유방의 미래는 불투명했을 수 있다. 한중은 그만큼 의미가 큰 땅이었다. 한중 지역은 관중과 파촉의 중간지대. 유방이 재기할 수 있었던 것은 한중 지역을 발판으로 관중으로 나올 수 있었기 때문이었다. 항우는 자신의 장군 셋을 관중 땅에 봉해 유방의 배후를 막게 했다(진秦나라 관중 지역을 셋三으로 나누었기에 함양을 포함한 관중 지역의 별칭으로 혹은 진나라에 대한 이명異名으로 삼진三秦이라 하는 말이 여기서 왔다). 삼진을 맡은 장수들이 유방의 한신 같은 장군에게 상대가 되지 못할 건 불을 보듯 훤한 일. 더구나 관중은 유방이 처음 들어가 진나라의 가혹한 법을 완화해 민심을 얻었던 곳이기도 하다. 훌륭한 수하장군과 유방을 기다리는 백성들, 한중이라는 도약대가 마련되었으니 다음 단계는 예상할 수 있을 것이다.

문제의 제나라. 이곳에서 문제가 폭발하고 들불처럼 번져 연쇄작용을 일으키게 된다. 제나라에는 이미 세력 기반이 있었다. 항우가 임명한 외부 인물과 토착 세력 사이의 결전은 피할 수 없었다. 항우는 제나라의 기존 세력을 알고 있었다. 이전에 제나라와 알력이 있었기 때문이다. 제나라에 협력을 요청했다가 거절당하지 않았던가. 기세등등한 자신의 현 상태가 예전의 앙금과 결합하면서 위력威力으로 제나라 영토를 차지했다고 볼 수밖에 없다. 그러나 항우의 명령을 제나라에서 받아들이지 않는다면? 제나라의 전씨田氏 일족은 항우의 처분을 받아들이지 않았고 항우가 임명한 사람들을 힘으로 쫓아낸다. 항우는 어떻게 대응할 것인가. 항우는 응징하러 자신이 나선다. 문제가 생기면 본인의 손으로 해결하는 패턴. 비효율적인 방식이다. 유방과 정반대다. 유방은 일을 처리할 때 참모들의 의견에 귀를 기울인다. 자기 잘못을 알면 바로 고치고 참모의 의견을 받아들인다. 리더가 가져야 할 강점 중의 하나다. 전투에 본인이 나설 수 있다. 그러나 방대한 전장에서 다발적으로 일이 터질 때 리더가 할 일은 전략을 세우고 자원을 분배해 효율적으로 힘을 사용하는 것이다. 자신이 나서는 게 능사가 아니라 유능한 부하를 써야 한다. 항우는 늘 자신이 직접 나갔다.

팽성彭城 전투가 일어나기 직전까지 경과를 정리해 보자. 제나라에 문제가 커지자 항우는 초나라 수도 팽성에서 북동쪽으로 먼 길을 달려가 제나라를 토벌한다. 단일 전투에서 누가 항우를 대적하랴. 승승장구. 그리고 또 다른 실수. 원정遠征의 분노였을까. 아니면 저항에 대한 보복이었을까. 아니면 전쟁의 관례였을까. 그도 아니면 항우만의 전투 방법이었을까. 항우는 전투를 벌인 곳에서 적을 남김없이 살해한다. 제나라 사람들은 이래 죽으나 저래 죽으나 죽기는 마찬가지, 항우가 지나간 자리에서 다시 봉기한다. 제나라는 땅이 넓다. 아무리 항우라도 너른 지역을 죄다 장악하고 억누를 수는 없다. 소수 인원으로 다수를 상대하는 교착 상태에 빠지고 이를 놓칠세라 서쪽에서 유방이 항우의 후방을 공격, 한중 땅을 벗어나 항우의 초나라 수도 팽성까지 함락시키는 사태가 벌어진다. 제나라의 전선을 버려 두고 다시 동남쪽으로 초나라까지 회군. 제나라는 다시 제나라 토착 세력 수중에 들어가고, 항우는 바쁘고 부지런하게 돌아다니는데 성과가 적다.

전투의 전말

팽성전투는 이렇게 벌어졌다. 전략적 성과가 적었던 제나라 토벌에 이은 급한 귀향. 유방은 오륙십만 명의 병사를 거느리고 초나라 정벌에 나섰다. 항우의 정예병 삼만. 거의 20대 1. 항우는 노나라를 따라 공자의 고향 곡부에서 호릉胡陵을 경유해 서쪽으로 가 소蕭에서 한나라 군사를 격파하고 다시 동쪽으로 이동, 새벽에 팽성에 도착, 정오에 한군漢軍을 대파한다. 항우의 이동 속도는 빨랐다. 곡부에서 팽성까지는 남북으로 사수泗水가 흐르는 지역. 사수가 남쪽으로 흐르면서 하수와 만나 좀 더 남쪽으로 흘러 호릉이 있고 호릉에서 얼마 가지 않아 유방의 고향 패沛가 있다. 패를 얼마 지나지 않아 유방과 장량이 만난 유留가 나오고 유를 지난 사수가 곡수穀水와 합류하는 곳이 팽성이다. 호릉에서 패까지는 20km 남짓, 패에서 유까지는 20km, 유에서 팽성까지는 40km, 곡부에서 호릉까지는 30km 이상이다. 소는 곡수 가에 있는 곳으로 팽성 서쪽이다. 항우는 줄잡아 100km 이상을 주파했다. 새벽에 팽성에 도착했다 헸으니 밤새 달렸음에 틀림없고 정오에 한군을 격파했다 헸으니 바로 전투로 들어갔다는 말이다. 그것도 소에서 이미 한 차례 전투를 치르고. 정오의 전투는 한군의 주력군과의 싸움을 말하는 것이다. 한군은 팽성을 점령한 뒤 보물을 거둬들이고 술을 마시며 해이했다고 하지만 항우의 뚝심은 대단하다. 사마천의 묘사는 건조하다. 다만 항우의 진격 속도에 따라 문장을 스피디하게 구사했다. 사마천의 붓을 따라 팽성전투의 하이라이트를 직접 보자.

한군漢軍이 모두 달아나는데도 곡수穀水와 사수泗水에까지 따라 들어가 한나라 군사 십여만을 죽였다. 한나라 병사들이 모두 남쪽으로 도망가 산으로 달아나자 초나라는 또 이들을 추격해 영벽靈壁

동쪽 수수睢水 가에 이르렀다. 한나라 군사는 퇴각하다 초나라 군사에게 밀려 대부분 살해당하고 한나라 군사 십여만 명이 모두 수수로 뛰어들자 수수가 이 때문에 흐르지 못하였다. 한왕漢王을 세 겹으로 포위했다.

영벽靈璧 동쪽 수수睢水 가는 팽성 서남 50km 지점이니 유방군은 상당히 멀리까지 퇴각했다. 전멸당했다고 봐야 할 것이다. 여기서 이상한 일이 벌어진다. 큰 바람이 불어 나무를 부러뜨리고 집을 쓰러뜨리며 모래와 돌을 날려 대낮인데도 어두워졌던 것. 초군이 크게 어지러워지면서 유방이 탈출할 수 있었다. 유방이 간난신고를 겪으며 간신히 사지를 벗어난 사건을 드라마틱하게 재구성한 장면으로 보인다. 옛 서적에는 초자연적인 사건이 심심찮게 등장하는데 당시 설명할 수 없는 현상에 대한 나름의 기술 방식이라는 게 일반적인 해설이다. 과학이 비대해진 시대에 과학을 기준으로 설명하는 논법이다. 자연이 유방을 도와 죽을 고비를 넘겼다는 진술로 읽을 수 있겠다. 그렇다면 유방이 한나라를 세운 것은 하늘이 도운, 천우신조天佑神助의 대업大業이라는 합리화가 가능한데, 이런 아전인수식 해석은 별 매력이 없다. 「고조본기」에는 심상치 않은 사건과 일화들이 적지 않다. 유방이 황제가 된 후, 이전의 일을 모두 황제라는 관점에서 소급해 재구성했을 것이기에 분식은 불가피했을 것이다. 그 얘깃거리들은 처음부터 부풀려 지어냈다기보다는 실제 사실에 살을 붙여 가공했을 가능성이 높다. 사마천 시대와 가깝기도 해서 사마천은 당시까지 구전으로 전해진 이야기들을 직접 듣기도 하고 자료를 보았을 터, 글 쓰는 사람의 고민이 느껴진다. 항우의 포위와 유방의 탈출. 이 사이에 무슨 일이 벌어졌는지 알 수 없다. 격전이 벌어지고 큰 피해가 생긴 것은 분명하다. 유방이 살아남기 위해 어떤 일이 있었을까.

이와 관련해 중요한 사건임에도 내막이 가려진 일이 몇 가지 생각난다. 그중 하나가 흉노 토벌 때의 사건이다. 후일 황제의 지위에 오른 유방이 평성平城에서 흉노에게 포위돼 위험한 고비를 맞았는데 이때 진평陳平의 수완 덕에 살아 돌아오게 된다(백등지위白登之圍──이 책 7장 3절 참조). 한데 진평이 흉노와 어떤 담판을 벌였는지 내용이 빠져 있다. 진평이 기이한 계책을 써서 흉노 수장에게 사신을 보내 벗어날 수 있었을 뿐이라고 간략하게 「진승상세가」陳丞相世家에 언급할 뿐이다. 한나라에게 굴욕적인 조건이었기에 명시하지 않았을 것이라는 게 일반적인 관측이다. 과연 그럴까. 이 문제는 뒤에 상술하기로 한다. 마찬가지로 절망적인 포위와 구사일생의 탈출을 매개하는 사건이 자연의 재앙이라… 흥미로운 서술이라 여러 생각을 하지 않을 수 없다.

유방의 탈출에 기이한 장면이 연출되는데 이 에피소드는 유방의 탈출에 '무슨 일'인가 있었음을 암시하는 것 같기도 하다. 그렇지만 증명할 수도 알 수도 없는 일에 주의를 기울이기보다 다른 측면에서 이 사건을 읽어 보도록 하자. 유방이 탈출할 때 마차를 몰았던 사람인 하후영夏侯嬰. 이 사람은 수목할 필요가 있다. 마차를 다루는 출중한 솜씨가 인상적인 장면이지만 초점은 유방의 행태에 놓여 있다. 유방은 탈출하는 가운데 고향 패에 들렀지만 난리 통에 헤어진

가족을 거두지 못하고 그나마 아들과 딸을 만나 데려가게 된다. 초나라 기마대가 추격해 오자 급해진 유방, 두 자식을 마차에서 밀어 떨어뜨린다. 이 기사는 「번역등관열전」樊酈滕灌列傳 '등공滕公(하후영)전'에 자세하게 묘사된다. 세 번이나 밀어서 떨어뜨렸다고 했는데 세 번이라는 말은 여러 번 그랬다는 말로 읽어야 할 것이다. 이 부분을 읽을 때면 대부분 비슷한 반응을 보인다. 아비가 어떻게 자기만 살겠다고 자식을 버리느냐고, 유방의 인물됨을 한탄한다. 유방을 좋아하는 사람들조차 눈살을 찌푸리는, 한나라를 세운 인물을 미화하기는커녕 깎아내리는 이 일화를 끼워 넣은 까닭은 무엇일까. 빼놓는 게 좋을 사건인데 다 기록한 이유는 무엇일까. 사마천이 생략하지 않은 더 중요한 이유가 있을까. 유방을 오해하기 쉬운 사건 아닌가.

근대문학에는 전쟁문학이라 일컫는 일군의 작품이 있다. 인류사 어느 시대에 전쟁이 없었는가마는 근대문학에서 전쟁문학이 문제되는 까닭은 개인의 가치와 존엄성이라는 근대프로젝트의 기본 전제가 파괴되는 양상이 유별나게 드러나기 때문이다. 고대의 전쟁 역시 극심한데도 고대의 문학 작품은 전쟁문학이라 칭하지 않고 영웅서사나 군담軍談소설로 분류한다. 주인공은 영웅이나 고귀한 신분. 「항우본기」나 「고조본기」가 그 원형에 해당한다. 가장 유명한 작품이 『삼국지연의』나 『수호지』. 영웅서사는 주인공이 영웅인 까닭에 문자 그대로 큰 공적을 세워 남과 다른 영웅의 행동을 보여 준다. 『삼국지연의』에서 관우가 화살 맞은 팔을 치료받으면서 의연히 견디는 것처럼. 영웅 유방의 경우 자식을 버리는 행동은 전혀 영웅

답지 않다. 위기에 처하자 자식을 버리는 행동에 대한 사람들의 논평은 지극히 상식적이다. 그런데 만약 자기 목숨이 경각에 달린 상황이라면? 죽음이 따라오는 게 피부에 느껴지는 경우라면 상식적인 반응이 나올 수 있을까. 전쟁은 인간의 잔인한 모습뿐만 아니라 인간의 나약한 모습, 자신도 몰랐던 인간의 적나라한 모습을 보여주기 때문에 잔인한 것이다. 유방의 반응은 아비로서 자식을 보호하는 이성적 행동을 기준으로 볼 수 없는, 죽음을 마주한 인간의 적나라한 반응이 아니었을까. 도덕적으로 타락한 인간이 아니라 도덕 이전의 상황이었던 것. 합리적이거나 이성적인 잣대가 필요치 않다는 의미에서 하는 말이다. 이기적인 행동 이전에 본능적인, 사고가 작동하기 전에 몸이 반응하는 그런 상태. 이런 식의 해석은 고대의 문학 관습에서 벗어나 인간을 풍부하게 그렸다고 보는 것이다. 고전에 깃든 현대성을 강조하는 독법. 근대적 관점이 개입된 해석이라고 할 수 있다.

　다른 관점에서 읽어 보자. 포커스를 유방에 두지 말고 아이들에게 맞춰 보는 것이다. 마차에서 떨어진 아이들을 거둔 하후영의 행동과 그에게 매달리듯 안겨 아버지를 멀리하는/두려워하는 아이들의 모습을 떠올려 보자. '등공전'에는 하후영에게 착 달라붙은 아이들의 모습이 더 강조되었다. 아무 저항도 할 수 없이 아비에게 떠밀려 버려졌을 때 아이들의 감정이 어땠을까? 이 에피소드는 인간이기에 느낄 수밖에 없는 두려움, 감당할 수 없는 공포에 휩싸인 유방의 모습이 드러났다고 보는 게 무난할 것이다. 영웅 유방이 아닌 인간 유방의 모습 말이다. 그렇다 해도 그의 행동이 변호되지 않는다. 유방을 이해하려 애쓰기보다 아이들의 상태를 헤아려 보는 게 이 장면을 이해하는 데 도움이 된다. 이때 살아남은 아들은 아버지를 이어 황제가 된다(혜제惠帝). 그런데 유방 사후 권력을 장악한 어머니 여후呂后가 유방의 애비愛妃를 고문하고 팔다리를 다 잘라 "인체"人彘(사람 돼지)로 만들어 혜제가 보도록 한다. 혜제는 이 일 이후 세상사에 등을 돌리고 얼마 후 세상을 뜬다. 부모에게서 치유하기 어려운 상처를 받은 인물로 혜제를 기억하는 건 지나친 상상일까?

팽성전투의 영향은 컸다. 사태를 관망하던 제후들이 대거 항우 편이 되었고 항우는 승리의 여세를 몰아 서쪽으로 가는 관문, 형양滎陽까지 진격한다. 그리고 형양에서 중요한 전과를 올린다. 식량창고 확보. 식량창고를 빼앗은 사건은 다음 단계로 나아갈 수 있는 중요한 디딤돌이었다. 문제는 긴 안목으로 사태를 바라보지 못하는 항우. 상황은 단번에 항우 쪽으로 기울어 또 한 번의 결정적인 기회가 왔다. 항우 곁에 있던 범증은 비전을 보았고 유리한 흐름을 읽었다. 유방도 불리한 상황을 깨달았다. 수세에 몰린 유방은 휴전을 제의한다. 유방의 책사 진평은 수를 써서 이 기회에 전쟁을 종결하려는 범증을 항우에게서 떼어 낸다. 유방에게는 예기치 못한 횡재. 여기가 분기점이다. 범증과 항우의 결별은 불길한 징조였다. 항우만 그것을 몰랐을까. 팽성전투가 결정적인 한방을 먹일 수 있었던 호기였으나 그 기회가 사라지자 범증을 잃는다. 항우의 소탐대실. 대가가 너무 컸다. 팽성전투는 축복처럼 보였지만 저주가 되고 말았다. 유방에겐 그 반대였다.

아까운 인물, 범증

범증에 대해서 이야기하고 이 부분을 정리하기로 하자. 사마천은 범증에 대해 따로 전을 쓰지 않았다. 범증의 역할은 항우의 책사로서 끝났기 때문일 것이다. 그의 죽음도 사마천은 간단하게 전한다. 진평의 계략으로 항우와 사이가 나빠지고 항우는 범증의 모든 권한을 빼앗는다. 범증이 고향으로 가고 싶다 하자 항우는 허락한다. 범증은 "길을 떠나 팽성에 채 이르지 못해서 등에 종기가 나 죽었다". 등창으로 죽은 것은 드러난 이유일 게고 실은 홧병으로 죽었을 것이다. 천하대사가 한 번의 실수로 무너지는 걸 본 사람의 심사가 어땠겠는가. 그럼에도 범증의 진가는「항우본기」에 잘 드러나지 않는다. 범증은 유방의 소하·장량·한신에 해당하는 핵심 참모였다. 소하·장량·한신이 없었다면 유방은 황제의 자리에 오르지 못했을 것이다. 범증은 비중과 역할이 큰 인물인데『사기』에서는 어느 정도인지 가늠되지 않는다. 이는 후세 사람들에게도 마찬가지로 불만이었는지 다른 자료에서 범증이 비교적 소상히 다뤄진다.

앞서 언급한「장단설」長短說에 보이는 범증의 모습이 참고할 만하다. 범증은 항우를 떠나기 전에 이런 말을 한다. "적을 잘 이기는 사람은 적에게 계책을 잘 씁니다. 적을 잘 이기지 못하는 사람은 적의 계책에 당합니다. 대왕께서는 한나라를 지나치게 위해 주고 있습니다. 제가 한신韓信을 추천했는데 대왕께서는 그를 쓰지 않으셨으니 한나라가 그를 쓰도록 하신 겁니다. 제가 진평陳平을 천거했는데 대왕께서는 그를 쓰지 않으셨으니 한나라가 그를 쓰도록 하신 겁니다. 한나라는 의제義帝를 죽여 대왕의 죄라고 뒤집어씌우고 싶어 했는데 대왕께서는 그를 죽여 버렸습니다. 지금 또 그들은 대왕께서 저를 버리길 바라는데 대왕께서는 진정 먼저 저를 싫어하고 있습니다." 통찰력 있는 말이다. 범증이 독자에게 선명한 이미지로 남지 않는 이유 가운데 하나는 그다움을 드러내는 언사가 보이지 않기 때문이다. 인용한 말을 뜯어 보면 그의 안목이 예사롭지 않음을 감지할 수 있다. 범증은 일개 작전 참모가 아니라 전체의 세勢, 전황과 저류底流을 꿰고 운영하던 브레인이었다. 범증을 잃은 것은 한 팔을 잃은 게 아니라 두뇌를 상실한 것이었다.

이외에도 휴전 강화에 응하지 말고 바로 공격해야 한다는 건의와 항우를 떠나 홀로 팽성으로 가는 도중 있었던 일을 기록해 범증의 비중을 확고히 인지시키는 대목이 「장단설」에 보인다. 항우는 천하통일을 이룰 수 있는 큰 재목을 잃었고 이는 돌이킬 수 없는 손실이었다. 범증의 죽음은, 전쟁은 몸으로 치르는 전투가 전부가 아니라는 사실을 새삼 확인하게 한다. 전쟁에 대한 사마천의 예사롭지 않은 안목이 번득이는 곳이기도 한데 전쟁에 대한 식견은 뒤에서 언급하기로 하자.

5. 명장면 네번째: 역사의 낭만성, 우미인과의 이별

『사기』를 읽다 보면 고개를 갸웃거리게 되는 장면이 있다. 극비極祕라고 명시하고도 사건을 묘사하는 경우가 그렇다. 진시황이 죽고후사를 결정하는 일을 조고趙高와 호해胡亥(2세 황제), 이사李斯가 공모하는데 은밀히 계획한 것이었다. 「이사열전」李斯列傳에는 조고와호해, 이사와 조고가 나눈 대화가 기록되었다. 셋만 아는 일이 어떻게 천하에 공표되었을까. 이사가 먼저 죽고 호해와 조고 모두 죽음을 당해 발설한 사람이 없었는데 말이다. 여담 하나. 조고는 셋의 모의 과정에서 주도적인 역할을 했다. 조고의 행동을 보면 환관이라고 겸손한 체하지만 진秦제국의 마지막 국면을 주도한 사람이었다. 그럼에도 사마천은 조고의 전傳을 짓지 않았다. 입전立傳 자격이 충분한데도 따로 독립시키지 않은 것은 조고에 대한 경멸감의 표현이었을까. 조고는 간신으로만 기억하기엔 복합적인 면모가 있다. 호해의 스승이기도 해서 학문적 역량도 만만찮다. 이사를 설득시킨구변을 봐도 그 점은 명확하다. 『한서』漢書 「예문지」藝文志에는 조고가 『원력』爰歷 6장章을 지었다는 기록이 보이는데 『천자문』과 같은 종류로 추측된다. 처신만 좋았던 인물이 아니었다.

우虞미인과 항우의 이별 장면도 그 가운데 하나로 보인다. 두 사람의 이별을 본 신하들이 곁에서 눈물을 흘렸다고 했으니 목격자가 존재했음이 틀림없다. 하지만 목격자들은 최후의 전투에서 모두 죽는다. 우미인과의 이별 장면은 어떻게 살아남게 됐을까. 불세출의 경극배우 메이란팡梅蘭芳(1894~1961)이 불멸의 레퍼토리로 만든 『패왕별희』霸王別姬라는 경극京劇(Peking opera)도 여기서 왔고 영화로도 만들어져 잘 알려진 이야기다.

여기서 중국 고대인이 생각하는 '사실'과 근대를 통과한 우리가 생각하는 사실이 다르다는 점을 떠올려야 할 것 같다. 우리가 문제 삼는 '사실 그 자체'(fact itself)는 사실(in fact) 근대 역사학의 개념에 기댄, '중립적 대상으로서의 자료(data)'라는 의미가 강하다. 포스트 모더니즘 역사학이 대두하면서 언어에 집중, '사실' 자체를 의심하고 해체하면서 사실 역시 '해석되고 가공된 자료'라고 재정의되었지만 여전히 우리 머릿속에는 근대적 개념이 강하다. 고대인들은 어땠을까. 진시황 사후의 사건이나 우미인의 일에서 보듯, 고대인들은 '사실'을 시간과 장소가 정확하게 기록되는 대상으로 보지 않았다. 맥락에 놓고 전후 사건과 일치하면 그 안의 디테일은 개의하지 않고 수용하는, '일종의 태도'로 간주했다고 할 수 있다. 진시황 사후 호해가 황제에 오르고 조고가 정권을 장악, 이사를 죽인 데다 여기에 진시황의 장남 부소扶蘇의 죽음까지 더해져 진시황의 죽음과 이후 사태를 연결해, 중간에 있었던 일을 추론하게 된 것이다.

추론이라 했지만 개연성이 충분하고 사람들이 수긍할 만한 재구성이었다.

　이런 관점에서 '사실'을 보면, 이미 역사라는 말 속에는 문학이라는 뜻이 내재하고, 역사와 역사소설의 거리는 생각보다 가까운 셈이다. 더 밀고 나가면 사실과 허구의 경계가 의외로 겹쳐 있다고 하겠다. 근대도 아니고 현대도 아닌 고대 특유의 사고방식이라 해야 할 것이다. 이런 지점이 『사기』의 약점이라면 약점이고(근대 사학에서 보자면), 강점이라면 강점인데(문학으로 읽을 때는) 『사기』의 생명력은 여기서 온다.

역사적 낭만성의 기원

우미인과의 이별 장면은 짧다. 생략해도 항우의 삶을 전하는 데 아무 지장이 없다. 우미인은 이 장면에서만 잠깐 등장하고 사라진다. 영화에 잠깐 얼굴을 비추는 카메오 수준. 그러나 이 장면의 위력은 대단하다. 이곳에 응축된 비극적 정서, 낭만성이라 명명할 수 있는 감정은 역사라는 건조한 서술을 찢고 후대 저술가들을 홀려 왔다. 문자기록보다 구전 전통이 더 강력했던 당시의 관습을 염두에 둘 때 전달의 힘을 상상할 수 있는 증거다.

　사마천이 기록한 내용을 살펴보자. 전쟁의 신神으로까지 추앙되는 한신韓信이며 맹장 팽월彭越까지 합세해 한나라 군대는 해하垓下에 집결, 항우와 대치한다.

　항우는 해하에 성을 쌓았으나 병사는 적었고 식량도 떨어졌다.

한나라 군사와 제후 병력이 항우를 겹겹이 포위한다. 한밤엔 사방에서 한나라 병사가 부르는 초나라 노랫소리가 들려오고四面楚歌(일종의 심리전), 항우는 크게 놀라 말한다. "한나라가 이미 초나라를 정복했단 말인가. 왜 이리 초나라 사람이 많은가." 항우는 야밤에 일어나 술을 마신다. 곁에는 항우가 총애하는 우虞가 있었다. 우미인의 우는 이름이다. 고대 풍습에 여자는 시집을 가면 남편의 성姓을 따르고 자신의 성은 이름이 된다. 원래 이름은 사라진다. 원元나라의 유명한 서예가 조맹부趙孟頫 아내의 원래 이름은 관도승管道升. 결혼하면서 그녀는 조관趙管이 됐다. 우虞는 원래 그녀의 성姓이었는데 항우와 결혼하면서 항우項虞가 되었다. 성이었던 우虞가 이름名이 된 것이다. 원래 이름은 미상. 미인美人은 여자의 미칭美稱으로 봐야 할 것이다. 우미인과 함께 항우가 항상 타던 준마駿馬 추騅도 곁을 지켰다. 이때 항우는 분개하며 원통한 마음에 자신이 지은 노래(시가 아니다)를 부른다.

힘은 산을 뽑고 기운은 세상을 덮었네
때가 불리하니 추騅*도 나아가지 않는구나
추騅가 나아가지 않으니 어찌하겠나

* 추(騅)는 이름처럼 쓰였는데 정확히 말하면 검은 털과 흰 털이 섞인 말을 가리킨다. 중국인들은 털 색깔로 말을 분류했는데 '馬' 자(字)를 부수로 하는 복잡한 글자를 많이 만들었다. 검은색 말은 려(驪)라 했고 붉은 말은 성(騂)이라 했으며 보(駂)는 흰 털이 섞인 검은 말이다. 이런 식의 글자가 30여 개쯤 된다. 지금은 거의 다 쓰임새를 잃고 이 다양한 말[馬]들이 창백한 말[言語]로 변해 사전 속에서만 뛰어다닌다. 추(騅)라는 어려운 글자가 살아남을 수 있었던 것은 항우라는 유명한 주인을 두었기 때문이다.

우虞여, 우虞여, 어찌하겠는가

力拔山兮氣蓋世 時不利兮騅不逝

騅不逝兮可奈何 虞兮虞兮奈若何

항우가 노래를 몇 번 부르자 우미인이 화답한다. 항우가 울고 몇 줄기 눈물이 떨어진다. 좌우의 신하들도 모두 우느라 고개를 들지 못한다.

여기까지가 이별 장면의 전문全文이다. 이하 「항우본기」의 본문은 항우의 최후 결전으로 넘어간다. 본문에는 보이지 않지만 항우에 화답하는 우미인의 노래가 전해진다.

한나라 병사 이미 땅을 빼앗아

사방에 초나라 노랫소리

대왕의 의기 다하셨으니

제가 무슨 낙으로 살겠어요

漢兵已略地 四方楚歌聲

大王意氣盡 賤妾何樂**生

『사기』에 주석을 붙인 『사기정의』史記正義에 『초한춘추』楚漢春秋 (유방과 가까웠던 유학자 육가陸賈가 지은 책)에 수록됐다며 인용한 것이다. 시를 인용했으니 시에 대한 이야기를 해야 할 차례다. 항우의

** 락(樂)은 판본에 따라 료(聊)자로도 쓴다. 의미는 같다.

노래는 초나라 사람답게 중간에 '혜'兮 자字를 넣은 전형적인 초사풍楚辭風. 시인 굴원屈原이 불멸의 노래로 만든 초나라의 민가民歌 스타일이다. 사마천은 굴원의 전기를 썼고『초사』楚辭를 초록抄錄한 만큼 잘 아는 형식이다. 항우의 노래에는 분노와 좌절, 울분과 슬픔이 느껴진다. 항우의 노래 앞에 우미인과 명마 추를 소개한 것은 노래를 위한 세팅일 것이다. 실상 노래가 먼저 존재했고 노래를 이해할 수 있도록 우미인과 추를 가져다 놓았다고 해야 옳을 것이다.

우미인의 노래는 먼저 오언五言임을 주목하라.『초한춘추』楚漢春秋에 오리지널이 처음 기록됐다고 장수절張守節은『사기정의』史記正義에서 말하지만『초한춘추』는 한대漢代의 저작으로 한나라의 시대상이 고스란히 반영되었다. 오언五言은 후한後漢에 가서야 확립되는 시체詩體로 한나라가 통일하기 이전에는 보기 드문 형식이다. 한나라 때까지도 시 형식은 전통적으로『시경』을 따라 사언四言이었다. 우미인의 노래는 "화답했다"는 사마천의 원문에 기댄 후대의 위작일 가능성이 높다.『초한춘추』에 실린 우미인의 노래 역시 후대의 위작으로 보아야 할 것이다.

그러나 문제는 위작이냐 오리지널이냐가 아니다. 우미인과의 이별은 사실을 전하려는 게 아니라 어떤 정서를 전달하는 게 핵심이다. 사마천은 정서가 고양될 때, 말을 넘어서는 감정의 고양을 보여 줄 때 시를 인용/이용해 감정을 체험하도록 한다.「자객열전」刺客列傳에서 형가가 진나라로 떠날 때 부르는 노래를 상기해 보라. "바람 싸늘하고 역수易水 차구나/장수는 한 번 떠나 다시 돌아오지 않으리."風蕭蕭兮易水寒, 壯士一去兮不復還 사마천은 항우의 노래에도 그렇고 형가의 노래에 대해서도 "강개"慷慨라는 표현을 쓰면서 고양된 감정의 극점을 형용한다. 노래를 들은 사람들이 모두 눈물을 흘렸다는 전언傳言이 따라 붙는 건 상투적인 언사가 아니라 노래의 감염력을 보여 주는 것이다. 두 노래 모두 인간의 죽음/다시 못 볼 이별과 맞닿아 있어 슬픔과 함께 비장감이 생긴다. 노래는 절창絕唱이 된다. 시의 존재감.『사기』를 통틀어 이런 임팩트를 주는 곳은 단 두 군데. 앞서 인용한 항우와 형가의 경우가 전부다.

사마천의 필법은 후대 문학에 전해져 특히 소설에서 주인공이 사랑을 나눌 때 감정이 고조되는 부분에서 꼭 시를 통해 깊이를 주고 심리를 묘사하면서 사건을 진행시킨다. 당나라에 유행한 전기傳奇를 떠올려 보라. 김시습金時習의『금오신화』金鰲新話도 그 자장 안에 있다. 문학이 하는 일 가운데 하나는 감정에 충격을 주어 독자를 변화/정화하는 일인데 우미인과의 이별, 형가의 떠남은 전형을 보여준다. 슬기로운 그리스 사람들도 문학의 이런 기능과 역할을 카타르시스로 집약하지 않았던가. 문학이 제일 잘하는 일이다(문학의 기능). 나는 이를 비극적 낭만성이라고 이름 붙이겠다. 사마천은 비극적 낭만성을 가장 먼저 세운 사람이다.

비극적 낭만성은 역사적 사건과 별 관계가 없다. 생략되어도 사건에 지장이 없다. 그것은 비장한 감정을 품고 있기에 비극적이며 역사와 직접 관계되지 않기에 낭만이다. 이 정서는 감염력이 크고 호소력이 강해 사마천 이후 역사의식이 명료해진 다음에도 사라지지 않고 지속적인 효과를 발휘했다. 시를 앞세운 이유도 여기에 연유한다. 시가 사실을 넘어 핵심 정서를 건드리기 때문이다. 시를 매개로 낭만성은 증폭된다. 후대에 전승된 두 가지 강력한 예를 들어 비극적 낭만성을 증명해 보자. 이릉과 소무, 채염의 경우에서 볼 수 있다.

이릉·소무의 경우

이릉李陵과 소무蘇武는 각각 별개의 전傳으로 반고의 『한서』 「이광·소건전」李廣蘇建傳에 보인다. 이릉은 이광의 손자로 이광 뒤에 기록되었고 소무 역시 아버지 소건을 이어 뒤에 배치됐다. '이광전'이 '이릉전'에 비해 기록이 많은 데 비해 '소건전'은 짧막한 정보만 제공할 뿐이라 실제로는 소무의 전으로 봐야 한다. '이릉전'은 대부분 사마천의 기록에 의지해 구성되었고 '소무전'은 소무의 충절을 선양하기 위한 에피소드에 집중하고 있다. '소무전'을 읽으면 『한서』의 이념 지향을 단박에 알 수 있을 만큼 이야기는 신하의 절개를 중심으로 짜여졌다. 흉노에 사신으로 가서 억류되어 19년을 고생한 이야기를 뼈대로 한나라에 돌아와 덕이 보상받는다는 의도에 충실한 전기다. 우리의 주제와 관련해 보자면 문학성이 뛰어난 부분은 이릉과 소무가 만나는 장면으로 '소무전'에 상세히 묘사되었다. 여기서는 반고의 창작 의도는 괄호에 넣어 두고 소무와 이릉의 관계에 집중해 우리의 주제인 '강렬한 역사의 행간에 끼워진 낭만적 상상'의 활용에 초점을 두도록 하자.

'소무전'에 따르면, 소무가 흉노에 사신으로 간 이듬해에 이릉은 흉노에 항복했다. 선우單于(흉노왕을 칭하는 말)는 북해北海(지금의 바이칼호)로 이릉을 보내 소무를 설득하도록 한다. 무제에게 배반당한 자신의 처지를 설명하며 소무를 설득하는 이릉에게 소무는 자신의 확고한 뜻을 밝힌다. 신하로서 황제를 위해 충의를 다하고 죽을지언정 투항하진 않겠노라고. 며칠을 더 지내며 술을 마시고 마지막으로 설득하는 이릉.

"자경(소무의 자字), 한 번만 내 말을 들어주시오."子卿壹聽陵言
"저 자신 죽은 지 이미 오래되었습니다. 왕(선우)이 제가 항복하길 꼭 바라신다면 오늘 이 즐거운 술자리를 마치고 당신 앞에서 목숨을 바치겠습니다."自分已死久矣. 王必欲降武, 請畢今日之驩, 效死於前
이릉은 그의 지극한 정성을 보고 한숨을 쉬며 탄식했다.
"아아, 의사義士로구나. 나와 위율衛律(한나라에서 흉노에 투항한 인물. 이 사람도 소무를 설득했었다)의 죄는 위로 하늘이 알 것이다."
말을 하고, 눈물을 흘리자 눈물이 옷깃을 적셨다泣下霑衿. 이릉은 소무와 작별하고 떠났다.

이릉은 소무를 설득하면서 자신의 심정을 낱낱이 고백했는데도 소무는 죽음으로 거절했다. 이릉의 괴로움과 소무의 강직함이 대조를 이루는데 이릉의 눈물이 옷깃을 적신다는 짧은 몇 글자는 이릉의 고뇌와 아픔을 선명하게 보여 준다. 그 뒤 한나라와 흉노가 화친和親을 하고 우여곡절 끝에 한나라로 귀국하는 소무. 이릉이 마지막으로 소무와 작별하는 자리.

이릉은 술자리를 베풀고 소무에게 축하하며 말했다.

"이제 당신은 한나라로 돌아갑니다. 흉노에게 이름을 날리고 한 나라에 공을 세웠으니 옛 역사에 기록되고 사당에 그려진 것이 라 한들 어찌 그대보다 더하겠소. 제가 못나고 겁쟁이이긴 하나 한나라가 제 죄를 잠시 관대히 용서하고 제 노모를 온전히 해주 어 큰 치욕을 씻겠다는 뜻을 펼칠 수 있게 해주었다면 조귀曹劌(『사 기』「자객열전」에 등장하는 조말曹沫과 동일인물. 노나라 사람이다)가 가 柯에서 제나라와 맹약을 할 때 노나라의 땅을 돌려받은 것과 같은 공을 세울 수 있었을 겁니다. 이는 제가 오랫동안 잊지 못하고 있 는 일입니다. 제 가족을 모두 잡아 멸족하고 대대로 큰 치욕이 되 게 했으니 제가 또 무슨 생각을 하겠습니까. 끝났습니다. 그대가 내 마음을 알 수 있도록 드리는 말씀입니다. 저는 이역異域 사람, 한번 헤어지면 영원히 이별입니다."

이릉은 일어나 춤을 추며 노래를 불렀다.

"만 리를 지나 사막을 건너
장군이 되어 흉노와 분투했네
길은 끊어지고 화살과 칼날도 부러져
군사들 다 죽고 명예마저 떨어졌네
노모마저 이미 돌아가셨으니
은혜 갚고자 한들 어디로 돌아가겠는가"
徑萬里兮度沙幕 爲君將兮奮匈奴
路窮絶兮矢刃摧 士衆滅兮名已隤
老母已死 雖欲報恩將安歸

이릉은 한없이 눈물을 흘리며 그렇게 소무와 작별하였다.

이릉과 소무의 만남과 헤어짐은 후대에 유명한 이야기가 되어 이들을 모델로 일군의 시가 지어진다. 그 원형이 위에 인용한 장면이다. 이릉의 복잡하고 착잡한 심사는 말로 설명하고 형용할 수 있는 게 아니었다. 부하를 잃은 괴로운 책임감, 목숨을 걸고 싸워 (사마천이 「임소경에게 보낸 답장」에서 한 말대로) 적지 않은 성과를 이뤘건만 늙은 어머니마저 돌아가시게 했다는 죄책감, 황제에 대한 충성심과 배신감, 절개를 지킨 벗에 대한 간단치 않은 심정과 자신의 처지에 대한 회한 등 뒤엉킨 생각과 감정이 이릉의 말과 시에 투영되어 있다. 이릉은 무제의 군사 행동에 따른 불운과 오해, 질시가 뒤섞인 운명에 치인 비극적인 예라 하겠다. 소무라는 인물이 병치되면서 비극의 색채는 더 강렬해졌다. 후대에 이릉과 소무에 가탁해 이별시들이 지어졌고 이 시들이 이릉과 소무의 작품으로 알려지게 된 것도 이해할 만한 일이다.

'이릉전'에는 이릉의 후일담이 보인다. 무제 사후 어린 소제昭帝가 제위에 오르고 소제를 보필하며 정권을 잡은 이가 곽광霍光과 상관걸上官桀이었다. 이들은 이릉과 사이가 좋았던 사람들. 이들은 이릉의 친구를 흉노에 사신으로 보내 이릉을 불러오도록 한다. 친구의 설득과 권유를 이릉은 거절한다. "대장부가 두 번 욕된 짓을 할 순 없습니다."丈夫不能再辱 이릉은 이 말을 하고 끝내 한나라로 돌아가지 않고 20년을 흉노와 살다 세상을 떠났다. 이릉 나름의 방식으로 자신의 절개를 지킨 것일까. 알 수 없다. 소무는 한나라로 돌아가 공을 인정받아 기린각麒麟閣에 공신으로 초상이 그려진다. 소무는 마땅한 대우를 받았다고 해야 하리라. 이릉과 비교하면 대조가 확연하다. 이 둘을 함께 묶어 「이광·소건전」李廣蘇建傳에 배치한 것도 비교·대조가 불가피해서였으리라. 두 사람의 이별에서 이릉이 울분을 토하며 노래를 부르는 반면 소무가 침묵한 것도 작가의 의도가 개입한 것으로 볼 수 있다.

●노래와 침묵 사이

이릉의 노래와 소무의 침묵이 남긴 여백에 누군가 시를 채워 넣었다. 그 노래들은 살아남아 『문선』에 실렸고 우리는 그 시들을 이릉과 소무의 작품으로 읽는다. 전해지는 시를 냉정하게 읽어 보면 이릉과 소무의 작품으로 읽을 수 없다. 이릉의 시는 모두 4편으로, 잡시雜詩 3편, 잡체시雜體詩 1편이 실려 있고 소무의 시는 이릉의 잡시 뒤에 4편이 실려 있다. 이릉과 소무의 시를 한 편씩 보자. 먼저 이릉의 시.

좋은 만남 다시 맞이하기 어려우니
삼추三秋같이 기다리는 순간 천 년이 되겠지요
강에서 긴 끈 씻으며
그대 생각에 슬픔이 오래가겠지요
멀리 보니 찬바람 불어와
술잔 마주하고도 술 따르지 못합니다
돌아갈 사람 갈 길 생각에

어떻게 내 수심을 위로하겠습니까

홀로 잔에 술 채우고

그대와 풀리지 않을 정회를 묶어 봅니다

嘉會難再遇 三載爲千秋

臨河濯長纓 念子悵悠悠

遠望悲風至 對酒不能酬

行人懷往路 何以慰我愁

獨有盈觴酒 與子結綢繆

　　2행이 모호하다. 그대가 떠나고 나면 일각여삼추一刻如三秋로 매 순간 그대를 그리워하느라 시간이 천 년의 세월처럼 느리게 흐를 것이라는 의미로 볼 수 있다. 하지만 그대와 지낸 3년 세월은 천 년과 같으니 그 시간을 위로 삼아 견딜 수 있으리란 말로 풀 수도 있다. 어떻게 읽든 '소무전'에서 읽은 이릉의 시와는 다르다. '소무전'의 이릉은 억울함과 괴로움이 섞여 울분이 느껴지는 데 반해 앞에 인용한 이릉의 시는 어조가 가라앉아 있다. 더 눈에 띄는 변화는 오언시로 되어 있다는 점. 시사詩史에서는 이릉의 시를 최초의 오언시로 설명한다. 『문선』의 주注로 널리 읽히는, 당대唐代에 작성된 육신주본六臣注本(이선李善이 대표 인물)에는 이 시에 대한 간단한 평이 있다. '최초의 오언시'란 발설五言詩自陵詩也도 육신주본에서 온 것이다. 흥미로운 지적이다. 진정 궁금한 것은 '소무전'에 보이는 이릉의 시와 『문선』의 시가 어떻게 연결되는가인데 후대의 선자選者와 주석을 단 평자評者들은 그 문제보다 시사詩史의 중요성에 방점을 찍고 있다. 시 형식이 바뀌고 어조가 변했다는, 응당 관심을 기울여야 할 사실은 언급되지 않는다. 알 수 없는 일이다.

3행에서, '강에서 끈을 씻는다'고 했다. 여기서 강은 중요하다. '하'河는 황하黃河를 가리키지만 일반적으로 물을 가리킨다고 보면 이해 못 할 것도 없다. 소무가 바이칼호에 있었으니 소무가 떠나고 거기에 남은 자신을 상상하는 것으로 읽을 수 있다. 하지만 다음 행에서 "念子悵悠悠"라고 했는데 이때 '유유'悠悠는 흘러가는 강물의 이미지가 감정과 자연스럽게 겹쳐지는 한시의 기본적인 표현이다. 다시 말해 강가에서 유유히 흐르는 물에 감정을 포개는 것이다. 흐르는 물에 감정을 띄우는 것. 이별의 장소에서 강이 상투적으로 언급되는 이유는 사물과 감정이 겹쳐지기 때문이다. 시의 강력한 관습에 따라 '강'이어야 하는 것이다. 시 형식이 바뀐 점, 시의 어조에 변화가 생긴 점, 시의 화자가 무장 소무에서 단정한 선비로 바뀐 듯한 느낌, 그리고 시의 제재와 내용에서 보이는 불일치. '소무전'의 시와 『문선』의 시는 여러 면에서 달라 독자는 고개를 갸우뚱하는데 문학사에서는 최초의 오언시라는 영예가 붙었다. 반고(32~92)의 『한서』 이후 『문선』이 편찬되기까지 6세기 동안 무슨 일이 벌어진 것일까.

다음은 소무의 시. 소무의 시는 상상력이 독특하다.

성년이 되어 부부로 맺어져
은혜와 사랑 서로 의심하지 않았어요
오늘 저녁의 즐거움

따스한 느낌 이 좋은 시간까지 있잖아요

떠나는 당신, 갈 길 생각에

일어나 밤이 얼마나 깊었는지 보시네요

별들 이미 사라져

먼 갈 길 여기서 작별해야 해요

가시는 길 전쟁터라

만날 날 기약할 수 없어

손 잡자 나오는 긴 탄식

생이별이라 눈물 더 쏟아져요

애써 청춘 아끼시고

좋았던 시절 잊지 마세요

산다면 다시 돌아올 것이고

죽는다면 영원히 그리워할 거예요

結髮爲夫妻　恩愛兩不疑

歡娛在今夕　嬿婉及良時

征夫懷往路　起視夜何其(여기서 其는 조사로 쓰였다)

參辰皆已沒　去去從此辭

行役在戰場　相見未有期

握手一長歎　淚爲生別滋

努力愛春華　莫忘歡樂時

生當復來歸　死當長相思

상상력을 최고로 발휘해도 이 시를 소무의 작품으로 볼 수 없다. 후대 주석가들은 소무와 헤어질 때 소무의 아내가 쓴 작품으로 본다(육신주본). 시의 화자는 틀림없이 여성이다. 소무가 여성의 입을 빌려 말했다고 보기엔 석연치 않을뿐더러 떠나는 소무가 남는 사람의 심정으로 읊었다고 보기도 힘들다. 이별이란 모티브 때문에 소무에게 귀속된 저자 미상의 시로 봐야 할 것이다.

이릉과 소무의 이별에서 주목할 부분은 소무의 침묵이다. 이릉의 울분과 소무의 침묵. '이릉전'이 아니라 '소무전'에 이릉과 소무의 이별을 기록한 것은 소무의 절개를 이릉과 대조하기 위해서였다. 둘 사이의 긴장과 갈등을 극적으로 보여 준 장치가 시였고 소무의 침묵은 천금에 값하는 것이었다. 소무의 침묵은 헤아릴 수 없는 깊이를 지니고 있어 이릉의 시와는 다른 효과를 낸다. 소무라는 인물의 됨됨이가 거기 담겼다. 한데 '소무전'을 읽은 독자들은 소무의 침묵을 견딜 수 없었던 것일까. 소무의 아내(?)를 대신해 시를 읊고(작자가 여성일 수 있다는 가능성도 열어 두어야 한다) 한편으로는 다른 시에서 소무 자신이 되어 또 시를 지었다. 소무는 침묵을 지켰으나 우리는 노래하는 소무의 소리를 듣는다. 역사란 디테일까지 들여다보면 익히 알고 있는 사람과는 전혀 다른 얼굴을 한 인물을 만나기도 한다. 소무의 경우 그 근저에는 이별이란 강력한 정서가 존재한다. 한 번 이별은 영원한 이별일 수 있다는 분위기가 공감대를 형성하는 시대에 작동할 수 있는 메커니즘이다.

인용한 시들은 후대에 가탁한 작품이 틀림없다. 시 형식의 변화는 간단히 풀릴 문제가 아니다. 최초의 오언시라는 타이틀을 부여한다고 시사詩史의 문제가 해결되지는 않는다. 사언에서 오언으로의 변화, 혹은 초사체에서 오언으로의 전환은 시의 발전과 전개라는 말로 간단하게 뭉칠 수 없다. 한나라 전 시기에 걸쳐 오언시의 존재는 명확하지 않다. 인용한 시는 한 무제 때를 오언시의 발생 시기로 상정하고 있다. 사마상여의 부賦와 동시대라는 말이다. 후대에 씌어진 시를, 정확히는 소무와 이릉의 이별을 읽고 촉발받아 쓴 시를 이릉과 소무라는 저자에게 귀속시키고 오언시로 확정했다는 혐의를 품지 않을 수 없다. 시대착오다. 하지만 시의 진위를 이야기하려는 게 이 글의 목적이 아니다. 왜 그런 일이 벌어질 수밖에 없었을까 뿌리를 캐 보는 데 주안점이 있다. 이릉과 소무의 만남과 이별은 사실이지만 그들의 이별은 또 다른 시를 쓰게 만들었다. 이는 항우가 우미인과 이별한 장면의 감정과 다르지 않다. 비극적인 개인사에 사람들은 큰 반응을 보였고, 그것이 후대에 시를 쓰게 만들었다. 고대인들이 바라본 역사는 낭만적인 감정이 투사되는 공간임을 여기서 확인하게 된다.

작자 미상일 가능성이 높은 일군의 작품은 이별의 정서를 담았고 한 무리의 이별시는 이릉과 소무의 작별이라는 역사적인 사건과 겹치면서 이릉과 소무라는 작가에게 귀속되었다. 노래는 역사가 되었고 그 매개는 이릉과 소무의 삶이었으며 매개가 된 정서는 이별의 호소력이었다. 엄밀히 말해 그것은 이별의 정서가 불러일으킨 비극적 낭만성이었다. 『한서』漢書에 스민 이 역사적 낭만은 『사기』에서 첫발을 뗀 정서였다. 『사기』에서 시작했고 『한서』가 이었으니 이제 전통이 된다. 흔적은 끊어지지 않았고 『후한서』後漢書에도 뚜렷하다. 고대인에게 역사는 무엇보다 인간의 이야기였다.

채염의 경우

『후한서』의 「열녀전」列女傳에 실린 '채염전'蔡琰傳은, "진류陳留 출신 동사董祀의 처는 같은 군郡 채옹蔡邕의 딸이다. 이름은 염琰, 자는 문희文姬. 박학하고 재능과 말솜씨를 갖췄고 또 음악에도 정통했다博學有才辯, 又妙於音律"로 시작하는 짧은 전이다. 박학과 재변才辯, 음악 세 가지가 채염을 설명하는 키워드로 이후 전傳은 채염의 재변과 박학, 음악에 관한 짤막한 에피소드로 채워진다. 조조曹操에게 재기 있게 말해 남편 동사를 구해 낸 일은 그녀의 재변을 증명한다. 전적典籍이 집안에 많았을 텐데 그걸 기억하느냐는 조조의 말에 채염은, 4천여 권쯤 있었는데 흩어져 거의 없고 4백 편은 기억한다면서 조조에게 기억한 것을 글로 옮겨 보내 준다. 기억이 되살려 낸 글에 빠지거나 잘못된 곳이 없었다는 이야기를 전하면서 그녀의 박학을 보여 준다. 그리고 마지막 부분. "후에 난리에 입은 상처에 느낀 바가 있어 그때 품은 슬픔과 분노를 추억하며 시 두 편을 지었다. 그 시는 이렇다"*고 하면서 마지막 부분에 시 두 편의 전문을 실었다. 이 시가 유명한 「비분시」悲憤詩로, 한 편은 오언五言으로 씌었고 한 편은 초사체楚辭體로 작성되었다. 각각의 시 한 편 분량이 전傳 본문보다 길다. 채염의 음악적 역량을 나타내는 증거로 보기에는 박학·재변에 비해 균형이 맞지 않는다. 『후한서』에는, "음악에도 정통했다"妙於音律는 본문에, "유소劉昭의 『유동전』幼童傳에, '채옹이 밤에 금琴을 연주하는데 현絃이 끊어졌다. 채염이, '둘째 줄이네요'라고 했다. 채옹은, '우

* 원문 後感傷亂離, 追懷悲憤, 作詩二章. 其辭曰:

연히 맞힌 것일 뿐이야'라 하곤 고의로 줄 하나를 끊고 물었다. 채염은, '넷째 줄입니다'라고 대답했다. 이것도 틀리지 않았다'라고 하였다"라는 주석을 붙여 놓았다. 음악에 대한 탁월한 감각은 어릴 때부터 이러했다고 보여 주는 주석의 에피소드가 채염을 나타내기에 더 적합하다. 박학·재변을 구체화시킨 이야기와 균형도 맞고. 우리가 읽는 작품은 균형이 무너진 이상한 전이라 하겠다.

전을 좀 더 비판적으로 읽어 보자. '열녀전'列女傳이란 장르는 상당히 가치지향적이어서(원래 전의 속성이 그렇기는 하지만) 유교의 가치관이 더 개입하는 곳이다. 『한서』에서 자리 잡힌 이래 열녀전이란 장르는 유교적 가치로 여성을 교화/평가하는 기본 체제로 확립됐다. '채염전'蔡琰傳은 박식한 여성이라는 가치를 선양하는 것이라 볼 수 있지만 박식이나 재변 등의 가치는 유교적 여성이라는 관점에 포섭되는 미덕이라고 판단하기 힘들다. 박식이 전통 여성의 미덕일까? 조조에게서 지아비의 목숨을 구했으니 덕성 있는 여성이라는 타이틀을 붙이기에 부족하지 않으나 전에서 차지하는 비중은 가볍다. 채염은 조조라는 걸출한 인물과 관련되고 채옹이라는 위대한 문인을 아버지로 두었기에 후광이 없었다고 할 수 없다. 『삼국지연의』에도 채염은 등장한다. 채옹을 아꼈으나 만나지 못한 아쉬움에 채염을 돌봐 주는 조조. 그의 인물됨을 보여 주는 사이드 스토리에서 조조는 채염의 집을 방문해 채옹이 남긴 수수께끼 같은 글을 두고 재밌는 추론을 하는 장면이 있다. 조조의 재변이 예사 수준이 아님을 보여 주는 흥미로운 곳으로, 세 뛰어난 문인——조조와 채옹과 채염의 연결이 인상적이다. 채염이 조조나 채옹과 관련되기는 하나 전傳의 주인공이 되려면 독립적인 가치가 뚜렷해야 한다. 무엇이 채염을 전의 주인공으로 만들었을까. 해답은 시에 있다.

● 비분시

인구에 회자되는 「비분시」는, 한 여성이 전쟁 통에 오랑캐 땅에 끌려가 자식을 낳고 다시 자기 자식과 생이별을 하고 고향에 돌아오니 혈육 하나 남아 있지 않은 비극을 토로한다. 독자의 마음까지 쥐어뜯는 작품이다. 채염은 「비분시」라는 절창絶唱의 작가로서 살아남은 것이다. 시 이외의 나머지 이야기는 결국 곁가지였던 것. 「비분시」의 두 가지 버전 가운데 『후한서』에 실려 있는 오언시 버전을 읽어 보자.

한나라 말년 나라가 권위를 잃으니	漢季失權柄	
동탁이 하늘의 도를 어지럽혔다	董卓亂天常	
천자를 시해하고 옥좌를 찬탈하려	志欲圖篡弒	
먼저 어진 신하를 모두 죽였네	先害諸賢良	
백성을 핍박해 옛 도읍으로 몰아내고	逼迫遷舊邦	5
군주를 옹립해 자신을 강화했네	擁主以自彊	
나라 안에서 의병들이 일어나니	海內興義師	
모두 사악한 역적 치고자 해서였네	欲共討不祥	
동탁의 무리 동쪽에서 내려가는데	卓眾來東下	
쇠 갑옷 햇빛에 빛났네	金甲耀日光	10

평지 사람들*은 힘이 약한데	平土人脆弱	
쳐들어온 군사들은 모두 오랑캐	來兵皆胡羌	
들을 달려 짓밟고 도시들을 포위해	獵野圍城邑	
가는 곳마다 모든 것이 부서졌네	所向悉破亡	
사람들을 죽여 살아남은 자가 없어	斬截無孑遺	15
시체가 뒤엉켜 쌓였도다	尸骸相撐拒	
말 옆에는 남자 머리를 매달고	馬邊懸男頭	
말 뒤에는 부녀자를 끌고 갔네	馬後載婦女	
오래 달려 서쪽 관문으로 들어가니	長驅西入關	
긴 길 험하고 막혀 있었네	迴路險且阻	20
주위를 돌아보니 멀고 어두워	還顧邈冥冥	
간과 비장이 이에 썩어 문드러졌네	肝脾爲爛腐	
포로의 수가 만 명을 헤아리니	所略有萬計	
이들을 모아 놓을 수 없었네	不得令屯聚	
혹 골육이 함께 있어	或有骨肉俱	25
말하고 싶어도 감히 말할 수 없었다	欲言不敢語	
실의한 채 무슨 낌새라도 있으면	失意機微間	
그들은 번번이 말했다. "포로를 죽여라	輒言斃降虜	
이 칼을 받고 말 것이니	要當以亭刃	
너희들을 살려 두지 않으리라"	我曹不活汝	30

---

* 평지 사람들은 평토인(平土人)의 번역어다. 사막에 사는 이방인이나 유목 민족과 대비해 정주해서 농사 짓는 보통 사람들을 가리킨다.

어찌 감히 목숨을 아끼겠는가마는	豈敢惜性命	
그 모욕 견딜 수 없었네	不堪其詈罵	
혹 채찍이나 몽둥이로 맞으면	或便加箠杖	
독한 아픔이 한꺼번에 떨어졌네	毒痛參並下	
아침이면 울부짖으며 길을 걷고	旦則號泣行	35
밤이면 슬프게 신음하며 앉았네	夜則悲吟坐	
죽고 싶어도 죽을 수 없었고	欲死不能得	
살고 싶어도 할 수 있는 게 없었네	欲生無一可	
저 하늘이여 무슨 죄를 지어	彼蒼者何辜	
이런 재앙을 당하는가	乃遭此凶禍	40
변방 황무지는 중국과 달라	邊荒與華異	
사람 풍속에 의리가 적네	人俗少義理	
머물러 사는 곳에 서리와 눈이 많고	處所多霜雪	
호지의 바람은 봄과 여름에도 불어	胡風春夏起	
바람은 내 옷을 펄럭이며	翩翩吹我衣	45
쓸쓸히 내 귀로 들어왔네	肅肅入我耳	
때가 그런지라 부모님 생각하니	感時念父母	
슬픈 탄식 끝이 없어라	哀歎無窮已	
외부에서 오는 손님 있으면	有客從外來	
소식 듣고 항시 기뻐했건만	聞之常歡喜	50
객을 맞아 소식을 물으면	迎問其消息	
번번이 고향 사람이 아니곤 했지	輒複非鄉里	
다행히 늘 바라던 소원 이루어져	邂逅徼時願	

친척이 와서 나를 맞아 주었네	骨肉來迎己	
이 몸은 자유로이 풀려났으나	己得自解免	55
다시 자식을 버려야 하는 처지	當復棄兒子	
혈연으로 마음이 묶였지만	天屬綴人心	
이별을 생각하매 만날 기약 없어라	念別無會期	
살아서도 죽어서도 영영 갈라질 터	存亡永乖隔	
차마 아이들과 작별할 수 없구나	不忍與之辭	60
아이는 앞에 와 내 목을 껴안으며	兒前抱我頸	
"엄마, 어디 가?	問母欲何之	
사람들이 엄마는 떠나	人言母當去	
다시 돌아오지 못할 거라던데	豈復有還時	
엄마는 항상 인자했었잖아	阿母常仁惻	65
지금은 왜 사랑하지 않는 거야	今何更不慈	
나는 아직 어른이 되지 않았는데	我尚未成人	
왜 돌봐주고 생각해 주지 않는 거야"	奈何不顧思	
이 모습 보니 오장육부 내려앉고	見此崩五內	
정신이 흐려지고 아득해 미칠 것 같다	恍惚生狂癡	70
큰 소리로 울며 손으로 어루만지는데	號泣手撫摩	
떠날 때 다시 망설여졌다	當發復回疑	
또 동년배들도 아울러	兼有同時輩	
헤어지며 작별 인사 하는데	相送告離別	
나 혼자 돌아가는 길 부러워하여	慕我獨得歸	75
애처롭게 울부짖어 목소리 갈라졌네	哀叫聲摧裂	

말은 선 채 머뭇거리고	馬爲立踟躕	
수레는 굴러가지 못하누나	車爲不轉轍	
보는 이도 모두 한숨 쉬고	觀者皆歔欷	
떠나는 사람도 목메어 오열했네	行路亦鳴咽	80
가고 또 가며 그리운 정 베어 내고	去去割情戀	
길 재촉해 달려 나날이 멀어졌네	遄征日遐邁	
멀고 먼 삼천 리 길	悠悠三千里	
언제 다시 서로 만나려나	何時復交會	
내 배로 낳은 자식 생각하니	念我出腹子	85
가슴이 미어지고 부서지는구나	匈臆爲摧敗	
집에 와 보니 가족들 다 죽었고	旣至家人盡	
또다시 혼자가 되었구나	又複無中外	
성곽은 산림이 되었고	城廓爲山林	
마당과 지붕 가시덤불과 쑥이 자라네	庭宇生荊艾	90
누구인지 모를 백골은	白骨不知誰	
이리저리 널렸는데 덮어 주는 이 없네	縱橫莫覆蓋	
문밖에는 사람 소리 없고	出門無人聲	
늑대와 이리 울부짖는 소리뿐	豺狼號且吠	
쓸쓸하게 외로운 내 그림자 대하고	煢煢對孤景	95
울음과 슬픔에 간과 폐가 문드러지네	怛咤糜肝肺	
높은 곳에 올라 멀리 바라보니	登高遠眺望	
홀연히 혼이 날아 떠나 버린다	魂神忽飛逝	
문득 목숨이 다한 것 같았는데	奄若壽命盡	

주위 사람들 너그러이 대한다	旁人相寬大	100
이에 다시 굳게 눈 뜨고 숨 쉬지만	爲復彊視息	
산다 한들 누구를 의지하겠나	雖生何聊賴	
이 목숨 새 남편에게 맡겼으니	托命於新人	
마음 다해 스스로 애쓰리라	竭心自勖厲	
흉노 땅에 끌려가 비천한 몸이 되었으니	流離成鄙賤	105
다시 버려질까 항상 두렵다	常恐復捐廢	
인생살이 얼마나 되나	人生幾何時	
죽을 때까지 근심만 가득하리라	懷憂終年歲	

「비분시」를 뛰어나게 만드는 요소가 몇 가지 있다. 첫째, 역사를 요약하는 능력. 1행에서 10행까지는 후한 때 왕권이 약화되고 동탁이 등장해 황제를 업고 권력을 휘두르다 장안에서 동쪽 낙양으로 수도를 옮긴 사실史實을 간결하게 묘사했다. 시의 배경을 보여 주면서 서사의 뼈대를 구축하는 방식인데 이처럼 시로 쓴 역사詩史는 후대에 주요한 참조 사항이 되는 작업이었다. 시사詩史의 명인 두보를 떠올려 보라. 둘째, 전쟁의 비참함에 대한 탁월한 구상력. 오랑캐에 침략을 당해 끌려가는 백성들의 고난을 형상화한 단락은 전쟁의 참화를 실감할 수 있는 리얼한 기록이다. 15행 이하에서 보여 주는 전쟁 경험과 참상이 그러하다. 마지막으로 독자가 외면하지 못하는 슬픔. 이 시의 절정에 해당하는 모자의 이별 장면. 시의 화자는 어린아이의 직접 화법을 구사해 자신의 이별 체험을 노출한다. 앞서 묘사한 전쟁 경험이 여기서 응집되어 개인의 체험이 인간의 고통이라

는 보편으로 확장된다. 아이가 어머니에게 말하는 장면은 초사 버전에서 간접적으로 기술된 장면과 뚜렷한 대조를 보인다. 두 시를 비교해 보면 어린아이의 목소리가 갖는 호소력이 시의 핵심임을 알수 있다. 시를 읽으면 누구도 화자의 아픔에 가슴 저리지 않을 수 없다. 시의 박력은 여기에서 온다.

● 비분시의 미스터리, 문학사라는 환상

다른 지점에 눈을 돌려 비극적 정서의 다른 면을 볼 필요가 있다. 넓은 시야에서 시를 읽고 역사와 관련되는 양상 혹은 전통의 좌표 위에 놓을 때 주제를 명료하게 감지할 수 있을 것이다.

첫번째 의문. 왜 시를 두 가지 버전으로 작성했을까. 예술의 안타까운 운명 중의 하나는 효용체감의 법칙이다. 아무리 강렬하고 충격적인 정서도 되풀이되면 신선도가 떨어지는 법. 많은 작가와 문사文士, 학자들이 자기 작품의 아류에 빠져 주저앉는 이유가 여기 있다. 형식이 다르다 하나 동일한 정서가 되풀이된다는 점에서 초사체의 시는 오언시보다 못하다. 초사체의 칠언이 오언에 비해 효과적으로 설명할 수 있다는 특장을 지니긴 하나 오언의 되풀이라는 인상을 지우기 어렵다. 핵심 부분만 보도록 하자.

가족이 나를 데리러 왔으니 집으로 돌아가야 해	家旣迎兮當歸寧
긴 여정 가는 길 아이들을 버렸네	臨長路兮捐所生
아이는 어미를 부르다 울며 목이 쉬었고	兒呼母兮啼失聲
나는 귀를 가렸네 차마 들을 수가 없어	我掩耳兮不忍聽

아이는 나를 붙들러 쫓아오다 혼자 달렸고	追持我兮走熒熒
갑자기 다시 내가 출발하자 낯이 일그러졌네	頓復起兮毀顔形
그를 돌아보니 마음 찢어지고	還顧之兮破人情
슬픔에 심장 끊어져 죽었다 깨어나네	心怛絶兮死復生

이별 광경을 떠올리면 처참한 감정이 따라온다. 독자는 냉정해지기 쉽지 않다. 슬픔 때문에 세상이 갑자기 고요해진다. 아이가 되건 어미가 되건 독자는 감정이 이입돼 잊기 힘든 기억에 붙잡혀 눈을 감는다.

그래도 고개를 돌려 다른 이야기를 해보자. 이별을 이야기하는 장면에서 아이의 목소리가 직접 들리지 않는다는 것으로 시의 우열이나 차이를 말하려는 게 아니다(기법 문제). 문제는 따로 있다. 작중 화자와 시의 작자가 과연 동일인일까 하는 점이다. 내레이터와 작가는 같은 사람인가. 시의 호소력은 화자의 체험에서 온 게 확실하다. 화자는 전쟁을 경험했고 오랑캐에게 끌려가 자식을 낳고 살았으며 자식과 생이별을 하고 고향으로 돌아왔다. 돌아온 고향엔 일가붙이 하나 없었고 새로운 가정을 꾸렸다. 귀환의 서사는 전쟁 경험을 공유한 사람들에게 호소력이 적지 않았을 것이다. 여성의 경우 자식과의 생이별은 죽음 경험과 다르지 않아 호소력은 배가된다. 시가 생명력을 가질 수 있는 유리한 조건이 마련됐다고 하겠다. 화자의 경험은 그 자체로 귀중한 자료였다.

그러나 시의 화자가 채염일까. 채염이 자신의 경험을 쓴 것일까. 우리는 아니라는 증거를 가지고 있지 않다. 『후한서』가 「비분시」의 최초 기록인 만큼 『후한서』가 신빙성 있는 저술이라면 '채염전'을 믿지 못할 이유가 없다. 그렇더라도 「비분시」를 『후한서』의 저자가 썼을 것이라고 용감하게 상상하지는 못해도, 당시에 널리 알려진 시를 채염에게 붙여 전傳을 썼으리라 추론할 수는 없을까. 명확히 해둘 점이 있다. 앞서 '채염전'에 대해, 이상한 성격의 전이라고 했다. 이는 전해 줄 가치가 있는 인물이 존재해서 전을 쓴 게 아니라 시가 있고 나서 전이 만들어진 게 아닐까 하는 의구심을 품은 말이었다. '채염전'은 시가 있고 그 시의 작자로서 채염을 설정한, 시를 채염에게 귀속시키기 위해 쓰여진 전으로 볼 수 있다는 의미다. 기묘한 이야기로 들리는 게 당연하다. 작가가 있고 작품이 있지, 어떻게 작품이 먼저 있고 작가가 만들어질 수 있느냐는 반론이 나올 만하다.

하지만 이런 선례가 없는 게 아니다. 현전하는 조식曹植(조조의 아들이기도 한 인물)의 시집은 후대에 차츰 시들이 붙어나 현재의 모습이 갖춰진 것이다. 저자 미상의 시가 조식이라는 유명 시인을 저자라 하고 귀속된 것이다. 여기에는 규칙이 있다. 어떤 시가 유명인에게 귀속되려면 유명인의 일생과 접촉 지점이 있어야 한다(낭만적인 발상!). 접촉 지점이 깔끔하게 정리된 연대기로 아귀가 맞을 필요는 없다. 유명 인물의 일생에서 영감을 받았거나 아니면 저자의 체험이 유명인의 삶과 우연히 일치되면 저자가 유명인에게 귀속될 수 있다. 역사는 공통 경험의 장을 제공해 주는 문학 창고이므로. 요컨대 전쟁을 체험한 어떤 내레이터의 호소력은 채염이라는 실제 인물의 일생과 일치했고 결국 시는 채염을 끌어당겼다──이런 추론이 가능한 것이다. 이 과감한 추론은 문학사의 형성을 돌아보도록 이끄는 두번째 의문에 닿는다.

두번째 의문. 왜「비분시」중 어떤 버전도 후대의 시선집詩選集에 포함되지 않았을까. 새삼 강조해야 할 점은「비분시」가『후한서』에 실려 있다는 사실이다.『후한서』의 편찬자는 남조南朝의 유송劉宋 사람 범엽范曄이다. 역사를 훑으면 후한시대가 있고 삼국시대가 오며 위진남북조 순으로 넘어가지만 사서史書의 편찬은 시대순과 같지 않아서 정사正史『삼국지』가 진晉나라 때 먼저 편찬되었고『후한서』가 나중이다.『후한서』의 편찬 시기가 왜 중요한가. 5세기 중엽에 편찬된『후한서』에만 실려 있는「비분시」는, 범엽의 전을 믿는다면 2세기경에 씌어진 작품이다(채염의 아버지 채옹의 생몰은 133~192). 한시漢詩의 신빙성 있는 편집은 대부분 5세기경에 이루어지는데 범엽의『후한서』도 그런 시대의 조류 가운데 있었다. (후한) 건안建安시대라 해서 한시 최초의 황금시대라 상찬되며 후대에 모범으로 꼽는 일도 5세기경 유명한 문장 선집들이 편찬됨에 따라 실체를 볼 수 있었기 때문에 가능했다. 대표적인 선집이『문선』文選,『옥대신영』玉臺新詠이며『문심조룡』文心雕龍,『시품』詩品 같은 뛰어난 이론서, 평론서도 이 시기에 완성된다. 바꿔 말하면 우리가 한漢나라의 훌륭한 작품들을 볼 수 있는 것은 이런 선집들 덕에 가능한 것이다.

더 중요한 사실은『문심조룡』이나『시품』은 5세기 당시까지 전해 오던 작품을 평가하면서 현재 우리가 알고 있는 걸작의 걸작스러움을 설명했다는 점이다. 아무리 빨라도 건안시대 2세기경에 씌어진 한나라 때 작품을 300년이 지난 5세기에 편집하면서 가치를 부여했던 것이다. 5세기의 가치 감각과 평가 안목에 의해 선정되어 살아남은 작품을 지금 우리가 문학사에서 순차적인 것처럼 정연한 시간순으로 읽고 있다는 점은 거듭 강조할 필요가 있다. 한나라 때 유명 작품으로 평가받은 시들은 한나라 당대의 안목이 아니라 5세기의 기준이라는 것. 문학사는 결코 연대기적인 선후가 아니다.

「비분시」는 앞서 언급한 어떤 선집에도 보이지 않는다. 텍스트 편집자들에게 「비분시」는 고려의 대상이 아니었다. 작가의 존재를 몰랐을 수 있다는 의구심은 여기서 생긴다. 당대의 편집자들이 「비분시」를 몰랐던 게 아니라 「비분시」는 선집 대상에 들어갈 만한 텍스트가 아니었다고 추론하는 게 합리적일 것이다. 「비분시」가 살아남을 수 있었던 이유는 단 하나, 『후한서』라는 역사서에 묻혀 있었기 때문이다. 우리는 새삼 '문학의 생명'이란 무엇일까, 캐묻고 싶은 유혹을 떨쳐내기가 쉽지 않다.

그렇다면 「비분시」는 어떻게 유명해졌는가? 「비분시」에 대한 평가는 『죽장시화』竹莊詩話에 보이는 소식蘇軾(소동파)의 긍정적인 언급에서 유래했다. 이때(송나라)가 「비분시」가 거론되는 가장 이른 시기로 『후한서』이래 다시 수백 년의 세월이 흐른 뒤다. 채염에 대한 평가도 『후한서』에 실린 두 가지 버전보다 대부분 후대에 씌어진 또 다른 버전 「호가십팔박」胡笳十八拍을 대상으로 한다(「호가십팔박」의 창작 연도는 불분명한데 통상 당나라 때의 작품으로 본다). 「비분시」가 당唐 이전의 시를 모은 선집에 흔히 모습을 드러내는 것은 18세기 중반에 이르러서다.

논의가 길어졌다. 「비분시」를 둘러싼 이런 정황은 무엇을 말하는가. 사람들은 보통 "역사상의 낭만적인 이야기로부터 사실을 분리해 내지 못하곤 하는데, 중국에서는 역사상의 낭만적인 이야기가 역사가 되어 버리고 만 것이다".* 역사상 낭만적 이야기의 출발점은 우미인과 항우의 이별 장면이었다. 우미인과의 이별 장면은 짧지만 후대 역사에 큰 족적을 남겼다. 바로 비극적 낭만성을 극화시킨 것. 전통적인 역사는 근대의 역사관과 달랐고 역사와 문학은 한 몸이었다. 고대 역사는 우리 생각보다 훨씬 풍부한 참조일 수 있는 것이다.

* 지금까지 시를 둘러싼 논의는 스티븐 오웬의 『초기 중국 고전시의 형성』(허경진 외 옮김, 연세대학교 출판문화원, 2017)을 참조.

6. 명장면 다섯번째: 영웅의 죽음, 비장미의 탄생

'도미'悼尾라는 말이 있다. 꼬리를 흔든다는 뜻으로, 문장이 마지막에 기세가 왕성하게 요동치며 끝나는 경우에 쓰는 표현이다. 막판에 모든 것을 말끔하게 정리하는 게 아니라 도리어 눈이 번쩍 뜨이게 요동치는 글을 말한다. 항우의 최후를 다루는 부분이 적실한 예다.

항우의 최후를 보자. 우미인과 헤어지고 항우는 곧바로 전투에 나선다. 앞에서 보았던, "좌우의 신하들도 모두 우느라 고개를 들지 못한다"는 말이 우미인과 이별하는 장면의 마지막 문장이다. 이 문장에 이어, "이에 항우는 말에 올랐다"는 말로 대미가 시작된다. 휘하 장사는 800여 명. 한밤중에 포위를 뚫고 남쪽으로 도주. 새벽에야 한군漢軍이 이를 깨닫고 5,000의 기병이 추격, 기병대장은 유명한 관영灌嬰. 기병대장으로 놀라운 능력을 발휘했으며, 한신 휘하에서 기습전에 발군의 실력을 보여 줬던 인물이다. 항우가 추격을 따돌리지 못한 데에는 관영의 비상한 능력 발휘와 관련이 있을 것이다. (관영은 후에 문제文帝를 옹립할 때도 결정적인 역할을 한다.)

    관영의 추격으로 회수淮水를 건넜을 때 남은 항우의 군사는 100여 명. 음릉陰陵에 이르러 길을 잃고 헤매다 농부에게 속아 큰 늪지에 빠지고 한나라 병사에게 추격당하고 만다. 마지막으로 도착한 곳이 동성현東城縣. 동성은 해하垓下에서 약 280km. 항우는 생각보다 멀리 달아났지만 한나라 군사의 추격도 끈질겼다. 남은 군사는 28기. 한나라는 수천. 여기서 항우는 유명한 말을 한다. "하늘이 나를 버린 것이지 용병을 잘못한 죄가 아니다." 그리고 그 증거로 한나라 군사와 세 번 싸워 세 번 이기는 모습을 보여 주겠다고 약속한다. 28기를 7명씩 진을 짜 네 방향으로 돌진해 적진을 뚫고 세 곳에서 만나기로 한다. 적은 인원으로 병법을 쓰면서 세 곳으로 만날 곳을 분산시켜 소재를 파악하지 못하게 한 것이다. 항우는 단기필마로 적진에 뛰어든다. 적장의 목을 베고 추격군을 물리친 뒤, 분산시켰던 병사와 만난다. 한군은 다시 항우를 겹겹이 포위, 항우는 말을 몰고 100여 명의 한군을 죽이고 부하들과 재집결. 잃은 군사는 2기. 항우는 자기 말을 빈틈없이 실행했다. 항우는 강을 건너 강동江東으로 가려 했으나 배를 대며 건네주겠다는 오강정장烏江亭長의 말을 정중히 사절하고 자신의 애마 추騅를 그에게 내준다. 부하들을 말에서 내리게 한 후 작은 무기 하나만 들고 자신도 상처를 입으며 한군 수백 명을 죽인다. 영웅다운 처절한 전투다. 그리고 한나라 군사인 동향 사람을 보고 그에게 덕을 베풀겠다며 자신의 목에 걸린 상금을 가지라는 말을 남기고 항우는 자살한다.

    오강정장에게 항우는, 죽음을 앞에 둔 사람답게 선한 말을 남긴다. "제가 강동의 젊은이 8,000명과 강을 건너 서쪽으로 갔다가 지금 한 사람도 돌아가는 이가 없습니다. 강동의 어른들이 나를 가엽게 여겨 왕으로 추대한들 제가 무슨 면목으로 그분들을 보겠습니까?” 항우의 진심이었을 것이다. 당나라의 시인 두목杜牧은 여기서 촉발되어 「오강정에 부치다」題烏江亭라는 시를 남겼다.

> 승패는 전쟁에서 결판을 기약할 수 없는 법
> 수치를 안고 부끄러움을 견디는 것이 사내지
> 강동의 젊은이들에겐 호걸이 많으니
> 땅을 말듯 다시 올 줄 알 수 없었을 텐데
> 勝敗兵家事不期　包羞忍恥是男兒
> 江東子弟多豪傑　捲土重來未可知*

우리의 주제는 두목의 시를 두고 역사관이 어떤지 따지는 자리가 아니므로 더 이상 말하지 않기로 한다. 다정다감했던 시인 두목이 역사에서 실패로 기록한 사람에게 눈길을 주고 마음에 담았다는 사실을 기억하자. 영사시詠史詩라 칭하는 시는 역사에서 느끼는 감정을 토로하는 것이니까.

김성탄의 비평

좀 더 거리를 두고 사마천의 글이 빼어난 이유를 살펴보자. 청淸나

---

* 권토중래(捲土重來)라는 사자성어가 여기서 유래했다.

라의 뛰어난 문학비평가 김성탄金聖歎은 『천하재자필독서』天下才子必讀書라는 책을 찬撰했는데 중국 역대 문사文士들의 명문名文을 채록採錄해 명문인 까닭을 간결하게 붙여 놓았다. 김성탄은 사마천의 글 가운데 사찬史贊을 거의 다 수록하고 찬문贊文이 왜 뛰어난 글인지 이유를 설명했다. 「항우본기」의 찬문은, "순임금은 눈동자가 두 개였다. 항우도 눈동자가 두 개였다고 들었다"라는 엉뚱한 말로 시작한다. 김성탄은 사마천의 글쓰기 방식에 초점을 맞춰 그의 찬문을 이렇게 평가한다. "모두 일양삼억하였다"凡作一揚三抑. 일양삼억一揚三抑은 칭찬하는 말이다. 찬문이라는 짧은 글에서조차 글에 높낮이(억양)를 주어 문장에 굴곡이 생기도록 했다는 말이다. 한 번은 추켜세우고一揚 세 번은 억눌렀다三抑. 사마천이 항우의 생애와 업적, 활동을 평가하면서 그의 장점과 단점을 문장의 기세氣勢에 실어 평가했다는 말이다. 「항우본기」 전체가 문장의 기세가 요동쳐 파란이 이는데 전통적으로 억양돈좌抑揚頓挫가 심하다고 표현한다. 본문과 찬문이 호응해 잠시도 문장이 평이하게 전개되지 않는다고 김성탄은 찬탄한 것이다.

김성탄에 의지해 찬문을 읽어 보면 이렇다. 사마천은 먼저 항우를 칭송한다揚. 진나라 말, 영웅호걸이 일어나 쟁투를 벌일 때 3년 만에 패왕이 되어 제후를 봉했으니 근고近古 이래 없었던 일이라고. 항우가 빠르게 흥성한 것이 경이롭다며 한 말이다. 이후 세 가지로 항우의 실책을 논한다三抑. 첫째, 관중 땅을 등지고 초나라를 그리워했으며 의제義帝를 쫓아내고 자립해 제후들이 자기를 배반하자 원망한 일. 이래서는 곤란하다難矣. 둘째, 자기 스스로 공적을 자랑하고 사사로운 지혜를 휘두르면서 옛일을 본받지 않고, 패왕의 일이라 하면서 무력으로 세상을 정복하고 다스리려 했으며, 5년 후 끝내 나라를 잃고 자신마저 죽게 되었는데도 무엇이 문제인지 깨닫지 못하고 자책하지 못한 일. 이는 과오다過矣. 셋째, "마침내 '하늘이 나를 버린 것이지 용병을 잘못한 죄가 아니다'라는 말을 했으니 왜 잘못이 아니겠는가豈不謬哉".

사마천의 필법을 꿰뚫어 본 김성탄의 안목은 사마천의 문장이 빼어난 이유를 잘 설명한다. 사마천이 지적한 항우의 문제 가운데 두번째와 세번째 항목은 항우의 최후 부분을 언급하고 있다. 항우의 마지막 전투는 숭고하다 할 정도로 인간의 처절한 몸부림을 보여 준다. 사마천은 항우의 최후를 훌륭하게 형상화했으면서도 자신이 만든 조형造形에 매혹되지 않는다. "하늘이 나를 버린 것이지 용병을 잘못한 죄가 아니다"라는 말에 동조하면서 한 인간의 빛나는 불꽃을 찬양할 수 있었으련만 사마천은 항우의 잘못이라고 적었다. 왜 하늘을 탓하는가. 인간의 운명은 인간이 책임지는 게 아니던가. 사마천의 냉정함이 (나는 균형 감각이라고 부르고 싶은) 오롯이 느껴진다.

사마천의 문장

사마천의 찬문을 읽고 「항우본기」를 복기해 보면 시작 부분에서 항우를 소개할 때 언급한 글이 떠오른다. 항우가 만인을 대적하는 공부를 하겠다고 하자 항량이 병법을 가르쳤는데 항우는 크게 기뻐하면서 대략 그 뜻을 알고는 또 학문을 끝내려 하지 않았다는 말. 이는 항우의 얽매이지 않는 성격과 기상을 드러내는 말이기도 하지만 결국 최후의 승자가 되지 못한 이유 중의 하나를 보여 준 것이기도 하다. 격렬한 마지막 전투가 항우에 대한 강력한 인상을 만들지만 그 모습으로 항우를 이미지화해서는 안 된다. 사마천은 찬문에서 차갑게 항우를 평가하며 환상적인 이미지에 쐐기를 박은 것이다. 요컨대 찬문의 리듬은 「항우본기」의 축약본이라 하겠다. 본문은 드라마틱한 사건을 나열하는 대신 기복 많은 문장에 주인공을 실었다. 끝에는 찬문을 붙여 열기 높은 문장을 식히며 균형을 잡았다.

항우의 죽음이 주는 환상에서 깨어나 보면 항우의 죽음 직후에 일어난 일도 예사롭게 볼 수 없다. 사마천은 사족으로 오해받을 수 있는데도 항우의 시신이 훼손되고 몇몇 사람이 책봉됐다는 후일담을 적었다.

"내 듣자 하니 한나라가 내 목에 천금千金과 만호萬戶를 걸었다던데, 내 그대들을 위해 덕을 베풀겠다." 항우는 목을 찌르고 죽었다. 왕예王翳가 항우의 머리를 가져가고 나머지 기병들이 서로 짓밟으면서 항왕의 몸을 가지려고 다투다 서로 수십 명을 죽였다. 최후로 낭중기郎中騎 양희楊喜, 기사마騎司馬 여마동呂馬童, 낭중郎中 여승呂勝·양무楊武가 각자 사지 가운데 하나씩 가졌다. 다섯 사람이 함께 몸뚱이를 맞춰 보니 모두 맞았다. 그래서 주기로 한 땅을 오등분하였다. 여마동을 중수후中水侯로, 왕예를 두연후杜衍侯로, 양희를 적천후赤泉侯로, 양무를 오방후吳防侯로, 여승을 열양후涅陽侯로 봉했다.

사마천은 엑스트라들을 낱낱이 기록했다. 엄연한 사실임을 드러내기 위해 무명의 인사들을 하나하나 다 써 넣었다. 기록하지 않아도 무방한, 이야기에 없어도 그만인 사람들. 이것은 아이러니다. "덕을 베풀겠다"는 말이 이렇게 결판나리라고 항우는 상상이나 했을까. 항우는 자신의 사후를 알 리 없고 뒤에 남은 사람이 사건을 기억한다. 영웅의 시신 때문에 무명 소졸小卒 수십 명이 죽고 또 시체가 난자당하는 장면은 바로 앞에서 처절한 전투를 보여 준 거대한 인간의 모습과 낙차가 크다. 사마천은 삶의 허망함을 말하는 게 아니다. 영웅도 보통 인간과 다름없이 죽는다는 말을 하는 게 아니다. 이 어처구니없는 유린은 무엇인가. 또 한나라의 제후란 결국 무엇이었던가. 시신을 해체한 공(?)으로 공신이 된 사람들. 사마천의 이 글은 마치 씹어뱉듯 적은 것 같다. 수식 하나 없이 일지日誌처럼 기록한 건조한 문장. 관작표를 그대로 옮긴 문장일 텐데 분노와 경멸감이 배어 있는 것 같다. 사마천은 무제에게 간언을 한 죄로 사형을 선고받았다. 그는 죄를 대속代贖할 재산이 없었다. 보석금을 대신 내줄 친구도 없었다. 그런 그에게 시체를 찢어 얻은 제후란 벼슬이 어떻게 보였을까.

　사마천의 건조한 문장은 현대소설의 한 장면을 떠오르게 한다. 헤밍웨이의 소설 『무기여 잘 있거라』(A Farewell to Arms)의 마지막 문단. 명문으로 이름이 높은 문장이다. 주인공은 천신만고 끝에 국경을 넘어 전쟁 속에서도 살아남았건만 아내가 아기를 낳다 둘 다 죽으면서 모든 것을 잃는다.

그(의사)는 홀을 내려갔다. 나는 수술실 문으로 갔다.

"지금 들어오시면 안 돼요." 간호사 가운데 한 명이 말했다.

"아뇨 들어가도 돼요." 내가 말했다.

"아직 들어오시면 안 돼요."

"당신 나가주세요," 내가 말했다. "다른 분도."

하지만 그들을 내보내고 문을 닫고 불을 꺼도 전혀 아무것도 나아지지 않았다. 동상에게 작별하는 것 같았다. 얼마 후 나는 밖으로 나와 병원을 떠나 호텔까지 빗속을 걸어갔다.

He went down the hall. I went to the door of the room.

"You can't come in now," one of the nurses said.

"Yes I can," I said.

"You can't come in yet."

"You get out," I said. "The other one too."

But after I had got them out and shut the door and turned off the light it wasn't any good. It was like saying good-by to a stature. After a while I went out and left the hospital and walked back to the hotel in the rain. (번역은 필자)

간결을 넘어 건조하기 짝이 없는 문장이다. 전쟁터에서도 살아남은 사람이 평화로운 나라에서 아이까지 잃었다. 아이러니가 생생하다. 개인의 상실을 통해 전쟁의 잔인함을 깨우치는 글이다. 심리 묘사를 하지 않았다. "동상에게 작별하는 것 같았다"라는 말을 심리 묘사로 볼 수 있을까. 이것도 덤덤한 상태를 전달하는 게 아니라 충격으로 마비가 된 심신의 반응일 뿐이다. 주인공의 심사는 형언할 수 없다. 일인칭 화자라는 게 이만큼 무시무시할 때도 없을 것이다. 말은 안/못 하지만 독자는 주인공의 심사를 헤아리면서 가슴이 먹먹해진다. 독자가 이럴진대 주인공은 어떤 마음이겠는가.

　앞에 인용한 사마천의 글을 현대식으로 말하자면 문장가 헤밍웨이를 흔히 특징짓는 '하드 보일드'(hard-boiled) 문체라 할 수 있을까. 형용사 하나 쓰지 않았다. 지시어만 있다. 장르도 효과도 다르고 서술 대상이나 읽히는 방향(독자)에도 차이가 있건만 효과는 동일하다. 어떤 글도 문장 자체만으로 명문이라 할 수 없다. 글은 맥락에 놓이고 작동하면서 달라진다. 사마천이나 헤밍웨이는 먼저 많은 곡절을 보여 준다. 주인공의 악전고투를 묘사해 감정이 쌓여 폭발할 지점에 도달한다. 장작을 쌓듯(pile of wood) 촘촘히 감정이 뭉쳐 발화지점에 이르자 —— 문장이 갑자기 건조해진다. 감정이 폭발하는 타이밍에 돌연 서늘해지는 문장. 안티 클라이맥스. 기대는 무너지고 여백이 생기면서 천천히 상상력이 모여든다. 비우자 커진 것이다. 건조한 보고서 문체만으로는 아무것도 하지 못한다. 놓을 자리를 마련하고 흔적을 최소화해야 한다. 미문과 명문의 차이가 여기서 갈라진다. 그들은 미문가가 아니다. 명문을 만들었다.

　사마천의 문장 이야기를 더 해보자. "항우는 음릉에 이르러 길을 잃고 헤매다 농부에게 속임을 당해 큰 늪지 가운데 빠졌다"는 글이 보인다. 해당 부분의 원문은 "項王至陰陵, 迷失道, 問一田父, 田父紿曰: 左左, 乃陷大澤中"인데 문제가 되는 부분은, "田父紿曰左左". 이 문장은 두 가지로 읽을 수 있다.

① 한 농부에게 물었다. 농부가 속여 말했다. "왼쪽으로, 왼쪽으로."田父紿曰: "左左." 바로 큰 늪지 가운데 빠졌다.

② 농부가 속여 말했다. "왼쪽으로." 왼쪽으로 갔더니田父紿曰: "左." 左. 바로 큰 늪지 가운데 빠졌다.

어떻게 읽든 사건의 흐름에는 지장이 없다. ①의 경우 문장의 빠른 리듬감이 그대로 살아서 긴박하게 읽는 쪽이다. ②의 경우 일반적으로 읽는 방식으로 전통시대에도 이렇게 읽었고 현대 중국의 교주본校注本에도 이렇게 표점을 찍었다. "左, 左乃陷"으로 읽는 셈인데 "내"乃라는 허사가 동작을 받아 다음 행동과 바로 연결하는 기능을 하기 때문에 올바른 독법일 것이다.

한데 문법에 의존해 읽을 수만도 없다. 항우가 말에서 내려 혼자 격전을 벌이는 장면에서, "항우 혼자 죽인 한나라 군사가 100명으로 항우도 몸에 10여 군데 상처를 입었다"고 썼다. 원문은 "獨籍所殺漢軍數百人, 項王身亦被十餘創"인데, 동작의 주체가 한 명인데도 '籍'과 '項王', 두 개의 주어를 썼다. (이런 문장의 흠을 '어병'語病이라 한다.) 연구자들이 지적하는 것처럼 『춘추좌전』에 이런 문장투가 많아 『춘추좌전』을 잘 읽은 사마천의 문장 공부를 나타내는 증거이긴 하나 문장은 덜 매끄럽다. 문법을 고집하지 않는다면 농부에게 속는 장면은 추격전이 벌어지는 긴박한 느낌을 살려 ①로 읽어도 나름의 강점이 있다. 옛사람들이 『사기』를 표점(구두점)을 찍지 않고 백문白文으로 읽으며 문장 공부를 한 이유는 풍부하게 읽고 사고하려는 의지가 있었기 때문이었다. 요컨대 사마천은 다채로운 문체를 구사해 독자가 긴장을 놓지 않도록 했다.

7. 황제 유방

항우의 라이벌 유방. 유방의 승리는 운이 따랐다는 말로만 설명할 수 없다. 이유가 있다. 하늘을 원망한 항우의 태도와 대조를 이룬다. 항우가 하늘을 원망한 것은 인간사를 이해하지 못했음을 방증한다. 사마천은 이 점을 지적했다. 유방은 항우와 달리 인간사를 정확히 이해했고 준비했다. 항우가 타고난 재능을 믿고 변하는 사태에 대처하지 못했다면 유방은 상황에 대응하면서 성장하는 인간이었다. 유방이 뛰어난 이유다. 유방은 누구보다 자신을 알고 있었다. 자신감에 찼던 항우가 상황에 휩쓸려 자기를 잃어버린 것과는 반대로 유방은 상황을 파악하며 기민하게 움직였고 상황을 통제한다. 어떻게 한 것인가. 우리의 주제는 항우이므로 항우의 패인과 관련해 유방이 승리한 이유를 짚어 보고 유방이란 인물을 상상하면서 이 글을 매듭짓도록 하자.

유방은 황제의 자리에 올라 낙양의 궁전에서 술자리를 마련하고 신하들에게 말한다. 자신이 천하를 얻은 이유가 무엇이며 항우가 천하를 잃은 이유가 무엇인지 숨김없이 실상을 말해 보라고. 이 때 몇몇이 말한다. "폐하께서는 오만하고 남을 업신여기며, 항우는 인자하고 남을 아낍니다. 하지만 폐하는 성을 공격하고 땅을 빼앗도록 해서 항복받고 함락시킨 곳은 그 사람에게 주어 천하와 이익을 함께 가졌습니다. 항우는 현명한 사람을 질투하고 능력이 있는 자를 시기해 공을 세운 사람은 해치고 현명한 사람은 의심해 전투에서 승리해도 사람들에게 상을 주지 않고 땅을 얻어도 사람들에게 이익을 주지 않았습니다. 이것이 천하를 잃은 이유입니다." 이 발언은 이익으로 사람을 끌어들였던 유방의 면모를 지적한 것이다.

이에 대한 유방의 반응. 그것은 하나만 알고 둘은 모르는 것이다. 사령부에서 계책을 세우고 천 리 밖에서 승리를 결정짓는 일은 내가 장량만 못하다. 국가를 다독거리고 백성을 어루만지며 식량을 공급해 양식이 끊어지지 않도록 하는 일은 내가 소하만 못하다. 백만의 군사를 연합해 싸우면 반드시 이기고 공격하면 반드시 얻어내는 일은 내가 한신만 못하다. 이 세 사람은 인걸이다. 나는 이들을 쓸 줄 알았다. 이것이 내가 천하를 얻은 이유다. 항우는 범증 한 사람을 가졌는데 그를 쓸 줄 몰랐다. 이것이 그가 내게 붙잡힌 이유다.

유방은 총명하다. 사태를 정확히 파악하기 때문이다. 전쟁이 끝나고 정리하는 자리에서 결과적으로 나온 말임을 감안하자. 그렇더라도 귀 기울일 만한 의견이다. 항우는 패할 수밖에 없었다. 범증은 상당한 인물이어서 항우가 전쟁을 치를 동안 뒷감당을 충분히 할 수 있는 역량을 갖췄건만 항우의 짧은 안목은 그를 볼 줄 몰랐다. 아니, 자신의 능력을 너무 믿은 결과였는지 모르겠다. 항우는 전쟁을 하고 있었지만 전투에 몰두했고, 유방은 전쟁을 치르고 있다는 사실을 인식했다. 이 차이는 컸다. 유방이 처음부터 큰 그림을 그렸다고 할 수는 없을 것이다. 전투를 치르고 규모가 커지면서 자신의 역량을 키웠다고 하는 편이 옳을 것이다. 쉬지 않고 자신을 성장시키는 사람에게 당할 자는 없다. 유방은 과거에 연연하지 않고 꾸준히 뻗어 나갔다. 또 그걸 알아보는 역량 있는 인재들이 참모진으로 늘어섰다. 주요 인물이 세 명. 장량은 작전 참모로 전쟁 전략을 총괄했다. 소하는 병참을 담당해 물적·인적 자원을 적재적소에 공급하고 배치했다. 한신은 야전 사령관으로 현장에서 전투를 지휘했다. 작전과 병참과 야전전투 능력. 어느 하나 소홀히 할 수 없는 안정된 구조. 이 삼박자는 현대전에서도 유효하다. 유방은 말하자면 고대의 총력전(total war)을 펼친 셈인데 참모들이 각자 역할을 하면서 체계가 갖춰졌다. 이들 세 사람의 전기를 읽고 조각을 맞춰 보면 작전·병참·야전전투에서 능력을 보여 준 이들과 유방이 긴밀하게 맞물려 규모가 형성되는 모습을 볼 수 있다. 전쟁을 각개격파 능력으로 생각했던 항우는 적수가 아니었다. 「항우본기」에서 항우가 분전하는 모습은 박력 있는 묘사에도 불구하고 유방·장량·소하·한신의 합에 견주어 보면 모든 면에서 차이가 난다는 사실을 발견할 수 있다. 이를 전쟁 혹은 전쟁 능력에 대한 사마천의 안목으로 읽어도 무방할 것이다.

유방은 대표주자 셋만 거론했지만 이들 밑으로 뛰어난 장군이 즐비했음을 잊어서는 안 된다. 그중 한 명이 관영. 뛰어난 기병대장. 한신 휘하에서 능력을 발휘한 관영은 기동력이 전투에서 얼마나 중요한지 증명해 보인 장군이다. 그의 능력을 극대화시킨 사람이 한신이다. 한신은 전투 능력이 뛰어나다는 평가로 국한할 수 없다. 전략가라는 말을 붙여야 올바른 모습이 드러난다. 상대의 능력을 파악하고 그에 따라 작전 계획을 세우며 해당 지역의 지리와 작전에 따른 상대의 반응까지 염두에 둘 줄 아는 것. 전투는 예측 불허다. 인적 요인에는 어떤 일이 일어날지 모르는 우발성이 무수하다. 불확실한 요소를 제거하고 완벽히 통제해 작전을 짜기보다는 핵심에 집중하고 흐름을 만들어 세勢를 따르도록 하는 것. 통제해야 한다는 생각보다는 자신이 생각하는 틀을 만드는 것. 한신은 병법이 정해진 규칙을 따르는 것이 아니라 조직을 만들어 가는 운영 원리임을 간파하고 있었다. 교과서를 좇아가는 게 아니라 현장 상황을 보고 유기적으로 움직여야 한다. 한신은 지형과 시간과 인물을 종합해 볼 줄 아는 안목을 지녔다. 항우가 한신을 두려워했던 것도 이유가 있었다. 항우가 해하에서 마지막 일전을 벌일 때 전투 대형을 짠 것도 한신이었다. 항우의 예기를 감안해 진형을 배치해서 날카로운 공세를 흡수하도록 한 다음 반격하는 전술이었다. 항우 병력의 한계를 알고 방어전투를 한 뒤에 공격으로 전환했던 것이다. 병력의 우위를 믿고 밀어붙이는 무리한 전투를 하지 않았다. 관영의 날랜 기병이 추격에 나섰던 것도 당연한 귀결이었을 것이다. 항우 앞에서 인생 최대의 빛나는 모습을 보였던 용장 번쾌도 한신 앞에서 기를 펴지 못했다는 사실은 한신의 크기를 웅변해 주는 증거라 하겠다. 그런 한신을 쓴 인물이 유방이었다.

이런 진술도 전쟁에 국한해 비교해 본 분석일 따름이다. 전쟁과 건국은 다른 문제다. 항우가 진나라를 무너뜨리는 데는 성공했으면서도 건국에 실패한 것은 파괴와 건설은 다르다는 사실을 소홀히 했기 때문이다. "말을 타고 전쟁을 할 순 있지만 말 위에서 국가를 경영할 수는 없다"는 육가陸賈의 자신에 찬 말은 이 점을 지적한 것이었다. 육가의 대꾸에 화가 나 욕설을 퍼부으면서도 유방은 그 말을 수용했다. 여기에서도 유방의 크기가 드러나지만 건국 이후에는 유지(전통 용어로 수성守成)가 더 중요하다는 사실을 받아들이고 방향을 바꿨다는 점에 강조점을 두어야 한다. 유방은 그런 인물이었다.

인물의 매력 혹은 사이즈

평민에서 최초로 황제의 자리에 오른 인물. 전설이 될 만한 일이다. 그 자체로 위대하지만 좀 더 살펴보면 유방의 일생은 변화를 멈추지 않은 성장사成長史라 할 만하다. 시골 패현의 임협任俠 출신, 나쁘게 말하면 건달에서 최말단의 공직 정장亭長을 거쳐 지방의 군벌로 자라나 왕이 되고 천하를 다투는 인물이 되고 마침내 황제로 등극하기까지, 그는 죽을 고비를 몇 번이나 넘기면서 자기 자리에 걸맞은 그리고 그 자리를 넘어서는 위엄을 보여 준다. 유방의 위대한 점은 바로 이것일 터. 욕 잘하고 술과 여자 좋아하고 재물 밝히고 그런 유방의 흠결들이 고스란히 전기에 기록되었다. 그런데도, 범증의 경우에서 보듯 유방의 적이 오히려 유방의 장점을 진술할 때 이 인물의 사이즈를 생각하게 된다. 단점과 장점이 어우러져 유방이라는 입체적인 인물을 만들었다는 이야기는 평면적이다. 유방이 지닌 매력의 원천을 따져 본다면 사람을 끌어당기는 그릇의 크기를 상상할 수 있어야 하지 않을까.

　　전략가와는 다른 측면에서 그의 인물됨을 살펴보자. 유방의 가장 가까운 친구 노관盧綰을 보면 유방을 다르게 볼 수 있을까. 사마천은 둘의 관계를 서로 사랑하는相愛 사이라고 적었다. 당시 상애相愛는 이성이 아니라 동성 사이에 쓰이는 말로 누구보다 친한 관계를 가리킨다. 노관과는 동향에다 생일이 같았고 부친 때부터 대를 이어 친한 관계였다. 전쟁 기간 동안 노관은 유방의 벗답게 노련한 장군으로 실력을 발휘했다. 황제가 된 유방은 노관의 노고를 치하해 그를 연나라 왕으로 봉한다. 유방 말년, 노관은 배반에 휘말리고 번쾌가 노관을 치자 흉노로 망명 후 일 년 남짓해서 세상을 떠난다. 「노관열전」盧綰列傳에는 흉노로 망명하기 전 노관이 가속家屬을 거느리고 장성長城 아래 머물면서 상황을 살폈다고 했다. 고조의 병이 나은 뒤 사죄할 기회를 기다리면서. 고조가 죽자 결국 흉노 땅으로 들어간다.

　　노관은 왜 장성 아래서 상황을 보며 기다렸을까? 유방은 유씨 일족이 아니면 왕으로 임명하지 않기로 하고 타성他姓을 숙청하고 있었다. 노관이 유방을 만나 사죄하면 목숨을 구할 수 있었을까. 최대의 공신이라 할 한신까지 죽은 마당에. 알 수 없는 일이다. 하지만 노관은 무슨 생각을 했기에 흉노로 곧장 망명하지 않고 장성 아래 서성거렸을까. 노관은 누구보다도 유방을 잘 아는 사람이다. 친한 친구 정도가 아니었다. 노관은 유방의 됨됨이를 누구보다 잘 알고 있었다. 노관은 끝까지 유방을 믿었던 게 아닐까. 마지막까지 자신이 믿을 수 있다고 생각한 사람. 노관의 인간적 허약함일까. 황제와 신하라는 공적 관계와 둘도 없는 친구 사이라는 사적 친밀감을 혼동한 것일까. 유방의 죽음 소식을 듣고 노관은 크게 낙담한다. 자신이 죽을 수도 있는데 서성거리며 유방을 생각했던 것은 미련이 남아서가 아니라 믿었기 때문이었다. 그 믿음의 크기가 노관이 생각한 유방의 크기였을 것이다. 노관의 믿음이 착각일 수 있다고 쓰기가 주저된다. 노관의 전을 읽으면 장성 아래서 유방을 만나길 고대하며 서성이는 늙은 노관의 모습이 지워지지 않기 때문이다. 나는 노관의 행동을 그렇게 읽는다.

3장

내러티브의 구성력

—「유후세가」

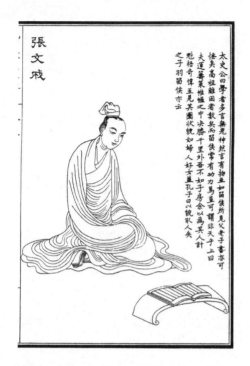

太史公曰學者多言無鬼神然言有物至如留侯所見父老子書亦可
怪矣高祖離困者數矣而留侯常有力焉豈可謂非天子上曰
夫運籌策帷幄之中決勝千里外吾不如子房余以爲其人計
魁梧奇偉至見其圖狀貌如婦人好女蓋孔子曰以貌取人失
之子羽留侯亦云

장량 초상 장량의 이미지화는 "여자 같았다"는 사마천의 진술을 토대로 한 것이다.
미소년과도 같은 모습은 후대의 제갈량에게도 영향을 미쳤다. 나이가 들어도 동안을
유지한 것은 도가의 뚜렷한 영향력을 반영한다. 문성(文成)은 장량의 시호다.

1. 이질적인 결합체

「유후세가」留侯世家는 장량張良의 전기다. 장량은 한나라 성립 후 공적을 인정받아 '유'留라는 지역에 제후로 봉해지고 대대로 가문을 잇게 된다. 우리에게 낯선 「유후세가」란 타이틀이 생긴 연유다. 천리 밖에서 승리를 이끈 것은 장자방張子房이라고 유방이 칭찬하고 존경했던 인물. 유방만 존경했던 게 아니라 사마천도 마찬가지다. 책사로 유명한 두 인물 진평과 장량을 비교하면 유방이 장량을 존경했다는 말이 무슨 의미인지 명확해질 것이다. 사마천은 이와 다르다. 유방이 당대의 인물로서 자신의 부하임에도 장량을 존경했다면, 사마천의 경우는 장량의 생애를 다 보고 나서 사후에 내린 판단이기에 존경의 색채가 유방과 다르다. 사마천이 존경한 인물로서 존경심을 드러내는 방식이 전傳의 골격을 이룬다.

사마천은 장량의 어떤 면을 존경했던 것일까. 한마디로 장량의 지혜라고 할 수 있다. 다른 말로 "공성불거"功成不居, 공적을 이뤘으나 차지하지 않는다는 노자의 말로 표현할 수 있을 것이다. 노자의 말도 그의 지혜를 반밖에 드러내지 못하지만. 예지력이라고 하면 장량을 떠올리는 적합한 말이 될까. 어떤 표현이든 한 왕조가 세워지고 안정을 맞을 때까지 일어났던 파란을 염두에 두지 않으면 장량을 설명하는 말은 헛헛한 단어로 그칠 뿐이다. 사마천은 고민을 많이 했을 것이다. 장량의 뛰어난 면모를 어떻게 보여 줄 것인가.

먼저 작품 구조에서 특징이 현저하다. 특징에 따라 전체 글을 세 덩어리로 갈라 볼 수 있다. 첫째, 진시황 암살을 시도했던 행동주의자 장량의 소싯적 모습. 둘째, 신선이란 낯선 존재와의 만남. 셋째, 유방을 만난 장량의 활약상. 우리가 아는 참모로서의 장량은 대부분 유방에게 훌륭한 조언을 했던 시기에 집중된다. 세번째 뭉치는 다시 셋으로 쪼갤 수 있는데, 한나라를 세우기 이전 항우와 쟁패하던 시기에 유방을 보좌하던 장량(3-1), 한 제국 성립 이후 태자를 세울 때 결정적인 역할을 한 사건(3-2), 신선이 되겠다며 모든 걸 내려놓은 말년의 장량(3-3). 3-3은 두번째 단락과 구조가 이어지고, 후세에 신선이 되었다는 설화의 씨앗이 되는 곳이기도 하다. 사마천이 장량을 존경하게 되는 계기도 여기에 놓여 있다. 행동주의자가 신선이 된 이야기라. 둘 사이의 거리가 너무 멀고 이질적이다. 사마천은 전혀 다른 두 존재의 낙차를 어떻게 메꿨으며 그 설득은 성공했는가. 자세히 살펴보자.

2. 테러리스트

장량의 전傳은 그의 가계家系에서 시작한다. 특기할 점은 그가 한韓나라의 귀족이라는 사실. 그의 조부 때부터 아버지 대代에 이르기까지한나라 왕실 5대에 걸쳐 재상을 지냈다. 장량의 나이 20세에 진秦나라가 한나라를 멸망시킨다. 장량은 젊어서 벼슬을 하지 않고 있었는데 한나라가 망하자 자기 동생이 죽었는데도 장사를 치르지 않고재산을 털어 진나라 왕을 죽일 자객을 구한다. 대대로 한나라에서벼슬을 한 만큼 한나라의 원수를 갚기 위해서였다. 그리고 박랑사博浪沙의 암살 사건이 일어난다. 동쪽으로 천하를 순행하는 진시황을철추鐵椎(쇠망치) 120근(약 72kg)으로 저격. 이 일로 나라가 발칵 뒤집혀 대대적인 수색이 벌어지고 장량은 하비下邳로 달아나 몸을 숨긴다.

여기까지를 하나의 이야기로 끊을 수 있다. 세 가지 정보가 중요하다. 첫째, 장량의 출신. 장량은 한韓나라의 귀족이었다. 진나라가 망하고 각지에서 영웅호걸이 일어났을 때 그들은 대부분 무장 출신이었다. 전란의 불씨를 쏘아 올린 진섭陳涉은 무학자였고, 유방도 관직을 지냈다 하나 임협任俠 사이에서 뼈가 굵은 무식자였고, 항우는 초나라의 명문 무장 출신이라 상대적으로 돋보이긴 하지만 글을 배우지 못한 것은 다른 사람과 별반 차이가 없었다. 유방의 휘하에 모여든 뛰어난 사람 면면을 보아도 마찬가지다. 나중에 최고 재상의 지위에 오른 소하가 유방 측근에서 도드라지는데 그 역시 유방의 고향에서 말단 벼슬을 지냈을 뿐이었고 비서실장 격이었던 진평陳平도 내세울 것 없는 집안이었다. 당시 건국의 주역들 누구와 비교해도 장량의 출신은 완전히 격이 다른 것이었다. 동시대인을 통틀어 보아도 장량만 한 집안 출신은 보이지 않을 것이다. 그만큼 이채를 띠는 존재였다(거꾸로 이야기하면 그 시대를 이끄는 동력은 이미 귀족계급이 아니라 일반 백성의 힘이었다는 말이기도 하다. 그 대표가 말할 것도 없이 유방이었다). 누구에게도 꿀릴 것 없는 출신인데도 미천한 사람에게 자신을 낮췄기에 장량의 존재는 돋보일 수밖에 없다. 항우 휘하에 있을 때나 나중에 유방과 뜻이 맞아 함께 일하면서 항우와 접촉할 경우에도 장량의 출신 성분은 보이지 않는 자산으로 중대한 역할을 한다. 한마디로 그의 말발이 먹혔던 것이다. 장량이 하는 말이 사리에 합당하기에 그의 의견이 받아들여지긴 했지만 그의 출신을 배경에 넣지 않으면 그를 대하는 사람들이 쉽게 받아들인 이유를 놓치게 될 것이다. 귀족 출신은 그를 유리한 위치에 서게 하는 기본 조건이었다. 이 사실은 그의 생애에 결정적인 전환점이 되는 신선과의 만남, 그리고 강태공의 비전祕傳 병서兵書를 공부해 익히는 과정과 잘 어울린다.

다음으로 진시황에 대한 암살 시도. 장량의 암살 시도는「진시황본기」秦始皇本紀에도 기록돼 있다. 진시황 29년, 제3차 순수巡狩 때 있었던 일이다. 진시황은 무력으로 통일을 완수했기 때문에 민심을 안정시키는 일이 무엇보다 중요했다. 통일의 후유증이 만만치 않았기 때문이다. 진시황 자신도 이를 잘 알고 있어 자주 제국을 순행했다. 문제는 여기서 악화된다. 진시황의 순례는 그가 다니는 길을 정비할 필요가 있었고 이른바 치도馳道를 천하 곳곳에 설치했다. 이 가혹한 공사에 백성들이 동원됐다. 공기가 늦어지거나 차질이 생겼을 때 어떠한 처벌이 따랐을지 진나라의 법을 생각해 보라. 제국의 권위를 높이고 민심을 안정시키겠다는 그의 소망과는 달리 그의 순행은 백성들의 고통을 가중시켰고, 망국의 후손들이 품은 원한까지 더해져 황제에 대한 암살 시도가 적지 않았다.「진시황본기」에 따르면 황제가 사는 함양에서조차 황제에게 위해를 가하는 일이 벌어질 정도였다. 이때에도 대대적인 범인 색출 작업이 벌어졌다. 이런 수색 작업이 또 백성들을 불안하게 만들었지만 범인은 잡히지 않았다. 범인이 잡히지 않는 이유는 다름이 아니라 백성들이 그(들)를 숨겨 줬기 때문이었을 것이다. 민심의 이반을 이런 측면에서도 읽을 수 있다.

　　장량의 행동은 그러한 시국에서 벌어진 대표적인 사건이었다. 하지만「진시황본기」에 보이는, 사실史實이었을 이 사건의 주동자로 장량을 기록한 것은 사마천의 의도가 있다고 봐야 할 것이다. 그것은 행동주의자로서의 장량을 드러낸다. 동생의 장례도 치르지 않고 원수를 갚겠다고 한 혈기왕성한 장량. 그는 회양淮陽(강남 지역에 가

갑다)에서 예禮를 배우면서 동북방 끝에 있는 창해倉海까지 가서 역사力士를 구할 만큼 활동적이고 물불 가리지 않는 성격이었다. 젊을 때 이렇게 혈기왕성하던 그가 신선을 추구하는 사람으로 변모하는 과정이 「유후세가」이기도 한 것이다.

서사의 극적인 활용은 『사기』의 주요 테크닉이다. 「진시황본기」에 보이는, 이사와 조고의 밀담을 통해 허구와 결합한 드라마틱한 내러티브가 어떻게 쓰였는지 이미 지적했지만 여기도 그 예에 해당한다. 진시황이 천하를 순행할 때 많은 백성이 지켜봤다. 전통 시대에 황제나 왕의 행차는 스펙터클 자체였다. 거대한 스펙터클을 현시해 왕실의 위엄과 권위, 압도적인 스케일에 백성들이 경악하도록 하는 일은 당연한 정치 행위였으며 표나게 기록해야 했다(퍼포먼스로서의 정치). 예禮라는 이름의 공식 제도로, 권력의 복잡한 격식과 화려함으로 백성들에게 감히 넘볼 수 없는 권력을 적나라하게 과시한다(너와 나는 다르다라는 신분사회 구조의 확인). 이것은 필수적인 노출이었다. 장대함 앞에서 고개 숙이지 아니할 자 누구이겠는가. 그런데 장량은 여기에 테러를 가한 것이다. 과시로서, 극장같이 연출된 거대 퍼포먼스가 진짜 스펙터클이 된 것이다. 이것만큼 장량의 기백과 혈기를 드라마틱하게 보여 주는 것도 없다.

마지막으로 지적할 점은 지리에 대한 인식이다. 지리감각은 생각보다 중요하다. 장량은 박랑사博浪沙에서 저격을 하고 색출 작업이 벌어지자 하비下邳로 도피했다. 박랑사와 하비는 지리적 거리가 멀 뿐 아니라 문화가 전혀 다른 지역이다. 장량은 중원 지역에서 초나라 남방으로 숨은 것이다. 중심 지역에서 변경으로 나간 것인데 지리 이동으로 인해 그의 인생이 바뀌게 된다.

번거롭지만 거리를 개관해 보자. 장량이 피신한 남방 지역에 한나라 성립을 둘러싼 주요 인물의 출신지가 몰려 있기 때문이다. 박랑사는 황하 남쪽에 있는데 동쪽으로 더 가면 위魏나라의 수도였던 대도시 대량大梁이 나온다. 대량은 황하의 운하가 이어지는 곳이자 남방으로 이어지는 물길이 갈라지는 곳으로 동쪽으로 유획수留獲水, 그다음으로는 수수睢水, 가장 남쪽으로는 홍구鴻溝가 흘렀다. 남방에서 보자면 주요 물길이 모이는 대처였던 곳이다. 이 중 유획수와 수수는 남하하다 모두 사수泗水와 만나는데 하비는 바로 사수 가에 있는 읍이다. 사수는 태산泰山 부근에서 발원해 노나라 곡부를 거쳐 유방의 고향 패沛에 이르고 20km가량을 흘러 후에 장량이 유방을 만나는 유留에 이른다. 여기서 약 35km를 더 흘러 팽성에 이른 뒤 직선거리로 70km를 더 남하해 하비에 도달한다. 하비에서 35km가량을 더 흐르면 항우 등이 이주한 하상下相에 이르고 이 부근에서 수수와 합류한다. 여기서 회수淮水 본류까지 100km다.* 패읍에서 박랑사 서쪽에 있는 형양까지의 거리가 350km정도 된다. 패읍에서 하비까지 120km를 가야 하니 박랑사에서 하비까지는 400km가 넘는 거리다. 서울에서 부산 정도가 될까.

장량이 이동한 거리는 물리적인 공간 이동에 그치지 않았다. 수도에서 거리가 멀어지면서 풍토가 달라지는데 농업 중심의 정주

---

* 이상 거리에 대한 정보는 사타케 야스히코(佐竹靖彦), 『유방』, 권인용 옮김, 이산, 2007, 51쪽을 참조.

민 문화는 유동성이 강한 소택지沼澤地 문화로 바뀐다. 혈연 중심의 사회에서 사회적 관계가 상대적으로 중요한 사회로 들어간 것이다. 더구나 초나라 지역은 토착성이 강하고 무속 문화가 짙게 남아 있는 지역이었다. 진나라에 대한 원한이 강한 지역이었다는 사실도 기억할 필요가 있다. 진나라가 중국을 통일한 후 상당수의 유민이 남방으로 이주하는데 그 때문에 유동성이 심해졌다. 유동성이 증가하면서 임협들의 활약 공간이 넓어졌다는 사실은 강조할 필요가 있다. 유명한 임협과 관계를 맺으면서 성장한 대표적 인물이 유방. 장량이 살인을 저지른 항백을 도왔던 일이 기록에 보이는데 이는 장량이 외부인으로서 낯선 사회에 적응할 수 있었던 요인을 잘 설명해 준다. 앞서 장량이 회양에서 배운 적이 있다고 했는데 그것이 남방의 풍토를 익혔던 기회가 됐던 것이고 역사力士를 구하면서 임협의 무리들과 접촉이 있었을 터, 이런 조건이 타지에서 적용할 수 있는 힘이 되었을 것이다. 후에 유방과 만나게 되는 것도 이 지역에 널리 퍼져 있던 임협들과의 접촉으로 연결되었을 것이다.

유방과 만나기 전에 장량에겐 아직 거쳐야 할 관문이 남아 있다. 이 시험을 통과한 장량은 환골탈태하고 새 세계로 진입한다.

3. 노인과 만나다

하비에 머무는 동안 장량은 웬 노인을 만난다. 그 장면을 읽어 보자.

> 장량이 여유가 생겨 편안하게 하비의 다리 위를 거닐고 있었는데
> 베옷을 입은 노인이 장량이 있는 곳으로 오더니 바로 자기 신발을
> 다리 아래로 떨어뜨리고는 장량을 보며 말했다.
> "젊은이, 내려가서 신을 가져오게."
> 장량은 깜짝 놀라 그를 때리려다가 노인이기에 억지로 참고 내려
> 가 신을 가져왔다. 노인이 말했다.
> "내게 신겨라."
> 장량은 이미 노인을 위해 신을 가져왔으므로 무릎을 꿇고 몸을 세
> 워 신을 신겨 주었다. 노인은 발에 신을 신기도록 하고는 웃으며
> 떠났다. 징량은 아주 크게 놀라 떠나는 그를 눈으로 쫓았다.
> 노인은 1리쯤 가더니 다시 돌아와 말했다.
> "젊은이가 가르칠 만하군. 닷새 뒤 새벽에 나와 예서 보세."

장량은 이 일을 이상하게 여겼지만 무릎을 꿇고 말했다.

"예."

닷새 뒤 새벽에 장량이 그곳에 갔더니 노인이 이미 먼저 와 있었다. 노인은 화를 내며,

"늙은이와 약속을 하고선 늦다니 어찌 된 건가."

하고는 떠나다가, 말했다.

"닷새 뒤에 더 일찍 보세."

닷새 뒤 닭이 울 때 장량은 갔다. 노인이 또 먼저 와 있다가 다시 화를 내며,

"늦다니 어찌 된 건가."

하고는 떠나다가, 말했다.

"닷새 뒤에는 좀 더 일찍 와."

닷새 뒤 장량은 밤이 반도 지나지 않아 그곳에 갔다. 얼마쯤 지나자 노인 역시 오더니 기뻐하며 말했다.

"당연히 이래야지."

묶은 책 한 권을 내주며 말했다.

"이걸 읽으면 왕의 스승이 될 것이다. 10년 후에는 흥할 것이다. 13년 후에는 젊은이가 제북濟北에서 나를 볼 것인데 곡성산穀城山 아래 누런 돌이 나다."

마침내 떠났는데 다른 말도 없었고 다시는 볼 수 없었다. 아침에 그 책을 보았더니 태공太公의 병법兵法이었다. 장량은 이 일을 이상하게 생각하면서 항상 책을 익히고 외우며 읽었다.

하비에 머물면서 장량은 임협이 되었다. 항백이 살인을 한 적이

있었는데 장량을 따르며 몸을 숨겼다.

　이 에피소드의 핵심은 장량이 병서兵書를 얻어 병가兵家의 마스
터가 되었다는 점이다. 주나라 무왕의 군사君師로 은나라를 정벌하
는 데 중요한 역할을 했던 강태공의 병서. 전설의 서적이다. 장량이
항우와 전쟁했던 유방의 참모로서 놀라운 계책을 세워 승리를 이끌
었기에 그의 역량이 어디에 있었는지 추론해서 만든 설화일 것이
다. 결과가 있고 역으로 소급해 원인을 재구성한 것(위인전처럼)이
지만 설득력이 있다. 설득력은 내러티브의 구성력에서 만들어진 것
이다.

　노인과의 만남은 피 끓는 행동가 장량에서 전체 판세를 읽는
통찰력의 인간으로 변모하는 계기가 된다. 전체 구조에서 보면 180
도 바뀌는 전환점이 되는 곳이기 때문에 독자가 수긍할 수 있도록
구성을 매끄럽게 짜야 한다. 한편으로는 허구적 장치를 어떻게 운
용했는지 다른 곳과 비교해 봐야 하고, 다른 한편으로는 이야기 자
체의 얽음새를 살펴 안팎이 조응할 때 이 부분에 얼마나 공을 들였
는지 구성력에 고개를 끄덕일 수 있을 것이다. 다른 곳과 비교해 살
펴보자.

　유방과 항우는 둘 다 황제의 행차를 본 적이 있다. 이때 항우와
유방은 황제의 웅장한 거동을 보고 한마디씩 했다. 항우는, "저 자리
를 빼앗아 대신할 수 있겠다"라 했다. 그때 같이 있던 항량은 삼족이
멸한다고 함부로 말하지 말라며 항우의 입을 막았다. 항우의 말은
그의 기개를 보여 주는 것이기도 하지만 초나라 사람으로서 일족이

진나라에 의해 죽음을 당한 것에 대한 원한에 찬 발설이었다. 개연성 있는 말이다. 유방은 행차를 보고, "아, 대장부란 마땅히 이러해야 하는 것을!"이라고 했다. 함양으로 부역을 갔을 때 한 말이다. 둘의 반응에서도 그들의 기질과 성격을 알 수 있지만 사마천은 둘이 천하를 놓고 쟁패한다는 사실을 염두에 두고 황제를 둘 사이에 놓고 두 사람을 대칭으로 묘사했을 것이다. 그들이 한 말은 허구였을 수 있다. 특히 유방의 경우 황제가 된 이후 그에 대한 숱한 이야기들이 다시 작성되면서 윤색, 가공, 창작되었을 가능성이 높다. 사소한 이야기가 역사를 거쳐 공식 기억으로 정착하는 한 예로 볼 수 있다. 중요한 사실은 사마천이 이러한 장치를 여러 곳에 흩뿌려 놓고 독자로 하여금 재조립하게 하면서 어떤 이미지를 형성하게 한다는 점이다. 허구를 사실 쪽에 앉혀 허구를 허구로 느끼지 못하게 하는 고안과 장치는 소설과 닮았다. 더 극적인 예를「장의열전」張儀列傳에서 볼 수 있다.

유세술을 배운 장의가 초나라로 유세하러 갔다. 초나라 재상과 술을 마셨는데 재상이 벽璧이라는 귀한 옥玉을 잃어버리고 장의가 도둑으로 몰려 매질을 당한다. 집으로 돌아온 장의, 아내에게 핀잔을 받으면서도 묻는다. 혀가 아직 붙어 있냐고. 혀는 붙어 있다는 대답에 장의는 그럼 됐다고 대꾸한다. 장의가 아내와 혓바닥 운운하는 대목은 사마천의 허구일 것이다. 하지만 유세가로서 세 치 혀로 수많은 나라를 움직였던 후일에 비춰 보면 이런 허구적 장치는 적실하다. 언어로 상대방을 설득해 자신을 뜻을 관철시킨다, 언어를 지배하는 자가 권력도 지배한다는 언어(=지식)와 권력의 관계를 간결하고 강력하게 보여 주는 예다. 노인과의 만남은 이런 허구 장치의 연장선에서 읽으면 갑자기 툭 튀어나온 글이 아님을 알 수 있다.

그렇다면 이야기 자체 구조는 어떨까. 노인과의 만남을 상세하게 기록하고 있음에 주의해야 한다. 노인과의 만남은 몇 단계에 걸쳐 있다. 다짜고짜 무례한 태도를 보이는 노인에게 장량은 한방 때려 주려다가 그만둔다. 손을 뻗어 노인을 쳤거나 언사가 불손했으면 이야기는 끝났을 것이다. 장량의 리액션은 중요했다. 혈기왕성한 행동가의 첫번째 인내. 테스트의 강도가 높아진다. 멀리 던진 신발 가져와 신기기. 장량은 무릎을 꿇고 공손히 신긴다. 두번째 인내. 그제야 노인은 웃는다. 노인은 장량을 테스트한 것. 예비 관문을 무사히 통과한 것이다. 장량은 그 의미를 모르고 있었으니 놀라 어안이 벙벙해 서 있을 뿐. 휑하니 돌아서 가지 않고 노인이 가는 걸 말없이 지켜본 그의 태도가 또 중요했다. 이제 본 테스트에 들어가고 만나기로 한 약속 세 번을 거치면서 시험은 강도가 강해진다. 장량은 점차 배우고 익히면서 통과한다. 사마천의 글은 전형적이다. 일종의 교육, 혹은 자기 학습법이라 할 수 있는데 그 과정을 압축해 보여 준다. 이 과정을 확대하면 무협지나 후대 소설에 보이는 주인공의 정신적·육체적 수련 과정이 될 것이다. 독자에게 낯익은 광경이다. 그 원형에 해당하는 이야기가 노인과 장량의 만남이다. 소설과 영화에서 되풀이되면서 상투화되어 신선함을 느끼지 못할 정도가 되었지만.

한 가지 덧붙인다. 노인이 도가적 풍모를 지니고 있으며("누런 돌黃石이 나다"), 태공의 병서는 병서이긴 하지만 강태공의 은둔자/

신선 이미지가 깔려 있기 때문에, 이 대목은 장량의 변모를 설명하는 데 그치지 않고 동시에 그가 후에 신선이 되고 싶어 하는 복선 역할까지 수행한다. 어쩌면 장량을 설명하는 데는 도가적 이미지가 더 적합할 수 있다. 노인이 곡성산 이야기를 꺼냈으니 수습해야 할 과제가 던져졌고 서사의 연속성으로 저류低流한다.

4. 활약과 변모

세번째 장량의 활동은 크게 세 부분으로 나눌 수 있다. ①유방이 항우와 자웅을 겨루던 시기의 활약. ②유방이 황제가 된 후 태자를 세울 때의 역할. ③도가적 풍모를 갖추는 부분을 첨가할 수 있다.

노인과의 만남에서 장량의 변신은 완료되었다. 노인 말대로 10년이 지나 진섭의 난이 일어나고 진나라가 분열되면서 영웅시대로 진입한다. 초나라 왕이 된 경구景駒를 따르려 하비에서 달려가던 장량은 유留에서 유방을 만나고, 드디어 장량의 활약이 시작된다.

유방을 만나기 이전의 장량은 행동가였기에 『사기』에는 그가 벌인 사건을 기록하는 것이 다였다(기사記事). 이제 참모가 되어 계책을 논의하는 자리에 올랐으므로 장량에 대한 글은 장량의 말 중심으로 변한다(기언記言). 말이 아닌 부분은 말을 둘러싼 상황을 전달하고 말이 발설되는 배경을 알려 주는 역할로 줄어든다. 이 부분은 「회음후열전」淮陰侯列傳과 비교할 때 의미가 명료해진다. 한신은 무장武將으로 지략이 뛰어나다. 번쾌 같은 맹장과는 다른 타입의 인물. 한신이 지략을 발휘할 때에는 그가 어떻게 행동하는가를 구체적으로 묘사해야 그의 진가가 드러난다. 말 중심 기록이 아닌 행동 중심의 기록(기사記事)이다. 이는 「회음후열전」에서 논하기로 한다.

장량이 한 최초의 일은 한韓나라의 공자公子를 왕으로 세워 한나라에서 유격전을 벌인 일. 게릴라전을 벌이다 유방의 군사를 만나 합류하면서 장량의 계획과 조언이 구체화되기 시작한다. 항량에게 한韓나라 후손을 왕으로 세우라고 한 장량의 조언은 세勢를 읽는 단서를 보여 준 것이었다. 병법 공부를 하고 반진反秦 전란 초기 서서히 두각을 나타내다가 유방을 만나 존재감이 뚜렷해진다. 유방이 황제가 될 때까지 장량의 역할은 다섯 가지 정도로 요약된다. 유방이 황제가 된 후에는 장량의 조언이 세 가지 정도 「유후세가」에 기록되어 있는데 태자를 세운 일이 중심이 된다. 하나하나 살펴보도록 하자.

유방과 함께한 장량의 첫 임무는 진나라의 수도 함양에 들어가는 일. 서쪽으로 공격해 함양으로 진입하는 길, 수도와 가까워질수록 진나라 군사의 방어가 두터워 전투는 더 어려워진다. 진나라 군사와 접전을 벌이려는 유방에게 장량은 술수를 권한다. "사랑과 전쟁은 이기는 놈이 장땡"(All's fair in love and war)이라는 영국속담대로 장량은 진나라 수비대장을 매수하고 다시 무력으로 격파하는 비열한(?) 방법을 쓰면서 방어선을 돌파, 승리하도록 돕는다. 유방이 함양에 먼저 도달할 수 있었던 데에는 그의 군사적 역량이 중요한 역할을 했지만 그 역량을 제대로 발휘하도록 한 것은 장량이었다.

함양 입성 이후 곤란한 문제는 유방의 한눈팔기. 유방은 예전에도 함양에 와서 수도의 번화한 모습을 본 적이 있다. 이제 그 많은 보물과 미녀를 차지하자 한량 기질이 발동해 주색에 빠졌던 것. "패공(유방)은 진나라 궁궐에 들어가자 궁실의 휘장이며 개와 말, 귀중한 보물, 여자들이 천으로 헤아릴 정도여서 마음으로는 머물러 살고 싶었다."沛公入秦宮, 宮室帷帳狗馬重宝婦女以千數, 意欲留居之 사마천은 간결한 서술로 그쳤지만 유방의 기질을 잘 포착한 센스 있는 문장이다. 지나가는 듯한 디테일 덕에 글이 풍부해지고 현실적이 된다. 이때 장량의 조언이 인구에 회자되는 명구가 된다. "충성스런 말은 귀에 거슬리나 행동에는 이롭고 독한 약은 입에 쓰나 병에는 이롭다."忠言逆耳利於行, 毒藥苦口利於病

세번째 그의 활약은 홍문연회 장면. 이때 장량의 활약은 앞에서 언급했으므로 지나가기로 한다.

네번째는 유방이 한왕漢王이 되어 파촉巴蜀 지역으로 떠날 때와 그 직후의 일이다. 장량은 한왕에게서 받은 보물을 항백에게 주었고 이 일을 계기로 한왕은 장량을 통해 더 많은 보물을 항우에게 바쳐 한중漢中 지역을 얻는 데 성공한다. 한중 지역은 중요하다. 파촉 지역은 함양이 위치한 관중과는 전혀 다른 땅이었다. 관중 사람들이 파촉으로 가는 일은 변경으로 처박히는, 고향과 완전히 이별하는 쉽지 않은 결단이었다. 유방군에서 이탈하거나 도망가는 사람이 많았던 것도 충분히 이유가 있었던 것이다. 진시황 때에도 파촉은 죄인들의 유배지로 쓰여 관중 사람들이 야만의 지역으로 인식하는 곳이었다. 한중은 격절된 파촉 지역을 관중과 이어 주는 중간 지대로, 파촉에서 관중으로 들어갈 수 있는 루트가 마련된 것이다. 한중을 얻지 못한 상태로 파촉으로 들어갔다면 유방의 천하통일은 어려웠을 것이다. 이런 상태에서 장량이 유방에게 한중으로 가는 길棧道을 불살라 버려 천하로 돌아갈 마음이 없음을 보여 주라 한 말은 묘한 계책이었다.

진나라를 멸망시켜 복수를 완수한 장량이 유방과 헤어져 한韓나라로 돌아갔더니 항우는 한韓나라 왕을 한나라로 보내지 않고 곁에 두고 있었다. 장량은 항우에게 두 가지를 알려 준다. 하나는 유방이 길棧道을 불태워 버렸으니 관중으로 돌아올 마음이 없다는 것, 또 하나는 제나라가 반란을 일으켰다는 사실. 이 두 가지가 항우를 마음 놓게 만들었다. 서쪽에 유방 걱정이 없어졌으니 반란을 일으킨 동쪽으로 매진하게 되었던 것. 여기서 뜻하지 않은 사태가 벌어진다. 항우가 한왕韓王을 죽인 것이다. 장량은 도망해 유방의 진영으로 간다.

사마천은 사실만 기록했으나 행간에는 많은 말이 숨어 있다. 장량이 항우에게 알려 준 정보는 결과적으로 유방이 관중으로 진출해 동진東進할 시간과 기회를 주었다. 항우는 유방을 상대한 것이 아니라 제나라를 공략했으므로 유방은 관중을 차지하고 거대한 배후지를 손에 넣을 수 있었다. 관중을 차지함으로써 천하를 제패할 토대가 마련된 것이다. 그리고 항우의 실수. 항우가 장량을 수하에 두었다면 이야기는 달라졌을 것이다. 긴 안목을 갖지 못한 항우의 성급한 판단이 한왕을 죽이고 장량을 잃고 말았다. 한왕을 죽인 항우를 보고 유방에게 간 장량. 저울추가 크게 요동친 순간이었다.

다섯번째, 항우와 대치할 때 나온 장량의 조언은 주목할 필요가 있다. 유방은 자신과 함께 공적을 이룰 사람이 누구인지 장량에게 묻는다. 장량의 대답을 들어 보자. "구강왕九江王 경포黥布는 초나라의 맹장이지만 항왕(항우)과 틈이 생겼습니다. 팽월彭越은 제나라 왕 전영田榮과 양梁 지역에서 반란을 일으켰으니 이 두 사람을 빨리 이용해야 합니다. 한왕漢王(유방)의 장군 가운데 오직 한신에게만 큰 일을 맡길 수 있으니 한쪽 방면을 감당할 것입니다. 땅을 떼어 주시고자 한다면 이 세 사람에게 떼어 주셔야 초나라를 격파할 수 있습니다."

　　장량의 계책은 천하대세를 논한 것이다. 전선을 확대해 상대방의 역량을 분산시키라는 말이다. 경포를 이용해 초나라 내부를 흔들고 팽월을 이용해 제나라 전선을 치열하게 만들며 한신을 써서 새 전선을 만들어야 한다. 장량의 생각인즉슨 천하를 전체 구도에 넣고 새 흐름을 형성해 주도권을 가져야 한다는 뜻이다. 천하 전체를 전략적으로 사고한다는 점에서 이는 후에 등장하는 제갈량의 예고편으로 읽을 수 있다. 최고 참모로서의 장량의 면모는 '크게 사고한다'는 면에서 제갈량이란 인물 형상화에 영향을 미쳤다. 장량이란 인물만으로 제갈량이 만들어진 것은 물론 아니다. 병참을 중시하는 면모는 소하와 겹치는 부분이 있고 지략을 발휘할 때는 한신의 면모가 떠오르기도 한다. 그리고 삼국 정립의 대세를 이야기하는 모습은 한신에게 계책을 말하던 괴통蒯通이 선구가 된다. 괴통의 탁견에 대해서는「회음후열전」에서 보게 될 것이다.

장량의 진면목

장량의 사고가 돋보이는 에피소드가 다음에 보인다. 항우와의 형양 공방전에서 유방은 곤란을 겪는다. 초나라의 권력을 약화시킬 계책을 논의할 때 역이기鄭食其는 6국의 후예를 세우라고 건의한다. 그러면 천하의 백성이 유방의 덕을 흠모해 모두 유방의 신하가 될 것이라고. 장량이 유방을 뵈러 들어오고 유방은 장량에게 참모 역이기의 계책을 알려 주면서 묻는다. "자방은 어떻게 생각하시오?"

"폐하를 위해 이 계책을 세운 자는 누구입니까? 폐하의 일은 끝났습니다."

"어째서인가?"

유방의 질문에 대한 답으로 장량의 긴 설명이 나온다. 내용도 내용이지만 문장이 중요하기에 전체를 읽을 필요가 있다.

"제가 앞의 젓가락을 빌려 대왕을 위해 하나하나 설명해 보겠습니다. 옛날 탕湯이 걸桀을 정벌하고 그 후손을 기杞에 봉한 것은 걸의 생사를 제압할 수 있다고 생각해서였습니다. 지금 폐하께서는 항적의 생사를 제압할 수 있겠습니까? 할 수 없다고 하실 겁니다.曰,未能也 이것이 안 되는 첫번째 이유입니다.

무왕武王이 주紂를 칠 때 그 후손을 송나라에 봉한 것은 주의 머리를 가질 수 있다고 생각해서였습니다. 지금 폐하께서는 항적의 머리를 가질 수 있겠습니까? 할 수 없다고 하실 겁니다.曰,未能也 이것이 안 되는 두번째 이유입니다.

무왕이 은나라에 들어갔을 때 상용商容이 살던 마을에 덕행을 표시하고 구속된 기자箕子를 석방했으며 비간比干의 무덤에 봉분을 만들어 주었습니다. 지금 폐하께서는 성인의 무덤에 봉분을 만들어 주고 현자의 마을에 덕행을 표시해 주고 지혜로운 사람의 집 대문을 지나며 존경을 표시할 수 있겠습니까? 할 수 없다고 하실 겁니다.曰,未能也 이것이 안 되는 세번째 이유입니다.

(무왕은) 거교鉅橋의 곡식창고를 열었고 녹대鹿臺의 돈을 나누어 가난한 사람들에게 주었습니다. 지금 폐하께서는 창고를 열어 가난한 사람들에게 나눠 주실 수 있겠습니까? 할 수 없다고 하실 겁니다.曰,未能也 이것이 안 되는 네번째 이유입니다.

(무왕은) 은나라 정벌이 끝나자 병거兵車를 폐기해 수레를 만들고 무기를 거꾸로 놓고 호랑이 가죽으로 덮어 다시는 무기를 쓰지 않을 것임을 천하에 보여 주었습니다. 지금 폐하께서는 무력을 폐기하고 문치文治를 행하시면서 다시는 무기를 쓰지 않으시겠습니까? 할 수 없다고 하실 겁니다.曰,未能也 이것이 안 되는 다섯번째 이유입니다.

(무왕은) 화산華山 남쪽에 말을 쉬게 하고 말을 쓰지 않을 것임을 보였습니다. 지금 폐하께서는 말을 쉬게 하고 다시는 쓰지 않으실 수 있습니까? 할 수 없다고 하실 겁니다.曰,未能也 이것이 안 되는 여섯번째 이유입니다.

(무왕은) 도림桃林 북쪽에 소를 풀어 주고 다시는 군수품을 운반하거나 쌓아 두지 않을 것임을 보여 주었습니다. 지금 폐하께서는 소를 풀어 주고 다시는 군수품을 운반하거나 쌓아 두지 않을 것

임을 보여 주실 수 있겠습니까? 할 수 없다고 하실 겁니다.曰, 未能也 이것이 안 되는 일곱번째 이유입니다.

또 천하를 돌아다니는 선비들이 자기 친척과 헤어져, 조상의 분묘도 버리고, 고향을 떠나 폐하를 따라다니는 것은 다만 밤낮으로 한 뙈기 땅이라도 얻길 바라기 때문입니다. 지금 6국을 회복시켜 한韓·위魏·연燕·조趙·제齊·초楚의 후손을 세우면 천하를 돌아다니는 선비들이 각자 고향으로 돌아가 자기 주군을 섬기고 친척을 따르며 친구와 조상의 무덤으로 돌아갈 텐데 폐하께서는 누구와 함께 천하를 갖겠습니까? 이것이 안 되는 여덟번째 이유입니다.

또 초나라에게는 상대할 강국이 없으니 6국의 왕이 된 자들이 다시 권세가 꺾여 초나라를 추종한다면 폐하께서는 어떻게 그들을 신하로 삼을 수 있겠습니까. 만약 객의 계책을 쓰신다면 폐하의 일은 끝난 것입니다."

한왕漢王이 먹기를 멈추고 입에 든 것을 뱉으며 욕설을 퍼부었다. "애송이 유자儒者가 어르신의 일을 망칠 뻔했다."

장량의 탁견이 빛난다. 크게 보면 이 기록은 유가의 공허한 역사관 혹은 역사철학과 냉정한 현실주의가 부딪친 곳이다. 공허하다는 말은 덕치德治를 표방하는 유가의 정치가 현실과 접점이 없으면 얼마나 위험한지, 듣기 좋은 레토릭일 뿐인 정체가 드러난다는 뜻이다. 장량은 그 위험성을 간파하고 덕치도 정확한 현실 파악과 실질적인 조건에 기반하고 있음을 조목조목 보여 준다. 책으로만 읽고 책에 현실을 꾸겨 넣어 현실을 왜곡하는 사태는 예나 지금이나 흔히 목도하는 일. 장량의 현실감각은 예리한 바가 있다.

또 장량은 이利의 위력도 염두에 두고 있어 시대가 변하는 추이를 제대로 읽는다. 이利를 찾아 각국을 돌아다니는 지식인 집단의 존재는 이전과는 다른 질서를 형성하고 있었던 것. 이때는 실리가 명분보다 우위에 선 세상임을 장량은 알고 있었다. 그걸 조직화하는 일이 급선무임을 알았기에 고상해 보이나 허망한 이상주의를 물리칠 수 있었다. 장량에 대한 사마천의 호감은 장량이 시대의 흐름을 바로 읽고 있었기 때문일 것이다. 『사기』를 관통하는 큰 테마 가운데 하나가 현실과 이상의 문제이기도 한데, 글 읽는 사람이 쉽게 빠지는 함정이 이상주의라고 할 때 사마천은 역사라는 냉정한 현실을 이상과 맞대면시켜 허튼 주장에 빠지지 않는다. 이는 「백이열전」伯夷列傳에서 곱씹었던 문제이기도 했다. 사마천의 뛰어난 면모다.

다르게 보면 이 장면은 유가의 중요 문제인 시중時中(때에 맞게 판단·행동하는 것)이 얼마나 어려운지, 덕德을 막연히 베푸는 게 얼마나 어리석은 일인지를 보여 준다. 덕과 공명심을 선망하는 유가에 대한 풍자로도 읽을 수 있다. 현실에 어두운 유자들이 전쟁이라는 긴급한 상황에서 어떻게 처신했는가 하는 비판으로도 이해할 수 있는데, 온당한 시각이다. 공자 생전에도 유가에 대한 비판은 있었고 공자 사후 묵자에서부터 장자를 거쳐 유가에 대한 비판과 풍자는 전통을 이룰 만큼 자료가 풍부하다. 사실 그건 자료 문제가 아니다. 유가의 현실정합성 문제는 유가의 탄생에서부터 늘 따라붙는 문제였다.

『사기』로 『논어』를 읽다

인용한 문장은 문장 독해에서도 문제가 된다. "할 수 없다고 하실 겁니다" 즉, "曰, 未能也"의 주어를 누구로 볼 것이냐가 그것이다. 통상적인 해석은,

> 장량이 "하실 수 있겠습니까?"라고 묻자,
> 유방이, "할 수 없지"曰, 未能也라고 대답했다.
> "이것이 안 되는 이유입니다."

라고 보는 것이다. 왜 이것이 문제가 되는가? 여기에는 『논어』의 해석이 걸려 있기 때문이다. 『논어』 「양화」陽貨 1장의 원문을 보자. 먼저 통상적인 읽기.

> 陽貨欲見孔子, 孔子不見, 歸孔子豚. 孔子時其亡也, 而往拜之. 遇諸塗, 謂孔子曰: "來予與爾言."
> 曰: "懷其寶而迷其邦, 可謂仁乎?"
> 曰: "不可."
> "好從事而亟失時, 可謂知乎?"
> 曰: "不可."
> "日月逝矣. 歲不我與."
> 孔子曰: "諾, 吾將仕矣."

양화陽貨가 공자를 만나고 싶어 했다. 공자께서 만나 주지 않자 공자께 돼지를 보냈다. 공자께서 그가 없을 때를 기다렸다가 그의 집에 가 사례하였다.

길에서 만나자 공자께 말하였다. "오시지요. 내 그대와 할 말이 있습니다. 보물을 품고서 나라를 어지럽게 두는 것을 어질다고 할 수 있겠습니까?"

공자: "그렇다고 할 수 없습니다."

"정사에 종사하길 좋아하면서 자주 때를 놓치는 것을 지혜롭다 할 수 있겠습니까?"

공자: "그렇다고 할 수 없습니다."

"시간은 흘러가고 세월은 나를 기다려 주지 않습니다."

공자께서 말씀하셨다. "알겠습니다. 내 장차 벼슬에 나아가겠습니다."

원문을 자세히 보면 문장 구성이 장량의 언사와 동일함을 알 수 있다. 질문 다음에 "曰, 不可"가 나오는 형식. 문답으로 해석하는 것이 일반적이다. 『논어』의 이 글과 장량의 언사는 동일한 차원에서 해석되어야 할 것이다. 이런 근거로 통상적인 해석에 이의를 제기한 사람이 있다. 대표가 명나라의 이탁오李卓吾와 청나라의 모기령毛奇齡이다. 이들은 '曰云云'을 자문자답으로 읽는다. 그러면 원문을,

陽貨欲見孔子, 孔子不見, 歸孔子豚. 孔子時其亡也, 而往拜之. 遇諸塗, 謂孔子曰: "來予與爾言. 曰: '懷其寶而迷其邦, 可謂仁乎?' '曰,不可.'好從事而亟失時, 可謂知乎?' '曰, 不可.' 日月逝矣. 歲不我與."
孔子曰:"諾, 吾將仕矣."

으로 읽고 해석도,

양화陽貨가 공자를 만나고 싶어 했다. 공자께서 만나 주지 않자 공자께 돼지를 보냈다. 공자께서 그가 없을 때를 기다렸다가 그의 집에 가 사례하였다.

길에서 만나자 공자께 말하였다. "오시지요. 내 그대와 할 말이 있습니다. '보물을 품고서 나라를 어지럽게 두는 것을 어질다고 할 수 있겠습니까?'라고 하면 '그렇다고 할 수 없습니다'라고 하시겠지요. '정사에 종사하길 좋아하면서 자주 때를 놓치는 것을 지혜롭다 할 수 있겠습니까?'라고 하면 '그렇다고 할 수 없습니다'라고 하시겠지요. 시간은 흘러가고 세월은 나를 기다려 주지 않습니다."

공자께서 말씀하셨다. "알겠습니다. 내 장차 벼슬에 나아가겠습니다."

라고 해야 할 것이다. 장량의 말을 풀 때 통상적인 해석과 다르게 한 이유가 여기에 있다. 다산茶山 정약용도 『논어고금주』論語古今註에서 이탁오와 모기령의 설을 인용하고 "정확한 의견"此義確이라고 명쾌하게 동의하고 있다.

상산사호와 척부인의 운명

이야기가 길어졌다. 이 밖에도 장량이 유방을 도운 것은 여러 가지인데 한신 등을 책봉하고 항우와의 최후 결전에서 승리한 일 등은 거론할 필요가 없다. 유방이 제위에 오른 뒤로 넘어가자. 유방이 황제가 된 뒤 장량의 활약은 세 가지다. 첫째는 공신 책봉을 마무리한 것. 둘째는 관중에 수도를 정한 일. 마지막으로 태자 문제. 태자 문제에는 여러 가지 일이 얽혀 서술도 길다. 자세히 읽어 보자.

유방은 황제가 되자 총애하는 척부인戚夫人이 낳은 여의如意를 태자로 만들려고 한다. 사마천은, "폐하가 태자를 폐하고 척부인의 아들 조왕趙王 여의를 태자로 세우려 했다"고 썼다. 유방의 계획은 척부인과 여후 사이에 심각한 문제를 던진 것이었고, 장자長子를 태자로 세운다는 불문율과도 충돌하며 한편으로는 왕실 문제이기도 해서 미묘했다. 유방의 처사에 저항하는 신하들의 반발과 간쟁은 당연했다. 제국이 안정되지 않은 상태여서 정해진 태자를 바꾼다는 건 좋지 않은 선례를 남길 수 있는 간단치 않은 문제였다. 역으로 유방이 맘만 바꾸면 태자를 폐할 수 있다는 사실은 제국 초기 황제의 권력을 보여 주는 방증이기도 하다.

여태후呂太后는 장량에게 도움을 청한다. 장량은, 자식 사랑 때문에 태자를 바꾸고 싶어 하니 골육지간의 일이라며 발을 뺀다. 공적인 일에 애정이 끼면서 사사로운 일이 되었으므로 어떤 설득도 어렵다는 말이다. 틀린 말은 아니다. 단, 여태후의 상황이 한가롭지 않다는 사정을 고려한다면 그대로 봉합될 상황이 아니었다. 장량의 처지도 난감하긴 마찬가지. 일이 잘못될 경우 그는 사악한 일을 꾸민 인물로 죽음을 당할 수도 있다. 골육지간의 일이라며 물러선 데에는 사태를 파악한 그의 당혹감이 숨어 있다. 상대는 여태후. 만만치 않다. 역시 강하게 밀고 들어온다. "날 위해 계획을 세워라." 장량은 상산사호商山四皓를 부르라고 조언한다.

상산사호商山四皓는 현명하다고 이름난 네 명의 은자. 나이가 들어 눈썹과 머리가 희기皓에 붙은 이름이다. 유방이 사람을 함부로 대하고 모욕한다며 도망해 산속에 사는 현인賢人. 이들을 정중하게 모셔 오면 유방이 이들의 명망을 알기에 도움이 될 것이다.

현인이라 했으니 현명한 모습을 보여 주어 등장시킨 이유를 독자들이 수긍하도록 해야 한다. 한나라 11년 경포가 난을 일으킨다. 유방은 태자를 출전시키려 한다. 이때 상산사호는 태자 출전을 막아야 한다고 여태후 측에 전한다. 이유는 두 가지. 첫째, 공을 세워 봤자 태자 지위에 아무 이익이 없다는 것. 둘째, 공을 세우지 못하면 태자 자리가 위태로워진다는 것. 공을 세우지 못할 가능성이 큰 것은 태자가 휘하의 장군들을 부릴 수 없기 때문이다. 그들은 유방과 함께 전장을 달리던 인물들로 태자를 애송이로 보고 명령을 따르지 않을 게 뻔했다. 상산사호의 의견은 정확했다. 유방의 결정은 태자에게 경험을 쌓게 하자는 순수한 마음이었는지 모르지만 태자가 패할 경우 사태는 걷잡을 수 없게 된다. 여태후가 눈물을 흘리며 유방에게 태자가 장군들을 통솔할 수 없다고 말했을 때 유방이 직접 출정하겠다고 한 것은 경포가 맹장이기도 하거니와 전투에서 패하면 나라가 위태롭다는 사실을 알았기 때문이다. 상산사호는 이 점을 간파하고 나섰던 것. 이로써 상산사호의 현명함은 증명되었다. 서사는 다음 단계로 순조롭게 진행된다.

이듬해 난을 진압하고 돌아온 유방은 병이 깊어지면서 태자를 바꿀 결심을 확고히 한다. 그리고 마련된 연회. 유방의 눈에 태자를 따르는 상산사호가 들어온다. 그들의 이름을 듣고 놀라는 유방. 몇 년이나 찾았는데 어떻게 태자를 찾아오게 됐느냐고 묻는 말에, 상산사호는 대답한다.

"듣건대 태자는 사람됨이 어질고 효성스러우며 선비를 공경하며 아껴 천하 사람들이 목을 빼고 태자를 위해 죽지 않으려는 자가 없어 신들이 왔을 뿐입니다."

뻔한 말이다. 다만 이 말이 효과를 발휘하려면 상산사호의 통찰력과 사려 깊음이 전제되어야 한다. 우리는 앞서 태자의 출전을 막은 이들의 지혜를 보았고, 유방이 평소 이들을 흠모하던 사실을 알고 있다. 상투적인 말이 제대로 작동한다. 이 말 전에 상산사호는, "폐하께서는 선비들을 하찮게 보시고 욕도 잘하시어 의리상 욕을 받을 수 없었기에 두려워 숨었을 뿐입니다"라고 했다. 유방과 태자를 대조시켜 태자의 됨됨이를 부각시키는 어법을 구사한 덕에 유방에게 효력이 미쳤던 것이다.

사마천의 붓은 여기서 멈추지 않는다. 유방은 자리를 뜨는 그들을 눈으로 전송하고는 척부인을 불러 네 사람을 가리키며 말한다.

"내가 태자를 바꾸고자 했으나 저 네 사람이 보좌하니 태자의 날개가 이미 갖춰져 바꾸기 어렵소. 여후가 진정 그대의 주인이오."
척부인은 울었다.
"나를 위해 초나라 춤을 춰 주시오. 그대를 위해 초나라 노래를 부르리다.

큰 기러기와 고니 높이 날아
한 번 날개 쳐 천 리를 가네
날개가 이미 자라
사해四海를 맘껏 나는구나
사해를 맘껏 나니
어찌할 수 있겠는가
화살이 있다 한들
어디에 쏘겠는가."

노래가 몇 차례 끝나자 척부인은 흑흑거리며 눈물을 흘렸다. 상上이 일어나 떠나자 술자리가 끝났다.

"끝내 태자를 바꾸지 않은 것은 근본적으로 유후(장량)가 이 네 사람을 불러온 힘 덕이었다"라고 사마천은 덧붙였다. 상산사호 에피소드가 길었기 때문에 작가도 정리해 줄 필요가 있어서였다. 여기서 주목해야 할 부분은 척부인의 운명이다. "척부인은 울었다"戚夫人泣고 사마천은 썼다. 척부인은 자신이 끝났음을 알았다. 자기 자식의 운명도 끝이 났음을 본능적으로 감지했다. 「여태후본기」에서 여후가 척부인을 어떻게 했는지 우리는 알고 있다. 여의를 어떻게 죽였는지도 우리는 알고 있다. 척부인은 자신과 자식의 죽음을 직감했다 해도 설사 인간돼지人彘가 되는 지경으로까지 참혹한 일을 겪으리라고는 상상하지 못했으리라. 하나 사마천은 길게 말하지 않는다. "울었다"고만 쓴다. 운다泣는 말에 담긴 어둠이 읽는 사람을 한탄케 한다. '읍'泣이라는 한 글자에 담긴 여자의 운명. 유방도 이를 몰랐을 리 없다. 자기가 떠나면 어찌할 수 없는 사랑하는 여인의 운명을 보고 그가 할 수 있는 일이란 무엇이었을까. 그의 노래가 위안이 되지 못한다 하나 그로선 최선을 다할밖에. 척부인은 눈물을 흘릴밖에. 둘의 마지막 장면은 항우가 우미인과 이별하는 장면과 겹친다. 항우와 유방의 장부다움을 말하려는 게 아니다. 남자의 운명과 엮일 수밖에 없었던 여자들의 삶이 안타까운 것이다. 사마천은 의외의 장소에서 삶의 예기치 못한 모습을 군더더기 없이 담아냈다.

「유후세가」에 실린 장량의 마지막 말과 행적을 보자.

"집안 대대로 한韓나라 재상을 지냈기에 한나라가 망했을 때 만금의 자산을 아끼지 않고 한나라를 위해 강한 진나라에 복수를 해 천하를 진동시켰다. 이제 세 치 혀로 황제의 스승이 되고 만호에 봉해졌으며 열후에 올랐으니 이는 평민으로서 최고에 오른 것, 내게는 충분하다. 바라기는 인간사를 버리고, 적송자赤松子(신선)를 따라 노닐고 싶을 뿐이다."

그러고선 곡식을 먹지 않는 법을 배워 도인술導引術을 하며 몸을

가볍게 했다. 마침 고제高帝(고조高祖, 유방)가 세상을 떠났다. 여후
는 유후에게 덕을 입었으므로 그에게 억지로 음식을 먹게 하며 말
했다.

"사람 사는 한 세상 흰 말이 틈을 지나가는 것과 같은데 어쩌자고
이렇게까지 자기를 괴롭게 합니까."

유후는 어찌할 수 없어 억지로 들으며 음식을 먹었다. 8년 후 세상
을 떠났다.

마지막 부분은 단순한 진술이 아니다. 장량은 자신의 생애를
간결하게 정리한다. 한나라 출신으로서 진나라에 복수했던 일을 가
장 먼저 꼽았다. 그리고 유방을 만나 지금의 자신이 되었으니 만족
한다는 말. 마지막은 신선이 되고 싶다는 소망. 마지막 소망만 제외
하면 지금까지 보아 온 유후의 행적과 일치한다. 「유후세가」의 뼈대
가운데 노인을 만난 이야기가 빠졌는데 이는 신선이 되고 싶다는
마지막 소망으로 변주되면서 실질적으로는 말년의 가장 중요한 요
소로 부상한다. 과연 인용한 문장 다음에 노인이 한 예언이 실행되
어 누런 돌黃石을 제북齊北에서 발견하고 제사를 지냈고 유후와 함께
매장했다는 후일담이 기록되었다. 이렇게 읽으면 내러티브 구조가
깔끔하게 정리된다.

5. 해체

내러티브가 훌륭하다는 점을 살펴봤는데 남김없이 해소되지 않았다는 느낌이 드는 것은 무엇 때문일까. 뭐가 미진한 걸까. 신선이 되고 싶다는 소망은 진정 신선이 되고 싶었던 것일까, 인생 말년에 삶의 덧없음을 느끼고 소탈하게 떠나고 싶다는 염원을 말한 것일까? 후자라면 이해할 수 있다. 만약 전자라면? 곡기를 끊은 장량의 행동을 알고 여후가 개입한다. 애틋한 말까지 전하면서. 여후가 장량의 덕을 입었다는 사실을 우리는 알고 있다. 하지만 이때 여후는 여후에 그치는 게 아니라 실질적인 여제^{女帝}였다. 「여태후본기」는 실제 황제로서 제국을 통치했던 이야기다. 유방 사후의 행적이 주를 이루는데 핵심은 한나라를 여씨^{呂氏} 세상으로 바꾸려 했던 당찬 행동들로, 여씨 일족이 유방의 부하들을 제거하는 내용이다.

장량은 그 숙청의 세월 8년을 무사히 보내고 세상을 떠났다. 어떻게 그 시간을 버텼을까? 전후 맥락을 고려할 때 여후의 애틋한 말은 스쳐가는 에피소드로 가벼이 읽을 수 없다. 장량은 숙청의 피바람을 예견한 것일까? 알 수 없다. 다만 사마천은 신선이 되고자 했던 장량의 소원을 갑작스럽게 드러낼 수 없어 장량이 몸이 약했다고 앞에서 두 번 기록했다. 팽성전투 중 장량이 천하대세를 논하며 유방에게 한신과 경포, 팽월을 써야 한다고 건의한 일화를 기술한 후, "장량은 병이 많다"고 했다. 그리고 유방을 따라 관중에 들어온 후, "유후는 천성이 병이 많아 도인술을 하며 곡식을 먹지 않고 한 해 남짓 두문불출하였다"라고 했다. 장량이 적송자를 따르고 싶다고 한 말은 평지 돌출이 아니었다고 독자는 받아들일 수 있다. 여후까지 인정했으니까.

다시 한번 짜임새를 보자. "한 해 남짓 두문불출하였다"는 문장 다음에 바로 유방이 태자를 바꾸려 한다는 문장이 이어진다. 그리고 상산사호를 부르라는 장량의 조언이 나오고 상산사호가 등장하면서 이야기는 상산사호를 중심으로 전개된다. 상산사호에 짙게 묻은 신선 이미지도 고려할 필요가 있다. 장량의 두문불출부터 이야기는 사실상 신선 모드로 들어간 것이다. 적어도 표면적으로는.

상산사호는 누구일까. 네 명의 이름도 보인다. 그런데 상산사호야말로 여기에만 보이고 다른 기록 어디에도 흔적이 없다. 유방이 그들을 흠모해 찾았다는 말도 여기에만 등장한다. 태자를 정하는 데 중요한 역할을 했기에 전말이 기록되기는 했으나 이들이야말로 갑자기 튀어나온 인물들이 아닐 수 없다. 청나라 학자 장타이옌章太炎이 상산사호를 두고 장량이 연출한 허구의 인물일 수 있다고 한 말도 근거 없는 주장은 아니다. 하지만 내 관심은 상산사호의 실존 여부에 있지 않다.

애초에 「유후세가」는 세 개의 기둥 위에 축조된 것이었다. 진시황 테러, 노인과의 만남, 유방과 의기투합. 문제가 되는 건 노인과의 만남이다. 사마천의 냉정한 붓은 사실일 수도 있고 사실이 아닐 수도 있는 이 문제를 구렁이 담 넘어가듯 지나갈 수 없었다. 내러티브의 구조를 놓고 보면 사마천은 노인과의 만남이라는 이질적인 성격을 다른 부분과 잘 봉합했다. 상산사호며 병이 많다는 말이며 곡식을 안 먹은 사정, 그리고 마지막 장량의 소원과 여후의 개입까지 모두 노인과의 만남을 사실화시키는 보강재였으니 사마천의 구성 노력은 충분하다고 하겠다. 하나 사마천은 짜임새의 완결성이 글의 진실을 보장하지 않는다는 사실을 누구보다 잘 알고 있었다. 진실은 완결된 구조에 깃드는 게 아니다. 그는 나이브한 이상──당위當爲에 끌려가지 않는다. 역사적 사실은 당위가 아니라 현실이었다. 백이·숙제를 다루면서 사마천이 뼈저리게 느낀 것은 현실의 힘이었다. 사람들이 막연히 믿는 천도天道에 굴복하지 않고 그는 현실을 기록하기로 하지 않았는가. 이는 힘이 정의라는 뜻이 아니다. 현실을 정당하게 판단하고 정확하게 기록한다는 말이다. 이념적 잣대, 당위라는 목표, 계몽하고 가르치겠다는 의도 없이 현실을 정확하게 기록하겠다는 태도. 규범이 아니라 실재實가 먼저라는 자세다. 이념이나 규범은 실재 이후에 온다. 규범을 만드는 것에는 관심 없고 현실을 제시하는 데 집중한다. 여기에 사마천의 고민이 있다. 끝까지 지워지지 않는 이질적인 '신선'이라는 요소를 어떻게 할 것인가. 사마천은 신선과 타협하지 않기로 한다. 그는 자신이 쌓은 구조를 해체한다.

사마천의 의심

사마천의 찬문贊文을 읽을 차례다.

> 태사공은 말한다. 배운 사람들은 대부분 귀신은 없다고 말한다.學
> 者多言無鬼神 하지만 무언가가 있다고 말한다.然言有物 유후가 만난
> 노인이 책을 준 일 같은 경우도 역시 괴이하다고 하겠다. 고조가
> 곤란한 일을 겪은 경우가 많았는데 유후가 항상 공을 세우고 힘을
> 썼으니 어찌 하늘이 아니라고 하겠는가. 고조는 말했다. "장막 안
> 에서 계책을 운용해 천 리 밖에서 승리를 결정하는 일은 내가 자
> 방子房(장량의 자)만 못하다."
> 나는 유후가 대체로 몸집이 장대하고 생김새가 기이할 것이라고
> 생각했었는데 그림을 보니 그 모습과 생김새가 부인이나 여자 같
> 았다. 공자께서, "내가 용모를 보고 사람을 판단했다가 자우子羽(공
> 자 제자 담대멸명澹臺滅明)에게 실수한 적이 있다"라고 하셨다. 유후
> 역시 그러하다.

문장만 말하자면 명문이다. 짧은 글인데도 억양돈좌가 뚜렷한
데 기세를 맘껏 구사해 문장의 기복이 크기 때문이다. 섣불리 배울
수 없는 글이다. 그럼에도 내용은 묘하다. 첫 문단에서 사마천은 귀
신이라는 말을 썼다. 사마천은『논어』의 "선생님은 괴이한 것, 폭력,
어지러운 일, 귀신은 말씀하지 않으셨다"子不語怪力亂神는 말을 떠올
렸음에 틀림없다. 그는 신선을 귀신이란 말로 대치하면서 의심한

다. 한데 다음 문장에서 '물'物이라는 말을 써서 자신의 의심을 수정한다. 사마천이 쓴 물物이란 무엇일까. 주석서에는 대부분 정괴精怪, 신령神靈 등으로 푼다. 귀신은 아니지만 존재를 감지할 수 있는 신비한 힘(의 작용) 정도로 보는 것 같다. 한나라 때 사람들이 믿었던(믿었다고 상정한) 어떤 것을 표현한 말로 파악한 것이다. 수긍할 수 있는 의견이다. 공자도 경이원지敬而遠之라 해서 귀신은 공경하되 멀리하라 했으니 그 존재를 인정했다고 할 수 있을 것이다. 장량이 노인을 만난 일을 끝까지 거론하는 것도 이 일이 깔끔하게 풀리지 않았기 때문이다. 하지만 신선과 귀신은 다르다. 신선으로 대치했으면서도 사마천은 전적으로 신선의 존재를 수긍하지 못한다. 그러니까 다음 문장에서 유후의 공적을 "하늘天이 아니겠는가"라고 하며 '천'天을 끌어들인다. 귀신으로 변했다가 천天으로 다시 변모한 신선. 귀신같은 솜씨는 하늘의 일로 해소할 수 있었으나 신선을 만난 일은 여전히 숙제로 남았다. 사마천은 의심을 거두지 못한 것이다. 이 문제를 해결하지 못한 채 자신이 상상한 장량의 모습과 그림이 달라약간 놀랐다는 이야기로 전환한다. 기대와 어긋난 자신의 경험을 끼워 넣어 사마천은 장량에 대한 판단을 유보하는 여백을 만든 게아닐까. 그렇게 보인다. 그림이 상상과 달라 자신의 예상이 틀렸다면 확실하지 않은 부분은 그대로 두겠다는 우회적 언급. 전을 쓰고 그림까지 봤지만(사마천이 봤을 장량 그림은 진실일 가능성이 크다. 장량에 대한 기억이 전해질 여지가 컸으니 상상화는 아니었을 것이다) 여전히 풀리지 않는 문제는 함부로 손대지 않겠다는 신중함. 그래서 문장 사이의 거리가 멀고(독자가 채워 넣어야 한다) 비약하면서 문장의 리듬이 계속 요동을 친 것이다.

변신담

굴곡이 심한 문장을 토대로 좀 더 욕심을 부려 다르게 읽는 방법을 찾을 수 없을까. 크게 보면 『사기』의 핵심 테마 가운데 하나가 변신變身 혹은 전신轉身의 문제다. 장량 스스로 "평민에서 최고의 지위에 올랐다"고 말했다. 변신의 대표적인 인물이 유방이다. 밑바닥에서 임협 생활을 하던 유방이 천자의 자리에 오른 것은 가장 극적인 경우에 해당한다. 난세에 벌어진 특별한 일이라고 하나 그렇기에 역사가 될 수 있었다.

　유방을 따랐던 숱한 사람들 역시 최고의 지위에 올랐다. 사마천은 「번역등관열전」樊酈滕灌列傳 찬문에서 말한다. "내가 풍豊·패沛에 가서 그곳 노인들에게 묻고 소하蕭何·조참曹參·번쾌樊噲·등공滕公의 옛집과 그들의 평소 행적을 살펴보니 들은 바가 매우 기이하였다. 그들이 칼을 휘둘러 개를 도살하거나 비단을 팔고 있었을 때, 어찌 자신들이 파리가 준마 꼬리에 붙어 천 리를 가듯 한고조漢高祖를 만나 한나라 조정에 이름을 전하고 자손들에게 은덕을 끼칠 것을 알았겠는가. 나는 번타광樊他廣(번쾌의 후손)과 잘 아는데 그는 내게 고조의 공신들이 흥기하였을 때 위와 같았다고 말해 주었다." 이 진술은 매우 흥미롭다. 사마천은 공신들의 미천한 출신을 군이 드러내 벼락출세한 것을 까발리거나 비아냥거리는 게 아니다. 자신이 기록한 역사가 실은 자기가 아는 친구 입에서 생생하게 들을 수 있었다는 사실에 놀랐던 것이다. 기록물에서만 볼 수 있는 죽은 글이 아니라 산 사람의 입에서 직접 들을 수 있는 이야기라니. 짧은 기간 동안 벌어진 역사의 소용돌이는 많은 사람들의 자리를 바꿔 버렸다. 그것은 기록자로서 사마천의 흥분을 가라앉힐 수 없는 경이로움이었다. 인간의 변모라니.

장량이 신선 쪽으로 지향을 바꾼 것은 변신의 레벨에서 보자면 전혀 다른 차원으로의 이동이었다. 자신의 본래 신분과 지위를 버리고 다른 사람으로 변하는, 주체의 완벽한 변신은 『사기』 곳곳에서 목격할 수 있다. 「화식열전」貨殖列傳에 보이는 여러 인물들도 이런 측면에서 볼 수 있다. 재상의 지위에서 나라를 떠나 거상巨商이 된 도주공陶朱公은 두드러지는 전례가 될 수 있다. 도주공을 뒤집으면 거상에서 재상이 된 여불위呂不韋도 한 예가 된다. 변신을 좀 더 폭넓게 해석하면 「자객열전」刺客列傳에 등장하는 인물들도 마찬가지다. 그들은 자신의 임무를 수행하기 위해 어려움 없이(고통이 없다는 말이 아니다) 주체를 바꾸거나 사회적 지위나 신분을 버린다. 생각해 보면 천하를 돌아다닌 사士들이 재상이 되고 높은 지위에 오르는 일도 전혀 다른 존재로 변모하는 것과 다르지 않다. 『사기』의 등장인물이 흥미로운 이유 가운데 하나가 이와 관련되지 않을까. 변모하는 인물들은 모두 역동적으로 움직인다. 이런 가운데 장량의 변모는 독특하다. 그는 최고의 지위에 올랐을 때 전례가 없는 전혀 다른 차원으로 이동한다. 이행의 결과는 자기 보존. 이 연장선이 신선이었던 것이다. 동시대인과는 방향이 달라 늘 보던 인식틀에서 벗어나 보이지만 변모임에는 다름없다. 「유후세가」는 특이한 변신담이다.

「진승상세가」陳丞相世家의 주인공 진평은 말년에 이런 말을 한다. "내가 은밀한 계책을 많이 세웠으니 이는 도가道家에서 금지하는 바이다. 내 후손이 폐출된다면 끝난 것으로 결국 다시 일어설 수 없을 것이다. 이는 내가 은밀한 계책을 많이 쓴 화 때문일 것이다." 새는 죽을 때 울음이 슬프고 사람은 죽을 때 말이 선하다고 했다. 진평의 이 말은 진심일 것이다. 진평의 후손이 잘못을 저질러 봉국이 없어진 이후에 예언처럼 회고된 발언이지만 맥락을 떠나 주목을 끈다. 그 역시 위기에 처한 유방을 구하고 어려울 때마다 기이한 계책을 내놔 공이 크다. 그런 그가 하는 말에는 금기를 범한 사람의 회한이 스몄다. 젊었을 때부터 황제黃帝와 노자의 학설(소위 황로학黃老之學)을 좋아했다고 사마천은 전해 준다. 진평이 꾀를 잘 쓴 내력을 설명한 것이기도 하지만 무위無爲를 추구하면서 기이한 유위有爲를 잘 구사했던 진평이 끝내 본래의 무위로 돌아간 바탕을 잘 보여 주는 것 같다. 장량이 신선을 추구했던 이유를 진평의 진술이 역으로 말해 주는 게 아닐는지.

4장

회의주의자의 위안처

—「백이열전」

백이(왼쪽)와 숙제(오른쪽) 초상 백이·숙제라고 부르지만 백(伯)과 숙(叔)은 형제간의 항렬을 나타낸다. 백은 첫째, 숙은 셋째라는 말이다. 이(夷)·제(齊)를 두고도 시호이므로 이름(名)이 아니라고 하는 의견도 있는데, 이름으로 봐야 할 것이다. 절개의 상징인데 마른 모습이 아니다. 덕성을 체화했기에 강퍅하게 그리지 않은 것이다.

1. 혼란의 정체

「백이열전」伯夷列傳은 명문으로 유명하다. 명문을 넘어 기문奇文이라
고까지 한다. 전통시대 글을 읽은 사람이라면 이구동성으로 하는
말이다. 찬사는 '문장'을 두고 한 표현이다. 이때 문장이란 원문을
말한다. 그렇다면 번역문으로는 원문의 뛰어남이 잘 드러나지 않을
수도 있겠다. 일단 문장을 염두에 두고 「백이열전」을 읽는다 치자.
많은 사람들이 짧은 「백이열전」을 읽고 당혹감을 느낀다. 나 역시
그랬다. 왜 이 글이 명문일까? 명문이라면 무엇이 이 글을 명문으로
만드는 걸까?

두 질문은 종류가 다르다. 앞의 질문은 명문인지 아닌지 알고
싶다는 판단을 향한 질문이라면, 뒤의 것은 명문이라 인정하고 명
문다움의 구체성을 알고 싶다는 소망에 초점이 놓여 있다. 전체적
인 판단에 대한 의문이건 구체적인 것에 대한 갈망이건 이런 실문
은 「백이열전」을 통독하고 이해한다는 전제가 있어야 가능하다. 읽
긴 분명히 읽었는데 글에 대한 주제는커녕 갈피조차 잡지 못한다

면? 그때 명문이라는 상찬은 독자에게 열등감을 느끼게 하는 헛된 징표일 것이다.

「백이열전」 독후감이 당혹스러운 이유는 두 가지로 설명할 수 있을 것이다.

첫째, 제목과 내용의 불일치. 제목은 주제를 압축한 지시어거나 전체를 아우르는 포괄적인 언어다. 전傳은 인물 중심의 서사이기 때문에 표제 인물의 행적과 가치판단 지향이라는 기본 약속에 따라 글이 진행된다. 「백이열전」은 백이와 숙제에 대한 전인데도 주인공에 대한 서사는 4분의 1 정도밖에 되지 않는다. 나머지는 알 듯 말 듯한 의론들. 작품을 읽으면 사마천이 서사를 벗어나 자기 주장을 펼친다는 사실은 감지하겠는데 그 주장이 제목과 어떻게 맞물리고 어울리는지 명확하게 잡히지 않는다. 형식과 내용의 조화에 파탄이 생겨 독자가 혼란에 빠졌는데 파격의 글쓰기라는 말로 넘어가기엔 석연치 않은 것이다.

둘째, 글의 낯선 진행 방식. 사마천은 계속 질문을 한다. 질문은 거듭 이어지는데 답은 보이지 않는다. 애초에 대답할 수 없는 질문이긴 하나 연속되는 질문은 독자를 괴롭힌다. 심각하고 진지한 질문이 던져졌구나 생각하는 순간 서둘러 문제를 봉합하고 글이 끝난다. 질문과 대답의 불균형이 독자로 하여금 뭔가를 빠뜨리고 읽었다는 불안감을 갖게 한다. 다시 읽어 봐도 결과는 크게 다르지 않고. 글은 또 얼마나 짧은가. 어떻게 읽어야 할까.

2. 독법: 문장의 리듬

해답은 잘 읽는 수밖에 없다. 잘 읽는 방법은? 정확하게 문단을 나누어야 한다. 사마천은 사고가 명확하기 때문에 문단을 잘못 나누면 방향을 잃기 십상이다. 정확한 문단으로 나누려면 사고 단위를 잘 갈라야 한다. 사고 단위를 분절시키는 역할을 하는 것은? 문장의 리듬이다. 「백이열전」의 경우 더 신경 써야 한다. 나는 「백이열전」만이 갖는 문장의 리듬이 이 글을 명문으로 만들었다고 생각한다. 전통적으로 문장의 기세氣勢라고 했던 것. 문장에 파란이 인다고 하는, 혹은 억양돈좌抑揚頓挫라고 표현했던 변화들. 추상적인 논의보다 원문 전체를 직접 읽는 게 가장 좋다. 이하 번역문을 다섯 문단으로 나누고 문장을 끊어 전문을 제시한다.

1-1. 배우는 사람은 글을 담은 기록이 아무리 많아도 육예六藝를 참고하고 믿어야 한다. 시·서에 빠진 부분이 있긴 하지만 우나라·하나라의 글은 알 수 있다. 요임금이 황제의 자리에서 물러나 순임

금에게 양보했고, 순임금이 우임금에게 황제의 자리를 양보하는 사이에는 여러 제후들이 모두 추천해 우임금을 자리에 앉혀 시험하였다. 직분을 맡은 지 수십 년, 공적이 드러난 뒤에 자리를 넘겨주었다. 천하는 중대한 기물이며 왕의 자리는 위대한 전통이므로 천하를 전하는 일은 이처럼 어려운 것임을 보여 준 것이다.

1-2. 그런데 어떤 사람은 말한다. "요임금이 허유許由에게 천하를 양보했는데 허유는 받지 않고 부끄러워 도망가 숨었다. 하나라 때에는 변수卞隨와 무광務光이 그렇게 행동했다. 이는 무엇을 말하는 것인가?" 태사공은 말한다. "내가 기산箕山에 올라 보니 그 정상에 허유의 무덤이 있었다."

1-3. 공자가 오나라 태백이나 백이 같은 어진 성인·현인들을 서술해 보여 준 것은 상세하다.

1-4. 내가 듣기로는 허유·무광은 의로움이 아주 드높았는데 그들에 대한 글을 조금이라도 개관해 볼 수 없는 것은 어째서일까?

첫번째 문단. 사마천은 믿어야 한다는 대전제를 내밀고 시작한다. 육경六經에 빠진 글이 있지만 믿고 따라야 한다고 했다. 절대 명제처럼 보인다. 그리고 이어지는 문장 1-2에서 바로 앞 문장을 뒤집는다. 누군가 반론을 제기한다. 허유·변수·무광이 육경에 보이지 않는 것은 어찌된 일인가. 육경에 의문을 던지면서 반론으로 전환하는 문장. 의문을 던지는 반론만으론 대전제를 부술 수 없다. 태사공은 무덤을 보았다는 자신의 체험을 말하며 반론을 이어받아 전환된 방향을 확정한다. 문장의 기세 변화다. 다음 문장(1-3)은 공자의 언설을 가져와 자신의 발언과 병치한다. 권위 있는 공자가 성현에 대해 상세하게 언급해 우리가 그들의 존재를 믿을 수 있었다고. 1-1로 돌아가면서 1-2의 반론을 다시 뒤집는다. 그런데, 그들만큼 의로움이 높았던 허유와 무광이 기록에 나타나지 않는 것은 어떻게 해석해야 하는가(1-4). 사마천은 의문 형식으로 공자의 말을 받으면서 그 진술에 의문을 제기한다. 여기서 문장은 한 번 더 꺾인다. 전해 내려온 기록을 의심한다(공자마저)는 큰 테마 안에 문장이 엎치락뒤치락한다.

진술(1-1)—의문(1-2)—공자에 의지한 의문에 더해 반론(1-3)—공자까지 의심(1-4). 두번째 문장은 첫 문장의 주제를 뒤집고, 세번째 문장은 뒤집힌 주제를 다시 검토한다. 그리고 마지막 문장에서 또다시 의문을 제기하며 문장은 방향을 튼다. 반복되는 패턴처럼 보이지만 강도가 다르다. 문장의 기세가 꿈틀거린다.

2-1. 공자는 말했다. "백이·숙제는 예전의 악행을 담아 두지 않았다. 이 때문에 원망이 드물었다." "인仁을 구하다 인仁을 얻었는데 또 무엇을 원망하겠는가."

2-2. 나는 백이의 마음을 비통하게 여기면서 『시경』에 실리지 않은 시를 보고 다르게 생각할 수 있겠다고 여겼다.

2-3. 전하는 기록은 이렇다: 백이·숙제는 고죽왕孤竹王의 두 아들이다. 아버지는 숙제에게 왕위를 물려주려고 했는데 아버지가 죽자 숙제는 백이에게 왕위를 양보했다. 백이는, "아버님의 명입니다" 하고는 마침내 도망쳐 가 버렸다. 숙제 또한 왕위에 오르려 하

지 않고 도망갔다. 나라 사람들이 가운데 아들을 왕으로 세웠다.

어느 땐가 백이·숙제는 서쪽 제후들의 우두머리西伯 창昌이 노인들을 잘 돌본다는 말을 들었다. 왜 그에게 안 가겠는가라고 하면서 도착해 보니 서백은 세상을 떠났고 무왕이 나무 위패를 수레에 싣고 문왕이라 부르면서 동쪽으로 주紂를 정벌하러 가고 있었다. 백이·숙제는 말을 잡고 간언했다. "아버지가 돌아가셨는데 장례를 치르지 않고 전쟁을 벌이려 하니 효孝라 할 수 있겠습니까? 신하된 자로 임금을 죽이는데 인仁이라 할 수 있겠습니까?"

좌우에서 그들을 해치려 하자 (강)태공이, "이들은 의인義人이다" 하면서 그들을 부축해 보내 주었다.

무왕이 은나라의 난을 평정한 후 천하는 주나라를 숭상했는데 백이·숙제는 이를 부끄러워하며 의리상 주나라의 곡식을 먹지 않겠다 하고 수양산에 은거하며 고비나물을 캐 먹었다. 굶어 죽을 지경에 이르자 노래를 지었다. 그 가사는 이렇다.

저 서산에 올라 고비를 캐네.
폭력으로 폭력을 바꾸고도 잘못인 줄 모르지.
신농, 우, 하도 홀연히 사라졌으니 우리 어디로 갈거나.
아아, 가자꾸나. 명命이 시들었구나.

끝내 수양산에서 굶어 죽었다.

2-4. 이런 면에서 볼 때 원망한 것인가, 아닌가.

2-5. 누군가 말했다. "천도天道는 누구도 특별히 사랑하지 않는다.

항상 착한 사람과 함께한다."

2-6. 백이·숙제와 같은 사람은 착한 사람이라고 할 수 있지 않을까? 인仁을 쌓고 행동을 깨끗이 함이 이와 같았는데 굶어 죽었다.

첫번째 문단에서 공자의 말에 의심을 품고 조심스레 이의를 제기했으므로 두번째 문단에서는 본격적으로 논의를 벌일 필요가 있다. 이에 『논어』에 보이는 백이 관련 자료를 가져와 논란을 벌인다. 공자의 평가는 백이·숙제에게는 원망이 없었다는 것(2-1). 사마천은 자신이 본 자료에 근거해 공자와 다른 해석을 내놓는다. 그들의 시를 읽어 보니 공자의 말과는 달랐다는 것(2-2). 첫번째 문단에서 본 패턴으로 제시-뒤집기의 형태. 하지만 문제가 구체화되면서 초점이 명확해졌다. 공자를 전면부정했기에 뒤집기의 파란이 커졌을 뿐만 아니라 문장에 긴장감이 생겼다. 공자를 비판적으로 음미하는 기록자의 결기. 기록에 대한 음미가 공자를 의심하는 지경에까지 다다랐다. 공자를 감히 의심한단 말인가. 증거가 있어야 한다. 공자를 의심하면서 생긴 긴장감을 어떻게 감당할 것인가. 독자도 각오해야 한다.

2-3은 백이·숙제의 온전한 전傳에 해당하는 부분으로 사마천의 증거 제시다. 제목에 충실한 전이 여기서 서술된다. 한데 전은 시를 설명하기 위한 배경이다. 그들의 짧은 행적은 시를 위해 기록된 것. 길지 않은 시를 마치고 사마천은 2-4에서 묻는다. "원망한 것인가, 아닌가."怨耶, 非耶 시 인용에 앞서 사마천은 다르게 볼 수 있겠다고 추측했으니 이 질문은 수사적인 강조다. 하지만 긴 인용구 뒤에

일부러 짧은 수사를 붙여 임팩트가 커졌다. 자신의 말을 중언부언하지 않고 간결하게 주의를 환기하는 언어 구사. 4자로 마무리한 강렬한 효과. 긴 글과 대비되며 인상이 강해졌다. 아울러 공자의 언사를 비판적으로 검토한 작업도 성공했다. 문장의 장단과 대조, 앞의 말을 뒤에서 다른 언어로 받는 커넥션. 모두 문장의 불규칙한 리듬을 만들어 긴장감을 높인다. 그리고 거기 스민 사마천의 감정. 그는 백이·숙제를 비통해한다. "원망한 것인가, 아닌가"怨耶, 非耶라는 말은 수사에 그치지 않고 감정은 고양된다. 다음 문장(2-5)에서 누군가가 건네는 위로의 말—천도는 선인善人과 함께한다는 유명한 말로 허탈한 마음을 추스르며 힘을 얻으려 한다. 그래, 그들은 선인이었으니 천도는 그들과 함께할 거야. 하지만 천도가 있다면 굶어 죽는 게 말이 되는가. 잠깐의 위안은 더 큰 절망으로 떨어진다. 여기서 "천도"라는 말이 등장하는데 뒤에 나오는 큰 괴로움의 복선이기도 하다. 글은 번복에 번복을 거듭하고 문장에 격랑이 인다. 긴장감은 계속 커지고 감정이 격동한다. 감정의 격동을 추동하는 문장怨耶 非耶/餓死이 짧아지면서 밀도가 높아졌다.

2-5는 반론이다. 세상에 퍼져 있는 믿음, 하늘은 착한 사람과 함께한다는 이 말은 희망을 담은 믿음인가, 체념인가. 사마천은 반격한다. 착한 사람이 굶어 죽었다고. 선인의 죽음이라는 준엄한 사실로 그는 세간의 믿음에 답변한다. 사람들의 믿음이란 현실 앞에서 얼마나 부질없는가. 막연한 믿음 앞에 단단한 사실을 들이밀면서 그의 분노가 담긴다.

3-1. 또 70명의 제자 가운데 중니(공자)는 유독 안연이 배우기를 좋아한다고 추천하였다. 하지만 안연은 밥그릇이 자주 비었고 술지게미·쌀겨조차 배불리 먹지 못했으며 끝내 요절하였다. 하늘이 착한 사람에게 보답하고 은혜를 베푼다면 이는 어찌된 일인가.

3-2. 도척盜跖은 날마다 죄 없는 사람을 죽이고 사람의 간을 회로 먹으면서 난폭한 행동으로 제멋대로 날뛰며 수천 명을 무리로 모아 천하를 횡행하다가 마침내 수를 누리고 죽었다. 도척은 무슨 덕을 따른 것일까. 이는 더 크고 환히 드러나 비교적 도드라지는 경우라 하겠다.

3-3. 요즈음에 이르면, 행동거지가 상궤를 따르지 않으며 꺼리고 기피하는 일을 범하기만 하는데도 종신토록 편안하면서 부귀영화가 대대로 끊어지지 않는 이들이 있다. 어떤 이는 땅을 골라 발을 딛고 때를 헤아린 뒤에 말을 하며 길을 갈 때는 지름길로 가지 않고 공정한 일이 아니면 분노하지 않는데도 재앙을 만나는 일은 이루 다 헤아릴 수 없다.

3-4. 나는 심히 헷갈린다. '천도'天道라고 하는 것은 옳은가, 그른가?

세번째 문단. 「백이열전」의 클라이맥스다. 백이·숙제에서 그치지 않고 논의는 확장된다. 안연의 경우를 환기한다. 공자의 사랑을 받은 안연. 그 착한 사람조차 젊은 나이에 세상을 떠났다. 이때 하늘이란 무엇인가. 착한 사람과 함께한다는 하늘이 어째서 이 지경이란 말인가. 안연의 경우만이 아니다. 도척과 대조해 보자. 도척은 어땠는가. 콘트라스트(contrast)로 문장의 기세가 가팔라진다. '착한 사람'과는 완전히 상반된 행동을 했는데도 도척은 호의호식하며 장수를 누렸다. 옛날의 경우에만 그랬다면 과거지사라고 수긍하겠다. 그런 일들은 "더 크고 환히 드러나 비교적 도드라지는 경우"라고 여기면 되니까. 잠깐 수그러드는 문장의 호흡. 여기 등장한 안연·도척의 병렬/대조는 후대에 극적인 대비를 나타내는 상용구로 널리 쓰이게 된다.

3-3에서 사마천의 당대로 들어온다. 예전과 같은 일이 지금에도 그대로 되풀이된다면 이건 어떻게 봐야 할까. 과거의 일이 아니라 현재에도 부조리하고 이해할 수 없는 일이 벌어지는 것은 어찌된 일인가. 문제는 심각할 수밖에 없다. 지금도 진행 중이기 때문이다. 과거에서 현재까지 잘못된 일이 계속되는 것을 어떻게 이해해야 하는가. 사마천은 절규한다. "천도天道라고 하는 것은 옳은가, 그른가?"儻所謂天道, 是耶, 非耶 부조리에 차곡차곡 쌓였던 감정이 일시에 폭발한다. 상승하던 문장이 정점에 오른 순간이다.

이 진술엔 풀기 어려운 문제의식이 담겼다. "소위천도所謂天道라고 했다. 천도는 사마천이 발명한 말이 아니다. 누구나 인정하고 공감하는 전제이기 때문에 '소위'라고 한 것이다. 앞서 2-5에 나왔던 말을 받아 본격적으로 거론한 것이기도 하다. 천도의 핵심은 천天에 있다. 이때 천天은 순수한 물리적 공간으로서의 하늘이 아님은 말할 것도 없다. 천天이란 말에는 사마천 당대에까지 내려온 중국의 사상·신념·신앙이 집결돼 있다. 그것은 하늘과 인간과 자연을 아우르는 말이다. 천이 있기에 인간에게 주어진 고유의 속성——천성天性

이라 부르는 인간 존재의 본질——이 담겼고, 천은 인간 질서를 구성하고 유지하는 근간으로서 천명天命이 놓인 숭고한 실상이기도 하다. 인간의 삶을 근본적으로 규정하는 성명性命이 하늘에서 온 것이 아닌가. 인간은 자연 속에 살아가는 존재로 천은 자연을 창조한 생명의 근원이기도 하다. 천은 인간 개체의 근본이기도 하며 사회생활의 원천이기도 한 것이다. 그것은 하루아침에 발명한 것도 누가 발견해 준 것도 아닌, 유구한 역사 속에 인간의 생활과 함께한 구체적 실체이자 이념이며 감정의 저장소다. 사마천은 그 천을 의심하고 있는 것이다. 사태가 심각한 이유가 여기에 있다. 인간 사고와 삶의 근본 토대를 회의하고 절망할 때, 인간이 설 자리는 없다. 하늘까지 갈 필요 없이 글 읽는 사람으로서, 육경이라는 신뢰할 수 있는 책만 있으면 살 수 있을 텐데 육경에 대한 회의에서 시작해 하늘을 의심하는 지경에까지 이르렀다. 여기까지 사고가 진행되면서 사마천이 겪은 무수한 주저와 자기모순과 반성과 반박과 되물음이 문장의 기복으로 반영된 것이었다. 그렇다면 뿌리까지 회의한 사마천은 이제 어찌할 것인가.

4-1. 공자는 말했다. "도가 같지 않으면 함께 도모하지 않는다." 역시 각자 자기 뜻을 따르는 것이다.亦各從其志也 그러므로 공자는 말했다. "부귀를 구할 수 있다면 수레를 끄는 사람이라도 나 역시 되겠다. 만약 구할 수 없다면 내가 좋아하는 것을 따르겠다."
4-2. "날이 추워진 뒤에야 소나무와 잣나무가 시들지 않음을 안다." 온 세상이 혼탁해져야 맑은 선비가 드러나는 것이다.

4-3. 어떻게 저와 같은 것이 중하다 해서 이와 같은 것을 가벼이 볼 수 있겠는가. 豈以其重若彼, 其輕若此哉

네번째 문단에서 다시 문장이 전환한다. 미약하지만 그래도 공자의 말을 가져와 절망에서 자신을 추슬러 본다. "도가 같지 않으면 함께 도모하지 않는다." 사마천은 공자의 말을 이렇게 해석했다. "역시 각자 자기 뜻을 따르는 것이다." 저자는 "역시"라는 가냘픈 부사에 마음을 부친다. 체념하면서도 자신의 일을 자각하고 버티겠다는, 스스로에게 타이르는 말이다. 그다음에 나오는 공자의 말(4-2)은 앞서 자신이 한 다짐을 지지하는 말이다. 공자도 자신이 좋아하는 일을 하겠다 했으니, 나 역시 내가 좋아하는 일을 하겠다는. 자신을 추스르고 공자의 말로 힘을 얻으니 상록수의 푸르름이 보이기 시작하고 자신을 설득할 수가 있는 것이다. 혼탁한 세상을 살다 간 사람도 있었다. 그들을 기억해야 한다.

세번째 문단에서 문장이 완결됐어도 좋았다. 하늘을 의심한 그의 태도는 적지 않은 충격으로 사람들에게 회자되었을 것이다. 하늘을 회의하는 감정의 요동이 충격을 주어 그다음 글은 사족으로 보일 지경이다. 그럼에도 사마천은 힘을 모아 자신만의 일을 찾아낸다. 절정에서 가파르게 추락한 문장 기세가 바닥으로 떨어지고 겨우 고개를 들었다. 기력이 약해져서 문장이 토막난 것처럼 보인다. 인용과 자신의 해석 사이에 틈이 많이 벌어졌는데 아랑곳하지 않고 불친절하게 문장이 나아간다. 맥락이 끊어진 신음소리 같다.

그리고 수수께끼 같은 한마디. 4-3은 문장 자체가 명료하지 않아서 예로부터 해석이 분분했던 곳이다. 그만큼 작가 자신의 갈등이 심해서 머뭇거렸던 증거이리라. 일단 원문 그대로 해석해 보자. 이 문장은 무거운 것重과 가벼운 것輕을 무엇으로 보느냐에 따라 풀이가 달라진다. 청나라의 고염무顧炎武는 "기중약피"其重若彼를 '속인들이 부귀를 중하게 여기는 것'俗人之重富貴也으로, "기경약차"其輕若此를 '고결한 선비가 부귀를 가볍게 여기는 것'淸士之輕富貴也으로 보았다. '속인들은 부귀를 귀중하게 여기고 고결한 선비들은 부귀를 가볍게 보아서가 아니겠는가' 정도의 의미로 풀었다. 세속에 휩쓸리지 않는 선비를 의식하고 앞 문장을 이어 그들이 잘 드러나지 않는 이유를 설명한 것이다. 『사기』 연구로 유명한 명나라의 문장가 방포方苞는, "성현의 경지에서 보자면, 저와 같은 부귀와 편안함을 중하게 여기겠으며, 이와 같은 곤궁과 재앙을 가볍게 여기겠는가"* 라고 풀었다. 또 어떤 사람은, "소중한 것은 '뜻'이며, 가벼운 것은 '부귀와 장수와 요절을 만나는 일'이다. '어찌'豈라는 것은 상상하는 말이다"** 라고 했다. 해석이 분분하고 각각 차이가 있다.

4-1과 4-2는 상반되는 문장으로 보인다. 4-1에서 부귀를 키워드로 잡고 4-2에서 부귀와 상반되는 의미를 가져와 설명하다 보니 경과 중을 두고 다양한 풀이가 나오게 된 것이다. 각 문장의 뜻이 명료하지 않은 데다 서로 상반되는 곳을 가리킨 까닭에 읽는 사람도 한마디로 정리하기 까다로웠던 것이다. 의미는 가늠할 수 있는

---

* 원문 言自聖賢論之, 豈以若彼之富貴逸樂爲重, 若此之困窮災禍爲輕乎?
** 원문 所重者志, 所輕者富貴壽夭之遇. 豈者, 像想之辭.

데도. 게다가 총괄하며 자기 의견을 펼친 문장이 정확한 구문이 아닌 데다 묘한 수사를 구사해 해석이 꼬일 여지가 늘어났다. 문법적으로 보자면 "저것"彼은 앞 문장 4-1을 가리키고 "이것"此은 뒤의 문장을 가리킨다. 영어 문법에서 말하는 대명사로 that(저것/전자)과 this(이것/후자)에 대응한다고 할 수 있다.

『장자』「열어구」列禦寇에 피彼와 차此를 쓴 구문이 보인다. 장자가 죽음에 가까워지자 제자들이 장자를 후하게 장사 지내려 하였다. 장자는, 하늘을 관곽棺槨으로, 일월日月을 둥근 옥으로 삼고 별자리를 장식하는 옥 기구로 삼으며 만물을 부장품으로 삼을 것이다, 내 장례 기구가 다 갖춰졌는데 무엇 하러 후한 장례를 치르느냐고 했다. 제자들이, 까마귀와 매가 선생님을 먹을까 두렵습니다, 라고 하자 장자는 말한다. "위로는 까마귀와 매에게 먹히고 아래로는 땅강아지와 개미에게 먹힌다. 저기(전자)에도 뺏기고 이것(후자)에도 줘야지 왜 한쪽만 생각하느냐."在上爲烏鳶食, 在下爲螻蟻食, 奪彼與此, 何其偏也

장자의 유머도 놀랍고 초연한 태도도 경이롭다. 맹자가 보여준 장례절차와 의식에 대한 안티테제로도 충분히 읽을 수 있는 이야기다. 물론 장자에 대한 실화라기보다 캐릭터로서 장자를 등장시킨 것이다. 그럼에도 장자를 잘 이해한 글이다. 정말 장자답지 않은가. 장자는 새들에게만(彼-전자) 내 시신을 줄 게 아니라 벌레에게도(此-후자) 줘야 한다고 말한다. 이때 피차彼此는 지시 대상이 명확하다. 이해하기 쉽다. 앞 문장을 명확하게 받고 있기 때문이다. 사마천은 이 문장을 받아 자기 식으로 복잡하게 응용했다.

하나 더 예문을 들어 보자. 사마천 시대보다 늦게 편집됐지만 원고는 한나라 당대에 유통됐을 가능성이 있는 『예기』의 「악기」樂記에 피彼와 차此를 쓴 문장이 보인다. 위衛나라 문후文侯는 공자의 제자 자하子夏(당시 문후의 스승이었다)에게 묻는다. "나는 예복을 입고 면류관을 쓴 채 옛 음악을 들으면 눕고 싶기만 하오. 그런데 정나라·위나라의 새로운 음악을 들으면 지루한 줄 모르겠소. 감히 묻건대 옛 음악이 저와 같은 것은 어째서요? 새로운 음악이 이와 같은 것은 어째서요?"*

문후의 솔직한 질문이다. 클래식을 들으면 누워 자고 싶고 팝송을 들으면 신이 난다는 문후의 질문은 예나 지금이나 음악의 효과를 정확히 보여 준다. 문후는 고악古樂과 신음新音을 대비시켰다. 핵심은 고古/신新에 있지 않고 악樂/음音에 놓여 있음에 주의해야 한다. 자하의 대답 역시 악樂/음音의 차이를 논하고 있다. 음音은 기술적이고 감각적이어서 감정에 즉각 호소하므로 이를 멀리하고 진정한 뮤직이란 악樂을 들어야 한다는 것(그러니까 고古=classical 악樂=music이다). 악樂은 음音과 달리 고차원의 사유와 경지를 가리키는 말이었다. 전통시대 뮤지션들은 음音을 다루는(악樂이 아니라) 전문가들이기에 지위가 낮을 수밖에 없는 게 당연했다. 악樂은 도덕적 심성을 기르는 데 적합하기에 전혀 다른 차원의 문제였던 것. 어쨌든 전통음악에 대한 철학적 논의가 우리의 주제가 아니므로 이 문제는 넘어가자. 문장을 보면 피彼와 차此의 용례가 여기서도 분명하

* 원문 吾端冕而聽古樂, 則惟恐臥, 聽鄭衛之音, 則不知倦. 敢問古樂之如彼, 何也? 新樂之如此, 何也?

다. '피彼 − 전자 − 눕고만 싶은惟恐臥, 차此 − 후자 − 지루한 줄 모르는 不知倦'의 대응 구문임이 뚜렷하다.

종합해 보면 사마천의 문장에서 피彼와 차此를 오해할 소지가 없어진다. 앞 문장에서 말한 것(부귀)이 중하다 할 수 있겠지만 그렇다고 뒤의 문장에서 말하는 것(세속적 영예인 부귀와는 다른 고귀한 것)이 가볍다고 할 수는 없다는 뜻으로 읽을 수 있다. 의미를 강조하기 위해, 혹은 조심스레 자신의 의견을 밝히는 것이기에 수사 의문문을 쓴 것이다. 세 문장인데도 사마천은 평이하게 문장을 쓰지 않았다. 두 문장은 인용문을 가져와 간접적으로 의미를 전달하면서 반대 방향을 가리키는 정 − 반의 모습이다. 세번째 문장에서 정리를 하되 둘을 포괄하는 데서 멈추지 않고 '가치'라는 새 범주를 설정했다. 덕분에 문장이 안정되지 못하고 다이내믹하게 되었다. 세번째 문단과 낙차가 커서 문장 전환의 진폭이 유별스럽기도 하다. 그만큼 심사가 복잡했다는 증거로 읽고 싶은데, 좋은 문장이라고 말하기엔 조심스럽다.

5-1. "군자는 죽을 때까지 (가치 있는) 이름이 드날리지 않는 것을 싫어한다."
가자賈子(가의賈誼)는 말했다. "탐욕스런 사람은 재물에 목숨을 바치고, 열사烈士는 이름에 목숨을 바치며, 과시하는 사람은 권세를 위해 죽으며, 서민들은 사는 데 매달린다."
"같은 빛끼리 서로 비추며, 같은 종류끼리 서로 감응한다."
"구름은 용을 따라 생기고 바람은 호랑이를 따라 생긴다. 성인이 나타나고서 만물이 제 모습을 드러낸다."

5-2. 백이·숙제는 현자였지만 공자가 발견하고서야 이름이 더욱 드러났다. 안연은 학문을 돈독히 했지만 천리마(공자)의 꼬리에 붙어서야[附] 행실이 더욱 뚜렷해졌다. 은거했던 덕이 높은 선비들이 벼슬에 나아가고 물러나는 것이 백이·숙제와 같았거늘 아름다운 이름이 사라져 세상에 알려지지 않았으니 슬프다. 보통 사람으로 자기 행실을 잘 닦아 이름이 알려지길 바라는 이들이 고귀한 사람에게 의지하지[附] 않는다면 어떻게 후세에 이름이 전해질 수 있겠는가.

마지막 문단. 자신만의 미약한 힘으로는 큰일을 감당할 수 없다. 사마천은 귀한 말을 집중적으로 동원한다. 툭툭 던진 듯한 별개 문장들의 연결 지점은? 자신에게 기운을 주는 말이자 임무를 감당하겠다는 주제로 꿰어 읽어야 할 것이다. 5-1은 인용으로만 이루어졌다. 네 문장 가운데 첫번째는 공자의 것이고, 다음은 한나라 가의의「복조부」鵩鳥賦에 보이며 끝의 두 문장은『주역』「건괘」乾卦 '문언전'文言傳에서 가져왔다.* 그제야 앞의 말들을 다 거둬들이고 다시 소환하면서 마지막 말을 한다(5-2). 아름다운 이름이 알려지지 않은 사람을 위해 기록을 남기겠다고. 이것을 사명(使命)이라 부를 수

---

*『주역』본문에 덧붙인, 이른 시기에 작성된 10편의 주석서를 십익(十翼)이라 하는데 전설에 따르면 공자가 쓴 것이다. '계사전'(繫辭傳), '단전'(彖傳), '설괘전'(說卦傳)… 이런 식으로 제목에 모두 주석이란 의미의 '전'(傳)이 붙었다. '문언전'(文言傳)도 당연히 공자의 글로 간주됐다.

있을까. 여전히 "슬프다"는 비탄과 "전해질 수 있겠는가"라는 의문을 품은 채다. 하지만 숱한 굴곡과 감정의 회오리와 회의를 거쳐 사마천이 도달한 곳은 사명감이었다. 이것은 귀하다. 자신만만한 데서 온 게 아니라 밑바닥까지 의심한 뒤에 붙잡은 자신의 일이기에. 사마천은 천天을 회의했다. 자기 존재를 부정하는 지경까지 갔었다. 천성과 천명까지 의심하고 끝까지 밀어붙였다. 그 종착이 사명이라. 사명이란 뜻이 천天에 포함되어 있지 않은가. 천명을 의심했지만 천명에는 운명과 사명이 함께 들어 있다. 공자는 (나이) 오십에 지천명知天命이라 했다. 이때 천명은 운명일까, 사명일까. 사마천은 공자의 말을 떠올렸을 것이다. 그의 사명감은 부정 뒤에 다다른 긍정의 가치다. "전해질 수 있겠는가"라는 의문이 앞에 놓인 많은 의문들에 비해 어조가 비교적 순탄한 까닭도 여기 있다.

3. 읽는 괴로움

문장을 읽었으니 문장 속에 겹겹이 쌓인 사마천의 회의와 갈등을 갈무리해 보자. 그래야 읽는 괴로움을 덜 수 있을 것 같다. 앙금처럼 남아 있는 문제 세 가지를 이야기해 보자.

「백이열전」을 읽고 나면 독한 회의가 독자를 압도한다. 사마천의 탄식에는 궁형을 겪으면서 엿본 고관대작, 지식인들의 행태가 담겨 있어 글만 읽은 인간들의 안일한 관념과 차원이 다르다. 그의 회의가 폐부를 찌르는 것은 삶의 간난신고艱難辛苦를 맛본 사람만이 말할 수 있는 진실을 담고 있기 때문이다. 격정 토로를 읽는 일은 괴롭다. 불편해 외면하고 싶은 진실. 사마천은 가차 없다. 실존에 육박하는 질문은 사마천의 고뇌와 괴로움을 반영하는 무거운 언사다. 답은 없다. 독자는 독한 회의에 난타당해야 한다. 피할 수 없다. 혐오스런 괴물 같은 질문과 마수한 채 끌려다녀야 한다. 회의에 빠져 질문을 거듭할수록 점점 더 버거워지는 의문들. "하늘에 도는 있는가." 누구도 대답할 수 없다. 눈뜬 자의 고뇌란 무서운 것이다. 좌절하고 절규한다. 그런 다음에는? 누구는 허무주의자로 변신한다. 많은 경우 냉소주의자가 된다. 어떤 사람은 쾌락주의자가 되고, 누구는 은둔한다. 누군가는 일에 몰두하면서 잊으려 한다. 그들을 욕할 순 없다. 삶의 심연을 본 사람을 어떻게 함부로 판단하겠는가. 그런데, 그 어떤 경우에도 해당되지 않고 괴로운 회의를 계속 안고 가는 사람이 있을까? 사마천이 그랬다. 그는 삶의 회의를 품고 묵묵히 자기 길을 걷기로 했다. 이때 사마천이 자신의 위안처로 삼은 사람이 공자였다.

　나는 묻는다. 사마천이 믿은 공자는 어떤 인물이었을까. 나는 어떤 인물인가라고 묻지 않고 "어떤 인물이었을까"라고 과거형으로 물었다. 공자는 우리가 알고 있는 공자가 아니다. 사마천이 믿고 의지한 공자는 사마천이 이해한 공자였기에 사마천의 공자는 우리의 공자와 다르다. 사마천이 의지한 공자는 누구였을까. 사마천의 공자는 기록자로서의 공자였다. 성인도 아니고 위대한 인격자로서의 공자도 아니고 사표師表로서의 공자도 아니었다. 기록자란 엄정한 판단자로 읽을 수 있는 존재일까. 그럴지도 모르겠다. 내겐 아무런 수식어가 붙지 않은 '한 기록자'(a writer)로서 공자를 이해한 사마천이 보인다. 백이·숙제가 살아남은 건 공자가 기록했기 때문이라고 사마천은 썼다. 사마천은 기록자 공자를 통해 살아남은 백이·숙제를 본다. 그에게 기록은 위안이었다. 훌륭한 인간들이 기록의 힘으로 살아남지 않았는가. 저자 사마천에겐 적지 않은 위안이었다. 이 위안엔 문자에 대한 신뢰가 깔려 있다.

　나는 다시 묻는다. 그건 미약한 위안이 아닌가. "하늘에 도는 있는가"──커다란 회의와 맞세우기엔 초라한 위안이 아닌가. 거대한 질문에 맞서 간신히 살아남기 위해 내세운 연약한 자기 위안이 아니겠는가. 마지막 문단에서 한숨을 삼키며 힘들게 붓을 쥐고 써 내려가는 사마천이 느껴진다. 글이란 애초부터 약한 것이다. '도의 부재'와 '기록'은 맞대결할 수 있는 상대가 아니다. 기록은 큰 희망을 걸 수 있는 물건이 아니잖은가. 한데 사마천은 보잘것없는 '글'이라는 물건에 의지했다. 그리고 썼다. 허상일 수 있는 공자라는 선배에 의지해 '혼자가 아니다'라는 신념에 기대 글을 쓴다는 것. 그래서 「백이열전」은 작가의 다짐을 담은 서문序文이 되었다. 전傳이라는 서사는 의론으로 대치되었고 의론에는 작가의 고뇌가 담겼다. 희미한 희망을 품었기에 서둘러 매듭을 지은 작가가 이해가 되는가? 사마천은 여전히 안타까워한다. 기록은 남기지만 백이·숙제와 같았는데도 사라진 사람이 얼마나 많겠는가. 이름 없이 사라진 많은 뛰어난 인물에 비하면 내가 남기는 기록이 무슨 흔적을 남기겠는가. 이런 도저한 회의 앞에 당당히 나설 자 누구인가?

또 다른 문제. "도가 같지 않으면 함께 도모하지 않는다"道不同, 不相爲謀는 말에 대한 사마천의 해석(각자 자기 뜻을 따를 뿐이다亦各從其志也)이 단순해 보이지 않는다. 사마천의 해석에는 분노와 맞닿은 감정이 담긴 것 같다. 공자의 말은 무슨 뜻이었을까. 여러 해석은 큰 차이가 있는 것 같지는 않다. 송나라 이전의 고주古注는 이에 대해 언급하지 않았다. 수희는 '부동'不同에 방점을 두고 도를 선악정사善惡正邪의 가치로 이해했다. 도가 좋거나 나쁘거나 혹은 옳거나 그르거나 해서 차이가 있으면 도를 해치는 소인과는 함께 일을 도모하지 않는다고 본 것이다. 정약용은 이를 받아 사회적인 맥락에서 노나라의 계씨 등과 혹은 노자 계통의 사람들과는 함께 일할 수 없다고 보았다. 에도시대 일본의 이토 진사이伊藤仁齋는 도道를 학문과 기예라고 해설했다. 현대 중국의 리쩌허우李澤厚는 방향이나 노선, 경로가 다르면 함께 일을 도모하지 않는다고 했다. 전반적으로 심각한 해석이 필요하지 않은 글귀로 보았다.

이에 비해 사마천의 이해는 선과 악의 자명한 판단을 잃어버린 사람의 진술 같다. 어조가 그렇다. 역시 자기 의지대로 사는 거야, 라고 말하는 가라앉은 뉘앙스. 도척과 같은 이는 장수를 하고 안연 같은 사람은 요절을 한다. 그것은 사람의 힘으로 어찌할 수 없기에 보통 도道라고, 하늘의 질서 혹은 세상의 이치라고 말하는 것이겠지, 하지만 사람마다 천성이 같지 않고 뜻한 바가 다르다면 객관적인 기준으로 일률적으로 삶을 평가할 수 있는 것일까, 라는 질문을 던지는 것 같다. 나는 나만의 '뜻'志(의지)과 '천성'性이 인도하는 길道로 가야 하지 않겠는가. 결과에 따라 판단할 문제가 아니라 나한테 주어진 길을 걸어가겠다는 각오. 운명론처럼 들릴 수도 있지만 자기 길을 알고 포기하지 않겠다는 뜻으로 읽히기 때문에 운명에 맡긴다는 무책임한 해석은 아니다. "도가 같지 않다"道不同, 내 갈 길을 간다는 뜻만이 아니라 각자 자기의 길이 있으므로 어떤 기준으로 강제하지 않아야 한다는 의미로도 읽힌다. 도덕적으로 정당해도 자신만의 판단일 뿐 외부의 강제나 기준은 아니라는 겸손한 진술이다. 이렇게 읽으면 "천도天道는 있는가"라고 절규한 사마천의 분노에서 감정을 조금 누그러뜨릴 수 있을까.

가장 중요한 문제가 남았다. 사마천의 공자 부정. 공자는 백이·숙제를 두고 "인仁을 구하다 인仁을 얻었는데 또 무엇을 원망하겠는가"라고 평했다. 공자인들 백이·숙제의 괴로움과 고난을 모르지 않았을 것이다. 하지만 공자는 그들의 행동을 도덕적으로 높이 평가해 도덕성의 권화權化로 표상했다. 공자의 평가는 인간이 도덕적으로 행동했을 때 거기서 얻는 만족감이라면 그것으로 충분하다는 말이다. 그것 자체로 무엇과도 바꿀 수 없는 보상이 된다는 뜻이기도 하다. 사마천의 반론은 공자의 이런 함의를 부정한 것이다.

　사마천의 부정은 두 가지 맥락에서 읽을 수 있다. 첫째, 사마천은 기록자로서 역사적 실례를 들어 사실은 공자의 평가와 같지 않았다고 부정한 것이다. 백이·숙제의 시를 보여 준 것은 그 때문이다. 평가보다 사실(facts)이 중요했던 것. 이는 사마천이 열전을 쓰는 자세로도 읽을 수 있겠다. 둘째로, 사마천의 부정은 더 심각한 문제에 부닥치게 되는데, 과연 '도덕적 만족감이 전부인가?'라는 질문이 그것이다. 이 질문은 유교의 인간관에 대한 근본적인 질문이기에 커다란 문제가 된다. 유교의 인간관은 도덕적 인간관이라고 요약할 수 있는데 인간의 도덕적 잠재력을 믿고 교화하는 프로젝트가 유교라고 할 수 있겠다. 유교를 도덕학이라고 부르는 것도 여기서 연유한다. 인간을 도덕적으로 만드는 일은 실천이지 말이 아니어서 공자는 행行(실천)을 강조했다. 이를 확대해 도덕 행위가 기능하는 사회적 공간(국가)을 만들고 위정자들이 모범을 보이는 시스템을 꿈꿨다. 도덕은 계몽이어서 건조한 훈계가 많을 수밖에 없는데 공자는 그보다 도덕 행위에서 얻는 심리적 만족감으로 인간에게 행복감을 주려 했다. 거꾸로 말하면 행복을 도덕적 만족감으로 대치했던 것. 공자는 도덕을 훈계와 교화의 차원에서 만족감이라는 기쁨으로 전화시킨 것이다. 이는 뛰어난 안목이었다. 인간은 도덕 행위에서 기쁨을 느끼는 존재이지 않은가. 하지만 문제가 생길 수 있다. 도덕적 만족감이 행복일까. 행복일 수 있을 것이다. 그러나 도덕적 만족감이 행복의 전부는 아니다. 안타깝게도 인간은 도덕적 만족감만으로는 행복해하지 못하는 존재가 아닌가. 공자가 도덕을 강조하고 도덕적 만족감까지 제시했던 것은 당시 권력자들의 타락상(『춘추좌전』을 보라)을 익히 알고 있었기에 충분히 근거 있는 것이었고 비판력이 강했다. 도덕성이 중요하지만 전부가 아니잖은가라는 사마천의 질문은 근본적인 것이다. 공자의 언명만 붙잡고 있는 한 유교의 인간관은 의외로 간단하고 순진한 것일 수 있다. 인간은 도덕적 존재만은 아닌 것이다. 일본의 한 학자는 이 문제와 관련해 주목할 만한 발언을 했다.

도덕과 행복의 모순 문제는 칸트의 『순수이성비판』에서 중요한 테마의 하나로 제기되고 있다. 칸트에 의하면 올바르고자 하는 소망과 행복하고자 하는 소망은 동등한 권리를 갖는 것이다. 더욱이 현실에서는 이 두 소망이 양립하는 것은 극히 곤란하다. 그래서 이를테면 스토아학파 사람들은 도덕의 실현에 따르는 만족감이 다름 아닌 행복이라고 했다. 결국 행복에 독립적 권리를 인정하지 않고 이를 도덕 속에 흡수해 해소시킨다는 길을 선택했다. 이것은 앞서 거론했던 공자의 입장, "인을 구하여 인을 얻었으니 또 무엇을 원망하리오"라는 것과 완전히 같은 것임을 알 수 있다.

그렇지만 칸트에 의하면 도덕과 행복은 이질적인 것이며, 이를 강제해 하나로 융합시키도록 하는 스토아학파의 태도는 말하자면 일종의 속임수에 지나지 않는다는 것이다. 칸트의 의견으로는 인간의 입장, 윤리도덕의 입장에서는 도덕과 행복은 끝내 일치시킬 수 없는 이율배반이며, 양자를 일치시키기 위해서는 신을 요청할 수밖에는 없다는 것이다.모리 미카사부로, 『중국사상사』, 조병한 옮김, 서커스, 2018, 237~238쪽

강력한 반론이다. 일본학자의 글에 동의한다. 이 글을 두고 칸트를 불러와 공자를 때렸다는 식의 반론은 별 의미가 없다. 공자의 생각에 담긴 어떤 면을 정확하게 분석해 설명했다고 보는 편이 나을 것 같다. 그러면서도 마음 한쪽에서는 공자가 틀리지 않았다고 반론하고 싶은 욕심이 생긴다. 비판자는 공자의 뜻을 단순화해서 읽은 게 아닐까 하는 의문 말이다. 인용한 글에 대한 반론을 시도해보자.

백이·숙제뿐 아니라 공자 제자 가운데 공자를 이해하고 실천한 사람이 있지 않은가? 안연을 떠올리지 않을 수 없다. 공자가 생각했던 도덕적 만족감을 이해하고 체화해 끝까지 실행했던 사람. 공자는 백이·숙제를 예로 들었지만 공자의 마음을 읽고 받아들여 그대로 따라간 사람이 실제 존재했던 것이다. 공자도 안연을 제대로 읽은 것 같다. 안연을 두고 이런 말을 했다. "어질구나, 회回(안연의 이름)는. 밥 한 그릇, 물 한 그릇으로 좁은 골목에 살면 사람은 그

근심을 감당하기 어려운데不堪其憂, 회는 그 즐거움을 바꾸지 않는구나回也不改其樂. 어질구나, 회는."(『논어』, 「옹야」雍也)

가난 속에서도 즐거움을 누릴 줄 알았던(얼마나 어려운 경지인가) 안연을 칭찬한 말로 읽을 때 어려움은 전혀 없다. 그렇다고 안연이 가난을 즐거워했다고 오해해서는 안 된다. 그런 말이 아니다. 이 글의 어려움은 "즐거움"이 무엇인가에 걸려 있다. 공자는 "그 즐거움"이 무엇인지 말하지 않았다. 어떤 즐거움인지 파악해야 이 말을 제대로 이해할 수 있다. 가난 가운데에서, 혹은 가난에서 오는 근심을 이길 수 있는 즐거움이란 도대체 무엇일까. 공자는 다른 곳에서, "군자는 도를 걱정하지 가난을 걱정하지 않는다"君子憂道不憂貧(『논어』, 「위령공」衛靈公)고 말한 적이 있다. 이때도 가난을 이야기했으니 가난이 도를 위협할 만큼 간단치 않은 문제였음을 공자도 인식하고 있었다.

뜻밖에도 '즐거움'이 무엇인지 말한 주석가가 많지 않다. 공자도 명시하지 않았기에 추론을 벗어나지 못하지만 학문의 즐거움, 또는 도를 깨달은 기쁨 등으로 즐거움을 풀이하는 건 안이해 보인다. 주자朱子도, 정자程子도 명확하게 해석하지 못했다(안 했다). 쉽게 말할 수 있는 문제가 아니었다는 반증이다. 정약용은 형병邢昺의 주석을 인용하면서 "도를 즐겼다"는 말에 동의했다. 많은 주석이 안연이 즐거워했다는 사실에 집중하고 즐거움이 무엇이었는지 파고들지 않았다는 게 흥미롭다.

현대의 뛰어난 중국학자 리쩌허우李澤厚는 『논어금독』論語今讀(天津社會科學院出版社, 1994. 한글번역본이 있다. 임옥균 옮김, 북로드,

2006)에서 "즐거움"이 무엇인지 해명을 시도했다.

　　그는 마왕퇴馬王堆 백서帛書 『오행편』五行篇의 기록을 인용한다. "군자는 마음의 근심이 없으면 마음의 지혜가 없고, 마음의 지혜가 없으면 마음의 기쁨悅이 없다. 마음의 기쁨이 없으면 불안하고, 불안하면 즐겁지樂 않고, 즐겁지 않으면 덕스럽게 보이지 않는다不德."* 즐거움은 감성과 심리를 벗어나지 않으면서 지혜를 품은 일종의 쾌락이기도 하다는 말이다. 도덕德에 도달하지만 도덕에 구속되지 않는 어떤 정신 상태(state of mind)의 쾌락이라는 것. 공자는 안연을 언급하면서 악樂과 우憂를 대비해 보여 주었는데 리쩌허우가 인용한 글에서 근심과 즐거움은 연결된다. 리쩌허우는 "근심"憂이라는 말에 주목한다. 전통적으로 유가는 우憂를 구체적으로 사고했다는 것. 『한시외전』韓詩外傳에, "군자에게는 세 가지 근심이 있다. 알지 못하니까 됐어, 그렇게 하고는 근심하지 않아도 되는 걸까? 아니까 배우지 않아도 되잖아, 그렇게 하고는 근심하지 않아도 되는 걸까? 배웠으니까 실행하지 않아도 되잖아, 그렇게 하고는 근심하지 않아도 되는 걸까?"**라고 했다. 송나라의 범중엄范仲淹은, "산림에 있으면 임금을 근심하고憂 조정에 있으면 백성을 근심한다. 벼슬에 나아가도 근심하고 물러나서도 근심한다"라고 해서 선비의 삶을 아예 근심으로 규정했다. 이러한 근심이 있기에 생각하고思, 배우며學, 그래

---

* 원문 君子无中心之憂則无中心之智, 无中心之智則无中心之悅, 无中心之悅則不安, 不安則不樂, 不樂則不德.

** 원문 君子有三憂. 弗知, 可無憂乎? 知而不學, 可無憂乎? 學而不行, 可無憂乎?

야 지혜롭게 되고智, 기쁨이 생기며悅(『논어』의 첫 구절, "학이시습지, 불역열호"學而時習之, 不亦說[=悅]乎를 상기해 보라), 그런 뒤에 즐거움樂의 경지에 든다는 것. 이것은 앎知之(인식)이며, 좋아함好之(덕)이며, 즐거움樂之(심미)이기도 하다는 것이다.

리쩌허우의 해석은 즐거움이 감각적 쾌감이 아니라 최상의 단계임을 설명했다는 데 강점이 있다. 요컨대 그는 남을 근심하는 덕성(empathy)을 바탕으로 한 심미적 심리 상태로 즐거움을 파악했다. 지식과 도덕이 모두 즐거움 속에 융합되었다. 누구도 설명하지 못한/안 한 부분을 논리적으로 해명한 것이다. 나는 안연의 즐거움을 '도덕적 만족감'으로 본다. 리쩌허우는 도덕이란 말에 묻은 얼룩——규범적 경직성·형식적 의례성 때문에 심미적 정신 상태(고양된)라는 말로 우회해 표현했을 것이다.

환언하면 공자가 추구한 훌륭한 인격에는 인식과 도덕, 심미가 융합된 '만족감'이 핵심 요소였다. 이는 칸트의 강력한 반론에도 불구하고 고려할 가치가 충분하다. 이런 상태 자체는 행복감이며 대가나 보상을 바라지 않는다. 가난은 외부 요소일 뿐. 공자가 본 안연은 감당하기 어려운 가난 속에서 의지력으로 버티며 가난에 굴복하지 않았다는 말이 아니다. 인간의 덕德(잠재력)을 믿고 실행하면서 즐거움을 느낀다는 말이었다. 지식과 도덕이 하나로 녹아든 심미적 즐거움 속에 가난하다는 생각과 의식은 끼어들 여지가 없다. 그 자체로 충분히 행복할 수 있는 상태——어떤 경지인지 상상할 수 있는가? 결과와 보상, 대가로 운영되는 사회에서는 헤아리기 어려운 경지가 아닐는지.

여기서 공자에 대한 사마천의 태도를 읽을 수 있다. 사마천은 공자를 투항적 존경심으로 바라보지 않았다. 공자를 수긍하되 회의했으며, 이해하되 비평했고, 존경하되 따져 물었다. 사마천이 공자를 수용할 수 있었던 것은 '즐거움-도덕적 만족감' 때문이었다. 백이·숙제를 쓰면서 사마천은 공자를 정면으로 마주했고 성실하게 공자를 숙고했다. 도덕적 만족감은 자기위로나 자기만족이 아니다. 타인에 대한 우월감, 루쉰의 아Q와 같은 정신승리법 혹은 자기기만이 아니다. 남을 의식하지 않고 자기 길을 걸어가는 겸손한 태도와 자기신뢰를 말하는 게 아닐까. 인간은 각자 도덕적 잠재력을 지녔다는 공자의 신뢰는 견고하다. 나는 사마천이 공자에게서 그런 마음을 읽었다고 파악했다. 공자의 의도를 읽어 보고 그 편에 서고자 하는 내 반론은 여기까지다.

짧고 굽이치는 문장에 멀리 돌아온 내용을 붙여 보자. 사마천은 「백이열전」에서 감정과 논리의 고비며 굴곡, 괴로움과 각오를 문장의 리듬 변화를 통해 표현했다. 『사기』를 통틀어 이렇게 파란이 치고 굽이가 많은 문장은 없다. 한 문장 쓰고 나면 회의가 생겨 다음 문장은 다른 방향으로 향하고, 처음부터 끝까지 문장은 일정한 방향성을 갖지 못한 채 계속 진로를 바꾼다. 한편으로는 문장을 읽는 묘미가 생기는 이유이기도 하지만 반대로 문장의 불규칙한 리듬을 읽지 못하면 사고가 혼란스레 뒤엉킨 것으로 보여 문장도 내용도 이해하기 어렵다. 문장의 흐름과 변화를 파악해야 한다. 문장이 사고 변화와 함께 움직이고 사고 변화에는 저자의 고민과 실존적 번민이 겹쳐 갈피가 잡히지 않았던 것이다. 복잡한 결을 헤아려 읽은 사람만이 명문으로 칭송했다. 드문 글이다.

문장을 설명하고 주어진 문제에 답을 시도했음에도 읽는 괴로움이 풀린 것 같지는 않다. 짧은 글에 과한 짐을 지운 게 아닐까. 심각한 문제가 담겼다고, 충격적인 첫인상이 여전히 남아 부담스런 해명을 시도했는지 모르겠다. 다시 읽어 보니 지금은 도가 존재하는가라는 절규보다 그 이후에 깔린 고요한 다짐에 더 눈길이 간다.

4. 인간에 대한 통찰력: 열전의 세계

열전列傳의 세계로 들어왔으니 전반을 아우르지 못하더라도 열전의 빛나는 부분 몇몇은 이야기할 필요가 있다. 열전은 인간에 대한 이야기이므로 사서史書로서 귀한 기록이라는 면은 일단 접어 두고 인간만상에 집중하기로 하자. 인간만상에서도 기준을 둔다면? 사마천의 인간론이라고 해두자. 역사상의 인물을 통해 본 인간의 모습 정도로 정리하면 될까. 픽션으로서 소설은 캐릭터를 창조한다. 캐릭터들은 허구의 인물임에도 실제 인간보다 더 많은 것을 말해 주는 경우가 있다. 고전으로 통칭되는 뛰어난 소설의 인물들이 그러하다. 열전에 보이는 인물들은 어떤 면에서 돋보일까. 사마천의 시대는 소설이 등장하기 이전이지만 소설과 같은 서사 양식이라는 면에서 열전 속 인물들은 소설 캐릭터와 흡사한 면이 있다. 다른 예를 들자면『장자』에 나오는 인물을 생각할 수 있겠다. 우화가 많은『장자』의 가상 인물을 말하는 게 아니다.『장자』에서 캐릭터 형상화가 가장 뛰어난 인물은 공자다. 장자(학파)가 그만큼 공자를 잘 이해했음을 방증해 주는 사실이기도 한데 어떤 때 공자는 유가의 대표 이상으로 생생하다. 예컨대 「도척」에 등장하는 공자. 사마천은 『장자』를 잘 읽었고 인물 형상화에서 배운 게 적지 않았으리라. 『장자』가 중국 서사문학에서 중요한 비중을 차지하는 글이라는 사실을 염두에 둔다면 열전의 인물 구현이 어떠한지 상상할 수 있을 것이다.

하지만 인물을 부조浮彫하는 데에는 몇 가지 어려움이 따른다. 열전의 인물들은 실제 존재다. 전傳이라는 장르를 창안하면서 사마천은 서사 양식에 특징을 부여했는데 그 특징은 인물을 잘 이해할 수 있게끔 고안된 것이었다. 짧은 에피소드를 이어 붙여 인물을 형상화하는 방식이 그것이다. 한 인물을 구현할 때 핵심 가치가 도드라지는 일화逸話를 중심에 배치하는 수법이다. 맹점이 생길 수 있다. 일화 나열이기에 서사가 단순해질 위험이 다분하다는 점. 서사가 에피소드 이어 붙이기로 반복되면, 다시 말해 같은 테크닉이 되풀이되면 인물의 평면화를 피할 수 없다. 에피소드를 사용하되 단순화를 피하는 방법은 무엇일까. 열전을 읽는 첫번째 포인트.

『장자』에 이미 인물 형상화에 성공한 케이스가 보인다면 배울 점이 적지 않다는 말이다. 이 말은 현대에도 여전히 유용하다. 실재했던 공자를 캐릭터화하는 데 성공했다면 『장자』를 배우되 이를 넘어서기도 해야 한다. 사마천이 『장자』와 같은 선구적 업적에서 더 나아간 지점이 있을 것인가. 열전을 읽는 두번째 포인트.

구체적인 예를 보자. 「이사열전」李斯列傳의 마지막 부분. 사형장으로 가면서 이사는 함께 투옥되었던 둘째아들을 보고 말한다. "내 너와 다시 누런 개를 끌고 함께 고향 상채上蔡의 동문東門으로 나가

토끼를 쫓고 싶었건만 어쩔 수가 없구나."*

　이사가 누구인가. 진나라 통일의 주역이자 최고의 재상 아니던
가. 사마천은 이사를 준엄하게 비판했지만 그가 잘못을 저지르지
않았다면 주공周公과 나란히 추앙됐을 것이라 했다. 이사는 또 뛰어
난 논객이자 문장가여서 전하는 그의 글을 보면 예기銳氣가 번득인
다. 진나라에 문인은 오직 한 사람, 이사밖에 없다는 루쉰의 평가를
가져올 필요도 없다. 죽음을 앞에 두고 누가 거짓말을 하겠는가마
는 이사의 최후 발언은 그의 뒤바뀐 처지를 극적으로 드러내 주는
증표에 그치지 않는다. 권세가·지식인 혹은 재상에서 한 인간으로
변모하고, 상투적으로 알려진 인간에서 내면을 갖춘 비극적 인간으
로 탈피하는 모멘트가 이 말에 담겨 있다.

　셰익스피어의 『베니스의 상인』(The Merchant of Venice)에는 샤
일록이라는 문제적 주인공이 등장한다. 돈밖에 모르는 이 유대인
고리대금업자는 피 한 방울 흘리지 말고 살만 베어 가라는 판결에
망연자실한다. 그의 마지막 말. "피곤하다. 쉬고 싶구나." 악랄한 수
전노가 내뱉은 한마디 말에 천금의 무게가 실린다. 『베니스의 상인』
은 즐거운 소극(farce)이나 유쾌한 희극(comedy)으로 끝나지 않고
쓴 뒷맛을 남긴다. 샤일록이 복잡한 다면체로 육박해 오기 때문이
다. 샤일록의 마지막 대사를 읽는 마음은 착잡하다. 그에 대한 복수
가 통쾌하지 않은 것도 인간 샤일록이 거기 있기 때문이다. 이 순간
캐릭터가 내면을 갖추면서 입체적인 인물로 변한다. 영국의 뛰어난

* 원문 吾欲與若復牽黃犬俱出上蔡東門逐狡兔, 豈可得乎.

소설가 E. M. 포스터(Forster)는 문학의 등장인물을 납작한(flat) 인물과 둥근(round) 인물로 설명했다. 평면적인 인물과 입체적인 인물을 대비한 것으로 보이는데 납작한 인물들로 찰스 디킨스(Charles Dickens) 소설의 인물을 예로 들었다. 디킨스 소설의 다채로운 인물들을 생각해 보면 포스터가 성공한 인물 구현으로 생각한 둥근 인물이 간단치 않음을 가늠할 수 있을 것이다. 샤일록은 일련의 사건을 겪으면서 둥근 인물로 변한다.

이사는 둥근 인물로 살아남았다. 마지막 말을 통해 이사는 디멘션(dimentions)을 갖춘 입체적 인물로 변해 불멸의 존재가 되었다. 심화된 인물. 사마천의 인물 형상이 눈길을 끄는 이유는 이전의 인물 묘사를 넘어 심리적 깊이를 가졌기 때문이다.

『사기』에서 현재에도 흥미를 일으키는 곳은 열전이다. 본기도 전(傳)의 변종이므로 열전에 포함시킬 수 있다. 현재에도 흥미를 불러일으킨다는 말은 무슨 뜻일까. 구체적으로 어떤 면이 사람들에게 호소력을 발휘하는 것일까. 재미라고 하든 대중성이라고 하든 이야기성이라고 부르든 차이를 뭉개는 일반화나 추상적인 찬사가 아니라 세목을 짚어 구체성을 드러내야 한다. 열전을 읽는 세번째 포인트다.

훌륭한 작품이 그렇듯 세 가지 포인트는 겹친다. 두번째 포인트는 자세히 설명했으니 첫번째, 세번째에 초점을 두고 이야기해 보자.

다면체 「화식열전」

「화식열전」貨殖列傳은 부富를 긍정한 사마천의 안목이 현대적이라 해서 칭찬받는 집전이다. 이런 식의 해석은 근대적 읽기의 전형에 해당한다. 부를 다른 말로 바꾸면 이利다. 이利, 하면 떠오르는 한 가지 이야기. 현재 통용되는 『맹자』 텍스트는 「양혜왕 상」 1장, "맹자가 양나라 혜왕을 만났다. 왕이 말하였다. '노인장께서 천 리를 멀다 않고 오셨으니 역시 우리나라에 이익利을 주려는 것이겠지요?亦將有以利吾國乎'"라는 문장으로 시작한다. 송나라의 위대한 학자 주희朱熹는 『맹자집주』에서 1장을 마무리하면서 태사공(사마천)의 말을 인용한다. "태사공은 말한다. 내가 『맹자』를 읽다가 양혜왕이, '어떻게 우리나라를 이롭게 할 수 있겠습니까?何以利吾國'라고 질문하는 대목에 이르면 책을 덮고 탄식하지 않은 적이 없었다. 아아, 이익利이란 진실로 난亂의 시작이구나. 공자가 이익에 대해 드물게 말씀하신 것은 항상 난의 근원을 막은 것이었다. 그러므로 '이익을 따라 행동하면 원망이 많다'고 말씀하신 것이다. 천자에서 서민에 이르기까지 이익을 좋아하는 폐단이 어찌 다르겠는가'." 주희가 인용한 태사공의 말은 「맹자순경열전」孟子荀卿列傳의 첫 문장이다.

사마천의 발언은 두 가지를 생각하게 한다. 첫째, 사마천이 읽은 『맹자』는 현재 우리가 읽는 『맹자』 텍스트와 다른 종류였다. 현재의 『맹자』 텍스트는 사마천보다 후세 사람인 후한後漢의 조기趙岐가 편집한 것이기 때문에 당연한 사실이지만, 내 말은 당시 사마천이 읽은 곳이 『맹자』 「양혜왕 상」 1장이라는 첫 부분이 아니었다는 사실을 지적하려는 것이다. 그러면 책을 덮는다는 사마천의 행동을 이해할 수 있다. 둘째, 이 점이 중요한데, 이利에 대한 사마천의 말은 "평민들은 정치를 방해하지 않고 또 백성들의 생활에 해를 주지 않는 상황에서 때를 맞추어 거래하여 재산을 증식하였다. 이러한 점은 지자智者들도 얻을 바가 있을 것이다"라고 한 「화식열전」의 저술 의도(인용한 문장의 요점은 "때를 맞추어 거래했다"는 말에 있다)와 모순된다. 「맹자순경열전」에서 사마천은 이利를 부정한다. 지식인의 윤리적인 태도다. 「화식열전」은 반대로 이利를 중시해 치부한 사람들의 이야기다. 「맹자순경열전」의 지식인 주인공과 「화식열전」의 평민 주인공에 대한 평가 기준이 다른 것일까. 아니면 이상과 현실은 다르기 때문일까. 사마천의 이런 모순은 곳곳에 노출된다. 이 이율배반을 어떻게 해석할 것인가.

열전의 등장인물은 인간의 어떤 속성——선/악, 미덕/악덕 등등을 표상하는데 그 다채로움이 독자를 놀라게도 즐겁게도 한다. 인간이란 존재는 헤아릴 수 없는 다면체로, 모순을 필연적으로 안고 간다는 사실을 적시했다는 데 사마천의 뛰어남이 있다. 『사기』가 문학에서도 모범이 되는 이유 중 하나가 이 점이다. 인간은 모순의 존재다. 사마천은 모순적인 존재라는 정태적인 정의 속에 인간을 관념적으로 매몰시키지 않는다. 모순 속에서 갈등하고 자신과 혹은 타인과 긴장 관계에 놓이면서 인간의 드라마가, 심지어 비극까지 생기는 것이다. 사마천 인간학의 요체가 여기에 있다. 『사기』에는 작은 역할은 있어도 작은 인간은 없다. 의義(정의와 이상)를 추구하면서도 이利(이해관계와 현실)의 그물에서 벗어날 수 없는 존재가 인간임을 통찰했기에 인간은 역사의 거미줄 안에 걸려 무기력하게 체념하는 존재가 아니다. 「맹자순경열전」과 「화식열전」은 나란히 간다. 치자治者의 자격 가운데 하나가 이利를 탐하지 않는 것임을 맹자를 통해 발설함으로써 지배계급에 대한 비판, 다시 말해 윤리가 곧 정치임을 드러낸 것이며, 먹는 것이 하늘以食爲天인 백성들에게 이利는 가장 중요한 문제임을 부자가 된 사람들을 통해 보여 준 것이라는 해석이 가능하다. 크게 보면 그런 의도라 할 수 있을 것이다. 이利의 긍정과 부정을 한 텍스트 안에 담아 사회를 폭넓게 조망했다고 할 것이다. 둘은 병행해 갈 수밖에 없지 않은가.

『개선문』(Arc de Triomphe, 1946)이란 소설이 생각난다. 프랑스 파리의 유명한 개선문을 배경으로 한 파리에 망명한 독일의사 라빅과 조앙 마두의 러브스토리로, 전쟁문학의 걸작 『서부전선 이상없다』를 쓴 에리히 레마르크(Erich M. Remarque)의 장편소설이다. 주인공의 불안한 심리와 스산한 분위기가 한국전쟁 뒤의 분위기와 동일시되면서 1950년대 한국에서도 일어판 중역을 통해 꽤 읽혔던 소설이다. 주인공 라빅의 말이 기억난다. 인간은 이상한 존재라, 생명을 잉태하는 성스러운 일을 하는 성기로 더러운 배설물을 내보내는 일도 하지 않는가라는. 인간이란 모순된 존재를 정확한 비유로 설명한 글이라 하겠다. 레마르크의 생각은 사마천의 안목과 크게 달라 보이지 않는다. 사마천은 그만큼 동시대적이다. 열전이 갖는 매력은 이런 현대성이 아닐까. 그렇기에 『사기』에 보이는, 역사서로서 팩트가 정확하지 않은 부분이 있다는 지적에도 너그러워질 수 있다. 역사학자들은 반대로 너그러움을 꾹 억누르고 팩트의 정확성을 체크하면서 읽겠지만.

역사적 사실에 방점을 두면 「화식열전」은 다르게 읽힌다. 정확히 '무제 시기'(때에 맞춰 거래했다는 말을 상기하라. 사마천은 특정 시기를 염두에 두었던 것이다)에 사람들이 어떻게 돈을 벌어 부자가 되었는지를 그린 사회 변화에 대한 보고서로 읽을 수 있다. 무제 시대의 사회 기풍과 풍속을 알 수 있는 자료인 셈이다. 「화식열전」에는 이전에 볼 수 없던 독특한 현상이 담겼다. 재산 증식이라는 화식貨殖이란 말 자체는 자공子貢을 두고 공자가 한 말에서 왔지만(『논어』「선진」先進) 사마천이 예전과는 다른 부의 축적을 목격했기에 가능한 기록이었다. 전쟁 특수라 할 수 있는 현상이 벌어졌기 때문이다.

「화식열전」을 경제지리로 읽을 때 혹은 간략한 경제사로 읽을 때 열전 등장인물의 배경이 선명해진다. 유방과 항우의 출신 지역인 서초西楚 지역을 개관하면서 "풍속이 사납고 경솔하여 성을 잘 내고 땅이 척박해 물자를 축적하기 어렵다"고 했다. 항우와 유방의 화를 잘 내는 성질이 떠오르지 않을 수 없다. 반드시 지방색으로 돌릴 수는 없겠지만 지역과 밀착된 삶을 기록한 표지로 읽어야 할 것이다(18세기 조선의 지리지 『택리지』擇里志에도 각 지방의 산물과 지역 사람의 특징이 언급되는데 그 연원을 거슬러 올라가면 여기에 닿는다). 경제를 다뤘다고 했지만 일반 백성들의 치부致富 이야기이기도 하고 성공담이기도 한데, 대부분 각 지역 생산물과 연계되어 있음에 주목할 필요가 있다. 중국 각 지방별 특산물을 공들여 기록한 부분이 이채를 띤다. 특히 사마천 당대 인물들이 흥미롭다. 제철업으로 부자가 된 사람들이 두드러지는데 이는 한나라 때 철과 소금을 국가가 전매하면서 이를 기회 삼아 부자가 된 사람들의 이야기이기 때문이다. 무제 시기 한나라가 팽창하면서 전쟁을 치르느라 수요가 급증했던 철의 유통이 거부를 출현시켰던 것이다. 이때 등장한 부의 규모는 토지에서 나는 잉여물로 부를 축적하는 것과는 전혀 다른 형태의 부였고 이는 전례 없는 것이어서 포착되지 않을 수 없었다. 이런 현상은 시대가 변하고 있음을 보여 주는 사례로 사마천의 기록은 이를 반영한다.

이뿐만 아니다. 열전 말미에 이재理財에 성공한 사람들을 열거하는데, 무덤을 파헤치는 일을 발판 삼아 성공한 사람, 도박으로 밑천을 마련해 부자가 된 사람, 연지臙脂(혼례 때 여성 필수품)를 팔아 천금을 번 사람, 술장사로 천만금을 거둔 사람, 칼 가는 기술로 부자가 된 사람, 위포胃脯(양의 위를 말린 음식)를 팔아 부자가 된 사람, 말馬의 병을 고치는 기술로 부자가 된 사람을 기록하고 있다. 열거된 사람들의 직업은 하찮기도 하고 부끄럽기도(?) 한 업태인데 생활에 필수적인 직업이라기보다 생활에 여유가 생겨 문화를 추구할 때 눈에 들어오는 그런 것들이다. 경제적인 여유가 없이는 무덤을 장식하고 꾸미지 않을 것이다. 여기에 도굴꾼이 생기는 것 또한 당연한 이치. 도박에 판돈을 거는 것도 경제적인 여유/일확천금과 관련이 있을 것이고, 결혼할 때 호화로운 방식이 생겼기에 연지와 같은 장식이 요구되었을 터, 새로운 먹을거리는 술의 수요 증가와 같이 갔을 것이며, 음식 장사가 잘되는 까닭에 칼의 수요가 늘었을 것이고, 말이 풍성해졌다는 건 그만큼 말 타고 다니는 사람이 늘었다는 뜻이겠다. 이 모든 것은 연쇄 작용을 일으키는 것들이고 사회가 이전과 달라졌음을 웅변하고 있다. 이런 삶의 변화는 직업의 다양함과 흔해지는 물품을 통해 느낄 수 있는 법. 사마천의 기록은 이를 놓치지 않았다.

놓치지 말아야 할 중요한 언급도 있다. 전국시대 공자의 제자 자공子贛(=子貢)을 대상인大商人으로 다뤘는데 이런 진술이 보인다. "공자의 이름이 천하에 두루 알려지게 된 것은 자공이 앞뒤로 모시며 도왔기 때문이다." 공자가 사후 국제적인 명성을 떨치게 된 이유 가운데 하나는 자공이 국제무역을 하면서 가는 곳마다 공자를 선양하고 알렸기 때문이라는 말이다. 대상인으로서 자공이 세력을 얻자 공자의 명성이 더욱 퍼져 나갔던 것. 공자가 천하를 다닐 수 있었던 경제적 여건도 자공의 뒷받침이 절대적이었지만 명성이 국제화된 것 역시 물적 토대 위에서 가능했다는 이야기다. 눈여겨볼 만한 기록이다.

또 자공에 앞서 오월동주吳越同舟의 주인공이기도 한 범려范蠡(훗날 부자의 대명사가 되는 도주공陶朱公) 이야기가 나온다. 그는 월나라에서 제나라로 가 유통업으로 거부를 쌓는다. 범려의 성공담은 훗날 천하통일을 가져오는 여불위呂不韋의 대담한 투자를 예고하는 것이기도 하다. 전국시대부터 상인들은 이미 국경을 넘어 통상을 하며 무역 규모를 키우고 있었음을 자공과 범려를 통해 알 수 있다. 전쟁과 통일, 이 이면에는 상인들의 부지런한 움직임이 깔려 있었던 것이다.

이런 사실은 항우와 유방의 형양滎陽전투의 이면을 보여 주는 데서도 확인할 수 있다. 선곡宣曲의 임씨任氏 이야기다. 진秦나라가 망하자 호걸들이 모두 다투어 금과 옥을 탈취해 갈 때 임씨는 창고의 곡식을 빼 굴속에 간직해 둔다. 나중에 한나라와 초나라가 대치할 때(형양전투) 백성들이 농사를 지을 수가 없어 쌀 한 섬에 만 전까지 나갈 정도였다. 결국 호걸들이 탈취한 보물은 모두 임씨의 것이 된다. 전쟁에서 중요한 것은 병참. 특히 식량이다. 임씨가 차지한 창고의 곡식은 오창^{敖倉}의 곡식을 말한다. 진나라의 식량창고. 어마어마한 양이었을 것임은 말할 필요도 없다. 임씨의 부를 상상하고 남음이 있지만 형양전투에 이런 사정이 있다는 사실이 더 흥미를 자극한다. 정치사 중심, 혹은 위인 중심의 서술이 갖는 약점을 여기서 보충하고 있음을 보게 된다. 「화식열전」을 맨 마지막에 놓은 것은 먹고사는 문제가 가장 기초라는 사실을 웅변하는 게 아닐까. 적어도 백성에게 이는 엄연한 사실이었고 사마천은 거듭 이 사실을 강조하고 있다.

「화식열전」에서 「맹상군열전」으로

열전은 독립된 각각의 전이기도 하면서 서로 교차하고 연결된다. 시간이 다르고 공간은 떨어져 있지만 특정 시공간에 고립된 게 아니었다. 시야를 넓히면 서로 이어진다. 사마천이 단순히 부^富의 이동과 흥기만을 기록한 게 아니다. 사마천은 부가 박물지 형태로 끝날 일이 아님을 누구보다 잘 알고 있었다. 그렇기에 특정 공간에 밀착된 사람들의 기질을 특기했던 것이다. 기질뿐만 아니다. 부는 사람의 심리에도 영향을 미친다.

사마천은 말한다. "부유한 사람이 세력을 얻으면 세상에 더욱 빛을 발하고 세력을 잃으면 따르는 객도 줄어들어 즐겁지 않은 법이다." 일반적인 진술로 읽어도 무방한 말이다. 하나 좀 더 깊은 속내를 품고 있는 것 같이 보인다. 그 간단치 않은 속을 「맹상군열전」孟嘗君列傳에서 볼 수 있다.

또 다른 주인공 풍환

「맹상군열전」에는 풍환馮驩이라는 인물이 등장한다. 수천의 식객을 거느렸던 맹상군이 권세를 잃자 누구 하나 남지 않고 모두 흩어진다. 다시 권력을 회복하자 모여드는 사람들. 맹상군은 사람들의 이런 행태에 넌더리를 낸다. 왜 안 그렇겠는가. 양지에서 볕만 쬐려 하고 음지가 되면 그동안의 은혜를 잊은 채 등 돌리는 인간들의 행태에 배신감을 느끼지 않을 사람이 어디 있겠는가. 달면 삼키고 쓰면 뱉는 인간의 야비함. 사마천의 글을 읽어 보자.

제나라 왕이 비방하며 맹상군을 파면하자 모든 식객이 다 맹상군을 떠났다. 후에 제나라 왕이 그를 불러 회복시키자 풍환이 빈객들을 맞이하였다. 빈객들이 도착하기 전에 맹상군이 크게 탄식하며 말했다.

"내가 항상 빈객을 좋아해 그들을 대접하면서 감히 실수한 것이 없었으며 식객이 삼천 명이나 되었던 것은 선생께서도 아는 바입니다. 식객들은 내가 하루 만에 파직되는 것을 보고 다 나를 저버리고 가서 나를 돌보는 사람이 없었습니다. 이제 선생 덕에 다시 그 지위를 찾았지만 식객들은 무슨 면목으로 나를 볼 수 있다는 겁니까? 만약 다시 나를 보는 사람이 있다면 반드시 그 얼굴에 침을 뱉고 그를 크게 욕보일 것입니다.”

풍환이 말고삐를 매어 놓고 수레에서 내려와 절을 하였다. 맹상군도 수레에서 내려 그를 맞으며 물었다.

“선생께서 식객들을 대신해 사과하시는 겁니까?”

“식객들을 대신해 사과하는 것이 아닙니다. 선생께서 말을 실수하셨기 때문입니다. 무릇 물건에는 반드시 그렇게 되는 결과가 있고 일에는 당연히 그렇게 되는 도리가 있습니다. 선생께서는 그것을 아십니까?”

“저는 어리석어 선생께서 말하는 바를 알지 못하겠습니다.”

“사는 것이 반드시 죽는다는 것은 사물의 필연적 결과이며, 부유하고 귀하면 선비가 많고 가난하고 천하면 친구가 적은 것은 일의 당연한 모습입니다. 선생께서는 아침에 시장에 모이는 사람들을 보지 못하셨습니까? 날이 밝으면 어깨를 비비고 다투며 문으로 들어가는데, 날이 저문 뒤에는 시장을 지나는 사람들이 어깨를 늘어뜨리고 돌아보지 않습니다. 이것은 아침을 좋아하고 저녁을 싫어하는 것이 아니라, 기대하는 물건이 그 안에 없기 때문입니다. 이제 선생께서 지위를 잃으니 빈객들이 다 떠나갔는데, 이것을 가지고 선비들을 원망하면서 일부러 빈객들의 길을 끊을 필요는 없습니다. 선생께서는 예전과 같이 빈객들을 대우하시기 바랍니다.”

맹상군은 두 번 절하며 말하였다.

"삼가 그 말씀을 따르겠습니다. 선생의 말을 듣고 어찌 감히 따르지 않겠습니까."

「맹상군열전」은 이렇게 끝난다. 사마천은 찬문贊文에서, "세상에 전하는 말에 맹상군이 빈객을 좋아해 스스로 즐거워했다고 하는데, 그 이름이 헛된 게 아니었다"라고 하였다. 사마천이 맹상군의 기반이었던 설薛이라는 곳을 직접 방문해 여전히 남아 있던 임협任俠의 기풍, 협객 기질을 몸소 느끼고 한 말이다. 사마천은 맹상군의 일생을 호협豪俠으로, 협객을 좋아했던 호협好俠으로 높게 평가한 것이다. 그렇게 된 계기를 풍환을 통해 묘사했다고 해도 좋다.

풍환은 윗사람에게 아뢰는 것이라 격식을 갖춰 길게 말했지만 시장 사람들의 비유를 들어 깨우쳐 준 핵심은, 시장에 기대하는 물건이 없으면 떠난다는 사실이었다. 그것을 세상의 이치라고 하였다. 염량세태炎涼世態라 하니 각박하고 얄팍한 인간 심리라고 비웃기는 쉬워도, 침 뱉고 완전히 속세와 절연할 게 아니라면 세상사는 간단치 않은 문제임을 풍환은 알고 있었던 것이다. 유가儒家들처럼 도덕을 잣대로 평가하는 사람들에게야 일도양단一刀兩斷할 수 있는 문제일지 몰라도 인간관계는 도덕만으로 채워지는 것이 아니다. 사마천은 도덕을 높이 평가했지만(「백이열전」) 도덕만으로 세상이 운영되지 않는다는 사실도 잘 알고 있었다. "부유함이란 사람의 본성이라 배우지 않아도 모두들 추구할 수 있는 것"이라고 직설적으로 언급한 「화식열전」을 한 예로 들 수 있을 것이다. 『사기』 곳곳에 이利(= 부귀영화)를 따라 행동하는 인간들의 모습이 곳곳에 박혀 있음은 삶을 보는 사마천의 실實한 안목을 헤아리게 되는 지점이기도 하다.

부귀와 인간의 관계는 오랜 테마였다. 『장자』「도척」盜跖에는 무족无足과 지화知和의 대화가 나오는데 무족이 지화에게 공격적으로 질문하는 것 가운데 하나가 바로 부귀가 인간의 본성이라는 문제였다. "인간은 좋은 소리와 보기 좋은 것, 삶의 재미, 권세에 관한 한, 마음으로 배우지 않아도 즐거워하고 몸으로 본받을 필요도 없이 편안히 여긴다는 겁니다. 바라는 것과 싫은 것, 피할 일과 달려갈 일에는 정말 선생이 필요 없습니다. 이는 인간의 본성입니다. 천하 사람들은 나를 보고 틀렸다고 하겠지만 누가 이 좋은 걸 사양하겠습니까?"* 목이 마르면 물을 찾듯 좋고 편안한 것에 끌려 달려가는 것은 인간에게 당연한 게 아닌가. 도덕과 상관없다는 말이다. 이 말이 앞서 인용한 「화식열전」에 짙은 그림자를 드리운 게 아닌가.

이利에 대해서는 「유후세가」留侯世家에서도 되풀이된 적 있다. 유방이 역생酈生이란 유학자儒學者의 말을 듣고 육국六國의 후손들로 다시 옛 나라를 잇게 하리라, 하고는 장량에게 묻는다. 장량은 숱한 이유를 들어 그 방법은 불가不可하다고 설명한다. 이때 장량은, "천하를 돌아다니는 선비들이 자기 친척과 헤어져, 조상의 분묘도 버리고, 고향을 떠나 폐하를 따라다니는 것은 다만 밤낮으로 한 뙈기 땅이라도 얻길 바라기 때문입니다"라고 했다. 이 말은 유방이 황제가 된 후 부하들에 대한 분봉이 늦어지자 부하들이 모반을 계획한

---

* 원문 且夫聲色滋味權勢之於人, 心不待學而樂之, 體不待象而安之. 夫欲惡避就, 固不待師. 此人之性也. 天下雖非我, 孰能辭之.

다고 장량이 말할 때 다시 한번 변주된다. 위로는 『장자』의 말에서부터 풍환, 장량에 이르기까지, 후에 보게 될 한신과 괴통의 대화, 더 내려가면 제갈량과 유비의 계획까지 이利의 문제는 쉽게 처리할 수 있는 문제가 아니었다. 사마천은 이 점을 간파했다. 사마천의 글은 삶을 정면에서 보고 있다는 생각을 갖게 만든다. 이상주의에 감싸여 위에서 바라보며 재단하는 글이 아니다. 그는 글을 많이 읽고 이전 시대의 사상가들을 두루 꿰고 있었지만 책상물림의 머릿속 그림으로 그치지 않고 삶의 현실을 제대로 보았다.

이렇게 보면 놀라운 대화다. 대화가 핵심이기에 장면은 대화에 초점이 놓이도록 배치된다. 풍환은 처세술을 말하는 게 아니다. 그는 "도리"라고 했다. 일에는 도리가 있다고 했는데, 이때 일은 인간의 행동에 의당 있기 마련인 질서와 규칙을 말한다. 이해관계로 얽힌 비즈니스라는 좁은 의미로 쓴 게 아니다. 인간관계의 복잡하게 얽힌 결을 간명하게 제시했기 때문에 맹상군은 이 말을 수긍한다. 상대를 원망하고 경멸한다고 해소되는 관계가 아닌 것이다. 이 에피소드가 「맹상군열전」의 끝에 놓인 것은 중요하다. 삶에 부침을 겪고 인간관계에 변화를 체험하면서 맹상군은 변한다. 맹상군은 이 일을 계기로 절대 이전의 맹상군으로 돌아가지 못할 것이다. 자기 곁에 사람이 없는 괴로움을 겪으며 세상 공부를 한 후에 인간관계를 새롭게 각성했음을 풍환을 통해 드라마틱하게 보여 준 것이다. 이렇기에 사마천이 에피소드를 사용하는 방식은 고차원이다. 일화의 나열에 그치지 않고 겹치면서 깊어진다. 맞물리면서 파고든다. 이는 맹상군의 인격을 보여 주기 위함이지만 이 일을 통해 성장한 맹상군도 보여 준다. 우리가 아는 진정한 맹상군이 이때 완성된다.

　　인간을 알아야 한다고 간하는 풍환의 통찰력과 이해력이 대단하다. 관념에 물든 서생의 말이 아니다. 당위만으로 세상을 판단하지 않는 건강함이 여기 있다. 시장의 비유는 근사近思하고 정확하다. 맹상군은 자신의 실수를 알고 그 자리에서 고친다. 풍환에게 두 번 절하고 예를 차린다. 맹상군의 큰 그릇. 사마천이 그를 흠모한 이유를 알 만하다. 빈객을 좋아한 사람들로 흔히 사군자四君子(제나라 맹상군, 위나라 신릉군, 조나라 평원군, 초나라 춘신군)를 꼽지만 맹상군이 존경받는 인물이 되었던 것은 이 기회를 통해서였다. 맹상군은 빈객을 좋아했지만 풍환의 말을 계기로 인간을 이해하는 경지에 이른다. 맹상군이 절을 한 것은 고마움에 대한 표시이지만 자신을 낮춰 세상과 접촉면이 넓어진 은유로 읽어도 좋다. 이 에피소드에서 누군가는 주종관계의 이상적인 모델을 볼 수 있다. 또 누군가는 난세가 역동적인 시대일 수 있다는 역설을 확인할 수 있다. 누군가는 인간에 대한 이해를 읽는다.

　　절을 하는 모습을 읽으니 떠오르는 장면이 있다. 『장자』「어부」漁父에서 공자는 어부가 해주는 말을 들을 때마다 어부에게 절을 한다. 배우기를 좋아해 평생 공부했던 공자라는 한 인간의 모습이 캐릭터로 잘 구현된 장면이다. 어부와 대화하던 공자의 나이 69세, 공자는 어부에게 제자가 되고 싶다고 할 정도였다. 나중에 자로가 공자의 이런 모습을 보고 과하지 않느냐고 묻는다. 임금에게도 꿈쩍 안 하시던 선생님이 어부에게 절을 하시다니요? 제자들이 모두 괴이하다고 여깁니다. 자로 같은 제자가 보기엔 그럴 수도 있겠다. 보통 사람들도 그렇게 여겼으리라. 자로라는 인물은 여기서 보통 사람의 의견을 대변하는 역할이었을 터. 그러나 공자나 맹상군은 좋은 말에 넙죽넙죽 절하는 사람들이 아니다. 삶의 간난신고를 겪고 세상사를 경험한 사람들이 그에 걸맞은 진심을 들을 때 몸과 마음이 저절로 반응해 절이라는 예를 행한 것이다. 상징 행위였던 것.

사마천이 평가한 것은 맹상군의 인간 됨됨이였다. 거기엔 알아주는 벗 하나 없어 궁형을 받아야 했던 자신의 괴로움이 깔려 있다. 한 단계 더 내려가면 거기엔 인간 이해에 대한 남다른 공감이 있다. 이것은 도덕이나 사상이 담지 못하는 인간사를 포괄한 현실의 모습이었고 구체적이어서 설득력이 있다. 이 현실의 모습이 역사 혹은 문학이 존재하는 자리다. 이럴 때 『사기』는 이전의 문학이 구현한 캐릭터를 뛰어넘어 새로운 인간형을 창조한 작품으로 기억되는 것이다.

5장

어떤 비극

―「회음후열전」

淮陰侯

宋諫議錢公昆題侯墓云拜壇日思難厚彊足封時應已深
隆準平知同鳥喙將軍應起五湖心

한신 초상 한신의 이미지를 포착한 화가는 한신이 젊다는 사실에 포커스를 맞췄다. 20대로 보아도 크게 틀리지 않으리라.

1. 전쟁의 신

일본 사람들은 한신韓信을 전쟁의 신이라 부른다. 일본인들의 만신전萬神殿에는 검도劍道의 신, 다도茶道의 신, 학문의 신, 소설의 신, 심지어 과자의 신도 존재하니 전쟁의 신이라 한들 이상하게 볼 일은 아니다. 한 분야에서 최고의 경지에 이른 인물을 신격화시켰다 정도로 이해할 수 있을 것이다. 한신의 어떤 면을 보고 전쟁의 신이라 했을까. 한신을 알 수 있는 가장 좋은 자료는 「회음후열전」淮陰侯列傳이다.

유방 자신의 입으로 소하와 장량과 한신을 가장 큰 공을 세운 사람으로 꼽고 자신은 이들보다 못하다고 인정했다(「고조본기」). 이 말은 겸사나 레토릭이 아니다. 사실 진술이다. 그런데 한신은 소하나 장량과는 차원이 다르다. 소하는 병참을 담당했고 행정을 다뤘으니 유방이 그보다 글文 보는 눈이 낮은 건 사실이다. 장량은 한韓나라 귀족 출신으로 교양과 식견에서 유방과 비교될 수 없다. 유방이 이런 문학文學 차원에서 그들보다 못하다고 한 건 아니다. 전쟁

수행 능력만 보더라도 지원 역량에서는 소하가, 전략적 사고에서는 장량이 자신보다 월등하게 뛰어났다는 의미였고 이들이 없었다면 결과는 예측할 수 없었을 것이다. 하지만 한신의 경우는 무장으로서 자신과 같은 영역에 있던 사람이었다. 유방은 산전수전 다 겪은 사람이라 전투라면 누구에게도 꿀리지 않는 경험과 안목을 가졌다. 황제가 되어서도 경포黥布의 난에 몸소 나가 반란을 진압한 역전의 용사 아닌가. 맹장猛將 경포를 격파할 만큼 싸움에 이골이 난 사람이다. 그런 유방이 한신을 칭찬할 정도였다. 소하와 장량과 한신을 치하한 유방의 말은 황제가 된 직후였으니 이들을 모두 자기 밑에 두고 있었다. 소하-장량-한신, 유방은 최고 공적을 세운 사람을 이렇게 삼각형으로 묶었다. 한데 이 삼각형은 유방-항우-한신으로 전혀 다르게 짜일 수 있었다. 이 삼각형이 비현실적으로 보인다면 유방-항우의 구조가 유방-한신의 맞수 형태로 새로 짜일 수도 있었다. 허황한 상상이 아니다. 왜 그렇게 되지 않았을까?

유방을 우습게 보고, 쌈이 붙었다 하면 진 적이 없는 천하 영웅 항우. 그도 한신을 두려워했다. 거북해하는 상대 정도가 아니라 두려워했으니 이것만으로도 한신의 능력을 가늠할 수 있다. 이런 사실이 전쟁의 신이라 칭하는 근거가 될 수 있을 것이다. 천하의 영웅 두 사람이 인정했으니 토를 붙일 수 없다. 다른 사람들의 평가나 말을 동원해 한신에 대해 더 많은 이야기를 할 수 있을 것이다.

한신을 이야기할 때 과연 '말'로 충분할까. 전쟁의 신이라 한다면 전언傳言만으로는 구체성이 떨어진다. 사마천은 말에서 행동으로 서사를 진행한다. 진행 순서는 이렇다. 먼저 사람들의 말을 통해 한신의 이미지를 형성한다. 다음, 한신이 인지되자 한신의 언어를 직접 들려준다. 마지막엔 행동으로 구체화한다. 사마천은 한신의 캐릭터를 보여 주는 것으로 시작한다. 「회음후열전」은 전형적인 서사다. 이 장에서는 한신은 왜 죽었을까, 라는 데 초점을 두고 읽어 보자. 한신의 죽음을 두고 이유를 따져 보는 일에 사람들은 별 관심을 두지 않는다. 그러나 그의 죽음을 추론해 보면 비극의 차원까지 도달하지 않을까.

2. 세 개의 에피소드

'한신전'韓信傳은 세 개의 에피소드로 시작한다. 첫번째는 친척 하나 없이 가난해 밥도 빌어먹지 못했던 무명 시기. 쉽게 무시당했던, 문자 그대로 적나라한 가난의 시절. "가난하고 행동이 제멋대로無行여서 누구에게 추천을 받아 관리가 되지도 못했다"고 사마천은 썼다. 행동이 멋대로이니 한곳에 정착해 찬찬히 농사를 짓지 못한다는 말이다. 무뢰배와 어울려 임협 티라도 내며 살자면 유방처럼 정장亭長의 수하가 되어 행정의 말단에라도 붙어야 하는데 그렇게도 하지 못했다. 남창南昌 정장에게 빌붙었으나 밥만 축내다 쫓겨난 사실은 의지처가 변변치 못했던 밑바닥의 모습을 보여 준다. 홀몸으로 비참한 자신이 뼈에 사무쳤을 것이다. 뒤집어 말하면 누군가 그를 거둬 주었다면 다른 모습일 수 있었다는 말로도 읽을 수 있겠다.

　두번째는 성 아래에서 낚시를 하다(배가 고파서였으리라) 빨래하는 아낙네에게 배곯는 게 눈에 띄여 밥을 얻어먹은 이야기다. 한신은 말한다. "제가 반드시 크게 보답하겠습니다." 보답을 바란 게 아니었다는 여자의 말이 바로 나온다. 여기서 강조되는 건 은혜를 잊지 않겠다는 한신의 말이다. 한신이 초나라의 왕으로 봉해진 후 이 여자를 찾아 크게 은혜를 갚는다. 자기가 한 약속을 지킨 것이다. 훈훈한 이야기다. 은혜를 잊지 않는 한신의 됨됨이를 상상할 수 있다. 만약 누군가 한신을 거둬 크게 썼다면 나중에 한신은 큰 은혜를 무엇으로 갚을 수 있었을까? 이 이야기는 첫번째 에피소드의 가난이란 테마와 연결된다.

세번째는 널리 알려진 이야기로 한신이 자기를 업신여긴 젊은 이의 가랑이 밑으로 기어 지나갔다는 일화다. 온 시장 사람들이 모두 웃으며 한신을 겁쟁이라 불렀다는. 큰일을 위해 작은 굴욕을 참고 견딘 위인의 표상으로 언급되는 유명한 이야기다. 사마천은 재미있는 일화를 전하면서 한 구절을 끼워 넣었다. "많은 사람들 가운데서 한신을 욕보이며, '신信은 사람을 죽일 수 있거든 나를 찔러라. 못 죽이면 내 가랑이 밑으로 기어가라' 하였다. 이에 한신은 한참을 쳐다보더니信孰視之, 몸을 굽혀 가랑이 밑으로 기어갔다." 한참 쳐다보다孰視=熟視, '숙시', 원문의 두 글자가 키워드다. 가랑이 밑으로 지나가는 굴욕적인 행동이 중요한 게 아니라 그전에 한참 동안 쳐다보며 화를 가라앉혔다는 반응에 방점이 찍혀야 한다.

한신은 큰 덩치에 칼을 차고 다녔으니 임협의 무리라 할 수 있다. 「자객열전」에서 보듯 임협은 상대방이 자신을 임협으로 대하고 알아주며 예禮를 차릴 때 그를 위해 목숨을 바친다. 여러 열전에서 임협이 자기를 알아주는 이에게 예로 대하는 모습을 상세히 묘사하는 데에는 다 까닭이 있다. 예로 대하지 않고 고용자−피고용자 같은 관계이거나 처음 대하던 마음이 흐트러지면 임협은 지체 없이 떠난다. 그런데 모욕을 했다면? 칼부림이 난다. 「항우본기」나 「유후세가」에 누군가 살인을 저지르고 고향을 떠나 피신한 이야기들은 모두 임협 세계의 행동과 관련된 언급이라고 볼 수 있다. 한신은 조직(?) 없는 홀몸이라 업신여겨졌다고 추측할 수 있지만("네가 덩치 크고 칼 차는 걸 좋아하지만 마음은 겁쟁이지") 모욕은 모욕이다. 한데 한신은 참았다. 상대가 되지 않는데 힘을 쓰는 게 임협에겐 더 우스운 일. "한참 쳐다본다"孰視=熟視는 원문의 두 글자로 한신의 심리적 갈등과 인내, 임협으로서의 자세를 잘 묘사했다.

일화에서 읽은 것

세 이야기에서 중요한 정보와 암시, 그리고 복선을 읽을 수 있다. 한신에게는 가족이 없다. 「회음후열전」은 "회음후 한신은 회음准陰 사람이다"라는 문장으로 시작해 바로 첫번째 이야기로 넘어간다. 출신지 외에는 전혀 알려진 게 없다는 말이다. 이후 진행되는 이야기에서 가족은 전혀 언급되지 않는다. 그는 고아처럼 혈혈단신이었다. 은혜를 갚겠다고 빨래하던 여자에게 말하자, "대장부가 제 손으로 밥을 먹지 못해 내 공자公子가 가여워 밥을 준 것인데 무슨 보답을 바란단 말인가"라는 대답이 돌아왔다. 밥을 준 것은 적선이 아니라 돌봐 주었다는 말이었다. 자기를 돌봐 준 사람을 한신이 어떻게 생각했겠는가. 빨래하던 여자를 잊을 수 없다. 혼자였기에 임협임에도 모욕을 당했던 것이고, 혼자였기에 밥을 안 주고 홀대했던 것이다. 유방도 진평도 장량도 누군가 그들을 도왔기에, 즉 그들을 알아보고 뒤를 봐주었기에 그들은 순조롭게 커 나갈 수 있었다.

진평의 경우는 인물이 훤칠했기에 그것이 중요한 역할을 했다. 남자로서 잘생긴 것이 당시에는 남과 사귀고 누군가의 도움을 얻는 데 유리했던 시대였다. 해서 인물전에는 생김생김이 훤할 경우 그가 미모임을 반드시 언급한다. 훌륭한 용모는 큰 자산이었다.

말이 나왔으니 당시 출중한 용모가 중요했다는 사실을 다시 한 번 강조하는 게 좋겠다. 유방을 두고 용의 모습 운운하는 것은 훗날 황제가 되고 난 이후 만들어진 전설일 가능성이 크므로 차치해 두자. 진평의 경우 용모가 뛰어났다는 기록이 보이는데 진평은 두드러진 용모 덕을 톡톡히 보았다. 옛 기록에 용모가 빼어난 사람일 경우 그 사실을 꼭 기록하는 것은 단순한 사실 전달이거나 글쓰기의 관례 정도에 멈추지 않는다. 당시 사람들에게 중요하게 인지된 사회 관례이자 문화였기 때문이었다. 후대에 선비士의 자격 가운데 신언서판身言書判을 집어넣은 것은 그만큼 필수조건이어서였다. 신身은 몸가짐을 말하기도 하지만 문자 그대로 훤칠한 키를 포함한 신체 조건과 용모를 가리킨다. 말솜씨도 능변을 포함해 조리 있게 설명하고 경우에 맞게 말하는 태도를 의미하는데 이는 생각이 말로 드러난다는 당시의 사고를 반영한 것이다. 마찬가지로 눈길을 끄는 용모는 그 사람의 품성을 가늠케 해주는 것이었다.

반대로 용모가 아름답지 못할 경우도 동일한 정도의 핸디캡이었다. 한비자는 한韓나라의 공족公族이었는데 말더듬이였다. 당시 사람들은 한비자의 두드러진 특징을 말을 더듬는, 뭔가 부족한 상태로 인지한 것이었다. 『춘추좌전』 선공宣公 4년에, 초楚나라 사마司馬 자량子良이 아들 자월초子越椒를 낳았는데 큰아버지 자문子文(유명한 재상 투누오도鬪縠於菟가 이 사람이다)이 자월초를 꼭 죽여야 초나라 왕족이 멸족당하는 일을 막을 수 있다면서 월초가 곰과 호랑이 모습熊虎之狀에 승냥이와 이리 목소리豺狼之聲를 가졌기 때문이라고 한 말이 보인다. 용모가 그만큼 중요했기 때문이었다. 『오월춘추』에도 범려范蠡가 문종文種에게 월왕越王 구천句踐에 대해, 목이 길고 새의 부리 모양에 매처럼 보고 이리처럼 걸으니 어려움은 함께할 수 있어도 즐거움을 함께 누릴 수 없다고 말한다. 범려는 월왕의 신체 특징을 험한 동물에 두루 빗대 거론했다. 월왕에 대한 묘사 중 일부는 진시황을 묘사할 때 쓰인 말이기도 하다. 당시 사람들이 품었던 용모에 대한 인식은 현대인들의 상상보다 훨씬 중대했다.

　여자의 경우는 더했다. 기록에 등장하는 여성들은 미모일 경우 대부분 아름다운 정도를 경국지색傾國之色이란 말로 기록했다. 구체적인 미모를 어이 필설로 할 수 있으랴. 사람이 죽고 나라가 망하는 지경을 묘사해 사람들이 그 미모를 상상하도록 할 뿐. 여성들은 자신의 미모 때문에 자신이 감당할 수 없는 운명에 휘둘리기에 더 처절할 수밖에 없었다. 전적으로 남자의 손에 의해! 미인박명美人薄命이란 말이 괜히 만들어진 게 아니다. 이 많은 일이 죄다 용모에 뿌리를 두고 있다. 한 사람의 외모는 외모에 그치지 않는다.

　한신은 몸피는 컸으나 눈길을 끌 만큼 미남은 아니어서 능력을 발휘할 때까지 시간이 걸렸다. 한신과 같이 근본 없는 인물이(따지고 보면 유방도 마찬가지이고, 장량을 제외하면 한나라 개국공신들의 출신은 개백정에 비단장수, 기껏해야 하급관리 정도였으니 한신을 예외라고 할 수도 없다) 최고의 지위까지 올라갔으니 「회음후열전」도 변신의 서사임이 새삼 확인된다.

굴욕을 견딘 것은 한신에게 품은 뜻이 있기 때문이었다. 은인자중隱忍自重은 이때 쓰는 말이다. 자기 뜻을 이루자 과거의 모습과 어떻게 달라졌을까. 한신은 초나라 왕이 되자 자신을 모욕한 사람을 찾아낸다. 자신을 모욕한 사람이 자기 앞에 불려왔을 때 한신은 어떤 기분이었을까. 과거의 일이라고 하나 자신을 모욕한 죄는 죽여 마땅했다. 한신의 복수는 통쾌한 것이었다. 자기를 모욕한 자를 군직에 앉혀 자기 밑에 두었다. 한신은 은혜를 베풀었지만 실상 그것은 가장 큰 모욕으로 갚은 것이요, 잔인한 복수였다. 남들은 통 큰 인물로 한신을 평가했겠지만. 한신은 어떤 면에서 지극히 인간적이었던 것이다. 은혜를 잊지 못하는 인간이 모욕을 잊겠는가. 한신의 인간적인 면모와 그의 성격, 그것은 한신의 앞날에 긴 그림자를 드리운다.

3. 상승

세 일화가 끝나자 칼 한 자루에 의지해 항량에게로 간 한신이 나온다. 반란이 시작되고 무대가 바뀐 것이다. 한신은 초나라 사람이었으니 초나라 군대로 간 것은 당연한 수순. 항량에게도, 항우에게도 발탁되지 못하자 한신은 유방에게 몸을 옮긴다. 이 행동을 두고 지조가 없다느니 하는 평가는 쓸데없는 말이다. 유가儒家들이 입에 올리는 그런 판단은 시대착오다. 지조니 절개니 충성이니 하는 이데올로기는 후대에 강화된 이념형이라 당시 그 누구의 머리에도 씨앗조차 없었다. 선비건 무장이건 자신을 알아주는 사람에게 몸을 의탁하는 것이 관례였고 습속이었으며 그랬기에 사회의 역동성이 컸던 때였다.

이때 계기가 생긴다. 법에 걸려 사형을 기다리다 자기 차례가 되자 한신은 고개를 들어 등공滕公을 보게 된다. "왕께서는 천하를 갖고 싶지 않은 건가요? 어찌하여 장사를 죽이려 합니까?' 등공은 그의 말을 기특하게 생각하고 그의 모습이 당당한 것을 보고는 풀어 주고 목을 베지 않았다. 등공은 한신과 이야기를 해보곤 크게 기뻐하였다. 왕(유방)에게 말씀을 드려 왕이 치속도위治粟都尉에 임명하긴 했지만 한신을 기특하게 보지는 않았다. 한신은 자주 소하와 이야기를 했는데 소하는 그를 기특하다고 보았다." 기회가 왔다. 등공은 죽음 앞에서도 씩씩했던 한신의 태도를 높이 평가했던 것이다. 등공이 누군가. 유방이 기의起義할 때 같이 참가했던 초기의 핵심 멤버 하후영夏候嬰이다. 유방의 측근이므로 소하 등과도 연결되고 유방과 접촉이 수월한 위치에 있었다. 한신은 등공을 통해 유방에게 알려지긴 했지만 아직 때가 아니었다. 그리고 소하가 등장한다. 이제부터 한신의 무대가 본격적으로 펼쳐진다. 사마천은 조금씩 한신의 능력을 보여 주는데 대부분은 간접적인 전달이다. 한신과 이야기를 나눠 보니 대단했더라는 일반적인 진술로 궁금증을 쌓아 갈 뿐 정체를 보여 주지 않는다. 유방이 등공의 말을 듣고도 범상하게 넘어갔던 것도 이해가 된다. 난세, 휘하에 몰려오는 사람이 한둘이 아니다. 등공이 유력자이기에 한신을 중간 간부로 임명하긴 했으나 병참에서 식량을 관리하는 역할을 주었을 뿐이다. 그런데 병참의 총책임자가 소하였고 한신과 소하는 업무 서열상 만날 수밖에 없는 위치. 한신은 제대로 루트를 찾은 것이다. 소하가 유방에게 어떻게 한신을 천거해 전면에 세울 것인가. 사마천은 설명을 빼고 그 과정으로 직진해 들어간다.

유방이 한나라 왕으로 봉해져 촉蜀 지역으로 떠나자 동쪽에 고향을 둔 많은 사람들이 이방異邦의 남쪽 땅으로 떠나는 걸 참지 못해 유방 곁을 떠난다. 한신도 떠났다. 한신은 고향에 아무도 없으므로 고향으로 도망가는 사람들과는 이유가 달랐다. 소하가 자신을 천거했을 텐데 유방이 자신을 쓰지 않았으므로 떠난 것이다. 소하는 한신이 도망갔다는 말을 듣고 미처 유방에게 아뢰지도 못하고 직접 한신을 쫓아간다. 사람들이 승상 소하가 도망갔다고 보고한다. 유방은 크게 화를 내면서도大怒 양팔을 잃은 것처럼 허탈해한다. 이틀이 지나 소하는 돌아와 유방을 알현한다. 유방은 화가 나기도 하고 기쁘기도 해且怒且喜 소하에게 욕을 퍼붓는다罵. 욕을 퍼부었다고 했지만 사마천은 구체적으로 어떤 욕을 했는지 기록하지 않았다. 입말의 욕을 기록했다면 언어 연구에 귀중한 자료가 됐을 것이다. 황제가 된 후 사후 기록일 것이므로 아무리 생생한 자료라도 욕을 쓸 수는 없었을 것이다. 번역도 '욕하며 말했다'가 아니라 '욕을 퍼붓고 나서 말했다'로 해야 할 것이다.

"네若가 도망을 가다니 어떻게 된 거냐?"
"신은 감히 도망간 게 아니라 도망간 사람을 쫓아간 것입니다."
"네가 쫓은 자가 누구냐?"
"한신입니다."
왕은 다시 욕을 했다復罵. "도망간 장군들이 수십 명인데도 그대公는 쫓아간 사람이 없었지 않나. 한신을 쫓아갔다니 거짓말이다."
"다른 장군들은 얻기 쉽습니다. 한신 같은 사람은 온 나라 선비 가운데 둘도 없습니다. 왕께서 오랫동안 한중韓中에서 왕으로 계시겠다면 한신을 쓸 일이 없습니다. 반드시 천하를 다투시겠다면 한신이 아니고는 함께 일을 도모할 사람은 없습니다. 다만 왕의 계획이 어디에 있느냐에 결정될 따름입니다."

"나도 동쪽으로 가고 싶은 맘뿐이네. 어떻게 답답하게 여기 오래 머물겠나."

"왕께서 꼭 동쪽으로 가고 싶으시다면 한신을 쓰셔야 합니다. 그러면 한신은 머물 것입니다. 쓰지 않으시면 한신은 끝내 도망가 버릴 겁니다."

"내 그대를 위해 장군으로 삼겠소."吾爲公以爲將

"장군이 되더라도 한신은 꼭 머물지는 않을 것입니다."

"대장으로 삼겠소."

"아주 다행입니다."

이에 왕은 한신을 불러 대장으로 임명하려 하였다.

"왕께서는 평소에 오만하고 무례하시어 지금 대장을 임명하시는데도 어린애 부르듯 하십니다. 이게 한신이 떠난 이유입니다. 왕께서 꼭 대장으로 임명하시겠다면 좋은 날을 택하셔서 목욕재계하시고 단장增場을 설치하셔서 예를 갖추셔야만 됩니다."

왕은 허락했다. 여러 장군들은 기뻐하면서 사람들은 각자 자기가 대장이 될 거라고 생각했다. 대장을 임명할 때 보니 바로 한신이었다. 온 군대가 경악했다.

대화로 된 인용문은 흥미진진하다. 격식을 차리지 않는 유방의 성격과 소하의 차분한 성격이 대조를 이루면서 중심 인물 한신을 부각시킨다. 대화는 한신을 쫓아간 이야기에서 대장 임명까지 한 발씩 성큼성큼 나아가고 독자의 궁금증은 차곡차곡 쌓인다. 언어는 거침없다. 유방은 크게 화내고大怒 화가 나기도 기쁘기도 해서且怒且喜 욕을 퍼붓고罵 또 욕을 한다復罵. 그의 감정은 가감 없이 드러나고 그 와중에 "너"若에서 "그대"公로 호칭이 바뀐다. 소하의 말에 귀기울이는 과정이 묘사되는 것이다. 소하는 차츰차츰 한신을 띄운다. 자신이 그를 쫓아간 이유를 끄집어내면서. 독자는 한신과 소하가 나눴을 이야기를 상상하게 된다. 무슨 말을 했기에 소하가 이렇게 한신을 높이 평가하게 됐을까. 유방은 아직 한신을 믿을 수 없다. 유방으로선 신중할 필요가 있었다. 그렇기 때문에 더 믿는 소하를 앞세워 "그대를 위해 장군으로 삼겠다"吾爲公以爲將고 한 것이다. 소하는 여기서도 꿈쩍하지 않는다. 한신이란 인물이 중심으로 들어오는 순간이다. 드디어 대장으로 임명하기로 한다. 소하를 믿고 간결하게 말한다. "대장으로 삼겠소." 제대로 된 격식을 차려야 한다는 소하의 충고는 사려 깊다. 단순히 형식을 만들어 대우한다는 뜻 이상의 의미를 갖는다. 자기를 알아주는 사람을 갈망했던 한신의 마음을 소하는 정확히 읽었다. 임명식은 격식일 뿐 아니라 한신을 감동시켜 전적으로 유방에게 의탁하도록 하는 상징의례였다. 반드시 그렇게 해야 할 통과의례였다. 또한 의례를 통해 주군主君으로서 유방이 돋보이는 건 말할 것도 없다. 소하의 사람 보는 눈이 빛을 발하면서 동시에 나라의 위엄이 나타난다. 소하답다. 한데 사마천은 중간에 짤막한 객담을 끼워 넣었다. 여러 장군들이 김칫국부터 마셨다고. 의례에 포섭된 장군들의 모습을 전하면서 이야기는 디테일 덕에 활력을 얻는다. 사마천의 유머감각과 더불어 아무렇지 않게 글에 윤기를 더하는 유려한 필력이다.

한신의 등장

드디어 한신이 등장한다. 그동안 뛰어나다고 전해 들었던, 소하를 매혹시켰던 한신의 안목과 계책이 전면화되는 순간이다. 충분히 예열이 되었으므로 독자들은 기대를 가지고 한신의 능력을 보고 싶어 한다. 사마천은 우선 한신의 말로 시작한다. 계책을 알려 달라는 유방의 말에 대한 한신의 대답은 크게 두 갈래다. 하나는 항우의 성격 보고, 다음은 현 정세 분석과 그에 근거한 공격 전략. 항우의 성격에 대해 그는 두 가지로 정리한다. 소리를 치면 모두가 쓰러질 지경이지만 현명한 장군에게 임무를 맡기지 못하니 필부의 용기匹夫之勇일 뿐이요, 사람들에게 자애롭고 말도 부드럽게 하며 병사가 아프면 눈물을 흘리며 음식을 나눠 주지만 공을 세운 사람을 봉하고 벼슬을 줄 때는 도장을 만지작거리느라 닳을 지경이니 아녀자의 인자함婦人之仁일 따름이라고.

그리고 항우가 처한 상황 분석. 먼저 관중에 수도를 정하지 않고 팽성으로 옮겼다는 사실을 지적한다. 의제義帝와의 약속을 어기고 자기와 친한 사람을 왕으로 봉한 일을 언급하고, 결국 의제를 강남으로 쫓아내고 옛 왕들을 몰아내 자기가 좋은 땅을 차지한 행동을 제후들이 기억하고 있음을 주지시킨 뒤, 가는 곳마다 사람들을 잔인하게 몰살시켜 인심이 안 좋다는 말을 전하면서, "이름은 패왕이라 하나 실제로는 천하의 인심을 잃었으니 그의 강력함은 쉽게 약해질 것입니다"라고 말을 맺는다. 그리고 이를 바탕으로 유방에게 조언한다. 유방의 현재 급선무는 삼진을 회복해 함양을 발판으로 동진東進하는 것. 삼진을 지키는 장수들은 부하를 다 죽이고 자신들만 살아남아 진나라 사람들의 인심이 그들에게 있지 않다는 것, 진나라의 가혹한 법에 시달린 백성들이니 진나라의 법을 세 가지三章로 간략하게 하면 민심을 얻어 정벌은 쉬울 것이라는 결론이었다.

한신의 의견은 설득력이 있다. 항우에 대한 견해는 그의 경험에서 나온 것이므로 정확하다. 의제를 죽이고 제후를 봉하는 데 큰 실수를 저지른 일은 이미 「항우본기」에서 보았다. 한신이 말한 의견과 분석은 장량의 의견과 일치할 뿐만 아니라 홍문의 연회에서 번쾌가 항우에게 의제와 한 약속을 지키라고 한 말과도 일치한다. 연회 당시 장량은 유방의 진영에서 정세를 판단했고 같은 시각 한신은 항우의 진영에 몸을 두고 사태 추이를 보고 있었다. 한신이 유방 진영으로 넘어온 것은 홍문연회 이후 유방이 촉 지역으로 떠나는 시점이었다. 당대 최고의 전략가 두 사람, 장량과 한신의 의견이 일치한다는 사실은 유방에게 확신을 주기에 충분했다. 유방이 한신의 의견대로 따른 것을 우리는 이미 알고 있다. 유방이 함양을 수복하고 진나라의 법을 세 가지로 줄인 일도 한신의 공이었다는 말이다. 이는 상징적인 처사였지만 민심을 얻는 중요한 조치였음은 말할 것도 없다.

한신의 언변은 뛰어나다. 조리 정연하게 자기 생각을 전했다. 항우의 성격을 구체적으로 예시하면서 이를 이어 유방의 성격을 항우와 맞세웠다. 항우의 성격에서 비롯된 잘못된 판단과 그 여파를 설명하면서 유방이 해야 할 방법을 보여 주었다. 현실에 바탕을 두고 귀납적으로 설명하면서 상황을 분석하고 그에 따라 자연스레 할 일이 따라 나온 것이다. 한신의 말은 교묘하다면 교묘하다. 삼진 진출은 유방이 그곳으로 나아가는 게 아니라 그쪽에서 유방을 필요로 한다는, 유방을 끌어당기므로 나아갈 수밖에 없다는 논리였다. 같은 말인데도 주어를 바꾸자 의미가 달라진 것이다. 의제 살해 사건의 경우 유방이 사건을 알게 되자 제후들에게 격문을 돌려 명분을 선점한 일은 「고조본기」에도 보인다. 새로운 정보는 아니었다. 한데 여러 조건과 함께 다른 해석의 자리에 놓자 중요한 사건으로 변했다. 능란한 변론이다.

　잠깐 다른 이야기를 해보자. 거듭 강조하지만 한신의 말은 자기 경험을 바탕으로 하기에 현실성이 풍부하다. 실질을 중요하게 보는 무인다운 판단이다. 장량의 경우는 유가의 관념성과 대비되는 현실성을 가졌다. 여기에 소하의 실제적인 행정 능력을 덧붙일 수 있을 것이다. 유방 진영의 인물들이 풍성해 보이는 이유가 여기 있다. 유방이 딛고 선 자리가 여러 인물을 통해 현실의 기반 위에서 상세히 검토된다. 사건과 상황이 발생할 때마다 유방은 철저한 자기 인식을 가질 수 있었기에 상황 대처가 가능했다. 항우는 유방의 경우와 정반대였다. 자기중심적이어서 현실인식이 완전히 결여되었다.──이런 해석이 가능하다. 하지만 거칠게 말하면, 당시에 일어났던 일에 대한 해석이 장량에게, 번쾌에게, 한신에게 다양한 버전으로 되풀이된다는 기시감이 드는 것도 사실이다. 항우에게도 나름의 상황 판단이 없었을까. 그의 언어는 지워졌다. 유방이 승리했기 때문에 유방의 언술이 많을 수밖에 없었을 것이다. 여기서 말하고 싶은 것은 역사는 승자의 기록이라든가(그러므로 왜곡이 있을 수밖에 없다는 상투적인 진단으로 넘어간다), 사후事後 합리화와 윤색이 있다든가 하는 일반화된 인식의 확인이 아니다. 유방 측에 남은 이런 반복되는 기록이 오히려 '기록자'의 존재를 뚜렷이 느끼도록 한다는 사실이다. 『사기』는 이전 기록의 재구성이라는 측면이 분명 존재한다. 그렇다면 '유방 측 역사'를 기록한 사람은 누구였을까?

다시 본론으로 돌아가서, 유방이 한신의 말을 듣고 한신을 뒤늦게 얻었다고 생각한 것도 당연한 일이었다. 이렇게 한신은 자기 존재를 증명했다. 언어로써. 이제 그의 행동을 볼 차례다.

4. 조나라 공략전

한신이 세운 최초의 공은 항우를 막아 낸 일이었다. 유방의 팽성 공략은 성공했으나 제나라에서 달려와 기습한 항우에게 대패해 유방군은 쫓긴다. 위험한 고비. 한신은 패잔병을 모아 형양에서 항우의 군대를 물리치고 대치전선을 형성한다. 한신의 공은 컸다. 이후 항우는 서쪽으로 진격하지 못한다. 형양전선은 지구전으로 바뀌었고 한신은 중원 지역으로 진출해 다른 전선에서 승기를 잡는다. 첫번째가 위魏나라. 위나라는 황하 동쪽 포판浦阪에 주력군을 배치한다. 한신은 의병疑兵을 맞은편에 두고 대치하게 한 뒤 강 위쪽으로 올라가 하양夏陽에서 도강, 포판 배후에 있는 북쪽 땅 안읍安邑을 공격한다. 배후를 찔린 위나라는 패배한다. 한신은 계속 동북쪽으로 나가 대代 지역을 격파한다. 이때 유방이 위나라와 대를 격파한 한신의 정병精兵을 자기편으로 거느리고(빼앗아!) 형양전선에 투입한다. 항우와 대적하는 유방은 힘에 부친다.

정예병을 넘겨준 한신은 주변에서 신병을 모집해 조趙나라를 공격한다. 유명한 조나라 공략전. 전투의 최대 고비는 정형산井陘山. 수백 리나 되는 좁은 길을 무사히 지나갈 수 있느냐가 전투의 관건이었다. 조나라에도 인재가 없는 것은 아니어서 광무군廣武君 이좌거李左車라는 인물이 지형을 이용한 격파책을 내놓는다. 지형 파악에 근거한 정확한 계책이었다. 좁은 지역에 가두고 병참을 끊은 다음 앞뒤에서 공격한다는 정석 전술. 적은 인원으로 큰 효과를 거둘 수 있는 최고의 안목. 혈전을 벌이며 먼 길을 행군해 피곤한 데다 제한된 양식과 신병을 가진 한신과 싸울 수 있는 최상의 전술이었다. 천하의 한신인들 당해 낼 재간이 없는 수다.

조나라 사령관은 이좌거의 계책에 어떤 결단을 내렸을까. 사마천의 냉정한 문장. "성안공成安公은 유자儒者였다." 이토록 싸늘한 문장이라니. 심플한 문장이지만 엄정한 판단문이다. 성안공이 누구인가. 진여陳餘를 말한다. 지금 한신과 함께 조나라를 공략하는 장이張耳와 한때 둘도 없는 친구로 문경지교刎頸之交를 맺었던 사이. 둘 다 위魏나라의 유명한 유자였다. 초한楚漢전쟁 와중에 운명이 서로를 적으로 만들었다(「장이진여열전」張耳陳餘列傳에 자세하다). 유방에게 6국의 후예를 봉하라고 건의해 장량에게 호된 비판을 받았던 사람(역이기酈食其)도 유자였다. 여기서도 현실에 어둡고 책에는 밝은 백면서생이 일을 망친다. 아니 책으로 현실을 재단한다고 해야 옳을 것이다.

"내 듣자니 병법에 아군이 열 배면 포위하고 두 배면 싸운다고 하오. 지금 한신의 병력은 수만이라고 하나 실은 수천에 불과하오.

천 리를 와서 우리를 습격하니 또한 이미 피로가 한계에 왔을 것이오. 이와 같은데도 만약 피하고 격파하지 않는다면 후에 큰 병력이 왔을 때 어떻게 공격하겠소. 그렇게 되면 제후들이 나를 겁쟁이라 하면서 우리를 가볍게 보고 치러 올 거요.”

유가의 전형적인 논리가 여기 다 들어 있다. 무조건 책을 기준으로 판단 내리고 행동하는 것. 첫 단추를 잘못 끼웠으니 그다음 논의는 계속 잘못된 궤도를 갈 뿐이다. 책은 당위의 언어일 경우가 많아서 현실은 정태적으로 취급되고 축소된다. 전쟁처럼 역동적이고 변수가 많은 일이 어디 있으랴. 한신이 뛰어난 점은 책보다 현실이 우선이어서 상황의 역동성에 책을 자유롭게 운용했다는 데 있다. 세상을 보는 관점이 완전히 달랐다. 유자는 병법을 이론으로 말하고 전략가는 병법을 실제로 운용한다. 둘은 다를 수밖에 없는데 고전적인 예가 정형산전투다.

한신은 광무군의 계책이 쓰이지 않은 걸 정찰을 통해 알고 대담한 작전을 감행한다. 경기병輕騎兵 2천 명을 뽑아 조나라 군대가 보이는 산 위에 대기토록 한 것. 그리고 덧붙이는 말. “조나라는 우리가 패주하는 걸 보면 반드시 성벽을 비우고 우리를 쫓을 것이다. 너희들은 그때 빨리 조나라 성벽으로 들어가 조나라 깃발을 뽑고 한나라의 붉은 깃발을 꽂아라.” 주력군의 부장들에겐 말한다. “오늘 조나라를 격파하고 회식하자.” 부장들은 알겠다고 대답은 했으나 믿을 수가 없었다. “조나라는 이미 유리한 지역을 선점해 성벽을 쌓았지. 또 저들은 우리 대장 깃발을 보지 않으면 선두부대를 공격하려 들지 않을 거다. 우리 선두부대가 험한 지형에 도착하면 회군해 버릴까 저들은 조심스럽거든." 장군들의 생각은 틀린 게 아니었다. 한신군은 유리한 지형을 차지한 조나라가 자신들의 본대와 일전을 겨루리라 판단하고 있었으니까. 한신은 아랑곳하지 않고 병사 만 명을 뽑아 배수진背水陣을 친다. 조나라 군대는 이걸 보고 병법을 모르는 자라고 크게 웃는다. 아침이 되자 한신은 대장기를 앞세우고 전진, 조나라 군은 성벽을 열고 공격해 온다. 긴 시간 전투가 벌어진다. 이때 한신은 깃발을 버리고 패한 척하며 강가의 진영으로 후퇴한다. 조나라는 후퇴하는 한신의 병사를 보고 과연 성벽을 비우고 나와 한신을 추격한다. 조나라 군대를 맞이해 필사적으로 싸우는 한신의 군사들. 이 틈에 숨어 있던 2천의 병사가 조나라 성으로 들어가 조나라의 깃발을 한나라의 붉은 깃발로 바꿔 꽂는다. 조나라 군대는 전투에서 이기지 못하고 돌아와 성벽을 보니 온통 한나라의 깃발. 이미 한나라에게 점령된 걸로 생각하고 일대 혼란에 빠진다. 이를 놓칠세라 한신의 군대가 협공하고 조나라는 패한다.

한신, 병법을 논하다

전투가 끝나고 장군들은 한신에게 묻는다.

"병법에서는 오른쪽으로 산과 구릉을 등지고, 앞이나 왼쪽으로 물과 늪지를 두라 했습니다. 오늘 장군께서는 신하들에게 반대로 물을 등지고 진을 치라背水陣고 하시면서 조나라를 격파하고 회식하자 말씀하셔서 저희들은 복종할 수 없었습니다. 한데 마침내 이 방법으로 이겼습니다. 이것은 무슨 술법입니까?"

"이는 다 병법에 있소. 다만 그대들이 살피지 못했을 뿐이오. 병법에, '사지死地에 빠진 뒤에야 살고 망할 곳에 있는 뒤에야 생존한다'고 하지 않던가. 또 내가 평소에 훈련시킨 노련한 병사를 거느리고 있지 못하니 이는 소위 '시장에 모인 사람들을 몰고 가서 싸우게 한다'는 것이오. 그들을 사지에 두어 각자 자기를 위해 싸우게 하지 않고 만약 살 곳을 주었다면 모두 달아나 버렸을 테니, 어떻게 그들을 작전에 쓸 수 있었겠소."

한신의 대답은 한신의 능력을 그대로 보여 준다. 한신의 작전이 과감했던 것은 절대적으로 불리한 조건을 안고 싸웠기 때문이다. 첫째, 가장 위험했던 요인은 병사들이 전투 경험이 없는 오합지졸이었다. 유방은 형양전선이 위태로워 한신의 정예 병력을 모두 차출해 갔다. 한신은 그때그때 장정들을 모아 전투로 나가야 했는데 평소 훈련시킬 여유가 없었다. 어쩔 수 없이 신참을 데리고 작전을 수행해야 했다. 둘째, 지형의 난점이 있었다. 조나라가 유리한 지점을 차지한 형국. 그들을 끌어내 작전에 말려들게 만들어야 했다. 그러려면 한신 자신이 선두에 서서 위험을 감수해야 했다. 셋째, 광무군이 간파했던 보급 문제가 있었다. 장시간 전투는 절대 불리했다. 맹자는 싸움엔 천시天時·지리地理·인화人和가 중요하다면서 인화〉지리〉천시 순으로 중요성을 말했다. 한신에게는 세 가지 모두 나쁜 상황이었다. 시간을 끌수록 불리했던 데다 형양전투의 압박이 있었고 조나라가 끝이 아니라 연나라와 제나라라는 거대한 국가가 다음 전투 대상이라 시간은 전혀 한신 편이 아니었다. 전선 상황은 시간이 갈수록 더 한신을 압박하고 있었다. 지리 조건은 말할 것도 없었다. 늘 타국에서 싸우는 상태. 광무군 같은 사람을 또 만나면 한신도 어찌할 수 없는 위태로운 조건을 계속 안고 있었다. 인화도 마찬가지. 훈련을 시키려면 시간이 필요한데 시간은 한신에게 불리했고 지리상 식량 공급도 마음대로 할 수 없는 형편이었다. 훈련을 시킨들 형양전선이 먼저이니 그쪽으로 동원될 게 뻔하고. 한신군 내부의 인화단결이야 문제될 게 없다 쳐도 적을 앞둔 상황에서 흔들리지 않을지는 장담할 수 없었다.

이런 조건을 고려해야 한신이 뛰어나다는 평가를 내릴 수 있다. 한신이 장군들에게 한 말은 모든 조건을 고려해 짜낸 지혜였다. 그래도 성공 여부는 불투명했다. 배수진을 친 병사들이 필사적으로 싸우지 않았다면 시간을 벌 수 없었을 터, 2천의 특공대가 성벽을 점령하기 어려웠을 것이다. 작전의 한 단계 한 단계가 어떻게 엇나 갈지 모르는 상황이었고 한신이 통제할 수 있는 것도 아니었다. 한신의 고심을 추측할 수 있는 대목인데 거꾸로 한신이 평소에 익힌 병법 공부의 수준을 알 수 있다. 단순한 역발상逆發想이 아니었다. 단시간에 짜낼 수 있는 임기응변도 아니었다. 글에 얽매인 사람들은 상상할 수 없는 해석이었다. 내가 보기엔 병법을 가져와 자신의 작전을 설명한 것일 뿐 병법에서 작전의 힌트를 얻었다고 보긴 힘들지 않을까. 조나라 전투는 따져 보면 따져 볼수록 기특한 방책이 아닐 수 없다.

연암의 글 「소단적치인」

옛사람 가운데 한신의 병법을 눈여겨보아 창조적으로 해석한 사람이 있었다. 연암燕巖 박지원朴趾源, 「소단적치인」騷壇赤幟引이란 글이 있다. 『소단적치』騷壇赤幟라는 책에 붙인 서문引이다. 소단騷壇은 문단文壇을 말하고 적치赤幟란 한신이 조나라 성벽에 꽂게 했던 그 붉은 깃발이다. 전범典範이란 뜻으로도 쓰인다. 『소단적치』는 '문단에 붉은 깃발을 꽂는다'는 뜻으로 과거시험을 통과한 사람들이 쓴 명문 모음집이다. 실용적인 글쓰기 안내서인 셈이다. 연암은 책 제목의 적치赤幟를 그대로 가져와 병법을 글쓰기 방식에 적용한다.

글 잘 쓰는 사람은 전투를 잘 알 것이다.善爲文者, 其知兵乎 비유컨대 글자는 군사요, 글 뜻은 장수요, 제목이란 적국이요, 고사故事 인용은 전장에 진지를 구축하는 일이요, 글자를 묶어 구句를 만들고 구를 모아 장章을 이루는 것은 대오를 이뤄 행군하는 것과 같다. 운韻을 맞춰 읊고 멋진 표현으로 빛을 내는 것은 징과 북을 울리고 깃발을 휘날리는 것과 같으며, 앞뒤의 조응이란 봉화를 올리는 것이요, 비유란 기습 공격하는 기병騎兵이요, 문장 기세의 억양抑揚을 반복反復하는 것은 맞붙어 서로 죽이는 것이요, 파제破題(시험 제목 설명)한 다음 마무리하는 것은 먼저 성벽에 올라가 적을 사로잡는 것이요, 함축을 귀하게 여기는 것은 빈백의 늙은이를 사로잡지 않는 것이요, 여운을 남기는 것은 군대를 정돈해 개선하는 것이다. 무릇 (조趙나라) 장평長平의 병졸은 그 용맹이 옛적과 다르지 않고 활과 창의 예리함이 전날과 변함이 없었지만, 염파廉頗가 거느리면 승리할 수 있고 조괄趙括이 거느리면 자멸하기에 족하였다. 그러므로 용병 잘하는 자에게는 버릴 병졸이 없고, 글 잘 쓰는 자에게는 따로 가려 쓸 글자가 없다. 진실로 좋은 장수를 만나면 호미 자루나 창 자루를 들어도 굳세고 사나운 병졸이 되고, 헝겊을 찢어 장대 끝에 매달더라도 사뭇 정채를 띤 깃발이 된다. (중략) 변통하는 방법, 그것은 역시 때에 있지 법에 있지 않다.所以合變之權, 其又在時而不在法也.

앞부분과 마지막 부분만 인용했지만 연암의 비유 솜씨가 볼만하다. 이 글이 명문인 까닭은 싱싱한 비유에 있다. 결합하기 힘든 연상을 자유롭게 조직하는 데서 신선한 감흥이 일어난다. 한데 비유에 홀려서는 안 된다. 이 글은 글쓰기에 대해 말하고 있지만 실제로는 연암의 문장론으로 읽어야 한다. "글 잘 쓰는 자에게는 따로 가려 쓸 글자가 없다"라거나 "변통하는 방법, 그것은 역시 때에 있지 법에 있지 않다"는 말이 그 증거다. 단어 자체가 천하다거나 우아한 게 아니라는 인식에서 비롯된 말이다. 한문의 특징 가운데 하나인 전통 존중을 재고한다는 의미에서 이 글은 당시에도 파격이었다.

현대적인 관점에서 보면 지시 대상과 지시어의 불일치를 염두에 두고 지시 대상을 새롭게 포섭하라는 뜻으로 읽을 수 있다. 바꿔 말하면 포획하는 대상을 고정된 실체로 생각하지 말라는 의미이기도 하다. 사물을 보는 눈에 변화가 생기면 고정된 객체로 존재한다고 생각하는 대상을 달리 볼 수밖에 없고 어휘나 단어를 선택하는 문제가 아님을 인지하게 된다. 어휘나 단어가 왜 문제가 되는가. 예를 들어 보자. 전통시대의 문장을 대표하는 고문古文에는 고문만의 관습과 전통이 있다. 고문의 전통을 따를 경우 단어 사용에 일정한 제한이 따른다. 예스런 분위기(아우라)를 내기 위해선 당대의 어휘나 속어를 쓰면 안 된다. 고문의 미적 지향은 고전적 우아/전형성이기 때문에 생기·발랄함·신선함·낯섦·충격 등은 피해야 한다. 옛글에 나온 단어나 고사를 선택해 써야 한다. 지금 여기의 이야기를 하면서도 고전의 확립된 전범 안에서 문장을 구사해야 한다. 수도를 쓸 때에도 장안長安이나 낙양洛陽이라고 써야지 서울徐鬱(한국의 수도 서울, 맞다. 19세기에 한 문인이 서울을 이렇게 표기하려 고민하다가 포기했다는 글이 있다)이라고 써서는 안 된다. 고문의 전통은 강력했다. 완고하다고 해야 할까. 고문의 전통이라는 관점에 서면 문장에 대한 접근이 다를 수밖에 없다. 문장은 고사하고 단어 사용부터 고심해야 한다. 글을 잘 쓰려는 사람들이 어설픈 이유 가운데 하나는 문장에 공식이나 법도가 있는 것처럼 생각한다는 데 있다. 연암은 이 점을 지적한 것이다. 고문 역시 고문이 씌어진 당대에는 당대의 문장이었으니 지금은 지금의 문장을 써야 한다는 것. 인용한 글에 보이는 "때"時란 바로 지금-현재-여기를 가리킨다. 명문(고문) 혹은 명문집의 존재는 예시이자 샘플일 뿐 절대 척도가 아니다. 장르나 문체도 역사적으로 형성됐거나 쓰임새에 따른 임의의 분류이지 실체가 아니라는 사실은 변함이 없다. 전통의 관점에서 보면 고문古文처럼 얼마든지 실체로 인식할 수 있지만.

정해진 법도法는 없다. 일정한 격식이 아니다. 글은 때時에 맞아야 한다. '때'란 시대이기도 하고 시기이기도 해서 확대하면 역사인식이기도 하고 자신의 현실(인식)이기도 하며 눈앞의 상황이기도 하다. 전통이나 스승이나 모범에 구애되지 말고 때를 알고 이에 맞게 쓸 줄 알아야 한다. 연암은 문장의 원리라는 큰 틀을 암시하고 문장 작법이라는 디테일까지 하나로 꿰어 논의를 벌인 것이다. 소설가 이태준도 『문장강화』에서 유사한 발언을 했다. 정확한 표현을 위해서라면 한자든 외래어든 가져다 쓰는 게 좋다고. 문장을 쓰는 구체적인 조언이지만 "때"에 대한 의식이 확고하다. 같은 종류의 발상이 아닐까 싶은데 요컨대 문장 운용의 묘책을 말하고 있다. 연암은 "가려 쓸 글자가 없다"(고문의 경직성에 갇힌 문장가들을 염두에 두고 한 말이다)고 했지만 안타깝게도 한글은 포함되지 않는다. 이태준은 근대국가를 만드는 데 국어=한글이 중심 역할을 함에도 불구하고 한자(한문이 아니다)까지 가져다 써도 된다는 유연한 의견을 가졌다. 한글전용시대가 된 지금 연암과 이태준을 어떻게 수용할 수 있을까?

연암의 경우에서 보듯 「소단적치인」騷壇赤幟引은 문장의 기세를 활용했다. 반복되는 문장이 불규칙하게 연속되면서 단순한 문장에 다양한 리듬이 생겼다. 변화무쌍한 병법 운용과 유사하다. 첫 문장이 열리고 놀라운 비유가 동원된다. 그리고 세찬 문장이 이어진다. 연암의 글을 공식으로 이해해 고착시켜서는 곤란하다. 연암의 글은 글쓰기의 한 모델을 제시한 것이지 고정된 법식으로 삼아 따라하라는 뜻이 아니다. "때"에 맞게 변통해야지 고정된 법도로 삼지 말라고 조언까지 하고 있지 않은가. 문장론이라는 근엄한 글을 생생하게 묘사하는 글쓰기야말로 연암만의 인장이다. 연암이야말로 한신의 병법을 창조적으로 잘 읽었다고 하겠다. 이는 한신이 병법을 창조적으로 잘 응용한 것과 조응한다. 맥락을 잘 읽은 독서가 핵심을 끄집어낸 문장론이 되었다. 잘 읽어야 잘 쓴다.

광무군 이좌거

한신에게 돌아가자. 한신은 광무군廣武君을 생포해 예를 갖추고 광무군을 대우한다. 둘 사이의 대화는 정중하다. 선비를 어떻게 대하는지 모범사례라 할 만하다. 사마천은 대구를 쓰고 고사故事를 거론하는 등 격식을 갖춘 고상한 투를 구사해 두 사람의 지적 수준과 진심을 문장으로 보여 준다. 광무군의 통찰을 알아본 한신이 연나라를 칠 계책을 묻자 상대는 "패배한 군대의 장수는 용맹(=군사)을 말할 수 없고 망한 나라의 대부는 (다른 나라의) 존속을 말할 수 없다고 들었습니다. 이제 저는 패망한 나라의 포로인데 어떻게 큰일을 도모할 수 있겠습니까"*라 하고, 한신은 "백리해가 우나라에 있었을 때 우나라는 망했고, 진나라에 있었을 때 진나라는 패자가 되었습니다. 우나라에서는 어리석었고 진나라에서는 지혜로웠던 게 아니라, 그의 말을 썼는가 안 썼는가, 그의 말을 들었는가 안 들었는가의 차이였던 겁니다.** 만약 성안군이 그대의 계책을 들었다면 저 역시

* 원문 敗軍之將, 不可以言勇, 亡國之大夫, 不可以圖存. 今臣敗亡之虜, 何足以權大事乎.
** 원문 百里奚居虞而虞亡, 在秦而秦霸, 非愚於虞而智於秦也. 用與不用, 聽與不聽也.

이미 사로잡히고 말았을 것입니다. 그대의 말을 쓰지 않았기 때문에 제가 그대를 모실 수 있게 된 것뿐입니다" 하였다.

한신의 말에 승자의 여유라는 기미가 없다고 할 수는 없지만 틀린 말도 아니었다. 겸손한 척이라도 할 줄 알아야 상대방을 높여 계책을 얻는 법. 광무군은 좀 더 시간을 들인다. "지혜로운 사람도 천 번 생각에 반드시 한 번 실수는 있게 마련이고, 어리석은 사람도 천 번 생각에 한 번은 맞는 말이 있게 마련이라고 들었습니다. 그러기에, '미친 사람의 말이라도 성인은 가려듣는다'라고 말하겠지요.* 제 계책이 꼭 쓸모가 있을까 두렵지만 어리석은 한마디 드려 보겠습니다."

고수들의 탐색과 뜸들이기, 밀고 당기기가 예사롭지 않다. 서사의 전개에서 보면 비효율적인 말의 성찬이다. 하지만 두 사람의 말을 통해 이면을 추리해 보면 한신이라는 인물이 평면적이지 않다는 판단을 하게 되고 광무군의 경우 단역(?)임에도 사마천이 인물 묘사에 공들였다는 데 생각이 미친다. 광무군은 뒤에 등장하는 항우의 사자使者 무섭武涉, 그리고 무엇보다 한신의 참모 괴통蒯通의 선구를 보여 준다는 점에서도 소홀히 할 수 없는 인물이다. 다른 한편, 사마천이 창안한 전傳의 특징이 여기서도 드러나는데 플롯 중심의 서사 전개가 주안점이 아니라 캐릭터 조성彫成에 방점이 놓인다는 사실에 주의해야 할 것이다.

한신은 광무군에게 연나라 공략의 방책을 얻는다. 돌아온 답변

---

* 원문 智者千慮, 必有一失, 愚者千慮, 必有一得. 故曰, '狂夫之言, 聖人擇焉'.

의 핵심은 무력을 사용하지 말라는 것. 광무군은, 한신이 여러 나라를 점령해 온 천하에 이름을 떨쳤다는 장점과 함께 연나라가 지구전을 펼쳤을 때 승리하기 어렵다는 단점을 이야기하며 정세를 분석한 후, 장점을 강조하는 편지를 써서 연나라에 사자를 파견하라고 조언한다. 탁견이었다. 먼 길을 온 병사에게 휴식이 필요한 점도 작용했다. 결과는? 연나라는 "바람을 따라 쓰러지듯 복종했다"從風而靡.

　그런데 형양전선이 일변한다. 유방이 항우에게 패해 몸만 빠져나와 한신의 진영으로 도망 온 것. 이 부분은 기술記述이 묘해서 읽는 사람마다 한마디씩 하는 문제적 장면이다. "6월, 한왕漢王이 (포위된) 성고成皋를 빠져나와 동쪽으로 가 황하를 건너 등공滕公과 함께 수무修武에 주둔한 장이張耳에게 향했다. 수무에 도착해 객사客舍에 묵었다. 새벽에 한나라 사신使臣이라 자칭自稱하고는 조나라 성벽으로 달려 들어갔다. 장이와 한신이 아직 일어나지 않아서 바로 침실로 들어가 수인帥印과 병부兵符를 빼앗고는 장군들을 불러 그들의 보직을 바꿔 배치하였다. 한신과 장이가 일어나 그제야 한왕이 온 걸 알고 크게 놀랐다. 한왕은 두 사람의 군대를 빼앗고 장이에게는 조나라 땅을 수비하도록 하고 한신은 상국相國에 임명해 징집하지 않은 조나라 사람을 병사로 거둬들여 제나라를 치도록 했다."

　일련의 사건들이 너무 허술하다고 논자들은 불평한다. 앞서 본 한신의 행동을 토대로 추론하자면 한신의 군사 운용은 치밀하다고 할 수밖에 없는데 유방의 행농은 군율이 엄정한 곳에서는 가능하지 않다. 유방이라 하나 군사에서는 현지 사령관이 우선이므로, 함부로 행동할 수 없다. 수인과 병부는 간직한 곳을 금방 알거나 쉽게 뺏을 수 있는 물건이 아님은 말할 것도 없고 장군들을 소집해 새롭게 편성하는데(한신의 명령을 받지 않고 자신의 명령에 따르도록 조치한다는 뜻이다) 그동안 한신은 자고만 있었다? 여기에는 지금은 알 수 없는 석연치 않은 사정이 있었던 것 같다. 후일 한신은 반역 혐의로 여후呂后에게 죽음을 당하고 사후 지위도 평가도 낮아질 수밖에 없었다. 하나 한신의 역할이 너무 커서 그를 깎아내리는 일에도 한계가 있었다. 그의 생전 역할과 사후 평가가 어긋나면서 서술에 불균형을 가져오지 않았을까 추측해 본다. 서술이 지나치게 엉성하기 때문이다.

5. 제나라 공략: 새 장이 열리다

새벽의 사건으로 한신은 또다시 전투 경험이 없는 병사들을 꾸려 제나라 공략전에 나아간다. 여기서 작전이 뒤엉키는 일이 생긴다. 유방이 제나라로 변사辯士를 파견해 제나라의 항복을 받아 내려 했던 것. 한신은 이를 알고 제나라 정벌을 포기하려는데 괴통蒯通이 등장해 설득, 공략을 감행하게 된다. 괴통의 등장은 중요하다. 거대한 제나라 정벌은 유방에게도 큰일이었다. 한쪽으로는 정벌하라 명령하고 다른 쪽으로는 자신이 직접 사신을 파견했다. 좋게 보면 다양한 전략을 구사한 것이지만 다르게 해석하면 한신에 대한 견제 의식, 심하게는 위기를 감지했다고 볼 수 있다. 제나라 정복 후 한신이 딴마음을 먹으면 천하평정이 아주 어려워진다. 이런 국면에서 괴통은 전체적인 세勢를 읽고 있었고 전투 개시는 전혀 새로운 국면으로 넘어가는 단계임을 보여 준다.

한신의 공격으로 다급해진 제나라는 항우에게 구원을 요청한다. 항우 역시 상황의 심각성을 깨닫고 용저龍且를 보낸다. 장군 용저는 종리매鍾離昧(종리가 성姓이다)와 함께 항우 휘하의 명장으로, 만만한 상대가 아니다. 제나라 전선의 중대성이 예서 뚜렷해진다. 참모들도 앉아만 있지 않았을 터, 용저 측에서 명민한 의견이 제출된다. 요점은 한나라 군대는 객지에서 싸우므로 병참에서 불리하니 지구전으로 가라는 것. 지리의 이점을 이용하자는 광무군의 의견과 큰 차이가 없는, 적확한 판단이었다.

문제는 용저의 탐욕. 용저는 전투를 해서 제나라의 땅을 얻고 싶은 욕심이 컸던 것이다. 한신의 유인책에 말려들고서도 용저는 이렇게 말한다. "한신이 겁쟁이인 줄 원래 알고 있었지."固知信怯也 용저는 한신이 겁쟁이라는 걸 어떻게 알았을까. "겁쟁이"란 고향에 있을 때 악동惡童의 가랑이 밑을 지나갈 때 들었던 그 말이다. 한신이 가랑이 밑으로 기어 나오자 "모든 시장 사람들이 다 한신을 비웃으며 겁쟁이라고 불렀다"一市人皆笑信, 以爲怯고 사마천은 썼다. 용저는 초나라 장수다. 한신의 고향 회음은 회수 북쪽의 대처로 사수와 합쳐지는 곳에서 멀지 않다. 시장 상인들이 여러 곳으로 다니면서 이 소문은 퍼졌을 것이다. 임협으로서 보잘것없는 행동을 한 예로 입에 올리면서. 한신은 초나라 사람들에게 소싯적에는 겁쟁이로 알려졌던 것인데 용저는 하필 그 기억을 떠올린 것이다. 결국 용저는 한신의 고전적인 병법, 강물을 이용한 공격에 패해 목숨을 잃는다. 또 한번 한신의 용병술과 지리를 이용한 안목이 빛났다. 제나라는 마침내 평정되고 한신의 수중에 떨어진다. 제나라 점령은 전황을 완전히 새로운 각도에서 봐야 하는 결과를 불러왔다. 항우에게도 유방에게도 그리고 무엇보다 한신에게 새롭게 '천하'의 존재가 부각된 것이다. 이 문제를 어떻게 풀어 갈 것인가가 향후 가장 중대한 사안으로 떠오른다.

한신이 동북부전선에서 싸울 때 전선에 투입된 병사들은 모두 신참들이었다. 새내기 병사들을 거느리고 조나라와 제나라라는 강국을 물리친 것이다. 뛰어난 전략가라도 잘 훈련된 병사가 민첩하게 움직이지 않으면 소용없는 법. 한신의 병사 운용은 남다른 바 있다고 인정할 수밖에 없다. 사마천이 조나라와 제나라 공략전을 상세히 묘사한 것도 그런 면모를 전하기 위해서였다. 한신의 능력은 따져 볼수록 경이롭다. 인력을 조직하고 지리를 알고 상대를 고려해서 상황에 맞추어 판단하는 것. 한마디로 역동성이라 하겠는데 『로마인 이야기』에서 시오노 나나미가 매혹됐던 율리우스 카이사르의 용병술이 바로 이런 것이었다. 일본 사람들이 한신을 전쟁의 신이라 부르는 것도 받아들일 만하다.

6. 하강과 몰락: 고통과 한신 그리고 제갈량

한신의 제나라 점령으로 새로운 국면이 펼쳐지면서 제일 먼저 반응을 보인 곳은 항우 측이었다. 용저를 잃자 "항우는 두려웠다"項王恐. 사마천은 심리를 표현한 게 아니다. 상황을 보면 항우의 반응은 당연한 것이었다. 용저라는 명장을 물리친 한신에 대한 두려움을 먼저 생각할 수 있다. 한신은 일개 장군이 아니었다. 이제 항우와도 일전을 벌일 수 있는 거대한 산이었다. 그리고 이 두려움은 얼마 후 현실이 된다. 또 하나, 유방과의 싸움이 더 어려워진 것이다. 1:1싸움이 2:1로 변한 것. 유방과의 서부전선보다 한신과의 북부전선이 더 힘겨울 수 있다. 항우의 선택지는 유방과 한신을 분리하는 수밖에 없었다. 선택 문제가 아니라 그렇게 할 수밖에 없었다. 항우는 한신에게 변사 무섭武涉을 파견한다.

무섭의 설득은 이렇다. 첫째, 유방의 욕심과 신뢰 문제. 유방이 천하를 탐한다는 것과 항우를 늘 배신했다는 것. 둘째, 한신이 살 수 있었던 건 항왕의 존재 때문이라는 것. 항왕을 치기 위해 한신을 쓰고 있기 때문에 항왕이 사라지면 한신도 제거될 것이라는 말이다. 한신이 어디 서느냐에 따라 천하의 향배가 달라진다는 말과 함께. 셋째, 항왕과 화친을 맺고 천하를 삼분하라고 제안한다.

첫번째 평가는 항우 측 주장이니만큼 가려들어야 하지만 완전히 틀린 말도 아니다. 신뢰 문제는 항우의 경험에서 나왔고 유방의 욕심은 항우가 간파한 것이라 범주가 다르긴 하나 유방의 욕심이 모든 것의 뿌리임은 의심할 나위 없다. 유방의 천하 차지가 모든 논의의 중심이다. 무섭의 두번째 의견은 항우와 유방에서 한신으로 초점이 이동한 것이다. 이 점이 중요하다. 한신의 독자성이 처음으로 표면화된 것. 한신이 자각하지 못했던 문제였다. 삼국 정립이라는 제안은 항우의 자각에서 나온, 획기적인 안이었다. 한신이 깨닫지 못했다는 사실이 한신의 한계라고 할까. 한신은 변방에서 중심으로 진입한 게 아니라 중심이 된 것이다. 독립할 수도 있었고 다른 패를 쓸 수 있었으므로 무엇보다 자신을 중심에 두고 사고해야 했다. 유방의 장점이 바로 자신을 중심에 두고 사고한다는 점이었고 주변 사람들도 이를 강화시키는 쪽으로 모여들어 작동했다. 유방은 목표가 뚜렷했고 상황이 변할 때마다 그에 맞춰 자신을 강화했다. 한신은 유방에서 떨어져 나와 중력이 작용하지 않는데도 독립하지 못한 건 의아한 일이다.

한신은 무섭에게, "한왕은 제게 상장군上將軍의 수인帥印을 주셨고, 수만의 병력을 주었고, 옷을 벗어 나에게 입혀 주셨고, 음식을 건네주어 나를 먹였으며, 말을 하면 들었고, 계책을 내면 썼습니다. 그렇기에 제가 여기까지 이를 수 있었습니다. 무릇 사람이 나를 깊이 믿고 친하게 대해 주는데 내가 배신하는 것은 상서롭지 못합니다. 죽어도 바꿀 수 없습니다雖死不易"라고 말한다. 충성스런 말이다. 다른 각도에서 해석하자면 유방에 대한 한신의 이런 태도가 유방의 새벽 침범 사건을 이해할 수 있게 한다. 새벽의 사건에 대한 뒤늦은 나름의 해답을 사마천이 내놓은 것이다. 이 말은 동시에 한신의 죽음에 대한 복선으로도 읽을 수 있다. 그만큼 중요하다. 하지만 주체적으로 사고하지 못한다는 혐의를 피할 수 없다. 고향에서 빨래하던 아낙에게 밥을 얻어먹고 감동해 크게 은혜를 갚겠다고 한 말과도 정확히 겹친다. 혈혈단신이었던 한신의 처지가 깊은 흔적을 남겼던 것일까. 아니면 한신을 대우해 준 유방의 용인술에 감탄해야 할까. 한신의 일관성이라고 칭찬할 수 있겠으나 유방을 향한 일편단심이 이미 변해 버린, 자기가 만든 현실 가운데 있는 자신을 자각하지 못하게 했다.

괴통의 설득

무섭은 빈손으로 돌아가고 드디어 괴통剮通이 전면에 나선다. 괴통은 앞서 얼굴을 비췄다. 제나라 공략을 포기하려 했을 때 한신을 설득해 제나라 정벌을 성공시킨 인물. 괴통의 등장은 눈여겨봐야 한다. 괴통과 한신이 대화를 나누는 장면이 '한신전'의 후반부에 중심 서사로 떠오른다. 그만큼 괴통은 비중이 크다. 반고는 『한서』에 「괴통전」剮通傳을 만들어 독립된 전으로 다루고 있다(「괴통전」은 『사기』와 별 차이가 없다). 괴통의 역할을 정확히 읽은 것이다. 그의 등장은

'괴통전'이라 해도 이의가 없을 만큼 괴통에 집중한다. 서사 진행의 측면에서 보면, 이런 인물이 갑자기 툭 튀어나오면 서사의 결이 매끄럽지 못하게 된다. 사마천은 제나라 공략전에 그를 소개한 다음, 무섭을 중간에 등장시켜 중심이 한신에게로 옮겨 가 새로운 국면으로 접어들었음을 알린 후, 다시 괴통을 불러들였다. 이런 방식으로 서사가 진행되면서 중심 인물에 초점이 모였다. 준비를 충분히 했고 일단 등장하자 공들여 준비한 만큼 독자에게 확실하게 각인시킨다.

괴통의 건의는 무섭의 논의를 정교하게 다듬은 것이다. 방향은 두 가지. 첫째 한신이 유방·항우와 함께 주인공임을 분명히 하고, 둘째 삼국 정립의 꿈을 현실화하는 것. 물론 여기엔 한신의 주체적 자각이 핵심임은 말할 나위가 없다. 괴통이 설득을 시작할 때 한신의 관상으로 이야기의 물꼬를 튼 것도 한신을 자각시키기 위한 고심에서 나온 것이었다. 괴통의 상황 분석과 정세 판단은 항우와 유방의 호각지세가 지속되는 팽팽한 상태를 객관적으로 읽은 후 얻은 필연적인 결론이었다. 괴통의 제안은 큰 틀에서 무섭과 다를 바 없으나 무섭의 말은 전체적인 구도를 짠 것이었다. 괴통의 그것은 온전히 현실에 근거한 논리여서 바로 한신의 결단을 촉구할 수 있었다. 외부(무섭)의 시각이 아니라 내부의 분석이었던 까닭에 설득력이 더 컸다. 한신도 진솔하게 자신의 마음을 털어놓는다.

"한왕은 나를 매우 후하게 대접해 주었소. 자신의 수레에 나를 태워 주었고, 자신의 옷을 내게 입혀 주었으며, 자신의 음식을 내게 먹여 주었소. 내 듣자하니 남의 수레를 탄 사람은 남의 근심을 자기가 싣고, 남의 옷을 입은 사람은 남의 근심을 자기가 품으며, 남의 밥을 먹은 사람은 남의 일을 위해 죽는다 하오. 내 어찌 이익을 보고 의義를 배반하겠소?"

감동적인 말이다. 하나 수레와 옷, 음식을 의義로 응집시켰을 뿐 무섭에게 했던 말과 다를 게 없다. 한신은 유방의 친밀함을 은혜로 바꿔 받아들였고 의로 번역해 간직했다. 상하관계에서 아랫사람이 윗사람에게 품은 마음을 드러낼 때 흔히 하는 말이다. 한신은 괴통의 메시지를 전혀 읽지 못하고 있다. 대답을 예상했던 듯 괴통은 한신 개인에게 집중해 설득한다. 유방과 한신의 관계는 문경지교를 맺었던 장이·진여보다 못하다, 두 사람은 오해와 욕심으로 사이가 틀어졌다, 한신은 충성과 신의로 유방과 사귄다고 생각하지만 결코 장이·진여의 우정보다 견고한 게 아니다, 욕심의 정도가 그들보다 훨씬 커서 마음을 헤아릴 수 없고 사정이 훨씬 복잡하기 때문이다, 충성으로 말하더라도 월越나라를 보존한 문종과 범려의 업적에 비견할 수 있는데 그들은 결국 구천에게 죽음을 당했다, 더 큰 문제는 한신의 공이 세상에 겨룰 자가 없으며 불세출의 전략가이기 때문에 초나라에 가도 불신할 것이고 한나라에 붙어도 한나라가 떨며 불안해할 것이라는 사실이다. "권세는 신하의 지위에 있으나 임금을 뒤흔드는 위엄을 가졌으며, 명예가 온 세상에 높아" 위태로울 것이라는 결론. 요컨대 괴통은 한신의 업적이 이미 누구 밑에 위치하기에는 너무 거대해졌다며, 자신이 한 일을 똑바로 보라고 직언했다. 괴통의 말은 틀리지 않다. 한신만 모르고 있을 뿐 온 천하가 새롭게 전개되는 사태에 관심을 기울이고 있었던 것이다.

결정을 못하는 한신. 며칠 후 괴통은 마지막 설득을 한다. 직설도 먹히지 않자 한 발자국 더 나간다.

"결단은 지혜로운 사람의 판단이며, 의심은 일을 해칩니다. 털끝만 한 작은 계책을 심사숙고하다 천하의 큰 수를 놓칩니다. 지혜로는 알면서 감히 결단을 실행하지 않는 것이 만사의 화근입니다. 그러기에, '맹호猛虎의 머뭇거림보다 벌과 전갈의 독침 쏘기가 낫고, 천리마의 주저보다 둔한 말의 천천히 가기가 나으며, 용맹스런 전사의 의심보다 필부의 실행이 낫고, 요임금과 우임금의 지혜를 가졌다 한들 우물거리며 말하지 않는 것보다 벙어리나 귀머거리의 손짓이 낫다'고 합니다. 실행이 귀하다는 말입니다. 공적은 이루기 어렵고 실패하기 쉬우며, 때는 얻기 어렵고 잃기는 쉽습니다. 딱 맞는 때는 두 번 오지 않습니다."

변사의 진수를 보여 주는 현란한 말솜씨다. 비유를 써서 완곡하게 말한 것 같으나 강력한 표현이다. 대구를 맞춰 차근차근 쌓아 올린 말은 괴통이 얼마나 숙고해서 찌르고 들어오는지 느낄 수 있다. 핵심은 지금이 최적이니 때를 놓치지 말라는 것.

머뭇거리는 한신. 공이 크므로 유방이 자기에게서 제나라를 빼앗지 않을 것이라는 착각. 한신은 괴통의 제안을 사양한다. 한신의 판단 미스. 한신은 여기서 실질적으로 끝난 것이다.

괴통+한신=제갈량

이야기를 잠깐 돌려보자. 무섭을 거쳐 괴통에 의해 명료해진 삼국 정립은 후에 『삼국지연의』의 제갈량을 통해 실현된다. 정확히 말하면 제갈량의 형상 속에는 괴통의 영향이 짙다. 인물 형상화뿐만 아니다. 대국大局을 읽는 괴통의 큰 안목을 가리킨다. 전체 국면과 자신의 역량 파악, 이를 통한 미래 사건 예측, 그리고 일에 합당한 인물을 보는 판단력과 결단까지 포함한다. 이런 수준까지 올라와야 괴통과 제갈량의 유사점을 논할 수 있다. 『삼국지연의』에서 제갈량은 관우에게 오나라 전선을 떠나지 말고 지킬 것을 당부한다. 제갈량은 촉나라와 위나라 조조의 상황, 오나라와 위나라의 관계, 또 촉과 오의 변동까지 전체를 고려하여 관우의 전선이 전체 판도 가운데 주요 기지에 속한다는 맥락에서 수비를 신신당부했던 것이다. 관우가 뛰어난 장수임을 누가 부정하랴. 한데 그 이후 관우의 행동으로 삼국에 거대한 파도가 몰아치는 걸 보면 관우의 위대함도 제갈량의 큰 안목 앞에서는 작은 그릇이라는 생각이 들 수밖에 없다. 관우의 역량은 국제 정세를 파악하는 데까지는 미치지 못했던 것이다. 제갈량이 지녔던 전략적 사고의 원형이 괴통이었다. 관우가 제갈량을 이해하지 못했듯 한신도 괴통의 안목을 따라가지 못했다.

한편 신출귀몰하는 제갈량의 병법도 실질적으로 지리를 활용한 한신의 용병술이 반영된 것이다. 한신의 병법은 전통적인 언어로 설명하자면 '세'勢를 잘 쓴 것이었다. 법가의 정치철학 용어로 유명한 세勢는 실제로 그 이전에는 병가兵家에서 쓰던 군사 용어였다.

『손자병법』에도 언급이 되고 후대에 『회남자』准南子에서 폭넓게 해석된다. 조나라 공략전에서 상대가 유리한 지리를 이용하지 않는 것을 안 한신은 곧바로 작전에 착수한다. 상대방의 실책을 자신에게 유리한 작전으로 바꾼 것이다. 즉각 자신의 기회로 만들었으니 이는 인세因勢——기회를 타다——라 했다. 여기에 불리한 지리를 역이용해 상대방의 허를 찔러 파고들었으니 이는 지세地勢——지리의 형세——를 활용한 것이다. 여기엔 병사들을 정교하게 운용하고 그들의 기운을 올릴 줄 아는, 점령 후 회식하자며 사기(=기세氣勢)를 올려 전투에 쓴 노련함도 포함된다. 병사의 수만 믿고 자신의 역량을 배가시키거나 단련시킬 줄 몰랐던 장수들과는 차이가 날 수밖에 없는 위인이 한신이었다. 제갈량으로 전해지면서 세勢는 새롭게 해석된다. 제갈량은 한신의 세 이용을 정교하게 다듬어 적의 심리까지를 염두에 두고, 세를 문자 그대로 형세와 상황, 유리한 위치에서부터 전략적 이점으로까지 이해하고 해석해 자유롭게 구사한다. 그때까지의 전사戰史의 전통이 제갈량에 의해 구현된 것이다. 『사기』를 자세히 읽을수록 소설 『삼국지연의』에서 강한 기시감을 느낄 수 있다. 이것을 서사 전통이라 부를 수 있을까.

이야기가 나왔으니 한신의 병법이 어떤 것인지 전문가의 말을 들어 보자. 병법 연구에 조예가 깊은 현대 중국의 학자 리링李零에 따르면 『손자병법』은 병법의 대표이고 『사마법』司馬法은 군법(군례軍禮라고도 한다)의 대표다. 병법은 군법에서 환골탈태했다. 『태공병법』太公兵法은 문왕과 무왕이 상나라를 도모하는 역사 이야기(『삼국지연의』와 비슷한 역사 이야기)를 빌려 음모와 계략을 언급한 책으로, 사실상 통속병법의 대표다. 이 책들은 각기 선진시대 병서의 세 가지 유형을 대표한다. 『오자』吳子와 『울료자』尉繚子는 한韓·위魏·조趙의 삼진三晉 계열의 병서로서 그다음의 지위에 놓인다. 현행본 『오자』는 당대唐代에 재편집한 절록본節錄本으로 역시 병법류에 속하는 작품이지만 수준이 『손자』만 못하다. 『울료자』의 내용은 군법 및 군령과 관계가 있으며 영향도 『사마법』만 못하다. 한나라의 한신은 『손자』와 『사마법』을 전수했고, 장량은 『태공병법』을 전수했다. 『삼략』三略은 장량 일파가 전수한 것이니, 바로 『태공병법』의 연속이었다. 리링, 『전쟁은 속임수다』, 김승호 옮김, 글항아리, 2012, 44~46쪽.

『손자병법』과 『사마법』, 『태공병법』을 3대 병서로 놓고 그 핵심을 설명한 뒤 이하 여러 병서를 계열화해 설명한 것이다. 이렇게 계통을 잡고 보니 전체 윤곽이 그려져 한신과 장량이 어떤 종류의 병법을 구사한 것인지 알 수 있다. 일목요연하게 잘 정리한 글이다. 계통 잡기가 만만치 않은 병법의 갈래를 정리하는 데 도움이 많이 된다. 깊이 연구한 사람의 공력이 느껴진다.

사설 한마디. 이런 글을 읽으면 우리 사회(학계?)의 무武(군사軍事/軍史)에 대한 무시와 경멸이 딱하게 느껴진다. 어느 공부든 한 사회의 역사와 관련이 없을 수 없어 역사 경험이 큰 흔적을 남기기 마련이다. 우리 사회가 겪은 군사정부에 대한 트라우마는 예기치 않게 무武에 대한 멸시와 무시를 낳았다. 그럴 수 있다. 한데 이 경험이 학문 연구에도 영향을 끼쳐 군사학軍事學/軍史學 연구의 부실을 불렀다. 현대사의 아픈 경험 때문에 문인들이 무인들을 경시할 수 있다. 그러나 학문적 탐구는 다른 문제다. 『손자병법』에 대한 응용과학(?)

이 아주 발달해 기업경영에 적용하고 처세술에 접붙이는 작업에 너도나도 달려드는데 엄밀한 연구는 보기 힘들다. 그거야 그렇다 쳐도 문제는 수준 높은 해외 군사연구서가 나왔을 때 이에 대한 냉정한 평가가 드문 현상은 염려스럽다. 군사는 현안이기도 하지만 역사 연구와 학술 분야에서 간단히 볼 수 있는 문제가 아니기 때문이다.

또 하나 문인의 무인 경멸은 근거 없는 우월감일 가능성이 높다. 봉준호 감독의 영화 〈설국열차〉에는 인상적인 장면이 있다. 학생들을 가르치던 교사가 침입자가 나타나자 총을 들고 난사하는 장면을 기억하는가. 교사가 군인과 다르지 않다는 사실을 기막히게 구현했다. 프랑스의 철학자 루이 알튀세르(Louis Althusser)는 국가를 유지하는 국가장치/기구를 논하면서 국가이데올로기를 주입하는 것으로 학교와 선생, 무력기구로 경찰과 군대를 지적했다. 국가하부구조에서 국가를 유지하는 역할을 하는 것은 교사나 군인이나 다름없다는 것. 알튀세르를 인용할 것도 없이 자명한 사실 아닌가. 맹자는 이를 두고 오십보 백보라고 했는데 둘은 동일 인물의 거울상에 불과하다. 문인들의 무武 무시는 이제는 근시안적이다.

한신의 라이벌, 새로운 유방

본론으로 돌아가자. 한신에 대한 항우의 판단을 보았으니 유방을 들여다볼 차례다. 제나라를 평정하고 무섭과 만나기 전 한신은 유방에게 제나라의 가왕假王(임시왕)으로 봉해 달라고 청한 적이 있다. 전투에서 곤경에 처한 유방은 상황이 시급한 때라 왕으로 봉해 달라는 말에 버럭 화를 낸다. 이때 장량과 진평은 유방의 발을 밟으며 귀에 속삭인다. "한나라가 불리한데 어떻게 한신이 왕이 되는 걸 금할 수 있습니까. 이 기회에 왕으로 세워서 잘 대우해 주어 스스로 제 나라를 지키게 하는 게 낫습니다. 그렇지 않으면 변이 생깁니다." 한 왕 역시 깨닫고는 다시 욕을 하고 말했다. "대장부가 제후를 평정했으면 진왕眞王이 되어야지 무슨 가왕이란 말인가."

유방의 판단은 빨랐다. 그는 단번에 사태를 파악한 것이다. 짧은 장면이지만 유방의 임기응변이나 순발력을 보여 주기 위해 마련된 무대가 아니다. 그의 생존능력이 응축된 신(scene)이었고 유방의 현실 장악 능력을 보여 주는 것이었으며 역으로 한신이 상대할 인물이 어떤 존재인지 한순간에 포착한 것이었다. 항우조차 한신을 알아보았는데 하물며 유방은 한신의 능력을 얼마나 잘 간파했겠는가. 변이 생긴다는 말 한마디에 유방은 전체 흐름을 꿰뚫어본 것이다. 순간이었기에 더 놀랍다. 이런 상태의 유방과 한신을 대조시켜 보면 한신은 부처님 손바닥에서 활개 치는 손오공이 아니었을까. 충성과 의리라는 가면을 썼던 순수한 무도회의 시간은 끝나 가고 있었다. 한신은 유방이 어떤 상태/상대인지 꿈에도 생각하지 못하고 있었다.

7. 한신은 왜 죽었을까

이후의 일은 아는 대로다. 항우에게 결정타를 먹인 것은 한신이었고 둘 사이의 전투는 예상보다 싱거웠다. 항우의 최후는 장엄했으나… 한신은 몰락의 길로 접어든다. 사마천은 빠르게 한신의 몰락을 서술한다. 괴통은 한신을 떠나 미친 시늉을 하며 무당이 되었고 이어지는 문장에서 한신은 유방에게 제나라 왕위를 빼앗기고 초나라 왕이 된다. 그리고 한신이 타락한 결정적 계기로 사마천은 항우의 명장 종리매鐘離昧의 최후를 보여 준다.

    항우가 죽은 후 평소 한신과 친했던 종리매는 한신에게 몸을 맡긴다. 유방은 종리매에게 원한이 있어 체포를 명한다. 어떤 원한일까. 어디에도 구체적으로 언급한 곳이 없다. 그렇다면 종리매에 대한 원한이 무엇이었느냐가 중요한 게 아니라 원한을 품었다는 사실이 중요하다. 이미 능력을 발휘할 기회가 없어진 종리매에게 감정이 남아 있는 것은 왜일까. 하나는 종리매가 뒤에 하는 말에서 추론할 수 있듯 한신과 힘을 합쳐 무슨 일을 벌일까 염려해서일 수 있다. 정확히 말하자면 원망이 아니라 두려움이라 해야 한다. 다른 면에서 보면 패장을 두고 보지 못하는 유방의 속좁음狹量이겠다. 이 역시 두려움의 다른 모습으로 해석이 가능하다. 그리고 한왕 6년. 누군가 한신이 반역한다고 고한다. 유방은 진평의 꾀를 써서 한신을 잡을 계책을 짠다. 이때까지도 한신은 종이호랑이가 아니었다. 진평이 꾀를 낸 데에는 한신과 무력 충돌이 생길 경우 감당하기 어렵다는 현실적인 두려움이 결정적이었다. 사로잡힐까 두려운 한신, 종리매의 목을 베라는 누군가의 말을 듣고 종리매를 찾는다. 한신은 이때 거병擧兵할 기회가 있었다. 왜 거병하지 않았을까? 사마천의 서술은 애매하다. "고조가 초나라에 도착할 즈음, 한신은 병사를 동원해 반역하려 했으나 자신은 무죄라 생각했고 상上을 뵙고 싶었으나 사로잡힐까 두려웠다."

종리매는 말했다. "한나라가 초나라를 공격해 점령하지 못하는 까닭은 내가 그대의 집에 있기 때문이오. 그대가 나를 잡아 한나라에게 잘 보이고 싶다면 나는 오늘 죽겠소만 그대도 곧 망할 것이오." 이어 한신에게 욕을 하고 말했다. "그대는 장자長者가 아니오." 종리매는 자살한다. 한신은 종리매의 머리를 가지고 진陳에서 고조를 뵈었다. 상上은 무사들에게 한신을 묶으라 명령하고 뒷수레에 태웠다.

이때 한신이 한 말이 유명한 "토사구팽"兎死狗烹(토끼가 죽으니 사냥개를 삶아 먹는다). 종리매의 말은 항우의 말과 한 치도 어긋나지 않고 똑같다. 한신과 종리매가 반란을 일으켰다면 막강한 군대였을 것이다. 유방은 이를 읽었고 진평도 이 때문에 꾀를 써야 했다. 종리매는 자신의 존재 이유를 정확히 알고 있었다. 왜 한신은 자신을 알지 못한 걸까. 병법에는 비할 바 없는 전략가이면서 정작 자신의 운명을 알지 못한 건 하늘의 뜻일까. 같은 일이 반복되고 사람들은 계속 너 자신을 알라고 말해 준다. 종리매가 세번째. 한신은 하나도 배우지 못한다. 자신이 사냥이 끝난 사냥개의 처지임을 알면서도 그는 움직이지 않는다. 움직이지 못하는 것일까? 유방에 대한 충성을 버리지 못해서일까? 사마천은 종리매를 대하는 한신의 태도를 냉정하게 기술한다. 독자는 한신의 어리석음에 놀랄 수밖에 없다. 불세출의 한신을 보고 있는 게 맞나? 종리매의 죽음을 저렇게 처리하다니. 종리매는 한신의 친구가 아니었던가? (종리매의 죽음은 자객 형가를 도왔던 친구 전광田光의 죽음과 대조를 이룬다.) 조나라와 제나라를 공략하던 한신은 어디 갔는가? 같은 인물인지 비교가 불가능할 만큼 한신은 우유부단하고, 그의 판단은 믿을 수가 없다. 어떻게 된 것인가?

허망한 죽음

서울로 불려 가 새장 속의 새가 된 한신. 한신이 어떤 인물이 되었는지 사마천은 간결하게 보여 준다. 하나는 유방과의 대화. 유방과의 마지막 대화다.

> "내가 병사를 얼마나 거느리겠소?"
> "폐하께서는 10만을 거느리시는 데 불과합니다."
> "그대는 어떻소?"

"신은 많으면 많을수록 좋습니다多多而益善."

"많으면 많을수록 좋다면서 어이해 내게 잡혔소?"

"폐하께서는 병사를 거느리실 순 없으나 장수를 잘 거느리십니다. 이것이 제가 폐하께 잡힌 이유입니다. 또 폐하는 이른바 하늘이 내려주신 것天授이지 사람의 힘人力이 아닙니다."

다른 장면은 번쾌와의 만남. "한신이 한번은 장군 번쾌의 집에 들렀다. 번쾌는 무릎 꿇고 절하며 맞이하고 전송하였다. 말을 할 때는 신臣이라 칭하였다. '대왕께서 신臣을 찾아 주시다니요.' 한신은 문을 나와 말하였다. '번쾌와 동렬이 되기까지 했구나.'"

번쾌를 방문한 장면은 원문에서는 유방과 나눈 마지막 대화 앞에 놓였다. 번쾌는 항우 앞에서도 큰소리치던 위인. 그런 인물이 한신에게 무릎을 꿇고 절을 한다. 번쾌를 거들떠보지도 않는 한신. 천하의 번쾌도 꼼짝 못하는 사람이 한신이었다. 한신은 이런 인물과 동렬이라고 개탄한다. 번쾌는 한신의 부하였다. 왕의 지위를 빼앗긴 한신은 부하의 집에까지 '갈' 정도로(그들이 찾아오는 게 아니라) 실없는 인간이 된 것이다.

번쾌와 유방의 병치는 심술궂기까지 하다. 유방 앞에서 한 말은 목숨을 구걸하기 위한 제스처로 읽을 수 있으리라. 그렇다고 한신의 말을 아부라고 볼 필요는 없다. '천수'天授라는 말은 유방의 참모들이 유방에게 늘상 하던 말이기도 했다. 인구에 회자되는 명구를 쏟아내는 한신이지만 한신은 언어의 인간이라기보다는 행동하는 인간이었다. 언어의 인간으로 변한 그는 자신의 본질에서 벗어나 있다.

사마천에 따르면, 결국 한신은 진희陳稀와 뒤늦은 반역을 시도한다. 진희가 부임지에서 반란을 일으키고 유방이 싸움터로 나간 사이 한신이 서울에서 내응하는 것으로 계책을 짠다. 계획은 잘 진행됐으나 마지막 순간 휘하 부하의 밀고로 어긋난다. 소하의 속임수에 걸려 "한신이 궁 안으로 들어오자 여후는 무사에게 한신을 묶게 하고 장락궁의 종실鍾室(종을 매달아 둔 곳)에서 목을 베었다". 한신의 마지막 말. "내 괴통의 계책을 쓰지 않은 것을 후회한다. 마침내 아녀자에게 속고 말았구나. 어찌 하늘의 뜻이 아니겠는가."

한신의 반역이 무산된 것을 사마천은 이렇게 설명한다. 한신의 부하가 잘못을 저질러 한신이 그를 가두고 죽이려 하자 부하의 동생이 변고를 알려 여후가 먼저 손을 썼다고. 막판에 부하가 잘못을 저질러 매질을 하거나 죽이려 하자 부하의 친척이 고변告變한다. 이는 상투적으로 보는 반역 실패의 패턴이다. 반드시 마지막에 사고가 터지고 과하게 대응하고 다시 배반당하는 뻔한 유형. 변고를 알고 수를 쓴 건 여후였고 궁중으로 한신을 오게 한 건 소하였다. 한신을 알아보고 중용한 사람도 소하였고, 마지막에 사지死地로 끌어들인 것도 소하였다. 한신은 소하의 말을 듣지 않을 수 없었다. 그게 한신의 종말이었다. 영웅의 죽음치고는 허술하기 짝이 없다. 허망한 죽음. 소하를 끝까지 믿을 수밖에 없었으니 이를 한신의 미숙으로 볼 수는 없을 것이다.

죽은 이유를 추론하다

한신의 죽음은 서둘러 쓴 인상이 든다. 한신의 마지막 말, "내 괴통의 계책을 쓰지 않은 것을 후회한다"는 건 무슨 뜻일까. 괴통의 말을 듣지 않았으니 반역하겠다는 마음이 없었다는 말이 아닌가. 사마천은 진희와 반역을 도모했다고 했다. 한신의 마지막 말을 액면 그대로 믿는다면 한신에게 반심反心은 없었다. 어떻게 된 것인가. 반역을 도모했다고 기록했는데 반심은 없었다는 모순되는 진술은 어떻게 생긴 것인가. 돌이켜보면 괴통의 퇴장 이후 사마천의 붓끝이 빨라진다. 한신의 죽음으로 빠르게 진행되는데 반역으로 가는 길이 매끄럽지 못하다. 한신은 다른 인물로 변해 있고 반역 동기도 선명하지 않다. 빈발했던 반역에 한신을 끼워 넣은 느낌이 강하다. 왜 이런 일이 벌어졌을까. 의심의 눈으로 '한신전'을 읽으면 석연치 않은 대목이 드러나기 시작한다. 설명되지 않았거나 설명할 수 없거나 모순되는 지점들. 한신을 중심에 두고 그를 옹호하려는 시도가 과한 의심을 부르는 건지 모르겠다. 하지만 거꾸로 보면 한신의 이상한 죽음을 합리화하다 보니 구멍이 생긴 건 아닐까.

한신의 죽음 뒤에 괴통의 후일담이 붙어 있다. 난을 진압하고 돌아온 유방은 한신의 죽음을 알고 "한편으론 기쁘면서도 한편으론 가여웠다"且喜且憐之. 정곡을 찌른 말이다. 큰 공을 세우고 자신을 추종했던 충성스런 부하의 죽음에 누군들 가여운 맘이 생기지 않으랴. 한데 무엇이 기뻤을까. 왜 기뻤을까. 유방의 두려움이 이 말에 담겨 있는 게 아닐까. 어쩌면 항우 이상의 라이벌이 될 수 있었던 힘겨운 상대가 사라진 것이다.

유방은 한신이 마지막으로 한 말 가운데 괴통의 이름을 듣고 그를 잡아 반란을 일으키도록 했냐고 꾸짖는다. 그리고 사형을 내렸는데 이에 괴통은 최후 진술을 한다. "도척의 개가 요임금을 보고 짖은 것은 요임금이 어질지 않아서가 아니라 개란 원래 자기 주인이 아니면 짖습니다. 당시 신臣은 한신만 알았지 폐하는 알지 못했습니다. 또 천하 사람들 중 정예 병기를 날카롭게 갈아 쥐고 폐하께서 하려는 일을 하려는 자들이 많았습니다. 다만 그들은 힘이 부족했을 뿐입니다. 이들을 다 죽여 버리시겠습니까?" 유방은 말했다. "풀어 줘라."

괴통이 유방에게 한 말은 충성 이데올로기가 만들어지기 전, 누구에게나 기회가 열려 있었던 그리고 능력이 있으면 천하를 차지할 수 있었던 시대였음을 적나라하게 보여 주는 금언金言이다. 유방이나 한신이나 본질적으로 다르지 않다는 말이기도 하다.

유방과 항우의 각축전은 두 주인공 외에 수많은 등장인물이 조연으로 활동한, 그야말로 일대의 드라마였다. 여기서 한신의 역할은 독특했다. 그는 조연이 아니라 주인공이었다. 이것은 유방도 항우도 인정하는 바였다. 한신 자신만이 이를 자각하지 못했다. 한신의 존재를 가장 명료하게 인식한 인물은 뜻밖에 여후였다. 운명의 아이러니란 이를 두고 한 말이겠다. 무섭과 괴통 두 사람이 한신에게 자각을 촉구했다. 항우가 한신을 제일 먼저 새롭게 인지했고 유방은 진평과 장량을 통해 순식간에 한신의 존재를 자각했다. 한신은 종리매의 죽음을 겪었으면서도 자신을 알지 못했다. 괴통과 대화하면서 자신을 들여다볼 기회를 얻었으나 그는 폐쇄회로에 갇혀 순환할 뿐이었다. 항우가 사라지고 유방과 한신이 마주했을 때 승패는 자명한 것이었다.

항우와 유방의 쟁패를 자각 혹은 성장의 테마로 읽는 다른 방식의 독법이 가능할까? 성장의 드라마로 새롭게 읽도록 만든 인물이 한신이었다. 사사로운 은혜와 대의를 구분하지 못했던 판단력. 자신이 얼마나 성장했는지 자각하지 못했던 미숙함. 어릴 때의 기억과 어른이 되어 받은 호의를 같은 레벨에서 생각했던 순진성. 한신은 다양한 개성이 혼재하는 흥미로운 인물이다. 최고의 전략가인 장군의 몸에 깃든 어린애라고 할까. 한신의 죽음은 안타까운 것이나 그의 죽음은 저 숭고한 비극에 육박하지 못한다. 영웅의 죽음이 모두 비극인 것은 아니다. 척부인의 처참한 죽음도 안타깝긴 하나 비극이라 부르진 않는다. 한신은 성숙하지 못했기 때문에 죽을 수밖에 없었다. 자라지 못하는/못한 어른을 보는 것은 괴로운 일이다. 위대한 업적을 이룬 사람의 경우에는 더욱. 그것은 그리스 비극에서 볼 수 있는, 부서질 것을 알면서도 기꺼이 자신을 던지는, 운명과 대결하는 성숙한 인간의 위엄을 보여 주는 비극은 아니다. 위업은 이룩했으나 자각 못하고 스러진 한 인간의 애처로운 비극에 다름 아니다.

사족

두 가지가 맘에 걸린다. 한신은 왜 죽음을 당했을까라는 의문에 나름의 해답을 찾는 과정에서 한신의 미성숙을 발견하기는 했다. 그렇다 해도 정치적 타살이라는 혐의가 머리에서 떠나지 않았다. 한신의 죽음을 은폐하기 위한 유방 측의 작업이 완벽할 수 없어 기록의 모순과 상위점을 기회가 나는 대로 찾으려 했던 것도 피살당한 한신에 대한 연민 때문이었다. 한신의 미성숙이 판단미스로 이어진 원인이라 해도 한신을 살해한 상대방의 행동이 합리화되는 건 아니다. 그럼에도 한신이 긴 안목을 갖지 못한 점은 여전히 아쉽다. 그렇다면, 여담이긴 하나, 한신이 피살됐을 때 몇 살이었을까? 이게 한 가지 의문이다. 한신의 나이를 정확히 알기는 어렵다. 그의 생년이 기록되지 않았기 때문이다. 그가 유명해진 후 그에 대한 이야기들이 수집되었을 것이나 역모로 몰려 죽었기 때문에 어느 부분은 의도적인 개변이 불가피했으리라. 어쨌든 미천한 태생이라 생년이 명확하지 않다. 추론은 가능하다.

한신이 고향에서 겁쟁이라고 놀림을 받았다는 기록 바로 뒤에, 항량이 회수淮水를 건너자 바로 그를 따랐다는 말이 보인다. 이는 진승·오광이 거병한 직후의 일을 가리킨다. 이때가 기원전 209년. 기원전 196년에 한신은 피살된다. 이듬해에는 유방이 세상을 떠난다. 13년 동안이 한신의 실질적인 활동 기간이었다. 고조 6년(기원전 201년)에 회음후로 격하되어 6년간 서울에서 갇혀 지낸 시기를 제외하면 7년 동안이 한신의 전성기였던 셈이다. 항량을 따라 전쟁에 뛰어든 시기는 몇 살 즈음이었을까. 30세 이후로 보기는 어려울 것이다. 늦게 잡아 25세 전후로 본다 해도 그의 몰년은 38세를 넘지 않는다. 20세 전후로 잡으면 33세 내외. 생각보다 젊은 나이다. 그는 20세 후반에 세상이 놀랄 빛나는 공을 세웠던 것이다. 용저가 한신을 얕보면서 겁쟁이라고 불렀을 때 용저는 시장 바닥에서 놀림받았던 애송이라는 기억을 떠올렸을 것이다. 한신이 제나라를 공략하던 때가 기원전 203년. 그가 전쟁에 뛰어든 지 6년이 지난 시간이었고 용저가 보기엔 애송이였던 것도 이해할 만하다. 한신의 나이가 많아야 20대 후반에서 30세 초반이었던 것이다. 그의 생물학적 나이가, 그의 팔팔한 기개와 혈기가 그를 성숙하게 하지 못했다고 판단해야 할까?

또 하나는 사마천의 평가다. 사마천은 한신에 대한 평에서, "만약 한신이 도道를 배워 겸손하고 사양해學道謙讓(이때 도道를 도가道家로 봐도 무방할 것 같다. 세상의 이치라고 해석해도 큰 차이는 없다) 자기 공을 자랑하지 않고 자신의 능력을 자랑하지 않았다면" 주공周公, 강태공과 같은 지위에 올랐을 거라 하면서 "천하가 이미 안정됐는데 모반을 꾀했으니" 죽을 수밖에 없었다고 했다. 비판의 핵심은 겸양하지 않았다는 것. 이는 장량에 견주어 보면 의미가 바로 드러난다. 자신의 능력과 공적을 자랑했는지에 대해서는 의견이 엇갈릴 수 있겠지만 겸양하지 못했다는 말은 인정할 수 있다. 천하가 안정됐는데 모반을 꾀했다는 말은 후대 사람으로서 할 수 있는 판단일 것이다. 천하가 통일됐다는 전제 위에서 하는 말이다. 이런 인식의 연장선에서 보면 당시 빈발했던 반란에 대해서도 똑같이 말할 수 있을 것이다. 역시 사후事後 모든 게 잘 정리된 다음에 내린 판단이다. (하지만 당시 신생국으로 탄생한 한나라가 안정되지 않았기 때문에 유방 사후 여후가 독재를 저질렀던 게 아닌가?) 사마천의 말은 전쟁이 끝났으므로 모두 쉬면서 안정과 평화를 생각해야 한다는 의미에서 나왔을 것이다.

겸양은 한신 같은 무장에게 필요한 덕목이라는 진단에도 동의할 수 있다. 사마천은 "학도겸양"學道謙讓에 앞서 한신의 고향 회음에 가 한신에 대해 들은 이야기를 꺼냈다. 가난한데도 어머니 묫자리는 터를 크게 잡았다고. 직접 가 보고 어려서부터 남과 달랐던 한신을 알았다고 했다. 그리고 안타까운 듯 꺼낸 말이 "학도겸양"이었다. 한신은 소시부터 천성이 호방하고 커서 그 성격을 그대로 가졌으니 겸양을 배웠으면 호방한 기운이 가라앉아 죽음을 피할 수 있었으리란 뉘앙스가 깔려 있다. 한신이 요행으로 살아남았다 한들 유방 사후 여후의 독재 동안 끝까지 생존할 수 있었을까라는 부질없는 의문은 접어 두자. 사마천이 품었던 한신에 대한 안타까움으로 읽으면 되겠다. 뻣뻣한 내 자세를 누이며 사마천의 평가를 받아들인다.

그럼에도 너무 이른 죽음이고 정치적 술수에 말려들어 피살되고 말았다는 안타까움이 달래지지 않는 것은 왜일까?

6장

지기를 위해 죽다

—「자객열전」

섭정(왼쪽)과 예양(오른쪽) 섭정을 새긴 조각에서는 칼에 주목하라. 칼의 크기가 다 다르
다. 칼에 관한 한 사실적인 표현이 눈에 띈다. 왕의 몸이 크고 다른 사람들이 작게 그려진
건 신분 차이를 시각화한 것이다. 옛 그림의 관습이다. 예양의 그림은 몇 가지 연속 동작
을 한 장면에 압축시켰다. 말이 놀라는 모습과 옷을 칼로 치기 직전의 모습—다른 시간대
의 일이 한 장면에 담겼다. 옛 그림의 관습이다.

1. 5인의 자객

자객刺客은 암살자를 말한다. '자'刺는 몰래 찔러 죽인다는 말로 상대방이 모르게 해친다는 의미에서 쓴 것이다. 때문에 찌른다는 의미의 척刺으로 읽지 않고 몰래 찌른다는 뜻을 강조해 자刺로 읽는다. 「자객열전」刺客列傳은 다섯 명의 자객이 주인공이다. 노魯나라의 조말曹沫, 오吳나라의 전제專諸, 진晉나라의 예양豫讓, 한韓나라의 섭정攝政, 그리고 진秦나라의 형가荊軻. 이때 인명 앞에 붙은 국명은 출신지가 아니라 사건이 일어난 곳이다. 자객의 출신지와 사건이 일어난 곳이 다른 경우가 있는데 이는 당시의 사회 변동을 보여 주는 증거라 간단히 넘어갈 문제가 아니다. 또 다섯 명은 각 지역에서 일어난 일의 공간적 기록 대상일 뿐 아니라 시간을 기준으로 해도 서로 연결된다. 그들의 앞뒤 간격은 크다. 사마천은 자객의 기록이 끝날 때마다 시간을 기록해 두었다. 조말이 끝나고서는, "167년 후 오나라에서 전제의 일이 있었다"라 하였고, 전제 뒤엔, "70년 후 진나라에 예양의 일이 있었다"라 하였고, 예양 후엔, "40년 후 지軹에서 섭정의 일이 있었다"라 했으며, 섭정 뒤엔, "220여 년 후 진나라에서 형가의 일이 있었다"라고 했다. 합하면 모두 497년. 약 500년 사이에 무슨 패턴이 있는 것은 아니다. 조말에서 형가까지 500년은 거의 춘추전국시대 전체를 덮는다. 춘추전국시대를 자객이란 테마로 꿰고 있다고 할 수도 있으리라. 위로는 대규모 전투를 동반한 폭력의 시대였고, 한편으로는 전쟁으로 사회가 뒤흔들리면서 수많은 사상이 깨어나 목소리를 내던 시기이기도 했으며 다른 한편으론 칼에 의지한 개인의 탄생 시대이기도 했다는, 미시적으로 본 역사로 해석할 수 있겠다. 이런 식의 해석은 수긍하기 쉽지 않다. 막연하기 때문이다. 거대한 이야기가 구미를 당기지만 너무 커서 또렷한 인상이 생기지 않는다.

세 가지 과제

하지만 분명하게 말할 수 있다. 사마천은 이들을 일관해서 보고 있다. 시간 기록은 명확한 표지인데 시간이 지나도 끊기지 않고 이어진 무엇이 있다는 점을 드러낸다. 무엇이란 구체적으로 어떤 것을 가리킬까. 이것이 첫번째 숙제다.

　「자객열전」이 5명의 이야기이긴 하나 시간 순으로 일부러 묶어놓았다면 그들을 묶는 표식이 있지 않을까. 당연히 있다. 이는 중심 테마에 조응하는 소품(물건)으로 구체화된다. 소품이 명시되고 주제가 통한다는 점에서 이들은 한 가족이지만 각 작품의 분량이 다르다는 사실을 기억할 필요가 있다. 조말, 전제, 예양, 섭정의 기록은 모두 합쳐도 형가의 이야기에 미치지 못한다. 작품의 완성도와 임팩트 면에서 형가에 필적하기는 힘들다. '형가전'이 최고 수준이라 해서 다른 작품의 가치가 낮아지는 것은 아니다. 네 작품이 기반을 닦아 두지 않았다면 형가는 훨씬 외로웠을 것이다. 그만큼 네 작품은 각자 자신만의 가치를 품고 있다. 그 가치들을 빛나게 하는 일이 두번째 임무다. 그렇게 되면 형가의 가치가 자연스레 드러나지 않을까.

형가는 편폭이 크고 이야기가 많아 예상할 수 있는 테마 외에 다른 문제를 터치하고 있다고 생각한다. 그것은 어쩌면 '다른 기억'의 문제이기도 하다. '형가전'은 패배의 기록이란 면에서 승자의 기록에 맞세울 수 있는, 영광 곁에 세워진 실패의 묘비명이다. 이 실패엔 슬픔이 묻어 있다. 이는 감정 사실의 기록이란 점에서 사실을 어떤 방식으로 기억할 것인가에 대한 문제 제기로 볼 수 있을 것 같다. 사마천의 뛰어난 글은 객관적인 사실 기록보다 「임소경에게 보낸 답장」처럼 감정 사실을 기록할 때 진가를 발휘한다. 나는 이 문제가 핵심적인 요소라고 생각한다. 이럴 경우 문학의 뛰어난 성취로 완벽하게 진입하는데 '형가전'이 그 예가 아닐는지. 이를 설명하는 일이 세번째 임무가 될 것이다.

2. 최초의 자객, 조말

'조말전'曹沫傳은 짧다. 춘추시대 제齊나라 환공桓公과의 회맹에서 환
공의 목에 비수를 들이댄 노魯나라 용사의 이야기다. 그게 전부다.
여기엔 관중管仲도 등장하고 노나라 장공莊公도 등장한다. 모두 엑스
트라다. 제나라 환공과 관중이라는 거물이 엑스트라로 등장하지만
배경으로 그칠 뿐이어서 캐릭터로서 큰 인상을 남기지 못한다.

　'조말전'에서는 세 가지를 이야기할 수 있다. 첫째, 조말의 실존
을 두고 의문을 표시하는 사람들이 있다. 조말에 대한 이야기는『사
기』외에『춘추공양전』春秋公羊傳에만 보인다.『춘추공양전』의 저술
연대를 확정하기 어려운 데다(한나라 때 출현한 것은 사실이나 사마천
이 보지 못했을 가능성이 높다) '조말전'에 기술된 내용과 달라 그의
실존을 두고 설왕설래하며 사실史實로서 신빙성을 낮게 보는 것이
다. 다른 의견도 있다. 조말을『춘추좌전』春秋左傳에 등장하는 조귀曹
劌와 동일인으로 보는 것이다. 고대의 기록에서는 동일인에 대해서
도 다른 성명 표기가 자주 보인다. 조귀는 유명한 인물이었다. 비천

한 출신임에도 총명하였다.『손자병법』「구지」九地에, "그들을 더 이상 물러설 곳이 없는 곳으로 내모는 것은 제와 귀 같은 용기를 위한 것이다"投之無所往, 諸劌之勇也라는 글이 보이는데 제는 전제를, 귀는 조귀를 가리킨다.리링,『전쟁은 속임수다』, 671쪽.

다른 방식으로 읽어 보자. 사마천의 기록을 믿고 그에 의지해 조말의 형상화에 집중해 보자. 그래야 다음 이야기를 꺼낼 수 있다. 조말은 자객이란 새로운 범주의 창안자(?)이기 때문에 자객의 탄생이라는 맥락에서 읽을 수 있다. 최초의 자객은 어떤 모습이었던가. 사마천에 따르면, ①"비수를 들고 위협한다" ②상대방이 약속을 지키겠다고 하자, "비수를 땅에 던지고" 신하의 자리로 가 북쪽을 향하고 섰는데 "안색이 변하지 않고 목소리도 전과 다름없었다". 두 가지는 자객의 원형을 보여 준다.

먼저 비수의 존재. 비수는 중요한 소품으로 자객의 속성(attribution)을 나타내는 전형적인 물건 같다. 그리스 신화의 유명한 몇몇 신은 어떤 물건을 통해 자신을 대표하는데 아테네 여신은 부엉이 혹은 투구, 아폴로 신은 월계수로 표상되는 것과 마찬가지다. 섭정을 제외한 모든 자객은 비수를 쓴다. 이는 확실한 저격 방법이어서 선호되기도 하지만 죽음을 각오한 행동임을 표시한다. 하지만 비수에 대해서도 반론이 있다. 전쟁사를 연구한 사람들이 볼 때 비수가 쓰인 시기는 전국시대로 내려와야 한다는 것이다. 조말이 살던 춘추시대에는 비수가 없었다는 말이다. 시대착오(anachronism)다. 귀가 솔깃한 의견이다. 일단 이 문제는 기억해 두고 지나가자.

자객의 원형이 되는 두번째는 큰일을 치르는 와중에도 침착하다는 사실. 비수를 던졌다는 말은 이를 단적으로 표현한 것이다. 미련을 두지 않는다고 할까, 무심無心한 경지라고 할까. 임무를 완수하고 자신을 완전히 놓아 버린 사람의 모습이다. 안색이 변하지 않고 목소리가 그대로였다는 구체적인 형용은 비수를 던졌다는 말의 부연일 뿐이다. 이 점이 비수라는 소품보다 더 중요하다. 자객이 되는 진정한 표지는 침착하고 고요하다는 점에 있다. 성격이나 태도를 가리키는 게 아니다. 죽음 앞에서 침착하기 때문에 높이 평가받는 것이다. 다른 맥락이지만 한신이 죽을 뻔했을 때 죽음 앞에서 대범했기 때문에 주목을 끌었음을 상기할 필요가 있다. 쉬운 일이 아니다. 조말의 형상화는 바로 자객의 원형을 창조한 것이었다. 조말을 통해 자객이 구체화되고 이 원형 위에 여러 변형이 더해지는 것이다. 첨언하자면 조말은 자객으로서 살아남은 유일한 케이스다. 이 사실도 전형이 아니라 원형으로서 자객됨을 말해 준다고 하겠다.

셋째, 환공이 약속을 지키지 않으려 하자 관중은 작은 이익을 탐하다가 "제후에게 신망을 잃고 천하의 지지를 잃을 것"이므로 땅을 돌려주는 게 낫다고 하면서 약속을 실행하도록 한다. 사마천은 이 기사를 왜 끝에 붙였을까. 조말과의 약속이 이행된 것을 보여 주려고? 관중의 말은 다른 맥락에서 보면 오히려 천하에 유명한 관중의 현명함을 확신케 하는 언술로도 기능할 수 있지 않나. 이렇게 접근하면 관중이 부각되면서 초점이 흐려져 주인공 조말의 존재가 약화된다. 이 말은 아직 신뢰를 이야기할 수 있는 춘추시대의 분위기를 전해 주는 것으로 읽어야 할 것이다. 사마천은 자객들의 이야기를 진행하면서 주변의 반응을 빠뜨리지 않고 언급했다. 사마천이 시간을 기록한 것은 시간축으로 연속성을 준 것이기도 하지만 동시에 시대 변화라는, 세태와 풍속의 변화를 전하고 싶었던 것이기도 하다.

'조말전'의 가치

정리를 하면 이렇다. 사마천은 조말에 대한 기록을 보았다. 그리고 자기 방식으로 조말을 언어화했다. 사마천은 조말에게서 자객이라는 새로운 유형을 발견한 것이다. 자료를 재구성하고 조직하면서 테마, 혹은 형상화의 방향은 시원始原으로서의 자객으로 진행됐다. 설명보다 묘사를 통해 보여 주어 독자에게 자객됨을 감지하도록 했다. 사마천은 역사의 디테일보다 춘추시대에 나타난 새로운 인간형이 시대 파악에 더 중요하다고 생각한 게 아닐까. 여기엔 실증과 리얼리티에 대한 문제(비수가 만들어지고 사용된 시기 등)가 제기될 수 있지만 이는 내 역량을 넘어서기에 까다로운 문제가 잠복해 있다고 지적하는 선에서 멈추기로 한다.

잊어서는 안 되는 점 한 가지. 사마천은 조말이 세 번 싸워 패해 땅을 빼앗겼는데도 "조말을 다시 장군으로 삼았다"고 썼다. 이 문장 직후 조말이 비수로 제나라 환공을 위협하는 장면이 묘사된다. "조말을 다시 장군으로 삼았다"고 스치듯 한 말은 간단한 사실 기록에 그치지 않는다. 조말이 임금이 나를 믿고 있구나, 임금을 위해 뭔가 해야겠다——라고 마음먹었을 것이라고 독자가 추측하도록 만든다.

'조말전'에는 지기知己의 테마가 숨어 있고(군신이라는 상하관계였기 때문에 동등한 관계에 가까운 지기知己로 설명하기 애매하다. 자신을 알아준다는 넓은 해석이면 어울리겠다. 사마천이 사실 서술에서 멈춘 것도 이해할 만하다), 이에 의해 행동이 추동된 것이다. 자객은 직업 형태로 존재한 게 아니라 어떤 계기를 통해 만들어진, 형성된 인간형이었다. 시대가 만들었다고 할까. 조말의 경우 계기는 패배의 치욕과 복수심이었다. 그리고 임금이 자기를 믿어 준 것에 대한 보답이었다. 사마천은 이 테마를 전면에 부각하지는 않았다. 나는 암시했다고 해석한다. 드러나는 테마는 대담한 행동이었지만 보이지 않는 테마는 자신을 알아준 것이라 할 수 있다. 지기에 대한 보답이 자객의 행동으로 구체화된 것이다. 되풀이해 말하지만 자객은 직업이 아니다. 자처할 수 있는 존재로 보기 힘들다. 자객이란 어떤 상황이 빚어낸, 만들어진 존재임을 잊지 말아야 한다.

자객됨과 지기. 자객이 되는 과정을 통해 지기라는 테마가 강렬해진다. 지기라는 가치가 고귀해지는 것은 자객이 된다는 행동을 통해서다. 둘은 단순한 관계가 아니다. 여기엔 지기라는 가치가 타락했다는 시대인식이 배경에 깔려 있다. 지기가 한 시대를 조망할 수 있는 가치임을 간파한 것에 사마천의 탁월함이 있다.

3. 전형적인 킬러, 전제

'전제전'專諸傳은 '조말전'보다 두 배 정도 길다. 어느 부분이 길어졌을까? 전제는 오吳나라 사람이다. 초나라 사람 오자서伍子胥가 오나라로 망명 온 것에서 이야기는 시작한다. 오자서가 오나라로 망명하면서 전제의 능력을 알았다고. 오자서가 오나라의 힘을 빌려 초나라를 치려던 계획이 공자公子 광光에 의해 저지당한다. 오자서는 공자 광에게 내란을 일으킬 마음이 있는 걸 간파하고 전제를 공자 광에게 추천한다. 오자서의 등장은 중요하다. 초나라의 열혈남아 오자서는 「오자서열전」으로 따로 기록되는데 거기에 전제 이야기는 보이지 않는다. 하지만 오자서는 큰 인물이기 때문에 그가 전제를 알아봤다는 사실은 전제가 공자 광에게 가는 데 결정적이었다. 이름과 평판이 거의 전부인 시대에 오자서가 누구를 알아준다는 사실은 두밀이 필요 없는 보증이었다. 여기서 누군가가 알아준다는 모티브가 조말의 경우보다 좀 더 분명하다. 조말의 존재와 변별점이 생기는 곳. 그리고 인화성 강한 인물 오자서는 퇴장한다.

다음 문단에서 사마천은 공자 광의 왕실관계와 족보를 상세하게 설명한다. 귀족사회에서 핏줄은 중요하기 때문에 친족 설명으로 '전제전'이 길어졌다. 이때 의외의 인물이 나타난다. 계찰季札. 오나라는 남방의 오랑캐 나라다. 중원(황하 유역의 국가들)에서 오나라·초나라·진秦나라를 오랑캐라고 낮춰 보았다. 강력한 힘을 가진 남방국가들에 대한 두려움과 공포를 문화적 우월감으로 대치시키는 고전적 수법. 우월감의 근거는 예禮를 안다는 것이었고 중원문화에 대한 남방의 열등감도 예禮를 모른다는 사실에서 비롯되었다. 계찰은 남방국가 사람임에도 예를 안 인물로 추앙받는다. 예를 안다고 할 때 예가 가장 잘 보존된 유학儒學을 떠올리지 않을 수 없지만 공자와 거의 동시대인으로 공자와 나이 차가 많지 않기 때문에(계찰이 나이가 적다) 굳이 유학과 연결시킬 필요는 없다. 예禮를 주周나라로 대표되는 문화나 문명 개념으로 느슨하게 이해해도 무방할 것이다. 예는 고도로 세련된 의례, 상징 행위로 규범화된 매너이기도 하다. 공식행사에 참가해 능숙하게 격식을 따라하는 몸가짐에서부터 음악을 듣고 이해하는 능력까지 넓은 스펙트럼을 포괄한다. 요컨대 개인의 교양에서 사회규범과 제도까지 싸안는 폭넓은 개념이다.

계찰을 언급한 것은 공자 광의 위치를 설명하기 위해서다. 그러니까 전제 주변에는 오자서, 계찰, 공자 광 등 쟁쟁한 인물들이 있었던 것. 조말의 배경에 관중과 제 환공이 있었던 것과 비교가 된다. 오자서가 나왔고 계찰이 나왔으니 불이 나오고 물이 나타난 격이라 어떤 사건이 벌어질지 기대감이 상승한다. 「오자서열전」은 중원의 예에 물들지 않은 야생성, 잔혹함, 처절함 같은 생생한 감각이 격렬하게 타오르는 느낌으로 가득하다. 남방국가스러움이라 할까, 길들여지지 않은 과격함이 있다. 남방국가 오나라엔 그런 직접성이 강하다. 계찰이 중원국가의 기준으로 군자라 칭해지는 것은 남방스러운 와일드함이 보이지 않아서인데 오자서와는 정반대였던 것이다. 「오자서열전」이 뛰어난 까닭은 피투성이의 강렬한 정념 때문임을 상기한다면 '전제전'의 매혹적인 야만스러움을 예상할 수 있을까.

공자 광은 전제를 보통 식객이 아닌 "선객"善客으로 대한다. 그들은 주객관계다. 군신관계와는 다르다. 마침내 기회가 왔을 때 전제는 왕을 죽이겠다고 한다. 공자 광의 대답. "제 몸이 그대 몸입니다."光之身, 子之身也 묘한 말이다. 자신이 당신의 자리를 대신해 당신의 일을 다 감당하겠다는 뜻이다. 얼핏 들으면 당신과 나는 한 몸이란 뜻으로 들린다. 교묘한 말솜씨다. 자신이 전제를 끝까지 책임지겠다는 말이지만 동시에 앞의 선객으로 대우해 줬다는 말과 함께 지기知己 테마가 선명해진다. 전제가 행동으로 보여 줄 일만 남았다.

저격 장면으로 바로 이어진다. 공자 광이 자기 병사를 숨기고 오왕吳王 요僚 역시 군사를 거느리고 공자 광의 초대에 응해 공자의 집에 도착. 왕은 심복들로 주변을 가득 채우고 큰 칼을 찬 사람들로 자신을 보호하게 한다. 어떻게 왕을 살해할 것인가. 사마천은 간결하게 썼다.

(공자 광은) 전제에게 구운 생선 뱃속에 비수를 감추고 왕에게 바치도록 하였다. 왕 앞에 이르자 전제는 생선을 찢고 비수로 왕 요를 찔렀다. 왕은 즉사했다. 좌우에 있던 사람들이 역시 전제를 죽이

자 왕의 군사들이 혼란에 빠졌다.

군더더기 없이 일의 진행을 묘사한 가운데 저격 방법에 눈길이 간다. 생선 뱃속에 감춘 비수. 물이 많은 남방에 풍부한 생선으로 자연스럽게 위장한 것이 주효했다. 깔끔한 아이디어. 공자 광이 연출했고 전제는 행동에 나섰다는 점도 기억할 필요가 있다. 이어지는 다음 문장.

공자 광은 복병을 출동시켜 왕王 요僚의 무리를 공격해 모두 죽이고 마침내 자신이 왕위에 올랐다. 이이가 합려閨閭다. 합려는 곧바로 전제의 아들을 봉해 상경上卿으로 삼았다.

합려라는 이름이 마침내 드러난다. 공자 광은 합려였다. 합려는 왕을 죽이고 왕위를 찬탈한 자였다. 사마천은 이 사실을 분명하게 기록했다. 그러나 판단은 내리지 않았다. 판단 문제는 간단치 않다. 흔히 도덕적 판단은 유가儒家적 기준을 따른다. 주나라의 문명 기준으로 오나라를 오랑캐로 간주하는 시대라 해서 유가적 평가를 들이대는 건 우습다. 그런 기준 없이 살아온 나라가 오나라이고 바로 그런 모습이 오나라스러움이다. 합려와 전제의 행동을 도덕적인 시비 문제로 가져가지 않을 때 오나라스러움이 보이고 그들의 행동을 이해할 수 있다. 문제는 다른 데 있다.

합려와 요리

합려闔閭가 누구인가. 월나라와 패권을 다툰 인물. 오월동주吳越同舟, 와신상담臥薪嘗膽 고사를 만든 주인공 가운데 한 명.『오월춘추』吳越春秋의 파란만장한 주인공. 공자 광에서 합려가 될 수 있도록 도운 일등공신이 전제다. 합려는 오자서만큼 센 인물. 그렇다면 전제는 합려 이야기의 한 부분으로 치부될 위험이 있다. 합려 등극의 야사野史로 말이다. 전제의 존재가 희미해질 수 있다. 전제 이야기라 했으니 전제가 중심이어야 한다. 사마천은 이 문제를 어떻게 해결할 것인가. 일이 성공한 후 합려는 전제의 아들을 상경上卿으로 삼아 자기 약속을 지킨다. 이 마지막 문장. 사마천은 합려가 왕이 된 사실로 글을 맺지 않았다. 여기서 끝났다면 주인공은 합려다. 사마천은 전제에게 포커스를 돌려 지기의 테마를 환기하며 마무리한다. 끝에 전제를 언급한 것. 그런데 마지막 문장으로 전제가 중심으로 돌아왔는가. 사마천은 성공적으로 전제를 부각시켰는가. 완전히 동의하기 힘들다. 왜 그럴까. 마지막 문장의 주어가 합려이기 때문이다. 생선에 칼을 숨기도록 하고 일을 지휘한 것도 합려였다. 전제 이야기이긴 하나 전제가 온전히 중심이라고 하긴 주저된다. 전제는 행동대원으로서 자객의 역할을 한 사람이었다. 이 역시 자객으로 부를 수 있으나 다른 부류다. 사마천은 다른 종류의 자객을 보여 주려 한 게 아닐까.

이야기가 나온 김에 합려의 자객 한 사람을 더 언급할 필요가 있다. 요리要離다. 합려는 자신이 없앤 왕 요의 아들 경기慶忌를 죽이기 위해 오자서의 추천으로 자객 요리要離를 보낸다. 요리는 "바람을 맞으면 쓰러지고 뒤에서 불면 엎어지는" 약골이었다. 경기慶忌는 힘이 장사로 수많은 사람이 감당하지 못하며 네 마리 말이 끄는 수레로 추격해도 따라잡지 못할 정도로 빠른 데다 어두운 곳에서 활을 쏴도 맞지 못하는 게 없을 지경이며 총명하기까지 한 사람이었다. 이런 사람을 어떻게 해친다는 말인가? 요리는 극단적인 수를 써서 경기에게 접근한다. 합려에게 낸 그의 계책. 자신이 죄를 짓고 오나라에서 도망가는 것으로 하되 자신의 처자식을 죽이고 자기 오른팔을 잘라야 경기가 자기를 믿을 거라고. 무서운 사람이다. 이런 자해와 가족의 희생으로 요리는 경기에게 접근할 수 있었고 오나라를 치러 오는 배 안에서 창으로 경기를 찔러 임무를 완수한다. 『오월춘추』에 보이는 이야기다. 사마천은 요리를 열전에 수록하지 않았지만 유명한 인물이다.

　전제 이야기는 핵심이 두 가지다. 하나, 암살 방법이 새롭게 개발(?)된 것. 둘, 완벽한 자객이라기보다는 행동대원으로서의 자객 등장. 그럼에도 저류에는 지기라는 키워드가 흘러들어 앞 작품을 잇고 뒤와 연결된다.

4. 칼을 잡은 독서인, 예양

예양豫讓은 다른 스타일의 자객이다. 문인 계통의 자객이라고 할까. 문인이기 때문에 자객이 되기 위한 변신이 서사의 주요 기둥이다. 끝까지 문인티를 벗지 못하기에 한편으로는 변신이 어설프고 한편으로는 극단적이다. 문인의 성격을 벗지 못했기에 말의 성찬이 두드러진다. 친구와 주고받는 대화에서 「자객열전」의 테마는 명확한 표현을 얻게 된다. 실패한 시도이기에 아니 실패할 줄 알면서 시도한 행동이기에 감정 반응이 증폭된다. 정확한 언어화와 실패한 시도──두 가지가 '예양전'의 가치이자 특징이다.

예양은 진晉나라 지백智伯의 신하였다. 춘추시대의 강국 진나라는 여섯 신하의 힘이 막강해지면서 국력이 쇠락하는데 그중에서 가장 강한 세력을 가진 신하가 지백씨智伯氏였다. 예양은 지백을 섬기기 전 범씨范氏와 중항씨中行氏를 섬겼다. 모두 예양을 알아주지 않자 그들을 떠나 지백씨에게로 갔고 지백씨는 예양을 존중하고 총애했다尊寵. 지백은 세력이 막강할 때 조씨趙氏를 함부로 대했고 조씨는 원한을 품었다. 지백이 조씨를 공격하자 조씨는 한씨韓氏·위씨魏氏와 협력해 지백 세력을 몰살하고 토지를 삼등분한다. 진晉나라가 역사 속으로 사라지고 삼진三晉이라 부르는 한韓나라·위魏나라·조趙나라가 탄생한다. 전통적으로 세 나라의 탄생을 전국시대의 시작으로 간주해 왔다. '예양전'은 세 나라 탄생 시기를 배경으로 한다. 지백도 땅도 다 사라지고 예양은 아무 갈 곳 없는, 일본식 표현으로 조닌浪人이 된 상태였다. 사마천은 역사적 배경을 간단하게 설명하고 예양이 산 속으로 달아나 숨어 지내면서 한탄하는 말로 시작한다.

"선비는 자기를 알아주는 사람을 위해 죽고 여자는 자기를 기쁘게 해주는 사람을 위해 화장한다.士爲知己者死, 女爲說己者容 지백이 나를 알아주었으니 내가 반드시 그를 위해 복수하고 죽어 지백에게 보답한다면 내 혼백이 부끄럽지 않을 것이다."

「자객열전」 전체의 테마가 여기서 정확한 언어로 표현되었고 자객의 역할이 명료하게 드러난다. 지기知己, 복수, 죽음, 부끄러움. 이 네 가지 핵심어의 가치를 설명한 것이 「자객열전」이라고 보아도 큰 잘못이 아니다. 예양의 독백은 정곡을 찔렀다. '선비는 자기를 알아주는 사람을 위해 죽는다'士爲知己者死는 말은 「임소경에게 보낸 답장」에도 보인다. 그만큼 사마천에게는 절실한 말이었다. 이릉을 변호했던 자신의 마음을 몰라 준 무제에 대한 심정이 이 말에 담겨 있기도 하다. 넓게 보면 「백이열전」에 이름 없이 사라진 사람들을 기록하겠다는 사마천의 각오와 의지 표명도 자신을 알아주는 사

람——지기知己와 결부되었음을 눈치챌 수 있다. 「자객열전」뿐 아니
라 열전 전체를 아우르는 핵심어로 보아도 될 것이다.

어설픈 저격

예양은 행동에 돌입한다. 첫번째 시도. 예양은 성명을 바꾸고 죄수
刑人가 되어 궁에 들어가 화장실에 칠을 한다.* 가슴에 비수를 품고.
원수 조양자趙襄子를 죽이려는 계획이다. 조양자는 화장실에 가다
가 뭔가 낌새가 이상해서 칠장이를 잡아 심문하니 예양이었다. "지
백을 위해 원수를 갚으려 했다." 예양은 기개 있게 말한다. 조양자의
측근들이 예양을 죽이려 하자 조양자가 말한다. "저 사람은 의인義人
이다. 내가 조심해서 피하면 된다. 또 지백이 죽고 후사도 없는데 그
신하가 그를 위해 원수를 갚으려 하니 이는 천하의 현인賢人이다."
조양자는 예양을 놓아준다.

　　조양자는 무지막지한 폭군은 아니었다. 예양의 기백 있는 말
때문이었을까. 적이 적을 알아본 것이다. 조양자의 말을 두고 권력
을 가진 자의 여유에서 나온 것이라고 폄하할 필요는 없다. 그는 기
품 있는 자세를 보여 주었다. 예양의 행동은 대범하긴 하나 어설프
다. 예양의 서투른 행동은 성공하기 힘들다. 조양자는 그 용기만은

---

* 원문에는 "죄수가 되었다"고 했으나 약간 문제가 있다. 주석가 가운데는 형(刑) 자를
오(巧) 자의 오자(誤字)로 보기도 한다. 칠을 하는 사람은 오인(巧人)이기 때문. 또 성명
을 바꾼다고 죄수가 될 수는 없기 때문이기도 하다. 문장의 흐름을 보자면 오인(巧人)이
더 설득력 있다.

의롭게 본 것. 조양자가 뭔가 심상치 않은 걸 느꼈다고 했는데 원문은 "심동"心動이라 했다. 심장이 뛰었다는 뜻이다. 살기를 느끼자 자기도 모르게 심장에 격한 반응이 온 것을 표현한 말이다. 조양자가 민감한 사람임을 보여 준다. 만만치 않은 상대다. 이런 사람에게 맘만 먹고 덤벼든다고 될 일이 아니다. 예양 역시 그걸 깨달았다.

2차 시도는 정교해진다. 예양은 "몸에 옻을 칠해서 문둥이처럼 하고 숯을 삼켜서 목소리가 쉬게" 하는 변신을 하고 시장에서 구걸을 했는데 아내도 몰라 볼 정도였다. 예양의 변신은 완벽하게 성공한 걸까. 한데 친구가 그를 알아본다. 왜 가장 가까운 사이였던 아내는 몰라 보고, 친구는 알아봤을까. "아내는 모습에 익숙하고 벗은 마음을 알기 때문이다"라고 한 주석가는 설명한다. 멋진 말이지만 액면 그대로 받아들이면 안 된다.(여성비하 뉘앙스는 눈감아 주자.) 예양과 벗이 나누는 대화를 통해 예양의 벗이 그저 아는 사이가 아니라 마음을 아는 벗이라는 것을 알았기 때문에 주석가는 역으로 추론해 설명한 것일 뿐이다. 친구를 통해 지기知己가 환기된다.

벗은 눈물을 흘리며 말했다.
"자네의 재주로 그에게 몸을 맡기고 신하로서 양자를 섬긴다면 양자는 반드시 자네를 가까이 두고 총애할걸세. 가까이 두고 총애할 때 하려는 일을 하는 게 쉽지 않겠는가? 어쩌자고 자기 몸을 해치고 괴롭게 하는가. 이렇게 양자에게 복수할 길을 찾는 게 더 어렵지 않겠는가."
"이미 자기 몸을 맡겨 신하가 되어 남을 섬기면서 죽이는 방법을

찾는 것은 두 마음을 품고 임금을 섬기는 것일세. 또 내가 할 행동
은 아주 어렵기는 하지. 하지만 이런 모습을 한 까닭은 천하 후세
에 신하된 자들이 두 마음을 품고 임금 섬기는 행동을 부끄럽게
하려는 것일세."

예양은 거짓으로도 항복하려 하지 않는다. 그의 목적은 복수가
전부가 아니라는 말이다. 자신은 끝까지 지백을 위해 충성을 다했음
을, 한번 임금으로 섬겼으면 그에게 변치 않는 마음을 가졌음을 보
여 주는 한 예로 양자에게 복수한다는 뜻이다. 이에 또 다른 테마로
명분의 문제가 떠오른다. 사사로운 복수가 아니라 후세의 신하들에
게 충성이 무엇인지 보여 주겠다는 생각. 키워드는 두 마음二心. 두
마음을 품는다는 것은 전통시대 절개 있는 선비들이 가장 꺼렸던
태도다. 여성 버전은 일부종사一夫從事 혹은 열녀불경이부烈女不更二夫.
이런 관점에 서면 예양의 행동은 성공하느냐 실패하느냐 하는 문제
를 초월한다. 복수가 아니라 의義가 중심이었던 것. 자신의 의지와
의미를 지키는 것이 관건이 된다. 실패해도 자신을 관철시켜야 한
다는 결단──그 바탕에는 지기에 대한 응답으로서 충성이 있다.
    서사 진행을 보면 예양은 이미 자신이 실패할 줄 알고 있었다
고 읽을 수 있다. 복선이 아니라 암시다. 두번째 일의 진행은 행동의
박력이 아니라 죽음을 대하는 그의 태도와 조양자의 대응에 초점이
맞춰진다.
    예양은 조양자가 다니는 길목의 다리 아래에서 잠복한다. 양자
가 탄 말이 놀라고 조양자는 "예양이 틀림없다"며 그를 잡는다. 예

양을 꾸짖는 양자. 너는 범씨, 중항씨도 섬겼는데 지백이 그들을 죽였을 때 그들을 위해 지백에게 복수하지 않았다, 왜 지백을 위해서는 내게 복수하려 드느냐? 예양의 대답은 이렇다. 범씨와 중항씨는 나를 뭇사람과 다를 바 없이 대했다, 지백은 나를 국사國士(온 나라에서 뛰어난 인물)로 대해 주었다, 나 역시 국사로서 그에게 보답하는 것이다. 양자는 탄식을 하고 눈물을 흘리며 말한다. "아아, 예자豫子여." 너라는 호칭이 "예자"라는 존칭으로 바뀌었다. 조양자는 더 이상 예양을 놓아줄 수 없었다. 예양은 마지막으로 부탁한다.

"신은 듣건대 훌륭한 임금은 남의 미덕을 덮지 않고 충신은 이름을 위해 죽는 의義를 가졌다고 했습니다. 이전에 임금께서 이미 관대하게 저를 용서해 주셨으니 천하 사람들이 임금의 현명함을 칭찬하지 않는 사람이 없습니다. 오늘 일은 신이 죽어 마땅하나 바라건대 임금의 옷을 빌려 칼로 쳐서 원수를 이루었다는 뜻을 이루게 해주신다면 죽어도 한이 없겠습니다."

예양에게 옷을 주도록 하자 예양은 칼을 뽑아 세 번 옷을 친다. "내가 황천에 가 지백을 뵐 수 있겠구나." 그리고 예양은 자살한다. 마지막 문장은 이렇다. "예양이 죽은 날 조나라의 지사志士들이 이 일을 듣고 모두 예양을 위해 눈물을 흘렸다."

옷을 칼로 쳐서 찢는 상징 행동을 통해 조양자와 예양은 천고에 이름을 남기는 인물이 된다. 지금으로서는 이해하기 힘든 행동이지만 이것이 당대의 기풍이었고 시대가 어떠했는가를 알려 주는 표상이기도 하다. 이 역시 역사의 낭만성이라고 해도 좋으리라. 이뿐 아니다. 사마천은 "조나라의 지사志士들이 이 일을 듣고 모두 예양을 위해 눈물을 흘렸다"고 했다. 이것도 당대의 기풍을 알려 주는 말이다. 사마천은 뛰어난 인물이 안타깝게 세상을 떠났을 때 이 표현을 쓴다. 이릉의 조부를 다룬 「이장군열전」李將軍列傳에서도 뜻을 못 이룬 이장군이 세상을 떠나자, "이장군 부대의 사졸들이 모두 울었다. 백성들도 죽음을 듣고 장군을 알건 모르건 노인·어른 할 것 없이 모두 이장군을 위해 눈물을 흘렸다"고 했다. 달라진 세상, 좋았던 이전 시대를 추억하는 건 예나 지금이나 변함없는 것인가. 안타까운 죽음에 대한 사마천의 애도가 낭만적 색채를 띠어도, 센티멘털리즘이 섞인 이 시대의 기풍을 외면하기 쉽지 않다.

서사에서 의론으로

'예양전'은 독특하다. 다 읽고 나면 변신과 두 번에 걸친 저격 시도, 자신을 알아준 조양자와 지백의 대칭, 자기를 알아본 친구와 몰라본 아내 등 주변과 배경을 활용해 이야기를 확대할 가능성이 크다는 점을 알 수 있다. 그럼에도 불구하고 서사가 앙상하다. 요약해 보면 다채로운 줄거리를 상상하게 되는데 읽어 보면 의론이 더 비중을 차지한다. 서사에 의론을 얹은 게 아니라 의론을 위해 서사가 버티는 형국이랄까. 왜 이런 인상이 생길까? 서사물이라는 선입견이 강하기 때문에 서사 중심으로 독해해서가 아닐까. 그렇다면 서사를 먼저 만들고 의론이 따라 붙은 게 아니라 의론을 위해 서사를 동원한 것이라고 다르게 읽으면 어떨까. 저자의 의도를 적극적으로 헤아려 보는 것이다. 서사의 비중을 줄이고 의론의 역할을 일부러 키웠다고. 서사의 흡입력(재미?)이 메시지를 잡아먹을 위험을 일부러 차단했다고. 생각을 전하는 의론이 필수적이라 판단하고 서사는 골격만 남겨 놓은 것은 아닐까.「자객열전」에는 액션과 스펙터클이 적지 않은데 사마천은 오히려 흥미를 끄는 활극 장면 부분을 '예양전'에서는 최소화한다.

왜 의론이 강조됐을까? 의론의 호소력이 증대하면서 감정의 파급력이 커지기 때문이다. 예양은 자객으로서는 특이한 행태를 보인 인물이다. 실패한 자객이라는 생각이 먼저 떠오르는데 그 판단에는 연민이 들러붙는다. 자객이라기엔 어설프고 솜씨라고는 없어서 자객이라는 이름에 걸맞은 인물인지 의문이 들 정도다. 충忠이라는 말을 떠올리며 그의 행동을 이해할 수밖에 없다. 이때 충은 두 마음二心과 상반되는 일관된 마음으로 보아야 한다. 변치 않는 마음이 사마천을 붙잡았고 흔들리지 않는 의지와 죽음을 두려워하지 않는 결기가 저자의 마음을 뒤흔들었다. 문인풍의 연약한 인간에게서 나온 의기義氣. 충과 감정이 결합하면 예양의 어설품과 서투름은 오히려 장점이 되고 그를 적극적으로 받아들이게 된다. 이때 자객은 단순히 암살자를 뜻하는 게 아니라 명예로운 호칭이 된다.

사마천은「손자오기열전」孫子吳起列傳에서, "잘 실행하는 사람이 반드시 말을 잘하는 것은 아니며, 말을 잘하는 사람이 반드시 잘 실행하는 것은 아니다"라고 했다. 병법가들은 실행에 능하지 말을 잘하는 게 아니라는 의미에서 한 말이었다. '예양전'을 읽으면 "말을 잘하는 사람이 반드시 잘 실행하는 것은 아니다"라는 말이 맞는 말인 줄 알겠다. 말에 능하고 행동엔 서툴렀다는 면에서, 언어가 중심이 라는 점에서 '예양전'은 문인스러움이 진한 독특한 전이다.

5. 핏빛 이미지, 섭정

「자객열전」의 서사를 따라가며 이야기를 진행해 보자.

> 섭정聶政은 (위魏나라) 지현軹縣 심정리深井里 사람이다. 살인을 하고
> 원수를 피해 어머니와 누나를 모시고 제齊나라로 가서 도살업을
> 하며 먹고살았다.

'섭정전'의 첫 문장은 많은 정보를 알려 준다. 위나라에서 제나
라로 가 살았다는 두 나라 사이의 물리적 거리가 우선 중요하다. 다
음, 어머니와 누나를 모셨다는 그의 처지를 기억해야 한다. 두 여자
와 섭정의 관계가 그의 행동을 규정하기 때문이다. 도살업이라는
그의 직업에도 주목할 필요가 있다. 능력 있는 사람(살인을 했다는
것이 그에 대한 첫 정보인데 이는 그가 상당한 능력의 협객이라는 사실을
추측케 한다. 작은 일이 아니었기에 망명했을 것이다)이 식구를 위해 호
구책으로 천한 직업에 종사한다는 말이다. 성실한 사람이라는 인상

과 함께 일이 생기면 도살업을 그만둘 수 있다는 암시이기도 하다. 이야기의 토대가 다 갖춰졌다. 그와 관계를 맺는 인물이 어떻게 섭정의 본색을 드러나도록 만드는가, 그 노하우를 보여 주고 독자를 설득하면 나머지는 저절로 살이 붙고 피가 돌 것이다. 이때 디테일은 섭정에게 부탁하는 인물의 절박함에 놓여야 한다.

한韓나라의 엄중자嚴仲子는 재상 협루俠累와 원수가 되어 죽음을 당할까 두려워 도망간다. 보복할 사람을 구하던 중 제나라의 섭정 이야기를 듣고 제나라까지 찾아간다. 수차례나 섭정을 만나러 갔다 빈손으로 돌아간 후 섭정 어머니에게 직접 술을 따라 드리며 곡진하게 공경을 바친다. 술자리가 무르익자 섭정의 어머니께 황금을 올린다. 축수祝壽할 뿐 아니라 실제로 장수하시도록 도움을 준 것. 공경 뒤에 황금을 올렸으니 환심을 사는 방법을 알고 있다 할 수도 있겠고, 주변 사람들에게 섭정의 효심을 들었을 수도 있다. 어떤 동기에서건 섭정의 마음을 살 수 있도록 행동했다는 사실엔 변함이 없다. 어머니에 대한 섭정의 마음을 읽었기 때문이다. 섭정은 호의를 사양한다. 다행히 이 몸으로 어머니를 봉양할 수 있으니 주시는 걸 받을 수 없다고. 도살업을 하는 자신의 처지를 말한 것이다. 어머니를 높이는 섭정의 말을 알아들어서일까. 엄중자가 섭정에게 하는 다음의 말.

"신에게 원수가 있어 제후국을 돌아다니며 여러 사람을 찾아보았습니다. 하지만 제나라에 이르러 족하足下(상대방을 높인 말)의 의로움이 매우 높다는 말을 들었습니다. 그러므로 백금百金을 드린 것은 어른大人(부모의 존칭어)을 위해 거친 음식이나마 사는 데 쓰도록 해서 족하와 벗이 되고 싶어서입니다. 어찌 감히 바라는 게 있겠습니까."

이 말은 다음 단계로 넘어가는 경계에 있다. 섭정의 의기에 감동했다는 데 말의 무게를 두었다. 바라는 게 왜 없겠는가마는 이를 앞세우지 않고 어머니와 의義를 들어 친구가 되기를 청했다. 당신을 이해하고 있다, 알고 있다知己는 마음을 보이고 친구로서 동등하게 되고 싶다고 한 것이다. 중요한 말이다. 이 단계를 거치지 않았다면 섭정이 움직일 일은 없었을 것이다. 섭정은 엄중자의 진심을 받아들였다. 다만 어머님이 살아 계시는 동안 친구에게 자신을 맘대로 허락할 수 없기에 섭정은 일단 거절한다. "그러나 엄중자는 끝까지 빈주賓主의 예를 갖추고 떠났다." 섭정에게 거절당하고 백금도 받아들여지지 않았으나 엄중자는 마지막까지 예를 다했다.

오랜 시간이 흘러 섭정의 어머니가 돌아가시고 섭정은 장례를 치르고 복상 기한이 끝난 후 생각한다.

"아아, 나는 시정의 보통 사람으로 칼을 휘둘러 도살을 한다. 엄중자는 제후의 경상卿相으로 불원천리하고 내게 와서 자신을 낮추고 나와 사귀었다. 내가 그를 대접한 게 얼마나 보잘것없었으며 그에게 큰 공로라고 할 만한 것도 없었건만 엄중자는 백금을 바치며 어머니에게 축수하였다. 내 비록 받지는 않았으나 이는 나를 깊이 안 것이다知政也. 현자(엄중자)가 원수에게 분노한 마음으로 하찮은 사람을 믿고 친밀하게 대해 주었는데 내 어찌 입을 다물고 있겠는가. 또 전에 내게 요청할 때 나는 노모老母가 계실 뿐이었는데 노모께서 천수를 다 누리시고 돌아가셨으니 나는 나를 알아준 사람을 위해 쓰이리라爲知己者用."

자기를 알아준다는 말이 두 번 반복된다. 마지막 말은 예양이 했던 "나를 알아주는 사람을 위해 죽는다"爲知己者死와 같은 말이라 해도 좋다. 지기가 계속 부각되었는데 여기 와서 주인공의 입으로 재삼 강조되었다.

섭정은 엄중자를 찾아간다. 불원천리하고 찾아와 정성을 보였으니 불원천리하고 찾아가 그 역시 진심을 보여 준다. 먼 거리는 마음을 읽도록 한다. 자신의 뜻을 밝히자 엄중자는 자기 원수가 왕의 계부季父로 경계가 삼엄하다고 하면서 일을 도와줄 사람을 붙여 주겠다고 한다. 섭정은 사람이 많아지면 일이 누설될 우려가 있다며 거절. 섭정은 단독으로 일을 실행한다. 섭정이 혼자 칼劍을 가지고 한韓나라에 갔더니 한나라 재상 협루가 집안에 자리를 잡고 앉았는데 무기를 지니고 곁에 지키는 사람이 많았다. "섭정이 곧장 들어가 계단에 올라 협루를 찔러 죽이자 좌우에 있던 사람들이 큰 혼란에 빠졌다. 섭정이 크게 소리를 지르면서 칼로 쳐 죽인 사람이 수십 명, 자신의 얼굴 가죽을 벗기고 눈을 도려내고는 스스로 배를 갈라 창자를 꺼내고서야自屠出腸 마침내 죽었다."

칼에 대하여

칼 이야기를 잠깐 하자. 「자객열전」에 보이는 칼은 모두 비수匕首다. 섭정은 검劍을 썼다. 이것이 차이라면 차이다. 비수와 칼은 다르다. 칼보다 작은 것이 비수다. 비수는 단검短劍과 같은 말이다. 고대에 칼과 비수는 얼마나 달랐을까. 칼, 하면 보통 장검을 연상한다. 장검 일본도日本刀를 떠올릴 사람이 많을 것이다. 과연 춘추시대에 장검을 만들 만큼 테크놀로지가 발전했던 것일까. 논란을 벌일 것 없이 출토 유물을 보면 알 수 있다. 발굴된 출토 유물을 보면, "중국 고대 초기의 검은 모두 비수와 같은 단검으로 길이가 약 10~20cm 정도에 불과하다. 춘추전국시대부터 조금 긴 검이 나타나기 시작했으며 길이는 약 50cm 정도였다. 80cm, 90cm, 1m 정도까지 되는 긴 검은 진한秦漢시대에 출현했다. 장검은 춘추전국시대에 나타났으며 무사들이 검을 차는 기풍도 이때부터 시작되었다."리링, 『호랑이를 산으로 돌려보내다』, 52쪽

섭정이 살던 시대는 춘추에서 전국으로 넘어간 직후였으므로 50cm 정도라 하겠다. 생각보다 길지 않다. 섭정은 이 짧은 칼을 가지고 긴 창(병사들이 전쟁에서 썼던 일반적인 무기였던 창은 상대적으로 아주 길었다)을 가진 호위병과 싸웠다는 말이니까 접전을 상상할 수 있다. 그가 잔인하게 자해해서 몸을 훼손한 일도 칼이 작았기 때문에 가능했던 것이다. 조말이 제 환공의 목에 들이댄 칼이나 전제가 물고기 배에 숨겼던 비수 모두 손이 큰 사람이라면 손바닥에 감출 수 있을 크기라고 보아도 크게 어긋나는 추측은 아닐 것이다. '전제

전'에서 공자 광光이 왕 요僚를 초청했을 때 왕 요는 자기 주변에 큰 칼을 찬 병사로 호위하게 했다. 여기서 묘사한 "큰 칼" 역시 단순 서술이 아니라 특별한 무기였기에 기록했던 것이다.

섭정의 담대한 행동은 협루의 허를 찌른 것이었다. 자객'들'이나 무장집단이 달려들 것을 예상하고 수많은 사람들이 자기를 지키도록 한 것인데 섭정은 아무 일 없는 듯이 혼자 걸어 들어가(혼자였으니 주변 사람들은 그를 호위병의 하나로 보았을까?) 삽시간에 일을 해치웠다. 예상을 뛰어넘은 단독 감행은 전혀 새로운 아이디어였다. 사마천도 이를 강조하기 위해 그의 행동만을 기록했다. 섭정의 행동은 그밖의 자객과 결이 다름을 알게 된다. 수십 명을 상대해 그들을 죽였다 했으니 섭정이 예사 검객이 아니라는 사실도 드러난다. 하지만 독자의 인상은 자해하는 그의 모습에 집중된다. 섭정, 하면 떠오르는 이미지가 이곳에 담겨 있다. 잔인하다. 섭정이 도살업을 했다고 했는데 스스로를 도살한 것이다. 훼손된 몸은 강렬한 이미지를 남기면서 서사의 육체를 구성하는 것에서 멈추지 않는다. 선혈이 낭자한 섭정의 행동. 왜 자해했을까.

'섭정전'은 섭정의 죽음으로 끝나지 않는다. 후일담이 중요하다. 소설 『삼국지연의』는 유비, 관우, 장비, 제갈량이 죽어도 끝나지 않는다. 서구 근대소설에 익숙한 사람들에게 당혹스러운 부분이다. 주인공들이 다 죽었는데도 이야기는 계속된다. 소설의 집중력이 떨어졌는데도 전진하는 이야기. 주인공 중심으로 소설을 작성하는 서구의 관점은 주인공이 사라지면 소설 자체가 위태로워진다. 중국의 전통소설은 주인공이 없어도 개의치 않는다. 거꾸로 말하면 주인공이 꼭 소설의 중심일 필요는 없다는 말도 된다. 인물이 반드시 필요하나 특정인을 중심에 두고 이야기를 배치할 필연성이 없다는 말이다. 근대소설은 근대의 어떤 특정일 뿐 보편이 아닐 수 있다. 주인공 중심의 이야기는 강력하고 강렬하며 위력적이지만 전부는 아니다. 『삼국지연의』에서 익숙하게 본, 주인공이 없어도 진행되는 이야기의 원형이 '섭정전'에 있다.

섭정의 누나 섭영

뜻밖에 섭정의 누나 섭영聶榮이 등장한다. 섭영은 처음에 어머니와 등장하고는 존재가 보이지 않았다. 섭정 사후 불쑥 나타난다. 갑자기 나타났기에 섭영은 자신과 섭정에 대해 먼저 설명한다. 섭영은, 누군가 재상을 죽였는데 범인의 시체는 있으나 성명은 알지 못해 시신을 시장에 방치하고 신원을 아는 이에게 현상금을 걸었다는 말을 듣고 동생일 것이라 직감한다. "아아, 엄중자가 내 동생을 알아주었구나!" 곧장 시장으로 가 시신을 보곤 시신에 엎드려 울며 슬퍼한다. 그리고 그가 섭정임을 밝힌다. 섭영을 말을 들어 보자.

> "(섭)정이 모욕을 뒤집어쓰고 시장 장사꾼 사이에 자신을 던진 것은 노모가 다행히 별 탈 없으시고 제가 시집을 가지 않기 때문입니다. 어머니께서 천수를 누리시고 돌아가시고 제가 시집을 가자 엄중자가 곤궁하고 욕된 지경에 있는 제 동생을 잘 보고 인정해 벗으로 사귀었습니다. 은택이 두터웠으니 어찌할 수 있었겠습

니까. 선비는 진정 자기를 알아주는 사람을 위해 죽는다고 했는데 지금 제가 아직 살아 있기 때문에 거듭 자기 몸을 해치면서까지 흔적을 지워 버린 것입니다. 제가 어찌 죽음을 당할 것이 두려워 훌륭한 동생의 이름賢弟之名을 없앨 수 있겠습니까.”

섭영은 하늘을 향해 크게 몇 번 외치고는 슬픔으로 오열하다 섭정 곁에서 숨을 거둔다. 사마천은 진나라, 초나라, 위나라 사람들이 소문을 듣고 논평한 말을 가져와 전을 끝맺는다. 섭정도 대단한 사람이지만 섭영도 “열녀”烈女라고. 사람들의 논평은 주로 섭영의 놀라운 기백에 놓여 있다. 주변――이라고는 하지만 이제는 그 소문이 국제적으로 전파되어 숱한 사람들이 평가했다. 이 평가 역시 앞과 마찬가지로 지금과 다른 당대의 인식을 반영한다. 이번에는 여론의 성격까지 담고 있다. 여론의 힘이랄까. 그 여파가 인물을 불멸로 만들었다고도 볼 수 있다.

섭정이 사후 생생한 인물로 완성된 것은 누나 섭영 때문이다. 섭영의 진술로 섭정의 인고忍苦가 설명되고 그것을 보았기에 고난을 견딘 섭영도 보인다. 죽음을 무릅쓴 섭영의 기백과 격정은 사람을 놀라게 하기 충분하다. 섭정조차 몰랐던 매서운 열기가 섭영에게 있었던 것이다. 열녀烈女라는 칭찬은 자신의 지조를 지킨다는 후대 유가의 전유물처럼 쓰인 말이 아니다. 문자 그대로 장한, 대단한 여자로 읽어야 할 것이다.

섭영이란 인물은 강렬한 인상을 남긴다. 드문 여성 캐릭터다. 고대의 인물로서 여성 캐릭터 등장 자체가 이채로울 뿐 아니라 선명하게 자기 목소리를 낸다는 점에서 섭영을 주목해야 한다. 『사기』
에 등장하는 여성 가운데 자기 목소리를 낸 사람은 많지 않다. 두 사
람이 떠오른다. 우선 조괄趙括의 어머니. 조趙나라를 망국 직전까지
몰고 갔던 조괄. 그의 어머니는 그가 큰 문제를 일으킬 것이라고 왕
에게 경계했다. 어머니로서 자기 자식을 정확히 보았고, 자식이 실
패하더라도 자신을 연좌시켜 처벌하지 않기로 왕에게 약속을 받을
만큼 선견지명이 있는 캐릭터였다(「염파인상여열전」廉頗藺相如列傳).
그리고 「편작창공열전」扁鵲倉公列傳에 보이는 순우의淳于意의 딸 제영
緹縈. 순우의는 어떤 사람의 고발로 형벌을 받게 되자 화를 내며 욕
설을 퍼붓는다. 자식을 낳았어도 사내자식이 없어 급할 때 쓸 자식
이 없다고. 그에겐 딸 다섯뿐. 제영은 조정에 글을 올린다. 아버지를
대신해 관비官婢가 될 터이니 아버지의 육형肉刑을 면해 달라고. 이
글을 읽고 한나라 문제文帝가 육형을 없앴다고 했으니 제영은 역사
적 인물이라 하겠다. 중요한 기여를 한 인물이기에 제영을 자세히
기록했을 것이다. 하지만 그런 공식담론보다는 효孝라는 이념에 간
히기 이전의 여성으로서, 남자가 없어 자신을 구할 수가 없다는 아
버지의 말에 자신이 할 수 있는 일을 다한, 당시에는 드물었을 문자
를 익힌 여성으로서 '자기 목소리'를 냈다는 데 방점을 찍어야 할 것
이다. 조괄의 어머니나 제영과 다른 방식으로 자신을 또렷이 새긴
인물이 섭영이다. 남자의 그늘에 가려 잘 보이지 않지만 하층계급
에 빛나는 여자(제영과 섭영)가 있었다는 사실은 사마천의 글을 읽
는 데 적지 않은 위로가 된다. 훌륭한 여성 형상화가 일찍부터 성취
됐던 것이다.

섭영의 말엔 주목할 점이 한 가지 더 있다. 섭영이 '이름'뭹을 거론한 것이다. 지기와 이름을 남기는 일은 함께 간다. 자신을 알아주었기에 이름이 전해지는 것이다. 누구를 알아준다는 건 이름을 남긴다는 말이다. 사람이 죽어 남긴다는 그 이름 말이다. 전傳도 이름을 기록한 것이 아니던가. 사마천이 「백이열전」에서 사라진 숱한 사람들을 안타까워하면서 그들을 기록하겠다고 다짐한 것도 이름을 남기겠다는 말과 다르지 않다.

이름, 기호인가 실체인가

이름이란 무엇인가. 현대 사회에서 사마천 당시에 가졌던 이름의 무게를 상상할 수 있을까. 자신의 죽음마저 불사하고 동생의 이름을 위해 나선다는 발상이 지금 시대에 이해될 수 있을까. 설명해 보자. 공자가 "이름을 바로잡겠다/바르게 쓰겠다"正名고 했을 때도 이름을 핵심 문제로 삼고 있었다. 이해하기 어려운 말이다. 어떻게 해석해야 할까. 이름은 또 하나의 테마가 된다.

지금 이름은 기호에 불과하다. 셰익스피어나 유명 브랜드나 차이가 없다. 설마 셰익스피어를 브랜드로 착각하겠는가 하는 사람은 나이 든 사람이 틀림없다. 셰익스피어를 모른다고 젊은이들을 타박할 때 셰익스피어는 실체를 가리킨다. 유명 브랜드라는 기호와 다른 범주에 있는 것이다. 위치를 바꿔 보자. 젊은이들에게 유명 브랜드는 매혹적인 기호다. 그들은 셰익스피어를 모른다. 그들에게 셰익스피어는 실체는 고사하고 간신히 기호다. 젊은이들의 혼을 빼앗는 브랜드를 모를 때 어른들은 그들의 기호를 모른다는 차원에서 머무르는 게 아니라 퇴물이 된다. 노땅들은 어린것들이 무식하다고 혀를 끌끌 차는 사이 젊은이들은 노땅들을 부재不在로 취급한다. 어린것들에겐 셰익스피어나 브랜드나 기호이기는 마찬가지. 커뮤니케이션은 마주하고 말한다고 풀리는 간단한 문제가 아니다. 전혀 다른 기호의 세계에 살고 있다. 기호의 세계가 문화를 구성한다. 장유長幼는 세대가 다른 게 아니고 문화가 다른 게 아니다. 세상을 인식하는 저변의 기호가 완전히 다르다. 이 차이는 어디서 올까? 기호와 실체의 차이다. 기호와 실체는 어디서 갈라진 것일까? 분기점은 언어에 대한 신뢰에 있다. 언어의 무게가 가벼워지면서 시는 광고 카피가 되고 산문은 매뉴얼(사용설명서)이 된다. 삶을 담는 진지함과 깊이는 글에서 사라졌다. 그런데 애초부터 그런 것이 없다고 생각한다면? 대신 언어유희가 자리 잡는다. 실체에 집착하는 사람이 있고 기호놀이에 일찌감치 눈뜬 사람이 있다. 언어는 계속 가벼워져 기호와 가까워질 것이다. 그럴수록 가상의 실체를 만들어 프리미엄을 얻는 사람도 존재할 것이다. 어느 방향이건 언어의 무게와 신뢰가 증발하는 것은 막을 수 없다. 셰익스피어 자리에 사마천을 가져다 놓으면 사태는 더 심각해진다. 박지원이나 정약용으로 대치하면 소수의 사람들에게만 실체로 인지될 것이다. 실체로서의 언어는 소수에게나 호소력을 발휘하며 미미하게 존재할 것이다.

　이 언어의 실체가 공자 시대엔, 아니 사마천 시대엔 가볍지 않았다. 사마천이 「임소경에게 보낸 답장」에서 어떤 죽음은 깃털보다 가볍고 어떤 죽음은 태산보다 무겁다고 했다. 이 말은 언어에 대한 신뢰가 전제되지 않으면 성립할 수 없다. 거꾸로 이 말은 지금 시대에는 멋진 수사로밖엔 들리지 않는다. 말의 무게가 달라졌기 때문이다. 사마천이 한 말은 문자 그대로 목숨 걸고 한 말이었다. 그가 이릉을 변호한 죄로, 자기 말에 대한 대가로 궁형을 선고받았을 때 그의 말은 죽음과 동등한 무게였던 것이다. 『사기』를 쓸 때 그 말에, 전傳에 등장하는 인물의 이름을 기록할 때 그 이름엔 천 년 후에도 변치 않을 가치와 존엄을 담은 것이었다. 「백이열전」에 스러진 사람들을 위해 전을 쓴다는 말도 그런 의미였다. 자객의 죽음도 정녕 이름값이 아니던가. 공자 시대인들 사마천의 시대인들 언어에 대한 신뢰가 어찌 100% 절대적이었겠는가. 공자의 정명正名은 역설적으로 이름이 실체와 이탈하는 것에 대한 걱정이 아니었나. 사마천의 기록은 거꾸로 이름값이 천해지는 것을 막기 위한 방부제로 볼 수도 있는 것이다. 그럼에도 지금 시대와는 비교도 할 수 없을 만큼 언어에 대한 무게와 신뢰가 막중했다. 기록이 중요하게 인식된 것도 이런 전제가 살아 있기 때문이다. 이름을 기록한다는 일, 그것은 실체를 남기는 행위였다. 섭영은 실체로서의 이름을 거론한 것이었다. 당시 사람들의 논평도 이름에 대한 섭영의 신뢰를 확인하는 것이었음은 지적할 필요가 없을 것이다.

섭정이 앞의 작품과 어디서 동일하고 어디서 구별되는지 보자. 먼저 같은 점. 지기知己는 핵심 테마이기 때문에 빠져서는 안 되는 요소다. 언급 방식에 차이는 있다. 섭정과 누나의 입에서 반복적으로 강조된다는 점이 다르다. 살해 장면이 건조하게 묘사되면서 액션 장면이 길지 않다. 살인이나 접전에 따른 핏빛보다 그의 자해 때문에 선혈의 이미지가 강하게 남았다. 글을 읽고 나면 칼을 휘두르는 활극 장면이 떠오르기보다 섭영의 등장으로 감정에 가해지는 충격이 크다. 영화로 말하자면 사마천은 액션이 강한 이미지의 현시보다 간결하게 사실 전달에 주력했고 마지막 장면에서 감정에 무게를 얹었다.

다른 점. 이야기가 덧붙여졌다. 섭정 이야기로 끝나지 않고 섭영이 등장하면서 복잡해진 것이다. 동시에 다른 테마가 끌려 들어오면서 인물이 평면에서 벗어났다. 앞 이야기들이 단편이라면 섭정에서 중편으로 넘어온 셈이다. '형가전'이라는 장편이 나오기 때문에 변화가 불가피했기 때문이다.

6. 형가, 역수를 건너다

'형가전'荊軻傳은 앞서 나왔던 자객전의 집대성이다. 서사의 측면에서도 그렇고 주제 면에서도 마찬가지다. 앞 이야기에서 나왔던 모든 요소가 이곳에 집결해 하나하나 제 꼴이 선명해지고 서로 결합한다. 이야기의 편폭이 큰 것도 여러 요소의 유기적인 결합과 조화, 그리고 디테일이 풍부하게 살아 있기 때문이다. 돋보이는 작품이 된 까닭은 등장인물의 형상화가 구성과 잘 짜여 여운을 남기기 때문이다. 작품을 찬찬히 읽어 보자.

형가는 원래 위衛나라 사람이다. 위나라에서는 경경慶卿, 연燕나라에서는 형경荊卿이라 불렀다. 경卿은 남자에 대한 미칭美稱으로 사람들이 그를 함부로 대하지 않았음을 보여 준다. 형가는 독서와 칼 쓰기를 좋아했다好讀書擊劍. 문무를 겸했다는 말인데 이는 당시에 자주 볼 수 있는 유형이었다. 문文과 무武의 이혼은 훗날 일어난 현상이다. 춘추시대 귀족 전통이 살아 있을 때는 문무겸전이 자연스런 일이었다. 귀족 전통이 무너지면서 문과 무는 분리되었는데 사士란 말도 문을 공부한 선비의 뜻으로 점차 옮겨 가게 되었다. 병사兵士란 말에 무의 뜻이 여전히 남아 있긴 했지만. 원래 사士는 사녀士女라는 용례에서 보듯 남자란 뜻이었다. 모牡(수컷)라는 글자에 보이듯 사士라는 자형字形은 원래 수컷의 성기를 상형한 것이다. 조선시대부터 줄곧 '선비 사'라고 읽었는데 선비란 선+배輩(무리)라는 말로 '선'은 '서다'立를 어근으로 한다. 서다는 '발기하다'라는 뜻으로 수컷의 성기가 발기(erection)한 것을 말한다.* 선비란 문자 그대로 성기가 발기하는 무리들이란 말로 수컷을 지칭하는 리얼한 뜻이다. 『논어』에 벌써 사士는 문과 관련된 사람으로 주로 등장하는데 춘추시대 귀족 전통이 무너지고 있음을 반영한다.

　『사기』의 「유협열전」游俠列傳은 『한비자』의 「오두」五蠹에서 빌려 온 말로 시작하는데, "유儒는 문文으로 법法을 어지럽히고 협俠은 무武로 금지禁止를 범한다"儒以文亂法, 而俠以武犯禁라고 했다(이 말은 『한비자』 「세난」說難에도 보이는데 「노자한비열전」에서 다시 한번 더 인용된다. 한비자가 이들에 대한 문제의식을 심각하게 갖고 있었음을 반증한다). 전국 말엽 한비자 시대에 오면(형가의 활동 시기와 거의 겹친다) 문과 무가 상당히 떨어져서 문은 유가儒家와 주로 관계되고(문사文士) 무는 협객들에게 일반적으로 붙는(무사武士) 이미지가 되었음을 알 수 있다. 그렇다 해도 전국시대까지 전 시대의 유풍이 남아 있음을 형가를 통해 확인할 수 있다. 이런 측면에서 보면 형가는 귀족 출신의 유

---

* 선비의 우리말 어원에 대해서는 최영애, 「중국 고대음운학에서 본 한국어 어원문제」, 『도올논문집』, 통나무, 1991.

민일 가능성이 높다.

형가의 윤곽을 그리다

형가는 부국강병술로 위衛나라 원군元君에게 유세했지만 원군은 그를 쓰지 않았다. "그 후 진秦나라가 위魏나라를 정벌해 동군東郡을 설치하고 위衛 원군元君을 야왕野王으로 이주시켰다." 이 말은 형가가 처한 당시의 배경을 전한 것인데 약간 설명이 필요하다. 위衛나라는 강한 위魏나라에게 항복해 부용국이 된 신세였다. 형가는 부용국 신세였던 자신의 조국을 부강하게 만들려고 했다. 한데 진나라가 위魏나라를 멸망시켜 형가에게 원수가 된 상황을 진술한 것이다.

이어 두 에피소드가 소개된다. 하나는 유차楡次에서 있던 일. 갑섭蓋聶과 검에 대해 논하다가 의견이 맞지 않자 갑섭이 눈을 부라리며 형가를 위협했다. 형가는 말없이 떠난다. "아까 내가 그(형가)와 검술을 논했는데 제대로 맞지 않는 게 있어서有不稱者 내가 눈을 부라렸지." 갑섭이 친구에게 한 말이다. 다른 하나는 한단邯鄲에서의 일. 노구천魯句踐과 바둑을 두다가 바둑 길을 가지고 다툼이 벌어져 노구천이 눈을 부라리며 꾸짖자 형가는 말없이 떠난다.

두 에피소드는 중요하다. 먼저 형가의 방황. 형가는 조趙나라의 외곽 유차나 수도 한단을 돌아다닌다. 조국이 멸망하면서 유민流民이 된 것. 진나라가 통일진쟁을 벌이면서 큰 나라를 정벌하고 군현을 설치하자 수많은 유민이 발생했다. 형가도 그들 중의 하나로 형가는 유민으로 북방을 떠돌아다녔고 남쪽에서는 북방유민이 대거

유입되면서 유방의 휘하로 집결했던 것이다. 둘째, 그는 무지렁이가 아니었다. 위衛 원군에게 자신을 의탁하려 한 인물. 그는 조나라를 다니면서 자기와 뜻이 맞는 사람, 지기를 찾아다녔다. 그가 만난 사람들은 형가를 알아보지 못했다. 노구천은 나중에 형가의 거사를 알고 그를 몰라봤다고 후회하는 발언을 한다. 형가는 사람을 찾고 있었다. 갑섭은 이때 중요한 발설을 한다. 형가가 검술을 논하는데 뭔가 적절하지 않은 게 있다고. 결국 이 의견 충돌이 둘을 갈라서게 했지만 칼에 대한 갑섭의 평가는 훗날 형가의 실패를 예견한 복선으로 보인다. 노구천의 뒤늦은 평가도 이와 관련이 있다. 마지막으로 이들과의 만남을 통해 형가의 됨됨이를 알 수 있다. 형가는 아무말 않고 그들을 떠난다. 작은 일로 분노하거나 모욕을 당했다고 맞서지 않는다. 그는 조용히 떠난다. 그에겐 큰 뜻이 있었다. 속 깊은 그의 성격. 모욕을 참고 인내忍할 줄 아는 사나이다. 한신도 자기를 모욕하는 불량소년의 가랑이 사이를 지나왔다. 견딘 것이다. 한신이나 형가나 큰 뜻을 품은 사람들이 보여 주는 공통적인 자질이다.

이어지는 형가의 행적. 형가는 다시 연나라로 돌아와 개백정과 축筑을 잘 연주하는 고점리高漸離와 친구가 된다. 술을 좋아하는 형가는 이들과 시장에서 술을 마시고 고점리는 축을 연주하고 노래를 부르면서 즐거움을 나누다가 "마치 주위에 아무도 없는 것처럼 서로 울었다. 형가가 술꾼 사이에 놀았지만 그 사람됨이 침착하고 글을 좋아했다深沈好書. 그가 제후국을 떠돌면서 만난 사람들은 현인이나 호걸, 장자長者들이었다."

개백정은 섭정을 생각나게 한다. 고점리는 후에 큰일을 한다.

모두 이때 맺어진 우정 때문이었다. 형가가 여러 곳을 다니면서 벗을 만나지 못해 얼마나 낙담했는지 헤아리지 못하면 "마치 주위에 아무도 없는 것처럼 서로 울었다"는 말을 이해할 수 없다. 주위라는 말은 시장 주변에 알아주는 사람이 없다는 뜻이 아니다. 넓은 세상을 다녀 봤지만 뜻이 맞는 사람을 못 만났다는, 온 세상이 적막하다는 뜻이고 고점리만이 그를 알아주었다는 말이다. 외로운 사람 둘이서 고독하게 눈물을 흘린 것이다. 자신의 뜻을 펼 수 없는 유랑민의 신세. 형가를 충분히 설명한 사마천은 이제 그의 인물됨을 기록하고 '호서'好書를 다시 한번 강조한다. 예사 인물이 아니었으니 그와 격이 맞는 사람들을 사귀었을 건 자명한 일. 형가를 알아주는 사람이 마침내 등장한다. 연나라의 은자 전광田光 선생. 역사적 배경과 형가의 인물됨, 그의 처지와 품은 뜻을 모두 보여 주었으니 본론으로 들어갈 때가 되었다.

지기 전광

형가는 태자 단丹이 등장하면서 연나라의 위기 상황에 휘말린다. 태자 단은 후에 진시황이 되는 태자 정政과 어릴 때 조趙나라에 인질로 있으면서 서로 친했다. 정이 진나라 왕이 되면서 태자 단은 인질로 진나라에 갔고 왕에게 좋은 대우를 받지 못했다. 태자 단은 진나라 왕을 원망하면서 연나라로 탈출해 왔던 것. 태자 단은 진나라에 복수하고 싶었지만 국력이 약했다. 그리고 진나라는 통일 작업에 박차를 가해 함곡관 동쪽 여러 나라를 빠르게 공격하고 있었다. 태자

단은 사부師傅에게 근심하며 방도를 묻지만 깊이 생각해 보라는 답변을 들을 뿐이다. 태자 사부도 진나라에 맞서는 일을 두려워하고 있었다.

얼마 후 진나라의 장군 번오기樊於期가 연나라로 망명해 오고 태자 단이 그를 받아들인다. 진나라에 대한 두려움으로 가득한 사부는 펄쩍 뛰면서 번오기를 흉노로 보내 진나라의 핑곗거리를 없애라고 한다. 그리고 합종책合從策을 제시해 진나라를 막자고 한다. 태자 단은 시간이 너무 걸린다며 합종책을 거절하고 번오기에 대한 처리 의견도 받아들이지 않는다. 사부는 전광田光 선생을 거론하며 의논해 보라고 권한다.

형가를 예사 사람이 아니라고 예우했던 전광이 등장하면서 긴장감이 생긴다. 태자 단과 사부는 전광이 등장하기까지 서로 갈등하는 양상을 보이는데 진나라에 대한 인식 차이 때문이었다. 사부는 공포에 떨고 태자 단은 두려움이 없다. 사부의 등장과 형상화는 현실을 파악하는 인물을 구현한 것 같지만 실상은 반대. 사마천은 형가→사부→전광 순으로 인물을 등장시켰다. 앞서 전광과 형가의 관계를 보았기 때문에 전광을 매개로 형가가 등장하겠구나, 하고 누구나 예측할 수 있다. 사부와 태자 단의 긴 대화를 보면서, 그리고 형가와 전광 사이에 사부가 놓여 있기에 독자는 형가와 대비되어 사부가 얼마나 보잘것없는 인물인지 단번에 인지하게 된다. 그는 자기인식에 갇혀 태자의 생각을 전혀 읽지 못한다. 오히려 현실에 대한 판단이 그의 공포심을 더 강화시킬 뿐이다. 구구절절 문자를 읊어 대고 정세분석을 하지만 많이 알수록 결론은 언제나 진나라에 대한 공포로 귀결된다. 확증편향의 전형적인 예다. 현실을 예리하게 판단하며 통찰하는 것처럼 보이는데 결국 현실을 승인하고 타협하는 인물이 주변에 의외로 많다. 사부의 인물됨을 제대로 볼 때 전광의 처신, 나아가 형가의 의기義氣가 보인다.

전광은 태자 단을 만난다. 태자는 깍듯이 예를 갖추고 대우한다. 진나라와 연나라는 양립할 수 없으니 관심을 부탁한다는 은근한 태자의 말에 전광은 자신은 한창때가 아니라 도움을 줄 수 없다고 사양하며 형가를 소개한다. 태자는 전광을 전송하면서 경계하며 말했다. "제가 말씀드린 것과 선생께서 제게 말씀해 주신 것은 국가 대사大事입니다. 선생께서 누설하지 않길 바랍니다.' 전광은 고개를 숙이고 웃으며俛而笑 말했다. '알겠습니다.' 전광은 굽은 허리를 끌고 형경荊卿(=형가)을 보러 갔다." 전광은 형가에게 태자를 알현한 이야기를 전하며 태자를 만나 보길 권한다. 형가는 응낙한다. 전광은 말한다.

> "내 듣기로는 장자長者(덕 있는 사람)는 일을 할 때 남이 의심하지 않도록 한다고 하지요. 아까 태자가 제게, '얘길 한 것은 국가 대사大事입니다. 선생께서 누설하지 않길 바랍니다'라고 했습니다. 이는 태자가 저를 의심한 것입니다. 일을 하면서 남이 의심토록 한 것은 의기 있는 사람이 아닙니다."

자신은 사살해 형경을 격려하고자 한다며 말했다. "바라건대 그대는 빨리 태자에게 가서, 광은 이미 죽었으니 기밀을 말하지 않았음을 분명히 알아 달라고 해주시오."

전광은 그 자리에서 자살한다.

사마천은 전광을 공들여 묘사했다. 의협義俠의 면모를 보여 주어 비장한 분위기가 생기도록 했다. 형가의 마음까지 상상하도록 한 것이다. 전광의 심리를 두 차례에 걸쳐 보여 준다. "고개를 숙이고 웃으며 말했다", "자살해 형경을 격려하고자 한다". 앞의 것은 뒤의 행동을 위한 복선이었다. 태자의 말은 기밀을 지키기 위한 조심성에서 나온 것이나 듣는 사람은 달리 해석할 수 있는 말이었고 전광의 반응은 지나친 게 아니었다. 그것이 사사로운 감정으로 끝나서는 아니 되었기에 대의를 위해 희생한다. 이것이 의협의 자세였다. 태자가 경솔한 게 아니었고 전광도 사적인 자존심으로 대응한게 아니었다. 또 하나 전광이 태자의 부탁을 사양한 건 두려움이나 늙었다는 평계를 댄 게 아니었음을 증명하기 위해 사마천은 "굽은 허리를 끌고 형경을 보러 갔다"고 묘사했다. 전광을 외모에서 심리까지 모두 보여 주었기에 "국가 대사"가 무게를 지니게 된다. 이 무게를 짊어질 형가는 범상한 인물일 수 없다. 전광을 통해 주도면밀하게 형가에게로 초점을 이동한 것이다. 전광의 죽음은 형가에게 결정적이었다.

태자 단의 태도

태자를 만나는 형가. 태자는 형가를 알아볼 것인가. 고점리와 전광은 모두 형가를 알아본 사람들知己이었다. 그렇지 않고서야 시장에서 적막한 세상인 듯 울지 않았을 테고, 태자를 만나라는 말에 단번에 응낙했을 리 없지 않은가. 형가는 태자를 만나 전광의 죽음과 말을 전한다. 형가의 행동은 결단에서 나온 것이었다. 이러이러한 일이 있었다는 단순한 전언이 아니다. 한 사람의 죽음을 듣고 태자가 어떤 행동을 하느냐에 따라 태산같이 무거운 죽음이었는지 깃털처럼 가벼운 죽음이었는지 판단할 수 있기 때문이다. 사마천은 길게 묘사한다.

태자는 두 번 절하고 무릎을 꿇고는 무릎을 꿇은 채 나아가 눈물을 흘렸다. 얼마 후 태자는 말했다. "제가 전 선생께 발설치 마시라 한 것은 큰일을 성공시키기 위한 계책이었습니다. 이제 전 선생께서 죽음으로써 말하지 않았음을 분명히 밝히셨는데 어찌 제 본심이겠습니까."
형가가 자리를 잡고 앉자 태자는 자리를 비켜 (공경을 나타내고) 고개를 숙이고 말했다.

태자는 전광의 죽음을 적합하게 애도해야 하고 형가에게 진심을 보여야 하며 아울러 자신의 심정을 밝혀 일을 수행할 방도를 찾아야 한다. 이미 한 사람이 세상을 떠났으므로 죽음을 헛되게 해서도 안 될뿐더러 형가가 자신에게 의탁하도록 성심껏 대해야 한다. 형가의 목숨이 걸린 일이므로 서둘러서도 서툴러서도 안 된다. 태자는 형가에게 진나라가 벌이는 정복에 대해 자세히 말하고 연나라가 진나라를 당해 낼 수 없다는 위기의식을 토로한다. 자신의 계책은 천하의 용사를 찾아 진나라에 사신으로 보내 막중한 이익을 진나라에게 제시하며 진나라의 상황을 엿보는 것이라고. "진왕을 위협해 제후들을 침략하여 얻은 땅을 모두 돌려주도록, 마치 조말이 제 환공에게 했듯 할 수 있다면 가장 좋고, 그렇게 못하면 칼로 찔러 죽여야 한다"고. 태자는 형가에게 부탁한다. 한참을 생각한 후 형가는 거절한다. "국가 대사"라 사신의 임무를 맡을 수 없다고. 태자가 형가 앞으로 다가가 고개를 조아리며 간절히 부탁을 한 이후에야 형가는 허락한다. 이후 태자는 예를 다해 형가를 대우한다.

형가가 응낙한 것은 자기를 알아주었기 때문일까. 예를 다해 자신을 대우한 것은 응낙한 이후의 일이다. 이상한 말일지 모르나 허락한 뒤의 융숭한 대우는 당연한 일이다. 태자의 후한 대우에 대해 형가가 어떻게 반응했는지 사마천이 기록하지 않은 것도 이해가 된다. 예우를 지기와 같은 것으로 볼 수도 있다. 하지만 형가는 부탁을 거절했다. 이것이 형가의 진심이었을 것이다. 국가 대사 운운했지만 한참을 생각하고 나서 한 말이었다. 막중한 일이었기 때문이었다. 태자에겐 그렇다. 태자의 개인적인 원한이었지만 국가 대사이기도 했다. 태자가 형가에게 한 말은 군사적 비용까지 고려한 이익의 관점에서, 다시 말해 철저히 정치가의 관점에서 말한 것일 수도 있다. 연나라는 궁지에 몰려 있다. 온갖 방법을 강구해야 했다. 형가에게 예를 표한 것도 그런 태도에서 나왔다. 형가가 그런 마음을 모를 리 없다. 거절하는 게 당연했다. 대의가 중요하지 않아서가 아니라 자기를 대하는 마음이 자신의 친구들과 달랐기 때문이다. 형가는 태자와 아무 연관이 없는 사람이었다. 태자가 형가를 얻기 위해서는 격식을 갖춘 예를 보이기 이전에 그의 마음을 읽고 벗이 될^{知己} 준비가 돼 있어야 했다. 그러나 형가는 허락한다. 왜? 자신을 위해 죽은 전광이 있었기 때문이다. 전광의 죽음이 아니었다면 형가는 떠났을 것이다. 전광이 자신을 위해 죽었는데 그의 죽음을 헛되게 할 수는 없었다. 나중에 태자가 일을 서두른 것은 형가를 알지 못했음을 보여 준 것이었고 형가가 태자에게 화를 낸 일은 자신을 알지 못하는 것에 대한 온당한 반응이었다.

번오기의 희생

형가는 응낙 후 오랫동안 생각한다. 구체적인 계획을 세우고 있었을 것이다. 한데 진나라의 공세가 거세지면서 위협은 생각보다 빨리 다가왔다. 형가는 자신의 고민을 이야기한다. 진왕에게 가까이 다가가려면 두 가지가 필요하다. 하나는 번오기 장군의 목, 다른 하나는 연나라의 기름진 땅을 바친다는 증표로서의 지도. 태자는 의^義를 저버리는 일이라 번장군은 차마 해칠 수 없다고 한다.

　형가가 이 딜레마를 몰랐을 리 없다. 대(연나라 혹은 천하)를 위해 소(번장군)를 희생한다는 말은 간단한 말이 아니다. 국가를 위해 목숨을 바친다는 휘황한 명분은 눈부시나 쉬운 게 아니다. 망명 온 사람을 정치적으로 이용하는 꼴이 될 터, 태자의 어려움도 이해할 수 있다. 형가는 방법을 모색하는 중이었고 번장군 스스로 문제를 풀어야 했다. 형가는 빈장군을 찾아간다. 번장군 역시 온 친족이 몰살당해 원수를 어떻게 갚을지 몰라 원통해하고 있었다. 형가는 연나라의 걱정도 풀고 원수도 갚을 수 있는 방법을 꺼낸다. "바라기는 장군의 머리를 가지고 진왕에게 바치면 진왕은 반드시 기뻐하며 저를 만날 것인즉 제가 왼손으로 그의 소매를 잡고 오른손으로 그의 가슴을 찌르면 장군의 원수를 갚고 연나라가 모욕당한 부끄러움도 없앨 수 있을 것입니다.' 번오기는 한쪽 소매를 벗어 어깨를 드러내고 앞으로 다가서며 말했다. '제가 밤낮으로 이를 갈며 가슴을 치던* 일인데 오늘에야 가르침을 듣습니다.' (번오기는) 마침내 자살했다."

형가가 번장군의 심리를 잘 읽었다고 할 수 있다. 진나라가 장군을 너무 심하게 대한다고 말문을 트면서 번장군의 괴로운 심사를 다독일 줄 알았다. 번장군도 마음이 편치 않았다. "한쪽 소매를 벗어 어깨를 드러내", 당시 맹세할 때 하던 행동을 하며 형가 "앞으로 다가"선 것을 보면 그도 길을 찾고 있었다. 형가가 지혜롭게 일을 잘해 나가긴 하나 이 일에는 숱한 죽음이 따라온다. 전광과 번오기의 희생. 가벼운 죽음이 아니다. 형가의 심정을 헤아릴 수 있는데, "태자가 번장군의 죽음을 듣고 달려가 시신에 엎드려 곡을 하고 크게 슬퍼했다"는 말은 형가에게도 해당한다.

형가 떠나다

일은 빠르게 진행된다. 태자는 준비해 둔 날카로운 비수(!)를 형가에게 전해 준다. 비수에 대해 제법 길게 서술하는데 치명적인 위력

---

* 절치부심(切齒腐心). 이때 부(腐)는 부(拊)의 뜻. 절(切)과 부(腐)는 호응하는 말로 구체적인 행동을 가리킨다. 보통 '속을 썩인다, 속 썩는다'라고 표현하는데 이 해석은 문자 그대로 풀이해 쓰는 것으로 정확한 해석이 아니다.

을 과시하기 위해서가 아니다. 후에 비수가 헛되이 사용되는 걸 생각하면 간단치 않은 묘사는 불안하다. 첫번째 복선. 그리고 부사副使로 형가와 함께 갈 인물이 등장한다. 이름은 진무양秦舞陽.「흉노열전」匈奴列傳에 보이는 연나라의 현장賢將 진개秦開의 손자다. "13세에 살인을 했었는데 다른 사람들이 감히 거스르는 눈길로 쳐다보지 못했다"는 인물. 형가는 함께 가려고 기다리는 사람이 있었다. 그가 멀리서 오는지라 그를 위해 행장을 준비하고 기다리는 중이었다. 채비가 다 됐는데도 떠나지 않자 태자는 형가를 의심하며 진무양을 먼저 보내고자 한다. "형가는 노하여 태자를 꾸짖으며 말했다. '어떻게 태자는 그를 보낸다고 하십니까. 가서 돌아오지 않을 자가 그 어린앱니다. 또 한 자루 비수를 가지고 무슨 일이 생길지 알 수 없는 진나라에 들어가니 (철저히 준비해야 합니다) 제가 머무른 것은 함께 갈 내 친구를 기다렸던 겁니다. 지금 태자께서 늦는다고 하시니 작별인사를 드리겠습니다.'" 형가는 맘에 걸리는 게 있었다. 진무양이 어떤 위인지 알 수 없다는 것. 자기와 맘이 맞는 함께 일할 사람이 늦는다는 것. 태자와 감정이 엇갈릴 수는 있으나 큰일을 앞에 두고 조짐이 좋지 않다. 특히 자기 친구를 대신할 진무양이 염려스럽다. 두번째 복선.

　마침내 형가는 길을 떠난다. 전송 장면. 태자와 빈객이 모두 흰 옷을 입고 전송한다. 역수易水 가에서 길을 잡고 고점리가 축을 연주하고 형가가 이에 맞춰 노래를 부른다. 슬픈 소리에 모두 눈물을 흘린다. 형가는 앞으로 나와 노래한다.

"바람 싸늘하고 역수 차구나   風蕭蕭兮易水寒

장사壯士는 한번 떠나 다시 돌아오지 않으리"   壯士一去兮不復還

다시 우조羽調의 높은 소리로 가슴 벅차게慷慨 노래하자 선비들은
모두 눈을 부릅뜨고 머리털이 다 곤두섰다.士皆瞋目, 髮盡上指冠 형가
는 수레를 타고 떠나 끝내 돌아보지 않았다.

　인구에 회자되는 명장면이다. 죽음을 앞둔 생이별에 사람들 마
음은 어땠을까. 필설로 나타낼 수 없다. 노래가 사람의 마음을 움직
이고 더 많은 말을 한다. 인용된 것은 시로 보이지만 핵심은 음악이
다. 노래가사만 남아서 전해질 뿐 어떤 음악인지 우리는 알 수가 없
다. 가사는 음악에 비해 부수적이다. "다시 돌아오지 않으리라"는 노
래는 형가의 결심을 드러낸다. 그 굳센 마음이 사람들에게 전염돼
눈을 부릅뜨고 찌릿한 느낌을 준다고 우리는 상상하지만 음악이 없
으면 안 될 말이다. 논리의 설득이 아닌 감정의 감염은 음악이 담당
한다. 가장 잘하는 역할이니까. 다만 순간으로 끝날 뿐 지속되지 않
는다. 사마천도 음악을 전하는 데 힘을 쏟았다. 우리는 흔적을 읽을
뿐 듣지 못하고 상상하지만 끝내 다가갈 수 없다. 가사의 의미에 매
달려, "끝내 돌아보지 않"은 그의 모습은 결기를 다시 한 번 보여 준
다고 쓸 따름이다. 분위기 묘사와 심리 표현이 좋다고 덧붙이면서.
유방은 황제가 되어 고향에 돌아가 「대풍가」大風歌를 불렀다. 이 역
시 가사만 남아 전한다. 노래는 덧없다. 강렬하기 때문에 순간으로
만 남기 때문이다. 그 감정을 전하기란 얼마나 어려운가.

도연명이 노래한 형가

훗날 시인 도연명陶淵明은 「형가를 노래하다」詠荊軻란 작품을 남겼다.

… (전략) …

군자는 자기를 알아주는 사람을 위해 죽으니	君子死知己
칼 가지고 연나라 수도를 떠나네.	提劍出燕京
흰 말은 큰길에서 울고	素驥鳴廣陌
벅차올라 나의 길 전송하는데	慷慨送我行
머리털은 높은 관冠으로 곤두서고	雄髮指危冠
맹렬한 기세는 긴 갓끈을 찌른다.	猛氣衝長纓
술 마시며 전송하는 역수易水 가	飮錢易水上
사방에 영웅들 앉아	四座列群英
고점리가 슬프게 축을 연주하고	漸離擊悲筑
송여의宋如意가 높은 소리로 노래하니	宋意唱高聲
싸늘히 슬픈 바람 지나가고	蕭蕭哀風逝
일렁이며 찬 파도 인다.	淡淡寒波生
처량한 소리에 다시 눈물 흐르고	商音更流涕
비장한 가락에 장사들 격동한다.	羽奏壯士驚
떠나면 못 돌아올 줄 알지만	心知去不歸
후세에 이름 남기리라.	且有後世名
수레에 올라 돌아볼 겨를도 없이	登車何時顧
나는 듯한 수레 진나라 조정으로 들어갔네.	飛蓋入秦庭

… (중략) …

아깝다 검술이 서툴러	惜哉劍術疎
특출한 공 끝내 이루지 못했구나.	奇功遂不成
그 사람 이미 죽었건만	其人雖已沒
천 년 뒤에도 감정을 느끼게 하누나.	千載有餘情

도연명의 시를 읽어 보면 사마천이 문장에 숱한 감정을 응축시켜 놓았음을 알 수 있다. 도연명은 이별 장면에 집중해 자기 감상을 적었다. 형가의 이별 장면이 유명해진 것은 뭇 시인들이 자신의 감정을 이별 장면에 담아 더 강렬하게 만들었기 때문일 것이다. 사마천은 고조된 감정과 강개慷慨, 슬픔을 시에 담아 찰칵, 강한 이미지로 응결시켰고 눈 밝은 시인들이 캐치해 불멸로 만들었다. 도연명은 "지기"知己라는 말을 써서 형가의 마음을 대변했고 '검술이 서툴다'는 말을 해서 형가의 실패를 드러냈다. 형가의 실패를 검술이 빼어나지 못해서라고 보는 의견도 참작할 만하다. 마지막으로 '후세에 이름을 남긴다'는 구절로 '형가전'의 주제를 집약했다. '형가전'을 잘 읽은 시라 하겠다.

도연명의 시에 송여의宋如意란 이름이 보인다. 형가를 전하는 다른 기록에는 전송할 때 노래한 사람이 송여의란 인물로 되어 있다. 사마천은 형가를 기록하면서 형가가 직접 노래한 걸로 했다. 왜 그랬을까. 사마천의 버전을 보면 당시 사람들이 생각하는 '사실'이 지금과는 감각이 다르다는 점을 재확인하게 된다. 진시황의 죽음을 둘러싸고 극비가 자유롭게(?) 노출되는 서술이 보이는가 하면 이번 경우처럼 사람을 바꾸기도 한다. 사마천이 이전 기록을 믿지 않아서가 아니라 지향점(혹은 주제)에 문제가 없으면 사실에 크게 개의하지 않음을 알 수 있다. 사마천에게는 사실이나 정보보다 감정기억이 더 중요할 수 있다. 감정기억에 대해서는 따로 기술하기로 한다. 또 하나, 서사의 측면에서 형가가 노래하고 고점리가 연주하는 장면으로 조정될 때 둘 사이의 우정이 도드라진다. 후에 고점리의 행동을 이해할 수 있는 근거도 마련되고.

암살 현장

진나라에 도착한 형가는 연줄을 대고 드디어 진왕을 만나게 된다. 이 장면은 묘사가 출중해 군소리가 필요없다. 전문을 읽는 게 제일 좋다.

> 형가가 번오기의 머리를 담은 함을 들고 진무양이 지도가 든 상자를 들고 차례차례 앞으로 나갔다. 계단에 이르러 진무양이 얼굴색이 변하며 공포에 떨자 신하들이 괴이하게 생각했다. 형가가 진무양을 돌아보고 웃고는 앞으로 나가 사죄하며 말했다. "북쪽 변방 나라(연나라) 오랑캐의 촌놈이라 천자를 뵌 적이 없습니다. 때문에 무서워 떤 것입니다. 바라건대 대왕께서 조금 관용을 베푸시어 사신의 임무를 완수하도록 해주십시오." 진왕이 형가에게 말했다. "무양이 가진 지도를 가지고 오라." 형가가 바로 지도를 가져다 바쳤다. 진왕이 지도를 펼쳐보는데 지도가 다 펼쳐지자 비수가

나타났다. 이 틈에 (형가가) 왼손으로 진왕의 소매를 잡고 오른손으로 비수를 쥐고 찔렀다. 비수가 몸에 닿기 전 진왕이 놀라 몸을 빼고 일어서자 소매가 잘렸다. 왕은 검을 뽑으려 했으나 검이 길어 칼집에서 빠지지 않았다. 당황하고 급한 데다時惶急 칼집에 굳게 담겨 바로 뺄 수가 없었다. 형가는 진왕을 쫓고 진왕은 기둥을 돌며 도망갔다. 신하들은 모두 놀랐지만 졸지에 벌어진 예상치 못한 일이라 다들 제정신이 아니었다. 진나라 법에 전상殿上에서 임금을 뫼시는 자들은 한 치 되는 무기도 지닐 수 없었고 낭중郎中들만이 무기를 가지고 전하殿下에 늘어서 있었는데 명령을 하지 않으면 올라올 수 없었다. 급한 때方急時라 미처 밑의 병사를 부를 수 없었기 때문에 형가가 진왕을 쫓았던 것이다. 너무 당황하고 급해卒惶急 형가를 칠 게 없었기에 신하들은 손으로 형가를 때렸다. 이때 시의侍醫 하무저夏無且가 갖고 있던 약주머니를 형가에게 던졌다. 진왕은 기둥을 돌며 달리기만 할 뿐 너무 당황하고 급해卒惶急 어찌할 바를 몰랐는데 좌우 신하들이 외쳤다. "왕께선 칼을 메십시오." 검을 메고는 마침내 칼을 뽑아 형가를 쳐 왼쪽 다리를 잘랐다. 형가는 쓰러져 비수를 당겨 진왕에게 던졌지만 비수는 구리기둥에 맞았다. 진왕은 다시 형가를 쳐 형가는 여덟 군데 상처를 입었다. 형가는 자기가 일을 이룰 수 없음을 알고 기둥에 기대 웃으면서 다리를 쭉 펴고 욕하며 말했다. "일을 이루지 못한 것은 산 채로 협박해 반드시 약속을 얻어 태자에게 보답하려 했기 때문이군." 이에 좌우에서 바로 나와 형가를 죽였다.

박진감 넘치는 묘사다. 영화감독이라면 한 번쯤 영상으로 옮기고 싶을 만큼 동작 진행이 훌륭하다(이미 만들어졌지만). 몇 가지 코멘트. 먼저 독자의 불안감을 확인시켜 주듯 진무양의 멍청함이 그려진다. 진무양은 험하게 등장했었다. 13세에 사람을 죽여 남들이 감히 반감反感의 눈길로 쳐다볼 수 없었다고. 용감한 듯 보였으나 실상은 허세였던 것. 협객연하는 사이비였음을 형가는 간파하고 "어린애"라고 깔봤던 것이다. 진무양을 통해 형가의 담대함이 도드라진다. 사마천이 이런 유의 인간을 경멸했음이 틀림없다. 어떻게 알 수 있는가? 사마천이 진무양의 죽음을 언급하지 않았기 때문이다. 형가가 죽을 때 같이 기록하면 될 것을 아무 곳에서도 그의 죽음을 말하지 않았다. 일부러 말하지 않았을 것이다. 진무양의 죽음을 깃털보다 가볍게 보고 무시한 것이다. 협객인 척한, 그가 진정한 협객과는 다름을 이런 식으로 보여 준 것이다. 사마천 방식의 경멸감 표현이다.

다음으로 시간에 따른 상황 배치. 사마천은 급한 상황을 네 번 언급했다. 처음엔 칼을 뽑지 못하는 진왕, 두번째도 진왕의 다급한 모습이지만 병사들이 시야에 들어왔고, 그다음엔 신하들의 다급한 모습이 그려지고, 마지막으로 다시 진왕의 다급한 모습이지만 실내 전체 모습이 다 그려진 다음에 진왕에게로 초점이 모인 것이다. 장면이 점차 확대되면서 긴장감이 증대한다. 세번째, 신하들이 황급해 어쩔 줄 모르는 장면에 가서야 겨우 하무저가 약주머니를 던질 수 있었다. 처음부터 약주머니를 던졌다면 장면이 흐트러지고 말았을 것이다. 한데 읽다 보면 사마천이 액션을 조절한다는 느낌이 든다. 액션에 집중해 경이로운 장면을 만드는 게 능사가 아니다. 스펙터클한 장면으로 소비되지 않도록 액션의 리듬을 부러 늦추었다. 진나라 법 운운하면서 설명을 끼워 넣어 흐름을 방해했다. 묘사도 간결하게 동작만 그렸다. 형가는 죽음 앞에서, 다리를 쭉 뻗고 불손하게 앉아 진왕을 모욕하고 욕설까지 퍼붓는다. 끝까지 굽히지 않는 자세. 사마천은 액션보다 정신을 그리는 데 공을 들인다.

다음으로 칼. 장검의 존재가 이 장면에서 뚜렷하다. 꽤 길어서 뽑기 힘들었다고 했다. 이즈음부터 장검이 보이기 시작한 게 아닐까 싶은데 사마천은 장검의 존재를 특기하고 있다. 예상치 못했던 장검에서 형가의 실패를 찾을 수 있기 때문이다. 진왕이 장검을 가지고 있지 않았다면? 형가의 실패를 두고 도연명은 검술이 서툴렀기 때문이라고 보았다. 앞서 갑섭과 다툴 때 갑섭은 형가의 검술을 비판적으로 언급했다. 이 소식을 듣고 노구천은 형가가 검술을 마스터하지 못해 실패했다고 논평한다. 논평자는 노구천이 아니라 갑섭이었을 것이다. 노구천과는 바둑을 두었고 갑섭과 검술을 논했기 때문이다. 사마천의 착오로 보인다. 그렇다면 실패를 직감하고 기둥에 털썩 앉아 일을 이루지 못했다고 운운한 것은 어찌된 말인가. 형가의 말은 자조적인 독백으로 읽어야 할 것이다. 핑계를 둘러댄 것이 아니라 실패를 인정하는.

고점리의 죽음

형가의 죽음 이후는 언급할 필요가 없다. 연나라를 덮친 파국과 멸망이 더 빨라지긴 했지만 형가가 아니더라도 예견됐던 일. 태자를 죽여 진나라에 바치는 등의 사건은 망해 가는 나라에서 흔히 볼 수 있는 것이니 지나가도록 하자. 기억해야 할 사건은 고점리의 희생이다.

고점리는 살아남았다. 형가와 관련된 사람들을 잡아들이는 작업이 대대적으로 행해진다. 장량이 진왕에게 테러를 가했을 때 수색 열풍이 불었던 일을 상기하면 이번에는 규모가 더 컸으리란 걸 짐작할 수 있을 것이다. 사람들은 모두 도망갔다. 고점리는 신분을 숨기고 머슴 생활로 연명했다. 숨어 살다 낯선 사람의 축 연주 소리를 듣고, 고단하고 치욕적인 생활을 끝내기로 결심한다. 뛰어난 실력은 곧 마을에 알려지고 진시황의 귀에까지 들어간다. 딱한 것은 그가 고점리라고 고한 사람이 있어 정체가 탄로 나는 바람에 고점리의 눈이 멀게 된 것이다. 축 연주 실력이 아까워 사형에서 나름 배려(?)를 한 것. 주석서 『사기색은』史記索隱에는 눈에 말 오줌을 쐬어 실명하도록 했다고 적어 놓았는데(사실인지 모르겠다) 고대에 별난 기술은 어찌 그리도 발전했는지. 누군가는 다른 의견을 적어 두었다. 진나라가 당대 의술의 최고였다고. 명의名醫 편작扁鵲도 본래 정鄭나라 사람인데 말년에 진나라로 간 걸 보면(「편작열전」) 진나라의 의학이 최고 수준이란 말에 수긍이 간다. 고점리의 실명도 그런 맥락에서 읽으면 발전된 의학기술이 이상하게 쓰인 잔인한 기록이라 하겠다. 고점리는 실명한 상태로 연주를 계속하고 진시황에게 가까이 갈 수 있게 되자 축에 납덩이를 넣어 진시황을 내리쳤으나 맞히지 못한다.

고점리의 죽음. 고점리가 죽기를 결심한 건 언제였을까. 역수가에서 헤어질 때 그는 형가의 노래에 맞춰 축을 연주하며 함께 있었다. 뒤도 돌아보지 않고 떠나는 형가를 끝까지 지켜봤을 것이다. 시장에서 만나 사귐이 깊어질 때 둘은 같이 연주하고 노래했다. 형가의 노래를 누구보다 잘 아는 이知音＝知己가 고점리였고 이별의 노래에 담긴 심사를 온전히 받아들인 사람도 고점리였을 것이다. 암살 실패 소식을 듣고 또 숨어 살면서 고점리는 줄곧 형가를 생각하지 않았을까. 지기가 없는 세상, 그의 마음은 어땠을까. 눈이 먼 상태로 진시황을 저격한 것은 형가에 대한 그의 우정이었을 것이다. 섭정이 자해를 하고 세상을 떠났을 때 누나 섭영은 자기 목숨을 걸고 동생의 정체를 밝힌다. 형가가 죽고 진나라에서 그를 죄인으로 취급했을 때 고점리는 섭영과 같은 마음이었을 것이다. 고점리의 죽음은 형가의 죽음을 불멸로 만든 행동이었다. 벗이 죽으면 자기도 세상을 떠난다는 문경지교가 이렇게 완성되었다. 그것은 이릉을 위해 변호하다 참혹한 형벌을 받은 사마천이 벗에 대해 품고 있던 이상을 구현한 죽음이기도 했다.

7. 평가

자객 다섯 명에 대한 사마천의 평가를 보면서 생각을 정리해 보자. 태사공은 말한다. "세상 사람들이 형가를 말하면서 태자 단의 운명을 이야기하는 가운데, '하늘에서 곡식이 내렸고, 말에 뿔이 돋았다'라고 하는데 너무 지나친 말이다. 또 형가가 진왕에게 상처를 입혔다고도 말하는데 모두 아니다. 당시 내가 공손계공公孫季功·동생董生·하무저와 교류했는데 모두들 그 일을 알고 있었기에 내게 이처럼 말해 주었다.

조말에서 형가까지 다섯 명은 그 의거義擧가 성공하기도 하고 성공하지 못하기도 했다. 하지만 그들의 생각은 명확했고 자신들의 뜻을 저버리지 않았다.其立意較然, 不欺其志 이름이 후세에 전해졌으니 어찌 함부로 보겠는가."

먼저 태사공은 사실 문제를 기론한다. 하늘에서 곡식이 내리고 말에 뿔이 돋았다는 태자에 대한 이야기는 사실일 수 없다는 것. 이런 이야기들은 태자의 진나라 탈출 때문에 생겼다. 진왕이, 하늘에서 곡식이 내리고 말에 뿔이 돋으면 고국으로 돌아갈 수 있겠다고 했는데 태자가 하늘을 보며 탄식하자 하늘에서 곡식이 내리고 말에 뿔이 돋아 연나라로 돌아왔다는 전설을 가리킨다. 저자는 널리 알려졌고 자료에도 보이지만 괴이한 이야기이기에 기록하지 않았다고 명시했다. 괴력난신은 말하지 않는다는 유가적 합리주의 운운할 수 있겠지만 그런 해설은 도움이 안 된다. 중국문학사에는 지괴志怪 그리고 전기傳奇라고 하는 기이담奇異談 전문 서사장르가 있어 문학의 큰 줄기를 형성하기에 유가적 합리주의 운운하는 것은 문학사의 현실을 모르고 하는 소리다. 그보다는 전傳에 보이는 인물들의 행적을 기록하는 것만으로도 의도한 바를 드러낼 수 있기에 불필요한 부분은 정리했다고 판단해야 할 것이다. 형가에 대한 뜬소문에 대해 사건 현장에 있었던 하무저와 자신이 교류했다고 밝힌 것도 흥미를 끌거나 과장하지 않겠다는 사실직서事實直書 정신으로 읽어야 할 것이다.

사실직서란 무엇을 말하는가. 나는 인과율이라고 생각한다. 역사를 서사 방식을 통해 기록한 것은 원인과 결과를 명확히 보여 줄 수 있다는 사고가 전제되기에 가능한 것이다. 합리적인 사고이기에 괴이한 이야기는 고려 대상이 되지 못한다. 기록자는 무수히 많은 사건과 원인遠因, 뒤엉킨 객담과 부수적인 요인들을 가름하고 정리하면서 인과율의 논리와 관점을 적용했다. 이전의 기록물과 차별화되는 세계관이었다. 신화 혹은 전설에서 사실기록으로 나아간 과정이기도 하다. 헤로도토스의 『역사』를 말할 때 흔히 '신화에서 역사로'라고 하는데 『사기』에도 고스란히 적용된다. 『사기』는 실질적인 논리가 거의 최초라 할 만큼 일관되게 적용됐다. 사평史評에서 보이는 화자 '나'는 사마천이 아니라 아버지 사마담일 것이다. 하무저와 사마천은 시대 차이가 너무 나서 하무저와 사귈 수 있는 나이가 아니었다. 사마천은 아버지의 글을 가져온 것이다. 자신의 세계관과 일치하기에 그랬을 것이다.

자객을 통해 말하려는 것은 무엇이었을까. 다섯 명의 공통점을 추출해 보면 윤곽을 그려 볼 수 있을 것이다. 다섯 명은 모두 지기知己에게 헌신하였다. 지기가 전제되지 않으면 안 된다. 그들은 자기 목숨을 아까워하지 않고 바쳤다. 그 행동은 약속은 반드시 지킨다는 마음가짐과 이어져 있다. 약속을 수행하는 데 두려움은 있을 수 없다. 침착하고 단호했다. 흐트러지지 않는 결기가 느껴지는 것도 당연하다. 사마천은 그들을 평하면서 성공하기도 하고 성공하지 못하기도 했다고 말했지만 강조점은 실패에 놓여 있다. 실패한 이들을 아까워한 것이다. 그렇지 않고서야 형가를 세심하게 그릴 필요가 없다. 그들의 공통된 특성을 협俠의 정신이라고 부를 수 있을 것이다.

사마천은 자객 정신──협俠의 정신을 높이 평가했다. 약자 편에 서서 그들을 도와주고 임무의 성공 여부와 상관없이 약속을 귀하게 여기고 죽음을 아까워하지 않는 정신적 기질. 이것은 우리가 아는 중국의──강호의 무인 전통이고, 사마천은 그것을 명확히 표현한 것이다. 「유협열전」遊俠列傳이 따로 전하는데 유협은 남을 기꺼이 도와준 사람들이었고, 유협과 자객은 거리가 멀지 않다. 그들 역시 이름을 남기겠다는 욕망을 갖지는 않았지만, 「유협열전」은 누군가가 전한 결과였다. 문사文士들이 이름이 전하도록 도와주었다. 도연명의 경우처럼 눈 밝은 작가들이 그들에게서 협의 정신을 읽은 것이다.

사마천은 이들을 설명하지 않고 묘사했다. 말하지(telling) 않고 보여 준다(showing). 알려주는 데 그치지 않고 형상화한다. 남의 말을 전하는 게 아니라 그들의 목소리를 직접 들려준다. 서사 양식이 제일 잘하는 표현 방법이다. 설교하지 않고 추상화하지 않았다. 이야기의 육체를 얻어 느끼도록 한다(전달력). 감정이 전해지니 함께 비분강개하고 안타까워할 수 있다(감염력). 감동해서 주인공에게 공감하고 동조할 때 글은 성공한 것이다. 후대의 누군가 이것을 되살리고 본받을 때 전통이 만들어진다. 우리는 그것을 문학적 전통이라 부른다. 「자객열전」은 후인들이 높이 평가해 전통을 만든 한 사례이다.

감정기억·현대사

「임소경에게 보낸 답장」 전체가 감정기억을 다루고 있다. 감정기억을 말할 때 「임소경에게 보낸 답장」만 한 작품이 없다. 그만큼 훌륭하고 더 이상일 수 없다. 형가의 역수易水 이별 장면도 이와 관련된다. 감정기억은 개인의 트라우마와 연결되기도 하며 사회적으로는 세월호 사태와 같은 문제, 역사적으로는 집단기억의 문제까지도 연관된다. 사마천은 이를 깊이 이해했다. 「임소경에게 보낸 답장」은 감정기억의 최대치라고 생각한다. 더 이상 진전됐다면 글이 되지 못하고 절규로만 채워졌을 것이다. 감정기억은 문학이 잘 다룬다. 김소월의 「초혼招魂」이 떠오른다. 절규와 작품 사이에 가늘고 옅은 선 하나가 겨우 경계를 지을 만큼 외침으로 가득한 글. 시라는 형식이 지탱해 주지 않았다면 허공중에 산산이 흩어졌을 것이다. 「초혼」도 감정기억의 극단적인 예다. 아픔과 괴로움의 기억만으로 지어진 위태로운 집. 그 집엔 고통이 깃든다.

감정기억이란 무엇인가. 일본의 뛰어난 학자이자 사상가 미조구치 유조溝口雄三는 탁월한 예를 들었다.

전쟁이 났다. 적국 군인들이 한 소녀를 폭행한다. 다행히 살아남은 소녀는 자신의 경험을 증언한다. 자신을 폭행한 군인은 키가 엄청 커서 2m가 넘었다고. 적국 정부는 당시 군인들을 조사한다. 키가 2m가 넘는 군인은 없었다. 적국 정부는 발표한다. 소녀가 거짓말을 한다고, 폭행은 없었다고, 증언은 날조됐다고.

이 이야기는 많은 시사점을 던진다. 소녀는 거짓말을 했을까. 2m라는 소녀의 진술은 실증할 수 있는 증거물이 아니었다. 소녀의 끔찍한 경험은 상대방들을 크게 느낄 수밖에 없을 만큼 무서운 것이었다. 2m는 그녀의 감정기억이 만든 상징적인 말이었다. 2m라고 말하도록 한 그녀의 아픔이 바로 감정기억이다. 이 감정기억이 중요하다. 잘난 체하는 실증주의자들, 증거가 전부라고 생각하는 과학주의자들은 2m라고 말한 소녀의 감정기억을 읽지 못한다. 상상조차 하지 못한다. 그런 진술을 하게끔 만든 고통과 상처를 가늠하지 못한다. 과학으로 증거로 인간을 옭아맨다. 지금도 살아 있는 이들의 기억을 증거 문제로 환원하는 그들을 보라. 그들을 비판하기는 얼마나 쉬운가. 안이한 비판을 늘어놓고 만족하는 기만은 삼가자. 여기서 멈춰야겠다.

문학은 감정기억을 가장 잘 이해한다. 사마천은 누구보다 감정기억을 잘 알았고 이에 대해 썼다. 그러면서도 놀랍게도, 감정기억에 휘둘리지 않았고 절제할 줄 알았다. 「임소경에게 보낸 답장」에서 전면화시켰음에도 『사기』에서 함부로 휘두르지 않았다. 무제에 대한 그의 기억엔 죽음과 대면했던 공포가 도사리고 있다. 그러나 사마천은 자신을 통제했다. 어떻게 그것이 가능할까. 나는 이해하기 힘들다.

이야기의 방향을 틀어 기록자의 윤리 문제를 생각해 보자. 『사기』의 가장 두드러진 특징은 현대사라는 사실이다. 나는 『사기』를 논할 때 이 점을 잊어서는 안 된다고 생각한다. 내가 지금 살고 있는 당대의 일을 기록한다고 상상해야 한다. 중국의 무수한 기록 가운데 현대사를 기록한 글이 있는지 생각해 보라. 모두 일이 완결된 후 사태가 끝나고 사후에 정리한 것이다. (그렇다고 글의 가치가 훼손되지는 않는다. 나는 『사기』가 다를 수밖에 없는 점을 지적하고 있다.) 현대사 『사기』. 기록자가 당대를 기록하는 일은 엄정해야 한다. 쉽지 않은 문제다. 개인의 아픔이라는 휘발성 강한 감정기억이 개입하기에 임무는 더 어려워진다. 사마천이 유일무이한 경우이리라. 자료(data)를 객관화하기 어렵다는 기본 사항에서부터 『사기』의 경우에는 개인의 문제가 정면으로 개입해 있어 겹겹이 난해한 장애물투성이다. 사마천이 장애물을 모두 성공적으로 통과했다고 생각하지는 않는다. 하지만 개인과 관련된 문제는 최소화할 줄 알았다──최소화하려 통제했다고 말할 수 있다. 그의 노력을 기록자의 윤리라고 생각한다. '엄정'이라는 말도 윤리라는 맥락에서 쓴 것이었다. 엄격하게 사실을 직시하고 자신의 해석을 다잡는 일. 할 수 없어서가 아니라 할 수 있는데도 말을 아끼고 가리는 일. 발언권이 있는데도 자신을 절제할 줄 아는 능력. 그것을 윤리라고 해야 할 것이다.

지금 우리가 읽는 『사기』는 결과물로 주어져 있다. 『사기』에 대해 숱한 이야기들이 가능하다. 그럴 만한 가치가 충분하니까. 그럴 때 확립된 권위에 존경을 표시하고 승인하는 일밖에 되지 않는다. 그것도 필요하다. 하지만 나는 그것은 안이하게 읽는 거라는 생각을 떨칠 수 없다. 내 예서 아무리 이론적으로 떠들고 설명한들 한계가 있다. 따로 독립시켜 논의해야 할 것 같다. 후고를 기약한다.

7장

타자에 대하여

—오랑캐

匈
奴

흉노족 모습 중국 사람이 상상하는 오랑캐의 이미지가 두루 담긴 그림이
다. 머리를 깎았으며 귀걸이를 했고 짐승가죽으로 옷을 해 입었으며 활쏘
기(武)에 능하다. 문화적으로 미개하다는 표상들인데 자기중심적인 판단
을 벗겨내고 보면 그들의 특징을 잘 잡은 것이기도 하다.

1. 오랑캐들

중국은 전통적으로 자기 나라를 중심에 두고 사방에 접한 이웃을 동이東夷, 서융西戎, 남만南蠻, 북적北狄이라 해서 오랑캐라 불렀다. 방향을 두고 이융만적夷戎蠻狄이라 달리 부르긴 했지만 편의적인 분류일 뿐이다. 「서남이열전」西南夷列傳이 있는 것을 보면 방향에 따라 부르는 게 엄격하게 고착된 호칭은 아니었다. 용례를 보면 남방민족은 월越/粵로 통칭했고 북방민족은 호胡라고 했다.

중국이란 명칭 자체가 세상의 중심이란 뜻이고 자신의 주변을 차별해 오랑캐라 부른 게 자기중심주의임을 누가 모르겠냐마는 대국大國 이미지가 물리적 크기에 그치지 않고 문화적 역량까지 포함하기에 자기중심주의 편협성을 간파하기 쉽지 않다. 중국이 아닌 나라 쪽에서도 문명이 화려하게 꽃피었다는 '화하華夏문화' 이미지에 눈이 멀어 중국의 옹졸함을 비판하기 쉽지 않지만 중국 자신이 스스로의 속좁음을 알아채기는 더 어렵다. 큰나라=중심이라는 틀이 가진 사고의 쏠림 현상이 분명 존재하는데 역사적으로 오래된 축적체이고 사실/현실이라기보다 무엇보다 의식 형태이기에 알기 어려운 것이다. 예나 지금이나 의식/사상은 현실보다 힘이 세다. 긴 역사를 통해 양식화되었다면 변하는/변한 현실을 왜곡할지언정 의식을 바꾸려 하지 않는다. 역사의 규정력은 상상하는 것보다 더 위력적이다.

오랑캐를 보는 방식에서 고정 이미지 혹은 의식 형태가 뚜렷하다. 의식보다 강해 이념이라고 부르는 게 옳을 것이다. 공자가 구이九夷에 살고 싶어 했다거나(『논어』,「자한」子罕 13장), 바다에 떠다니고 싶다고 한 말(「공야장」公冶長 6장) 등은 이夷에 대해 들었거나 문헌을 통한 습득에서 나온 표현으로 공자가 오랑캐의 실체를 안다고 하긴 어려울 것이다. 애초부터 오랑캐는 사실을 가리키는 명칭이 아니었기에 공자의 의식 속에 있던 이미지가 발설되고 널리 퍼지면서 공자의 위상과 함께 이념형으로 승격되었다. 중국이라는 이념의 등장·발전과 쌍을 이루는 형국이었던 셈이다. 중국이란 말이 문화적 함의를 품으면서 지리 명칭에서 우월적 문명 개념으로 자리 잡는 역사는 오랑캐란 언어가 지리적 분별에서 문명적 열등과 멸시의 개념으로 이동한 방향과 정비례한다. 앞서 동이, 서융 운운하는 용어 자체가 사마천 사후 성립된 텍스트 『예기』「곡례」에 보인다. 이는 오랑캐의 함의가 제국의 안정과 함께 정착됐음을 알리는 기록으로 보아야 할 것이다.

최근 서양의 중국학자들이 본 문명과 야만에 대한 해설도 참조할 만하다. 이들은 중국 중심의 세계관 형성을 훨씬 더 올라간 시대로 잡는다. 한 학자의 주장은 이렇다. 기원전 4세기경 전국시대 저작으로 추정되는 『상서』尚書의 「하서」夏書, '우공'禹貢편에서 중국은 아홉 개 지역으로 나뉜다. '우공'이 상상한 세계는 구주九州라고 불린, 중국의 직접 통치를 받는 내지內地와 수도에서 멀어질수록 야생적인 지역들이 수도를 동심원 형태로 둘러싸고 있었다. 이는 문명화된 지역과 거친 지역으로 분류하는 세계관이 이미 반영된 것이었다. 전국시대 말기와 전한시대에는 구주가 더 거대한 대륙의 한 구석에 불과하다는 세계관이 등장해 구주 모델에 도전하게 된다. 진시황은 이 확장된 세계관을 받아들였으나 '한대'漢代에 유교경전을 국가 정통 경전으로 확정하면서 '우공'도 경전의 한 부분이 되었고 군사적 팽창에 의구심을 갖게 된다. 결국 '우공'에서 묘사된, 문명화된 중심부가 있고 반半문명의 사람들이 둘러싸고 있다는 구주 모델이 일반적으로 받아들여진다.마크 에드워드 루이스, 『하버드 중국사 당(唐): 열린 세계 제국』, 김한신 옮김, 너머북스, 2017 참조.

역사화의 필요성

지리는 문화를 결정한다. 지리가 달라지면 바뀐 공간에 따라 관습과 문화도 달라진다. 중국에 살던 사람이 오랑캐 지역에 들어갔을 때 보고 겪는 문화 차이/충돌은 동등한 차원에서 느끼고 비교되는 구분이 아니다. 경제·문화·정치를 배경으로 한 선입견 때문에 우열의 문제로 곧장 치환된다. 우열의 눈으로 보는 게 문제가 아니라(사실 문제다) 우열의 문제로 비약하는 사고를 인지하고 경계해야 한다. 더 나아가 우열의 문제로 전환되는 상황을 객관화해서 역사화

할 줄 알아야 한다. 왜 우열의 문제로 느끼는지, 그 계기가 언제 생겼는지, 어떻게 작동해 왔는지 따져 볼 일이다.

전근대시대 조선은 중국을 늘 동경하고 문화적으로 동등해지려 노력했으나 우리는 늘 '동이'였다(가치 판단이 들어간 말이지만 나쁜 뜻으로만 받아들일 필요는 없다). 오히려 칭찬으로 들리는 '동방예의지국'東方禮儀之國이라는 말에 촌놈이라는 뉘앙스가 잠재해 있다. 서울 사람이 시골에 갔을 때 우연히 부닥친 오래된 물건이나 언어에서 느끼는 묘한 감회의 감정이 이 말 안에 잠재해 있다. 중국이 능했던 외교적 완곡어법의 전형이다. 대국大國에서 예의지국으로 인정받았다는 '오해'가 한 국가의 정체성 혹은 자부심의 일부분이 된다. 타인의 시선으로 규정된 자기인식은 이렇게 뿌리를 내린다. 후발 근대국가에서 흔히 볼 수 있는 전통이란 이름의 신화이기도 한데 근대국가 이전에도 '동방예의지국'은 통용되었으니 연원은 유구하다. 동문同文의 전통 아래에서 조선은 거대한 타자였던 중국을 객관화하기 어려웠고 근대에 와선 이데올로기의 개입으로 객관화는 더 요원했다. 그렇다면 시점을 돌려 중국이 오랑캐를 오랑캐로 보는 시선은 어땠을까. 이 역시 역사적 유래가 있다.

사마천은 여러 편의 오랑캐전을 썼다. 한漢 제국의 성립은 동서남북의 오랑캐를 무시할 수 없었다. 영토 확장은 접촉면의 증가이기도 해서 타국과의 대면을 피할 수 없었다. 특히 문자·언어·문화가 다른 이민족과의 만남은 중국이 처음 경험하는 사태였다. 그것 자체로 소중한 자산이다. 무제 때는 외교 문제가 심각하기도 했으며 물리적 힘의 개입이 전례 없는 상황을 드러냈다. 외교 문제는 힘의 문제이기도 했고 문화의 문제이기도 했다. 중국이 늘 중심이었던 것이 아니며 우수했던 것만도 아니었다. 타인과의 접촉에서 생긴 문화 접촉과 무력 충돌은 중국 중심의 세계에 예상치 못했던 문제를 노출시켰다. 가려졌던 문제가 부각되었고 자신을 돌아보도록 강제했다. 중국 중심의 서술이며 서술일 수밖에 없다는 점을 명심하고 주의 깊게 읽을 때, 중국 시야에서 벗어나 오랑캐의 자리에 설 때, 중국과 뒤얽히는 일이 일방적이 아님을 인식할 수 있다. 그게 오랑캐를 읽는 재미다. 여기서는 시각을 바꿔 놓고 이야기를 진행해 보자.

2. 남쪽 오랑캐의 처신―「남월열전」

「남월열전」南越列傳은 남월의 왕 조타趙佗에서 시작한다. 오랑캐 왕으로는 독특한 이름이다. 성이 조씨趙氏이니 중국 사람이다. 중국 사람이 남월국의 왕이 되어 오랑캐를 통치한 케이스다.

월越나라는 전국시대에 중원까지 진출해 뚜렷한 족적을 남겼는데 그 내력은 「월왕구천세가」越王句踐世家에 자세하다. 당시 라이벌이었던 오吳와 월越 두 나라는 한때 춘추시대의 주인공이기도 해서 오나라는 오태백吳太伯의 후예, 월나라는 대우大禹의 후예라고 자처할 정도였다. 이상한 일은 쟁투가 끝난 후 완전히 에너지를 소진한 듯 오·월 두 나라는 역사 속으로 흔적 없이 사라졌다. 오랑캐전傳으로 다시 등장했을 때 찬란했던 오·월의 기억은 전혀 없다. 춘추전국시대의 중원 진출이 예외적인 경우였다고 보는 게 맞을 것이다. 그들은 중원의 제국諸國과 접촉하면서 문화적으로 세례를 받아 자신의 정체성을 '일시적으로' 중국식으로 규정했다. 「오태백세가」吳太伯世家에 보이는 오태백의 후예니 하는 언사는 사실이라기보다는 중국 문명에 포섭된 표지로 읽어야 하지 않을까. 중국식 위장이 가해진 기록일 것이다. 중국 측에서 침략당한 치욕을 문화적 우월로 덮어씌운. 이 점이 중국과 오랑캐의 정체를 드러낸다 하겠다.

남월의 지리를 개관해 보자. 통상 수많은 다른 민족이 거주해 '백월'百越 등으로 불렸던 이 지역은 현재의 광둥廣東·광시廣西·저장浙江·푸젠福建 일대를 포괄한다. 남월은 광둥 지역을 말하고 남월 아래쪽에 낙월駱越이 있었으며 이 낙월 아래가 지금의 월남越南, 베트남이다. 문자 그대로 월나라의 남쪽에 있던 여러 민족의 총칭이었다. 남월 동쪽이 민월閩越로, 푸젠성을 포함하는데 「동월열전」東越列傳에서 이들을 다뤘다.

「남월열전」은 남월국 이야기다. 조趙나라 출신 조타趙佗를 중심으로, 그의 후세들이 다스리던 90여 년간의 기록이다. 한제국과의 관계를 주요 테마로, 외교뿐 아니라 남월의 군신 사이, 남월왕과 규樛태후·사신 등과의 복잡한 내부관계를 규모 있게 묘사해 외교관계의 미묘한 지점을 잘 포착했다. 남월국이 한나라와 관계를 맺었던 시기는 유방에서 무제까지로, 유방의 선린정책부터 무제의 정복정책까지 걸치는 기간이기도 해서 무제를 바라보는 사마천의 시각이 은근히 드러나기도 한다. 무제는 유방의 선린정책을 보여 준 육가陸賈의 존재 덕에 선명하게 대조되기 때문이다. 남월국 이야기는 「흉노열전」匈奴列傳과 비교해 읽으면 오랑캐를 보는 시각을 넓게 조망할 수 있다.

남월왕 조타

「남월열전」과 나란히 「역생육가열전」酈生陸賈列傳의 '육가전'을 읽어
야 한다. '육가전'에 육가가 만난 조타가 생생하게 그려져 이 인물에
눈길이 가지 않을 수 없다. 조타가 왕이 된 사연부터 시작해 보자.

일의 경위는 이렇다. 조타는 원래 천하를 통일한 진秦나라의 관
리였다. 그를 위타尉佗라고 부른 것도 남해군南海郡 용천현령龍川縣令
이었던 그에게 남해위南海尉 임효任囂가 남해군을 맡겼기 때문이다.
위尉는 군수郡守의 부직副職으로 군사를 담당하는 직위였다. 남해 지
역이 평정된 지 얼마 안 된 탓에 군사담당관이 군수를 겸임하고 있
었기 때문에 위는 그 지역 최고위직이었다. 진 제국은 군현제郡縣制
를 실시하면서 중앙에서 관리를 파견했는데 임효가 자리를 양보하
다니 어찌된 일인가. 전쟁 때문이었다. 진나라 2세 때 임효는 죽음
의 자리에 누워 조타를 불러 자신의 뜻을 전한다.

"듣자 하니 진승 등이 난을 일으켰다 하오. 진나라가 무도해 천
하가 괴로워하더니 항우, 유방, 진승, 오광 등이 주군州郡에서 각자
군사를 일으키고 무리를 모아 호랑이처럼 천하를 다투고 있소. 중
국이 소란스러워 언제 안정될지 모르는데 호걸들이 진나라에 반란
을 일으켜 독립한 상황이오. 남해는 멀리 떨어져 있지만 나는 도적
같은 군대가 땅을 침략해 예까지 이를까 두려워, 내 군사를 일으켜
진나라가 열어 놓은 길을 끊고 제후들의 변란을 대비코자 했더니
병이 심해지고 말았소. 또 반우番禺는 험한 산을 등지고 남해南海로
막혀 동서로 수천 리에, 중국에서 온 관리들이 자못 있어 이곳 또한

한 지역의 중심이니 나라를 세울 수 있을 거요. 군郡 안의 고위관리 가운데엔 함께 이야기를 나눌 만한 사람이 없기에 그대를 불러 말하는 것이오.”

임효의 말에는 소중한 정보가 들어 있다. 먼저 남월국이 탄생하게 된 역사적 배경이 언급된다. 이에 대해서는 설명할 필요가 없다. 그리고 독립에 필요한 사항을 구체적으로 전해 준다. 군사력이 필요하다는 점. 진나라와 통하는 주요 거점을 끊을 것. 마지막으로 조타가 유일하게 자신의 말을 알아들을 인물이란 사실. 마지막이 가장 중요하다. 임효는 왜 조타가 유능한 인물인지 말하지 않았다. 자신이 언급한 조언을 잘 수행할 사람으로 보았기 때문일 텐데 조타가 어떤 면에서 그러한지 독자는 아직 알 수 없다. 조타의 능력을 보여 주는 일이 사마천의 1차 숙제. 후대의 주석가들은 이후 전개되는 조타의 인물됨과 능란한 일처리에 감탄해 임효가 사람을 잘 보았음을 칭찬한다. 심지어 유비가 제갈량에게 황제 자리를 물려주겠다는 유언을 남긴 것도 따지고 보면 임효에게 뿌리가 있다고 평할 정도였다. 유비의 유언 이전에 임효라는 선례가 있었다는 글을 읽으면 유비가 유일한 예가 아니었다는 사실에 안심이 된다. 자신을 양보하는 큰 도량을 가진 인물이 여럿이라면 하나일 때보다 인간적 친근함을 더 느끼지 않나? 과연 지명받은 인물이 제 역할을 하는가가 관건.

조타는 임효가 세상을 떠나자 바로 주요 관문에 격문을 보내 통로를 끊고 진나라가 임명한 관리를 모두 죽이고 자기 당파 사람들을 임명한다. 그리고 진나라가 멸망하자 즉시 계림桂林과 상군象郡

을 공격해 자기 영토로 삼고 왕위에 오른다.

조타는 임효의 조언을 충실히 이행했다. 그의 행동을 보면 그 이상이라고 해야겠다. 진나라 멸망 직후 위쪽으로 영토를 확대한 것은 영리하고 과감한 움직임이었다. 조타의 명민함이 드러나는 장면으로 이러한 조타의 인물됨이 남월국이 존속할 수 있는 이유이기도 했다. 사마천은 조타의 능력을 충분히 보여 준다. 조타는 유방이 한고조가 되었을 때 외교전에서 진면목을 발휘한다.

사마천은 고조황제 때 남월과의 관계를 이렇게 기록했다. "고제^{高帝}가 천하를 평정한 후 중국이 수고하고 고생했기 때문에 조타를 내버려두고 죽이지 않았다. 한 11년, 육가^{陸賈}를 보내 조타를 남월왕으로 세우고 부절을 주고 사신을 통하게 하여 백월^{百越}을 안정시켜 남쪽 변방에 해가 없도록 하였다."

이 기록은 중국 중심의 일방적인 해석이 들어가 은혜를 베푼 것처럼 보이는 면이 없지 않다. 육가가 언급되었으니 '육가전'을 보면 좀 더 명확히 판단할 수 있으리라.

육가가 만난 조타

'육가전'은 육가에 대한 간략한 인적사항 서술이 끝나자마자 남월국으로 사신을 간 장면으로 시작된다.

육가는 초^楚나라 사람이다. 빈객으로 고조를 따라 천하를 평정했는데 논변에 뛰어난 선비^{辯士}로 유명해 고조의 측근으로 있으면서

늘 제후들에게 사신을 갔다.

고조 때 중국이 평정되자 위타가 남월을 평정하고 그 기회에 왕이 되었다. 고조가 위타에게 왕의 도장을 주어 남월왕으로 임명하도록 육가를 사신으로 보냈다. 육가가 도착해 보니 위타가 상투 튼 머리를 하고 다리를 쭉 뻗고는 육가를 만났다. 육가가 이를 보고 앞으로 나가 위타에게 말했다.

"족하께서는 중국 사람으로 친척과 형제의 분묘가 모두 진정眞定에 있습니다. 지금 족하께서는 천성天性에 반해 관대冠帶를 버리고 보잘것없는 월나라 땅으로 천자에 대항해 적국이 되려 하니 당신에게 화가 미칠 것입니다. 또 진나라가 정치를 잘못해 제후와 호걸들이 한꺼번에 일어났을 때 한왕漢王만이 함곡관으로 들어가 함양을 점거했습니다. 항우가 약속을 배반하고 자립해 서초패왕이 되자 제후들이 모두 그에게 귀속했으니 최강이라 할 수 있었습니다. 하지만 한왕이 파촉巴蜀에서 일어나 천하를 정복하고 제후들을 평정해 마침내 항우를 죽여 멸망시켰습니다. 5년 동안 온 세상이 평정되었으니 이는 사람의 힘이 아니라 하늘이 세운 것입니다. 천자께서는 왕께서 남월의 왕이 되어 천하가 난폭한 반역자를 토벌하는 데 도와주지 않았다는 말을 들으셨고 장군과 재상들이 군사를 움직여 남월왕을 토벌해야 한다고 했는데도 천자께서는 백성들이 새로 수고할까 염려하시어 이 때문에 그만두시고 신을 보내시어 왕께 왕인王印과 부절을 주시고 사신이 왕래하도록 하셨습니다.

왕께서는 교외에서 저를 맞이하시고 북쪽을 향해 신하라 칭해야 마땅하거늘 새로 생겨 안정이 안 된 월나라로 이처럼 뻗대며 굴복하려 하지 않으십니다. 한나라가 이를 알면 왕의 조상 무덤을 태우고 종족들을 죽여 없애고 10만의 군사를 거느린 장군 한 명을 보낼 것입니다. 그렇게 되면 월나라 사람들이 왕을 죽이고 한나라에 항복하는 일은 손바닥 뒤집기와 같을 것입니다."

이에 위타는 바로 자리에서 벌떡 일어나 육생(= 육가)에게 사죄하며 말했다.

"오랑캐 땅에 산 지 오래다 보니 아주 실례가 많았소."

그러고서는 육생에게 물었다.

"나를 소하·조참·한신과 비교하면 누가 더 현명하오?"

"왕께서 현명한 것 같습니다."

"나를 황제와 비교하면 누가 더 현명하오?"

"황제께서는 풍패에서 기병하시어 난폭한 진나라를 토벌하고 강한 초나라를 없애고 천하를 위해 이익을 일으키고 해를 없애, 삼황오제의 위업을 계승하시어 중국을 통치해 다스리십니다. 중국의 인구는 억을 헤아리고 땅은 사방 만 리이며 천하의 기름진 땅에 살아 사람이 많고 수레가 많으며 만물이 풍성하고 정치는 통일되었으니 천지가 나뉜 이래 한 번도 있지 않았던 일입니다. 지금왕의 백성들은 수십만에 불과한데 모두 오랑캐인 데다 험한 산과 바다 사이에 살고 있으니 비유하자면 한나라의 일개 군(郡)과 같습니다. 왕을 어떻게 한나라에 비교하겠습니까."

위타가 크게 웃으며 말했다.

"내가 중국에서 기병하지 않았기 때문에 예서 왕이 된 거요. 내가 중국에 있었다면 어찌 한나라와 같지 않겠소."

육생에 크게 만족해하며 그를 머무르게 하고 함께 수개월 동안 술을 마시며 지냈다.

흥미로운 장면이다. 육가를 변사辯士라 소개했으므로 사마천은 육가의 말솜씨를 보여 주어야 한다. 서사의 기본 룰을 잘 지켰다 하겠다. 육가의 논변論辯은 훌륭하게 발휘되었다. 육가의 논법은 문명/야만, 발전/미개의 이분법이다. 그의 이분법은 형식논리가 아니라 인식 방법이다. 위타('육가전'에서는 시종 위타로 언급된다. 중국의 관리였다는 기억을 지속적으로 환기시킨다)가 본래 관리를 지낸 중국 사람으로 문명의 의미를 알고 있기 때문에 잘 고른 방법이라 하겠다. 또 설득과 위협——고금불변의 채찍과 당근을 번갈아 구사했다. 노골적이긴 하나 힘을 배경에 둔 외교술의 전형이다. 육가가 전한 말은 100% 진실이라고 볼 수는 없다. 한나라 건국 초 반란이 빈발해 유방이 적잖이 수고한 사실은 감추고 마치 은혜를 베풀 듯 남월 토벌을 안 했다는(못한 게 아니라) 말은 레토릭에 불과하다. 그럼에도 전체적으로 변사라는 말에 부응하는 말이라 할 수 있다.

한데 '육가전'임에도 주인공을 육가로 보지 않고 위타를 중심으로 읽으면 이야기는 달라진다. 여기서 사마천의 필력이 돋보인다. 위타는 표면적으로 육가의 말에 설득되고 그를 따르는 것처럼 보인다. 하지만 한꺼풀 벗기고 그의 말을 들어 보면 위타는 육가를 상대로 잘 놀고 있다. 머리를 풀어헤치고 무릎을 뻗고 앉은 모습을 보고 육가가 넌지시 꾸짖자 위타는 벌떡 일어나 사과한다. 그러고는 대뜸 자신을 소하 등과 비교하는 질문을 한다. 말할 것도 없이 최종 타깃은 유방이다. 육가는 위타의 질문이 유방을 겨냥하고 있음을 감지했을까. 육가의 대답을 듣고 위타는 유방과 자신을 비교하는 질문을 한다. 이어지는 육가의 대답. 정답이긴 하나 변사에게서 예상할 수 있는 답변이다. 위타는 한나라와 자신의 경우가 똑같다며 육가의 말을 받는다. 위타의 허허실실. 그는 오랑캐 땅에 오래 살았다는 핑계를 대며 중국의 문명 개념에 따르지 않겠다는 속내를 분명히 밝힌 것이다. 어떻게? 그는 사신이 왔음에도(미리 들었을 것이다) 마중도, 의관도 제대로 하지 않고 만났다. 그가 '소위 예법'을 몰랐을 리가 없다. 그러고는 오랑캐가 돼서 그렇다고 능친다.

그에겐 오랑캐가 핑계며 방패다. 문명과 야만의 이분법을 받아들이는 척하면서 문명을 야만 속에 흡수하고 있다. 겉은 오랑캐이고 속은 문명인(이 방식이 육가의 접근법)인 게 아니라 문명인의 감각을 회복한 척하면서 오랑캐 속에 편안히 지내고 있는 것이다. 위타가 유방의 출신이며 전쟁의 경과, 통일 후의 일을 몰랐을까? 그는 육가의 말을 가감하며 듣고 있었을 뿐이다. 옷차림새며 앉음새며 사과하는 행동이며 그리고 끝에 가서 크게 웃으며 어느새 유방과 자신을 동렬에 놓는 위타. 의뭉스럽고 대범하며 교활하기까지한 능수능란한 치고 빠지기. 위타가 보통 사람이 아님을 보여 주고도 남는다. 육가가 보기에도 강한 인상을 남겼기에 위타에 대해 자세히 기록했으리라.

좋은 글이란 이런 게 아닐까. 저자가 쳐 놓은 바운더리를 가뿐히 넘어 자기만의 고유한 형상을 갖는 인물. 이들은 거꾸로 본래 의

도나 주제를 뒤집거나 풍자하거나 희롱하는 단계로 나아간다. '육가전'에 등장하는 한 인물일 뿐인데도 그는 육가를 압도한다. 앞서 인물을 생생하게 그렸다고 말했는데 '생생함'이란 이런 인물을 가리킨다.

한제국 최초의 기록자 육가

육가陸賈가 누구인가. 육가에 대해 잠깐 살펴보고 넘어가자. 사마천은 '육가전' 논찬에서 육가에 대해 이렇게 말했다. "내가 유생의 『신어』新語 12권을 읽었는데 진정 당세의 변사였다." 사마천의 이 말은 단순한 인상기록이 아니다. '육가전'에는 남월에 사신으로 간 에피소드 바로 뒤에 유방의 조정에서 있었던 이야기가 이어진다.

　　육가는 계속 왕 앞에서 말을 할 때마다 『시』·『서』를 들먹였다. 유방의 욕설이 떨어지는 건 당연한 일. "내공迺公(자신을 가리키는 유방의 말버릇. '네 아버지', '너의 어른'쯤으로 해석할 수 있다)이 말 위에서 천하를 얻었는데 무슨 놈의 『시』·『서』냐." "말 위에서 천하를 얻으셨지만 어떻게 말 위에서 천하를 다스릴 수 있겠습니까. 탕왕·무왕은 성인의 도와 다르게 세상을 얻었지만逆取 성인의 도를 따라巡道 천하를 지켰습니다. 문무 병행이 장구하게 유지하는 방법입니다. 옛날 오왕 부차와 진晉나라 지백은 무력만으로 다하다 망했고 진秦나라는 형법에만 맡기고 변하지 않았다가 끝내 망하고 말았습니다. 만약 진나라가 천하를 통일하고 인의仁義를 행하고 성인들을 본받았다면 폐하께서 어떻게 천하를 차지할 수 있었겠습니까?"

이런 게 변사의 진면목이다. 전혀 주눅들지 않고 당당하게 자기 의견을 밝히는 태도. 육가 개인의 퍼스낼리티이기도 하겠지만 유방의 인물됨, 나아가 한나라 초기 조정의 건강함을 보여 주는 징표이기도 하리라. 이 말에 대한 유방의 반응도 흥미롭다. "고제高帝는 기분 나빠하면서도 부끄러운 낯빛을 하였다." 이어서 유방은 말한다. 진나라가 천하를 잃은 이유와 내가 천하를 얻은 이유, 그리고 고금의 성패를 저술하라고. "육생은 이에 존망의 징조를 대략 저술해 모두 12편을 지었는데 매번 한 편씩 아뢸 때마다 고제는 훌륭하다고 칭찬하지 않은 적이 없었으며 좌우의 신하들은 만세를 외쳤다. 그 책을 『신어』新語*라 하였다."

앞의 「회음후열전」淮陰侯列傳에서 한나라의 초기 기록을 누가 썼을까 의문을 던졌었다. 답은 육가다. 『신어』가 바로 그 책. 유방의 한나라 건국은 승자의 기록임을 숨길 수 없다. 이것이 비난의 뜻만으로 해석돼서는 곤란하다. 말 위에서 천하를 얻었지만 어떻게 말 위에서 천하를 다스릴 수 있겠냐는 육가의 발언은 유방이 미처 생각하지 못한 부분을 찌르고 있다. 요컨대 보는 방향이 다르다. 유방은 건국까지의 어려움에 관심이 가 있다. 육가는 이젠 그 이후를 생각

---

* 『신어』(新語) 2권이 현존한다. 사마천은 12권이라 했다. 현존하는 판본은 한나라 이후 약 700년 뒤에 남조(南朝) 양(梁)나라 때 전해진 것이다. 지금 전하는 책이 원래 『신어』와 다른 저작임을 후쿠이 시게마사(福井重雅)가 고증을 통해 밝혔다고 한다.(『陸賈「新語」の研究』, 汲古書院, 2002) 이상은 사타케 야스히코(佐竹靖彦), 『유방』, 28쪽(권인용 옮김, 이산, 2007)을 참고했다. 일본의 맥락과는 달리 중국에서는 『신어』를 역대로 꾸준히 연구했고 주석과 여러 판본이 존재한다. 한국에서는 중국 판본을 기초로 번역이 나와 있다. 『신어역해』, 장현근 옮김, 소명출판, 2010.

해야 한다는 말이다. 육가의 해박한 지식은 역사적 전례를 가져와 논의를 펼쳤고 이 전례들은 추측건대 『신어』의 방향을 결정했을 것이다. 육가는 성인의 도와 다르게 세상을 얻은(역취逆取, 역도逆道로 얻었다는 말. 순도巡道와 상반된다) 유방의 약점을 잘 알고 있었다. 유방은 항우의 신하였고 신하가 임금을 친 경우였기 때문이다. 이를 논리화하는 일은 무장의 힘으로 할 수 있는 게 아니었다. 육가의 작업은 대단한 선례를 남기는 작업이었다. 무왕·탕왕을 거론했지만 먼 옛날의 일이었고 명분상으로 이론을 지탱할 수 있었지만 그 이상이 필요했다. 육가는 정확히 그 필요성을 꿰뚫어 본 것이다. 그 작업 결과가 어땠는지 사마천이 이렇게 쓰고 있지 않은가. "고제는 훌륭하다고 칭찬하지 않은 적이 없었으며 좌우의 신하들은 만세를 외쳤다." 유방이나 좌우의 신하들은 전쟁 당사자들이었다. 단순히 그들에게 아부해서 구미에 맞게 썼다는 말은 아닐 것이다. 전쟁의 디테일이 아니라 정당한 명분과 그에 맞는 논리, 사실근거를 정합성 있게 기록했다는 말로 읽어야 할 것이다. 여기에 수반되는 미화와 왜곡은 어찌할 수 없는 것이었겠지만.

육가의 작업이 왜 대단한가. 후대에 적지 않은 영향을 미쳤기 때문이다. 후대에 역도逆道로 나라를 가진 위대한 인물이 두 명이 있다. 아버지와 형제를 해치우고 왕위에 오른 당나라 태종. 그리고 조카를 없애고 왕위에 오른 명나라 태조. 이들은 유방에게서 선례를 발견한다. 유방의 선례는 막강한 논리였음은 말할 것도 없다. 육가는 그런 선례를 만든 인물이었다.

위타는 이런 인물을 상대해 꿀리지 않았다. 육가를 대하는 유방과 위타를 견주어 보면 유방과 같다는 위타의 말이 허세만은 아닐 수 있다는 생각이 든다. 남월왕과 유방을 상대한 육가의 행적을 나란히 배치한 사마천의 수는 절묘하다 하겠다. 이야기를 바꿔 보자. 문명/야만의 문명사관으로 접근한 육가의 논리에 서면 문명의 충돌과 우열의 문제가 떠오른다. 하지만 위타의 편에 서서 보면 자신 혹은 국가를 지키기 위해 어떤 논리도 흡수해 생존의 문제를 우선한 그의 융통성이 기억된다. 사마천이나 육가나 기본적으로 중국 편에 서서 자신의 논리를 구사하고 있다. 용어 선택에서 명백하게 감지할 수 있다. 하지만 위타 쪽으로 자리를 이동하면 위타의 말에도 고개를 끄덕일 수 있을 만큼 그는 다각도로 형상화되었다. 이 글이 빛나는 이유다.

위타의 다른 면모는 여후呂后 때 드러난다. 한나라가 철기鐵器 무역을 금지하자 위타는 자신을 만이蠻夷로 취급해 교역을 금했다고 보고, 장사왕長沙王이 꾸민 일이라고 생각한다. 위타는 자신을 무제武帝라 칭하고 장사의 변방을 공격한다. 한나라에서 위타 토벌 병력을 보내지만 덥고 습한 날씨에 주요 관문을 넘지 못한다. 1년 후 여후가 세상을 떠나자 병력 해산. 위타는 이 틈에 변경에 무력시위를 하고 주변 오랑캐들을 뇌물로 포섭해 자신에게 귀속시킨다. '제帝'란 칭호에 걸맞게 의장을 갖추고 중국과 동등하게 행동한다.

여후 통치 기간이 위타에겐 전성기였을까. 육가에게 유방과 자신은 같다고 말한 것을 증명하듯 그는 무력을 행사한다. 무역 금지를 빌미로 국경을 맞댄 장사에서 국지전을 벌인다. 황노黃老를 따르며 온 나라가 휴식을 하는 분위기임에도 여후는 병력을 파견한다.

흉노와 달리 남월을 약체로 봤기 때문이다. 때가 좋지 않았다. 천시天時보다 지리地利가 강했고, 병으로 인화人和마저 흐트러졌다. 여후가 죽자 파병은 흐지부지 끝나고 군사적 충돌을 넘긴 위타는 자만한 것 같다. 사마천도 위타를 평하면서 이때 위타가 교만해졌다고 썼다. 이 말은 제국의 지식인이 변방의 임금을 얕잡아보는 편견으로 읽을 수 있다. 그렇지만 사마천은 흉노와 남월을 모두 시야에 넣고 이야기를 하고 있다. 여후는 유방의 흉노 정벌 실패를 가볍게 보지 않았다. 흉노가 한나라를 능멸하는 편지를 받고도 참았다. 여후는 흉노 정벌의 패배에서 배운 것이다. 남월은 이에 비해 상대하기 쉬웠다는 판단이 작용했을 것이다. 사마천의 발언은 흉노와 비교할 때 위타가 흉노의 실력에 미치지 못하는 자기 자신을 과대평가하고 있다는 뜻이었다. 실제로 위타가 주변국을 끌어들인 것을 보면 좀 더 큰 꿈을 갖지 않았을까 추측할 수도 있겠다. '제'帝는 칭호뿐 아니라 명실상부한 대국으로 나아가려는 계획의 일부가 아니었을까. 한나라에서 보면 주제넘은 일이라 판단할 수밖에 없겠지만. 어찌됐건 위타의 대담성이 드러나는 계기였다.

문제와 위타

위타의 능란한 모습은 문제文帝 때에도 유감없이 드러난다. 문제는 교린정책을 편다. 남월로 다시 한번 육가를 파견한다. 사마천은 육가가 받아 온 남월의 국서를 초록해 싣고 있는데, 『한서』漢書에는 문제가 남월왕에게 보낸 편지 전문이 실려 있다. 이 글이 볼 만하다.

황제는 남월왕에게 심히 애쓰고 고심하느라 어떠신지 안부를 묻소. 짐은 고황제高皇帝 측실側室의 아들로 대代라는 북쪽 변방 외곽에 버려져 있던 터라 길이 멀고 지혜가 막혀 어리석어 편지를 드리지 못했구려.

고황제께서 세상을 떠나신 후 효혜황제께서 즉위하시고 고후께서 직접 정치를 하셨으나 불행히도 병이 생겨 날이 갈수록 심해지는 터라 이 때문에 정치가 잘못되었소. 여씨呂氏들이 변고를 일으켜 법을 어지럽히자 홀로 제압할 수 없어 다른 성姓을 가진 아들을 데려와 효혜황제의 후사를 잇도록 했소. 종묘의 신령과 공신들의 힘을 입어 여씨들을 다 주살하고, 짐은 사양했으나 왕후와 관리들이 받아들이지 않은 연유로 부득불 황제가 되어 제위에 오르게 된 것이오.

근자에 들으니, 왕께서 장군 융려후隆慮侯에게 편지를 보내 친형제를 찾으면서 장사에 주둔한 두 장군을 철수해 달라는 요청을 했다고 하더군요. 짐은 왕의 편지에 따라 장군 박양후博陽侯를 철수했으며 진정眞定(위타의 고향)에 사는 친형제에겐 사람을 보내 안부를 묻고 조상의 무덤을 잘 돌보도록 했소.

예전에 왕이 우리 변경에 군사를 동원해 외적질의 피해가 그치지 않는다고 들었소. 당시 장사 지역이 괴로워했고 남부南部 지역은 더욱 심했소. 왕의 나라인들 어찌 이로운 일만 있었겠소. 필시 많은 사졸들을 죽이고 좋은 관리와 장군들이 부상을 입어 지아비 없는 아낙이며 부모 잃은 자식, 자식 잃은 부모가 생겨 하나를 얻으려다 열을 잃은 격이 되었을 터, 짐은 차마 하지 못할 일이오.

짐은 왕과 우리 사이에 개이빨처럼 어긋난 땅을 바로잡으려고 관리에게 물었더니, 관리가, '고황제께서 장사 땅을 사이에 두어 완충지대를 두었기 때문입니다'라고 해서 짐이 마음대로 변경할 수 없었소. 관리가 '남월왕의 땅을 얻은들 우리 땅이 커지지 않으며 남월왕의 재산을 얻은들 우리가 부자가 되지 않습니다. 복령服嶺 이남의 땅은 남월왕이 직접 다스리게 하십시오'라고 말하더군요. 그렇다고는 하나 왕께서 '제'帝라고 칭하였으니 두 황제가 병립해 사신이 통할 길이 하나도 없으니 이것이 다툼이 될 것이오. 다투면서 양보하지 않는 일을 인자仁者는 하지 않는 법. 왕과 함께 이전의 근심은 모두 잊고 지금부터 끝까지 예전처럼 사신 왕래를 하길 바라오. 그런 까닭에 육가를 보내 왕께 짐의 뜻을 알리도록 하였소. 왕께서도 이를 받으시고 외적의 해를 가하는 일이 없도록 하시지요. 몇 가지 물품을 왕께 보내오.

『사기』「효문본기」孝文本紀에 효문제의 유조遺詔가 실려 있다. 문제를 존경했던 사마천이 문제의 글 가운데 가장 훌륭한 글이라고 판단해 남긴 글로, 문제의 인물됨을 알 수 있는 감동적인 명문이다. 사람이 죽을 때는 말이 착하다는데 그에 해당하는 글로 꼽을 수 있는 문장이다. 그것이 유조에만 해당하지 않음을 앞에 인용한 글을 통해서도 확인할 수 있다. 좋은 글인 이유를 보자. 문제文帝의 서신은 최소화한 형식 속에 상대에 대한 배려가 은근하다. 위압적이지 않고 허세와 과장을 부리지 않았다. 허례虛禮와 번문繁文이 빠지면서 문장이 소탈해지니 어조가 순하다. 외교 사안을 모두 언급하면서도 윽박지르지 않으니 겸손해 보이기까지 한다. 황제가 자신에 대해서 이런 투로 이야기할 수 있을까. 공식 외교문서는 격식이 우선인데 형식적인 격조를 넘어 인간을 느낄 수 있는, 권위를 벗어난 글이다. 후대에는 전혀 볼 수 없는 소탈한 맛이 있다. 거꾸로 보면 황제국의 처지에서는 위엄이 없는 글로 치부될 수 있다.

답장으로 보낸 위타의 글은 이에 비해 계산적이다. 사마천이 초록한 글은 『한서』에 실린 글보다 짧아도 위타의 그러한 면모를 잘 요약했다.

> 만이蠻夷의 대장大長 노부老夫는 아룁니다. 지난번에 고후高后께서 남월을 다르게 취급하시면서 장사왕이 신을 참소하는 말을 믿으셨고 또 먼 곳에서 듣자니 고후께서 제 종족을 죽이고 조상의 무덤을 파헤치고 불태웠다고 하기에 이 때문에 한나라와 관계를 끊고 장사의 변경지대를 침범했던 것입니다. 게다가 남방은 저지대에 습한 데다 오랑캐가 중간에 끼어 있어, 동쪽으로는 민월閩越이 천 명의 인구로 왕이라 칭하고 서쪽으로는 서구西甌·낙월駱越의 벌거벗고 사는 나라 또한 왕이라 칭합니다. 노신老臣이 '제'帝라는 칭호를 망령되이 훔친 것은 애오라지 자신이 즐거워하는 것일 뿐 어찌 감히 천왕天王께 말할 수 있는 것이겠습니까.

위타는 문제의 호의와 너그러움을 이용(?)해 지극한 겸손을 보이며 자신을 낮추고 핑계를 둘러댄다. 하지만 실리는 온전하게 챙긴다. 명분과 실리를 분리해 실리를 가져가는 위타의 처신은 한나라에서 보면 겉과 속이 다르다거나 면종복배面從腹背라고 나무랄 수 있다. 위타의 행동에는 강대국과 국경을 접한 나라로서 명분을 주고 실리를 찾는 영리함과 배짱이 분명 존재한다. 자신의 처신이 장기적으로 어떤 결과를 낳을지 고려하지 않을 수 없지만 눈앞의 현실을 우선 따져야 한다는 감각이 작동했을 것이다. 운이 좋은 면도 무시할 수 없다. 상대를 봐 가면서 행동해야 하는 법. 지략과 외교술을 최대한 발휘해야 하고 힘이 비대칭인 상황에서 방어전, 혹은 저항전이 될 수밖에 없는데 앞서 무력을 써 버렸으니 서투른 면도 있었다. 늘 상대를 먼저 파악해야 하는 긴장감 속에 상대가 문제文帝였던 게 다행이었다. 문제의 진솔한 태도를 최대한 이용해 자신의 입지를 확대했다. 위타의 능력이었을까, 운이었을까. 위타는 그렇게 천수를 누렸다.

남월의 멸망

무제의 치세 초기, 위타의 손자 호胡가 왕이 된다. 이웃 나라가 남월을 침범하자 호는 한나라에 서신을 보내 도움을 요청, 한나라는 번신藩臣의 태도로 간주하고 기특하게 여겨 병력을 파견한다. 위기를 넘긴 남월은 죽어도 은혜를 잊지 못한다는 편지와 함께 태자를 한나라에 숙위宿衛로 보낸다. 그리고 천자를 배알하겠다고 사신에게 약속한다. 사신이 떠나자 남월의 대신이 왕에게 간언한다. "한나라가 군사를 일으켜 영郢(오랑캐 만월왕)을 죽였지만 또한 그 행동은 남월을 격동시켜 놀라게 했습니다. 또 선왕께서 예전에 말씀하시길 천자를 섬길 때 실례만 하지 말라 하셨으니 요컨대 그들이 하는 좋은 말에 기뻐해 그들의 조정에 가서는 안 된다는 말씀입니다." 훌륭한 간언이다. 군신관계의 모범이 드러나 조정의 군신 사이에 틈이 없음을 알 수 있다. 여기까지가 남월의 평화 시기였고 잘 처신한 때라고 하겠다. 위타가 닦아 놓은 길을 무난히 걸어 위기를 넘겼고 이런 간언을 하는 신하 덕에 외환外患도 견딘 것이다. 호가 태자를 인질로 한나라에 보낸 게 망국의 시작이었을까. 이후 벌어지는 사태는 『춘추좌전』 스타일의 이야기로 변한다. 망국의 여정이라고 할 수 있다.

위호는 아들 영제嬰齊를 한나라 조정에 보낸다. 뒤를 잇게 될 영제는 장안에서 한단의 규씨樛氏 여자를 아내로 맞이해 아들 흥興을 낳는다. 영제는 남월로 돌아와 즉위해 한나라에 국서를 보내 규씨 여자를 왕후로 삼고 흥을 태자로 삼는 허락을 얻었다. 이 일로 남월 내부에 긴장관계가 형성된다. 남월 여자를 맞이해 태자를 얻길 바랐던 남월 신하들의 기대를 영제는 한나라의 권위에 기대 물리친 것이다. 흥이 왕으로 즉위하면서 문제는 표면화된다. 태후가 된 규씨가 사태를 더 꼬이게 했다. 규태후는 장안에 있을 때 안국安國 소계少季와 사통私通했던 것. 한나라는 남월을 제후로 삼으려고 규태후의 정부 안국 소계를 사신으로 보내 남월을 압박하고 규태후는 소계와 다시 정을 통하며 한나라의 계획을 받아들인다. 남월 신하들의 반대는 자명해 규태후 편에 서는 사람이 없었다. 그럴수록 규태후는 더욱 한나라에 기대고. 남월의 재상 여가呂嘉는 반란할 마음을 먹는다. 이상한 낌새를 눈치챈 한제국의 무제는 원정군을 보내고 여가는 반란을 일으키지만, 우여곡절 끝에 한나라는 남월을 멸망시킨다. 내우에 외환이 겹쳤으니 망국은 시간 문제. 5대 93년 동안 존재했던 남월 이야기는 이렇게 막을 내린다.

「봉선서」封禪書에 월사越祠(월나라 사당) 이야기가 보인다. 한나라가 월나라를 모두 멸망시킨 후 월인越人 용지勇之가 귀신을 섬기는 월나라 풍속을 전한다. 귀신을 섬겨 왕이 장수했고 나라도 흥성했다고. 무제는 이 말을 믿고 월사를 세웠고 닭(닭뼈?)으로 점치는 일이 이때부터 시작되었다는 이야기다. 이 밖에 월나라와 관련된 기록이 짧게 보인다. 정벌 갈 때 제사 지낸 일(이는 승리를 축원하는 관례였기 때문에 남월과 상관되는 특별한 일이 아니다), 남월을 멸망시킨 후 제사에 음악을 쓰기 시작했다는 기사가 있는데 이는 제례악을 쓴 시점을 기록하려는 의도였다. 월사를 세운 일은 황제의 장수와 국가의 번성을 기원하는 일과 관련이 있다. 월나라 방식의 제례와 점치는 일이 한나라에 도입됐음을 알 수 있는 기록이다. 국가 제례에 월나라가 들어온 것은 월나라 귀신을 섬겨 월나라를 포섭하려는 작업의 하나였을 것이다.

규태후의 사통은 『춘추좌전』에서 흔히 볼 수 있는 망국 이야기와 다를 바 없다. 그것은 개인의 정욕에 관한 교훈담에 그치지 않기에 『좌전』에 빈번하게 기록되었다. 망국 과정에 두 가지 일이 눈에 띈다. 첫째, 한나라 사신의 권위를 이용해 여가를 죽이려던 규태후의 계획. 규태후는 여가를 술자리에 초대한다. 좌석 배치가 흥미롭다. 한나라의 사자는 동향으로 앉고, 태후는 남향으로, 남월왕은 북향으로, 여가와 대신들은 서향으로 앉아 술을 마신다. 태후는 한나라 사신을 도발해 여가를 죽이려 했으나 뜻대로 되지 않는다. 여가는 이상한 눈치를 채고 밖으로 나간다. 태후가 창으로 여가를 죽이려 하자 왕이 말린다. 여가는 술자리를 무사히 빠져나온다. 이 술자리 장면은 좌석 배치에서부터 일의 진행이 눈에 익지 않은가. 맞다. 유방과 항우가 만났던 홍문연회 장면의 축소판이다. 두 가지 연회 장면을 함께 보면 주인과 빈객이 만나는 방식이 양식화되었음을 알 수 있다. 자객들이 일을 벌일 때도 이와 유사한 술자리 배치 상태에서 움직였을 것이다.

둘째는 한나라 원정군. 무제는 대규모 군사를 동원해 육로와 해로 양쪽에서 공략해 들어간다. 원정군의 남월 정벌은 상세하게 기술된다. 이 장면은 훗날 소설 『삼국지연의』에서 큰 스케일로 오나라를 공격하는 장면의 선구가 된다. 오나라 정벌의 압축된 버전으로 읽을 수 있다. 다른 측면에서 보면 무제의 군사 동원은 유방이나 문제文帝의 외교와 비교될 수밖에 없다. 물리적 강제수단을 거침없이 쓰는 무제의 새 시대로 진입한 것이다. 이것이 군사 동원을 길게 서술한 사마천의 의도이며 무제에 대한 시각이 잠복한 것으로 읽을 수 있다.

3. 힘의 논리—「흉노열전」

「흉노열전」匈奴列傳은 「남월열전」南越列傳보다 배가 넘는 분량이다. 그만큼 자료가 많다는 이야기고 자료가 많다는 사실은 흉노와의 관계가 역대로 큰 문제였다는 방증이다. 무제武帝의 정책 때문에 흉노는 무제 때 중심 사안으로 떠오르는데 국가 대사이자 사마천이 당대의 사건——현대사를 다룬다는 까다로운 문제가 도사리고 있다. 흉노 문제는 사마천이 궁형을 당한 일과도 직결된다. 때문에 당대 진행형이라는, 기록자의 사고와 시야, 관점을 예민하게 의식해야 하는 상황이 글을 복잡하게 했다. 『사기』를 다른 사서史書와 구별 짓는 조건이 여기서 형성된다.

기록자와 시간의 문제는 간단치 않다. 당대의 일일 경우, 과거의 일과 비교할 때 상대적 거리가 짧아 판단에 장애가 생기기 쉽다. 당대의 일이 훨씬 커 보이기에 현재 벌어지는 사태의 크기를 측정하기 어렵다. 객관적 균형에 영향을 미칠 수밖에 없다. 사마천 이전 기록은 이미 완료된 일이기 때문에 판단이 정리된 상태다. 후대의 기록과 비교해 보면 후대의 저술은 관찬官撰인 경우가 대부분이어서 확립된 가치관과 당대에 통용되는 지배적인 이데올로기 안에서 비교적 수월하게 작업할 수 있다. 『사기』는 사찬私撰인 데다 기록자 자신이 직접 연관된 현대사 기록이며 유교가 압도적인 이데올로기로 지배하기 전이어서 후대와는 완전히 다른 조건이었다. 관건은 자신이 개입된 현대사와 거리를 유지하고 균형감각을 갖느냐는 점이었다. 『사기』가 여타 공식 기록과 다를 수밖에 없으며 다르게 읽어야 하는 이유이기도 하다. 실제 「흉노열전」은 무제 때 장군들과 관련되고 무제에 대한 평가와도 연동된다. 간언 하나로 목숨이 왔다 갔다 한 정도였으니 기록의 무게가 어느 정도일지 긴장감은 상상할 수 있을 것이다.

흉노 토벌을 다룬 「이장군열전」李將軍列傳 속 '이릉전'李陵傳은 「임소경에게 보낸 답장」과 겹치는 부분이 많은데 두 글은 완전히 성격이 다르다. '이릉전'은 냉정한 어조를 유지한다. 억눌러 썼다는 느낌이 들 정도인 데 비해 「임소경에게 보낸 답장」은 펄펄 끓어오르는 글로 열기가 상당하다. 같은 일에 대한 두 가지 상반되는 태도가 흥미롭다. 이는 '이릉전', 즉 『사기』 서술이 사신私信의 경우와 전혀 달랐음을 증명한다. 기록자와 시간·감정의 문제를 명료하게 인식했다는 증거이고 얼마만큼 긴장관계를 유지했는지 가늠할 수 있는 시금석이다. 궁형을 당한 인간 사마천과 기록자 사마천이 갈등하고 긴장하면서 기록자로서의 저자가 두드러지게 인지되는 순간이기도 하다. 사마천이 유지했던 긴장감이 『사기』의 밀도를 만든 바탕으로, 후대의 기록물과 갈라져 문학으로 나아간 지점이다. 사마천의 감정을 경험하게 되는 원천이 여기서 흘러나온다.

「흉노열전」은 편폭이 길다. 사마천 당대까지 역대 중국의 흉노 관계사가 기록된 자료로 다룰 수 있다. 내용은 크게 4개 단락으로 나눌 수 있다. 첫째 단락은 한나라 이전까지의 흉노 역사 개괄. 이 부분에서 흉노에 대한 날카로운 통찰력을 보여 주는 대목이 눈에 띈다. 흉노와의 오랜 갈등과 접촉이 흉노를 보는 안목을 키웠을 터, 몇몇 대목은 흉노를 야만인으로 대하는 편견에도 불구하고 전체를 이끌어 가는 대전제로 훌륭하다. 둘째 단락에는 묵특冒頓이라는 흉노의 걸출한 지도자의 등장과 구체적인 흉노의 풍습이 기록된다. 묵특이라는 독특한 인물이 탁월하게 그려졌다. 묵특은 한나라에 씻을 수 없는 치욕을 안겨 주고 이 기억이 한나라 역사를 짓누르는 악몽이 된다. 무제의 정벌도 한나라 초기에 치욕을 당한 정체성과 관련이 있을 것이다. 셋째 단락은 묵특과 직접 전쟁을 치른 유방, 유방 사후의 여후, 그리고 평화협정을 맺은 문제 등 한나라 초기의 흉노 관계사를 다룬다. 전쟁과 평화, 양면이 공존했던 시기다. 여기서 대외관계의 기본 패턴이 확립된다. 마지막 단락은 무제 시기를 다룬다. 무제 시기가 길기 때문에 이 안에서 다시 몇 단락으로 쪼갤 수 있을 것이다. 무제 초기와 그 이후의 관계를 다루고, 마지막 부분은 이릉과 이광리李廣利의 대흉노전투를 볼 수 있다. 마지막 부분은 후인이 썼을 가능성이 높다. 사마천 생존 시기와 너무 밀착한 시사時事이기 때문이다.

여기서는 「남월열전」과 균형을 맞춰 논의점을 유방 시대에서 무제 초기까지로 국한한다. 유방의 원정은 흉노관계의 중요한 시험

대가 되고 무제 때는 이전과 판이한 관계로 전환한다. 흉노관계사
는 남월南越과 다르다. 남월과는 일방적인 힘의 비대칭이 문제였다.
흉노는 거꾸로다. 한나라 중심으로 흉노를 묘사했지만 힘의 상호불
균형은 한나라에게 치명적이었다. 큰 줄거리를 중심으로 이야기를
진행해 보자.

흉노학 입문

사마천이 흉노를 개괄하는 가운데 그들을 이해하는 데 필수적인 발
언이 나온다.

> 글과 기록이 없으며 말로 약속을 한다. 어려서는 양을 타고 활을
> 쏘아 새와 쥐를 잡고 조금 자라서는 여우와 토끼를 쏘아 먹을 것
> 으로 쓴다. 성인 남자는 위력적으로 활을 쏘는데 모두 병사가 된
> 다. 그들 풍속은, 평화시에는 가축을 따라다니며 새·짐승 사냥을
> 생업으로 하고 긴급한 때에는 사람들이 전투와 공격을 익혀 침략
> 하니 이는 그들의 천성이다. 장거리 무기는 활과 화살이며 단거리
> 무기는 칼과 창이다. 유리하면 진격하고 불리하면 물러나며 도주
> 하는 것을 부끄러워하지 않았다. 이익이 있다면 예의는 몰랐다.

전반적으로 서술한 흉노의 풍습은 한나라와 차이가 뚜렷하다.
사마천은 주로 군사 방면에 집중해 정보를 제공한다. 흉노의 생존
방식이 무력임을 강조한 것으로 한나라의 일반적인 인식이었을 것

이다. 그들은 기병 중심으로 궁술에 능하다. 보병 중심으로 접전에 능한 한나라와 대조된다. 도주를 부끄러워하지 않고 이익 중심으로 예의를 모른다 했으니 이는 전투에서 예측 못할 양상을 드러낼 수 있는 점이다. 한나라와 비교하면서 한나라를 상수로 두고 묘사하는 가운데 흉노의 성향이 나타난다.

흉노와는 하夏나라 때부터 관계를 맺는데 춘추전국시대에 들어와 두 가지 중요한 사건이 벌어진다. 첫째, 진秦나라가 장성長城을 쌓기 시작해 오랑캐를 막기 시작했다는 것. 둘째, 조趙나라 무령왕武靈王 때 오랑캐 풍속을 배워 호복胡服을 입고 말 타고 활 쏘는 법을 익힌 사실. 후자의 일은 한 국가의 병제 개혁에 그치지 않고 중국 역사에 한 획을 긋는 중요한 일이었다. 무령왕의 일은 『사기』「조세가趙世家에 상세하게 기록되었다. 군사제도 개혁은 적지 않은 반발이 있었는데 무령왕의 개혁은 결과적으로 중국의 군사제도를 완전히 변혁시킨다. 강조하건대 역사상의 혁신이었다. 전투 복장이 개량되고 장거리 무기의 도입과 운용으로 전쟁의 양상이 전례 없이 바뀐 것은 이때부터다. 모두 오랑캐에게 배웠다.

묵특, 아버지를 죽이다

오랑캐는 묵특冒頓(말뜻은 '용맹'이다. 당나라 때 온 나라를 뒤흔든 안록산安祿山도 북방 계통의 언어를 음역해 표기한 것으로 본래 말뜻은 '전쟁의 신'이다)이 등장하면서 일변한다. 묵특은 아버지에게 버려졌다 생환한 인물이다. 살아 돌아온 아들을 장하게 여겨 아버지는 묵특에게 만기萬騎를 통솔하게 한다. 여기서부터 묵특의 진가가 드러나기 시작한다. 그의 행동을 눈여겨볼 필요가 있다. 묵특이란 인물이 실감 나게 형상화될 뿐만 아니라 캐릭터가 사건과 맞물리면서 성장하는 실례로 최적이다.

묵특은 소리 나는 화살(명적鳴鏑)을 만들어 병사를 훈련하면서 명령하기를 자신이 명적을 쏜 대상에 모두 활을 쏠 것, 안 쏜 자는 목을 벤다고 하였다. 사냥을 나가 자기가 쏜 짐승에게 명적을 쏘지 않은 자가 있자 모두 목을 베었다. 얼마 후 자기 소유의 좋은 말에게 명적을 쏘았는데 혹 쏘지 않은 자가 있자 바로 목을 베었다. 얼마 후 묵특이 자신의 애첩에게 명적을 쏘았는데 신하 가운데 몇몇이 매우 두려워하며 감히 쏘지 못하자 묵특은 또 그들의 목을 베었다. 얼마 후 사냥을 나가 묵특이 선우(우두머리)의 좋은 말을 명적으로 쏘자 신하들이 모두 그 말을 쏘았다. 묵특은 그제야 신하들을 자신의 뜻대로 쓸 수 있음을 알았다. 묵특이 아버지 선우 두만을 따라 사냥을 나가 명적으로 아버지 두만을 쏘자 묵특의 신하들도 모두 따라서 명적으로 두만을 쏘아 죽였다. 더 나아가 자신의 친모가 아닌 후모後母, 동생이며 자신을 따르지 않는 대신들까지 모조리 죽이고 묵특 자신이 선우가 된다.

다음 외교 문제에 대처하는 묵특을 보자. 묵특이 선우가 된 뒤 동호東胡가 강성해지면서 묵특에게 사신을 보내 천리마千里馬를 구한다. 신하들은 흉노의 보물 같은 말이니 주지 말라 했다. 묵특은 이웃나라 사이에 무슨 말 한 마리를 아끼냐며 천리마를 준다. 얼마 후 동호는 묵특이 자신을 두려워한다고 생각하며 선우의 아내 한 명을 구하러 온다. 묵특이 신하들에게 사안을 묻자 신하들은 격분해 어찌 왕의 아내를 구할 수 있냐며 공격하자고 한다. 묵특은 이웃나라 사이에 무슨 여자 한 명을 아끼냐며 자신이 사랑하는 여인을 준다. 동호의 왕은 더욱 교만해져 흉노와 동호 사이의 완충지대 땅 천여 리를 탐내 사신을 보낸다. 버려진 쓸모없는 땅이니 자기들이 갖고 싶다고. 신하들 사이에서 버려진 땅이므로 줘도 되고 안 줘도 된다는 의견이 나온다. 묵특은 크게 분노하며 말한다. "땅은 나라의 근본인데 어떻게 줄 수 있단 말이냐!" 그러고는 주자고 말한 신하의 목을 모두 벤다. 바로 동호를 공격하고 서쪽과 남쪽도 공략해 자기 땅으로 삼고 한제국의 연나라·대(代)나라에까지 침략한다. 이때가 항우와 유방의 쟁패 시기. 묵특은 강성해지고 기병이 30만에 이른다.

　이 부분을 길게 서술한 이유는 묵특을 조형하는 구체적인 에피소드를 봐야 사마천의 필력을 이해할 수 있기 때문이다. 묵특을 상세하게 묘사할 필요 없이 무서운 놈으로 이러이러한 일이 있었노라고 설명만 하고 지나가도 아무 상관없다. 적국의 이야기일 경우 적게 할애하고 최소화한들 문제될 게 없다. 유방을 곤란에 빠뜨린 인물이라면 악마화하는 게 오히려 신하된 도리가 아닐까. 타자를 대하는 윤리 따위야 자신의 상처 앞에서 얼마나 무력한 관념이던가. 사마천이 묵특을 악마화하는 데 초점을 맞출 수도 있었다. 묵특 캐릭터를 형상화하는 데 잔인한 면을 부각시키고 있기 때문이다. 아버지까지 무자비하게 죽이는 아들. 그러나 다르게 읽을 수 있지 않을까. 사마천은 아비를 죽여야 아들이 독립한다는 천고의 진실을 적나라하게 보여 준다. 문명세계는 부모의 그늘에서 벗어나지 못하는 성인이 된 자식들의 비극을 말한다. 경제적으로 벗어나지 못하고 정서적으로 홀로 서지 못하며 지적으로 독립하지 못하는 자식을 바라보는 부모는 애정이란 이름으로 새끼를 끌어안고 새끼들은 애정의 우산 아래 애새끼로 그냥 주저앉는다. 아비에게서 정신적으로 자립한다는 말은 문명의 논리. 흉노의 논리는 문자 그대로 아버지를 죽이고 독립한다. 사마천은 자신이 사는 세상과는 다른 세계의 논리를 온전히 이해한 것으로 보인다. 문명세계는 아버지를 상징 살해함으로써 자식의 독립을 신화적으로 분식하거나, 아비를 삭제시키는 방식으로 자식을 독립시키는 수법을 즐겨 취한다. 비문명의 논리는 그런 수식을 거부한다. 자신을 내친 복수라 해도 묵특의 대담함이 거기 있다. 다른 세계의 생태를 보는 쾌감. 얼마나 상상력을 자극하는가.

사마천은 사건을 하나하나 쌓으며 업그레이드한다. 처음 사냥터에서 신하를 죽였을 때 독자는 어리둥절한다. 혹은 야만인들의 잔인한 습성에 혀를 찬다. 자신의 애마를 죽이는 장면으로 올라가면 고개를 갸웃거리며 심한 행태에 호기심을 갖는다. 애첩을 죽이는 장면에 이르면 뭔가 있다는 호기심에 불안감까지 스멀스멀 올라온다. 더 큰 목표를 향해 가는구나, 한데 그게 설마 우리가 생각하는 그건 아니겠지? 마침내 아버지를 죽이고 생모만 남기고 도륙하는 장면에 이르면 경악하지 않을 수 없다. 사마천은 아랑곳하지 않는다. 자신의 의견 한마디, 코멘트 한 구절 끼워 넣지 않는다. 문장은 내달리고 긴장은 쌓인다. 에피소드는 수위가 점차 높아지고 불안감도 차곡차곡 쌓인다. 그리고 폭발. 짧은 호흡으로 뉴스 보도하듯 객관적인 사실만 나열했는데도 감정반응은 최고조다. 절제하면서 증폭시켰다. 현대소설에 끼워 넣어도 전혀 빛바래지 않을 박력의 묘사다.

외교도 다르지 않다. 여기서는 이웃나라와 자기 신하를 일거에 제압하는 솜씨가 일품이다. 말과 애첩을 내주자 상대방은 묵특을 점점 업신여기고 요구 수위가 높아진다. 묵특은 이에 응하면서 신하들의 반응을 관찰한다. 공과에 따라 그에 상응하는 조치가 반드시 뒤따른다. 공포정치라고 덮어씌우기엔 명민한 면이 번뜩인다. 풀어 줄 땐 풀어 주되 조일 땐 확실하게 조인다. 신하들이 따를 수밖에 없다. 묵특은 안팎으로 자신의 존재감을 유감없이 보여 준다. 묵특의 리더십을 선명하게 보여 주는 명장면이다.

묵특은 영특하다. 길게 보는 안목을 가졌으며 인내할 줄 안다. 집요한 성격을 지녔으며 속내를 드러내지 않는다. 자신의 권력을 사용할 줄 안다. 목표가 정확하고 집중력을 발휘한다. 그는 한비자가 이상적으로 꿈꾸던 지도자에 가까운 인물이다. 술수에 뛰어나고 남이 자신을 알지 못하도록 하며 상벌을 정확하게 적용해 신하를 통제한다. 문명인의 감각은 잔인하다는 말로 그를 재단한다. 하나 사마천은 분명 말했다. 이익이 있으면 예의 따위는 모른다고.

이것은 흉노를 두둔하는 표현이 아니다. 사마천은 문명인의 감각으로 함부로 판단하느라 서두르지 않는다. 거리를 두고 묘사하면서 그들을 관찰할 따름이지만 결과는 그들을 이해하고 생생하게 그리는 효과를 가져왔다. 이는 기록자의 역량에 기댄 것이기도 하지만 저자의 의도와 방향을 벗어나는, 뛰어난 문학에서 볼 수 있는 기록의 진면모다. 문학의 의외성이자 진정한 재미는 저자를 뛰어넘는 어떤 부분이 튀어나올 때 생기기 때문이다. 작가의 주제, 의도, 메시지를 뚫고 작가의 통제를 벗어나는 부분——의외성이 크고 많을수록 작품이 걸작이 되는 수가 있다. 세련되고 매끄러운, 잘 빠진 예술 작품과 다른 괴작들은 거의 대부분 이 범주에 포함된다. 비평가들이 숱하게 말하지만 어딘가 불편하고 꺼림칙한 불균질한 작품들 말이다. 도스토옙스키가 떠오른다. 그의 걸작 『악마』(혹은 『악령』으로도 번역된다)는 서구화라는 악마에 들린(possessed) 꼭두각시들에 대한 거대한 풍자화이지만 스타브로긴이라는 대大악마는 전대미문의 캐릭터로 작품 전체를 짓누른다. 스타브로긴은 작가의 의도를 찢고 작품 밖으로 뚜벅뚜벅 걸어 나올 지경이다. 사마천의 묵특 역시 항우에 필적하는 싱싱한 인물로 살아남았다.

묵특, 유방을 위태롭게 하다

묵특이 특별한 존재이기에 그에 대한 기록이 남을 수밖에 없었을 터, 흉노에 대해 상세히 알 수 있었다. 불행히도 유방이 묵특을 상대해야 했다. 그리고 이때의 전투는 한나라 역사의 치욕이 되고 후대에까지 어두운 그림자를 드리운다.

흉노가 남쪽으로 내려와 접경 지대인 대代 지역을 침범하고 태원太原까지 들어온다. 유방은 직접 병사를 이끌고 흉노를 치러 간다. 마침 겨울, 큰 추위에 대설이 내려 병사 가운데 동상에 걸린 사람이 열에 두셋. 흉노는 패주하는 척하면서 한나라 병사를 유인한다. 한나라는 묵특을 추격하고 묵특은 정예군을 숨겨 두고는 약점을 보여 준다. 한나라는 대부분이 보병으로 구성된 32만, 북쪽으로 흉노를 추격한다. 평성平城에 이르렀으나 후속 보병이 다 도착하지 못했을 때였다. 묵특은 정예병 40만으로 유방을 몰아붙여 백등白登에 고립시키고 포위했다(한나라는 보병이고 흉노는 기병임에 주의하라). 7일 동안 한나라 군사는 양쪽으로 쪼개져 후원과 보급을 받지 못했다. 흉노의 기병들이 동서남북으로 포위한 상태. 유방은 사자를 묵특의 아내(연지閼氏라고 한다. 보통 선우는 복수의 연지를 거느린다. 여기서는 총애 받는 특정 연지였을 것이다)에게 보내 뇌물을 쓴다. 연지는 묵특에게 권하고, 묵특은 자신과 약속한 군사들이 도착하지 않자 음모가 있을까 의심이 들어 포위망 한쪽을 푼다.

이에 고제高帝는 군사들에게 모두 활을 걸어 시위를 완전히 당겨 적에게 향하게 한 채 포위가 풀린 한쪽을 따라 곧장 빠져나와 마침내 대군과 합류했다.

짧은 글이지만 인용한 문장은 영화를 보는 것 같다. 적군과 코앞에서 대치한 상태로 서로 활을 마주 향한 채 천천히 빠져나가는 장면이 눈앞에 펼쳐진다. 팽팽한 긴장감이 손에 잡힐 듯한데 영화로 만들면 그 긴장감을 100% 표현할 때 굉장한 장면이 탄생할 것이다. 굉장하다는 말밖에 쓸 표현이 없다.

이런 장면은 또 있다. 사마천은 병사들에 대해 쓰면서, "마침 겨울, 큰 추위에 대설이 내려 병사 가운데 동상에 걸린 사람이 열에 두

셋"이라고 했다. 이 기록은 한나라가 패배할 것이라는 명확한 복선이자 불길한 예감을 독자에게 준다. 하지만 구조적으로 문장을 읽기보다는 병사들의 고생을 '굳이' 기록했다고 읽고 싶다. 사마천은 감상적이 되거나 한탄하면서 동정하는 투로 쓰지 않는다. 독자들이 획 지나가기 십상일 경우가 많아 안타까울 지경인데 사마천은 보이지 않게 전장에서 다치고 고생하는 병사들을 쓴다. 동상에 걸렸다고 했지만 원문은 "타지"墮指라 해서 동상으로 상한 손가락이 떨어져 나갔다는 뉘앙스까지 포함해 썼다. 강력한 디테일이다. 디테일은 인식의 문제다. 병사들의 고생을 인지하지 않았다면 쓸 수 없는 글이다. 인식 문제는 윤리에까지 이를 수밖에 없다. 톨스토이가 『예술이란 무엇인가』에서 디테일을 지나치게 충실히 묘사하는 19세기 프랑스 리얼리즘 작가들을 비판하면서, 프랑스적 토착성에 집착해 모사하는 쇄말주의(트리비얼리즘trivialism)에 빠져 부르주아들만의 읽기를 조장한다고 격렬하게 반응한 것도 디테일이 윤리 문제와 연관되기 때문이었다.

진평의 꾀

잠깐 딴 이야기를 해야겠다. 진평陳平을 통해 지식과 관련한 통찰을 읽을 수 있다고 생각하기 때문이다. 백등 탈출의 묘안은 진평이 낸 꾀다. 「진승상세가」陳丞相世家에도 기록이 보인다. "고제가 진평의 기이한 계책奇計을 써서 선우의 연지에게 포위를 풀도록 했다. 고제가 빠져나온 후, 그 계책은 비밀이어서 세상에서는 알 수 없었다." 사마천은 이렇게만 썼다. 기이한 계책ⁱ이란 무엇이었을까? 「한신노관열전」韓信盧綰列傳에 좀 더 자세한 기록이 있다. "7일이 지나자 오랑캐 기병이 차츰 물러났다. 이때 날씨가 안개가 심하게 껴서 한나라는 사람이 왕래하도록 했으나 오랑캐는 알지 못했다. 호군중위護軍中尉 진평이 상上(고제)에게 말했다. '오랑캐는 병사를 온전히 보전하려 합니다. 강한 쇠뇌에 화살을 두 개씩 걸고 적을 향하게 하고 천천히 포위를 벗어나십시오.' 평성에 도착하자 한나라 구원병 역시 도착했고 오랑캐의 기병도 포위를 풀고 떠났다." 포위를 푼 방책도 진평이 세웠고 탈출할 때의 태세도 진평이 계획한 것이었다. 포위당한 채 천천히 빠져나가는 장면의 묘사는 사마천의 솜씨인데 인용한 글이 관련 기록 가운데 으뜸이다. 그런데 우리의 호기심은 풀리지 않는다. 진평의 계책은 어떤 것이었을까? 연지에게 무슨 말을 했을까? 둘 사이에 무슨 일이 있었을까? 후대인들도 이에 대해 궁금했던 모양이다. 입을 다문 이유가 한나라에게 치욕적이기 때문이었을까? 어떤 조건 혹은 약속이었을까? 입맛 당기는 야사野史거리다.

인용한 「진승상세가」의 구절 아래, 배인裴駰의 『사기집해』史記集解는 한나라 환담桓譚의 『신론』新論을 인용해 흥미로운 추론을 보여준다. 배인은, 진평의 계책은 (사람들이 상상하기 쉬운) 졸렬하고 사악한 것과는 반대라 감추고 누설되지 않도록 했을 거란 자기 의견으로 말문을 연다. '진평이 연지를 찾아간 일에 주목할 것. 진평은 연지를 설득했을 것이다. 진평은 "필시"必, 한나라에는 미녀가 많다, 천하에 둘도 없는 미녀가 있으니 한나라가 다급해 자기 나라에서 미녀를 불러와 선우에게 바치면 선우는 미녀를 보고 "필시" 좋아하고 사랑하지 않을 수 없을 터, 연지는 나날이 선우에게서 멀어질 것이다, 미녀가 오지 않는 게 낫다, 한나라가 이곳을 벗어나면 미녀를 불러올 일이 없을 것이다'라고 말했을 거라는 환담의 말을 인용한다. 환담의 말에 대해 배인은 논평하면서, '연지는 아녀자라 질투하는 본성을 가졌으므로 "필시" 증오하면서 일을 처리했다, 진평의 말이 간결하고 핵심을 찔렀다簡而要, (이런 수를) 사용할 때는 신령스럽고 기이하게 보이도록 해야欲使神怪 하기에 숨겼다'라고 말을 덧붙였다. 독자들로선 의심할 만한 말이다. 독자들의 반론이 예상 가능하기에 주석가 배인은 증거를 댄다. 『한서음의』漢書音義를 쓴 응소應劭도 이 말을 인용했는데 환담의 설을 가져온 건지 다른 근거가 있는지는 모르겠다고.

배인의 주는 복합적이다. 환담은 진평이 한 말을 추론했다, 응소도 같은 말을 했다, 그러므로 환담이 한 말은 근거가 있다, 라는 투인데 인용을 겹쳐 놓고 자기 의견을 포개 추론임을 슬쩍 덮는다. 어떤 경로이건 독자의 구미를 자극한다. 진실 여부는 알 수 없으니 진위를 따지는 일은 부질없다. 배인조차 환담과 같이 "필시"必란 말로 강조하는 걸 보면 인용자도 의심했겠구나라는 생각이 드는 것도 어쩔 수 없지만 중요하지 않다. 연지를 두고 여자라 질투의 본성을 가졌다라고 단언할 땐 용감무쌍한 진술이라고 혀를 차게 되지만 당시 남성들의 여성관을 엿볼 수 있어 오히려 흥미롭다.

내 관심은 진위 여부가 아니다. 진평이 쓴 설득 내용이 주의를 끌지 않는가. 우리가 보는 건 진평이 연지를 만난 이후의 일이다. 연지는 진평을 만나고 선우에게 가 말한다. 왕끼리는 서로 괴롭히는 게 아니라고. 또 한나라에서 땅을 얻어 봤자 우리에게 쓸모가 없다고. 공적인 대의로 포장된 연지의 말을 실마리로 진평이 지극히 사적인 일로 설득했으리라 환담 혹은 응소는 거꾸로 추론했다. 대단한 상상력이 아닐 수 없다. 우리의 상상력도 똑같이 날개를 편다. 상상력에 몸을 맡겨 보자. 이런 상상력을 발휘하게끔 만든 진평은 누구란 말인가? 후세 문인들은 배인의 주를 두고 당연히 한마디씩 할 수밖에 없다. 진평의 이상한 미인계를 두고, "기하지 않지만 오히려 기하다"雖不奇猶奇라는 견해에서 어떻게 "기"奇라 하느냐는 의견까지 찬반이 엇갈린다.

사마천은 진평의 계책에 다른 말을 붙이지 않았다. "세상에서는 알 수 없다"고 했다. 사마천은 알려 하지 않았다. "알 수 없다"고 분명히 말했다. 사람들은 알고 싶다고 달려들었다. 한나라가 치욕적인 약속을 했을 거란 예상(?)을 깔고.「진승상세가」는 마지막을 진평의 말로 마무리한다.

"나는 음모陰謀를 잘 썼다. 이는 도가道家에서 금지하는 바다. 내 일족이 폐출된다면 역시 끝나는 것일 뿐 영원히 재기하지 못할 것이니 이는 내가 음모를 잘 썼기 때문이다."

앞서 언급했듯이 이 말은 진평 사후 진평의 후손이 끊어졌을 때 진평이 생전에 예언한 말을 인용한 것이다. 음덕陰德을 쌓지 못하고 음화陰禍를 짓고 말았다는 사마천의 판단이 들어간 말이다. 사마천은 이어지는 논평에서, "승상 진평은 소싯적에 본래 황제黃帝, 노자의 학설을 좋아했다"고 썼다. 나는 무위청정無爲淸淨을 핵심으로 삼는 도가를 숭상하는 사람이 도가에서 금지하는 음모를 잘 썼다는 쓸쓸한 회한의 감정에 눈길이 가건만 사람들은 음모를 잘 구사한 진평에 강조점을 둔다. 인용한 말이 그 증거 아닌가. 그릇된 판단이 아니다. 음모를 잘 쓰는 위인이었기에 연지를 설득할 수 있었을 것이고 그 내용이 무엇이었든 그는 연지를 움직여 탈출하는 데 성공했다. 그렇다면 음모를 잘 쓰는 것多陰謀과 청정무위淸淨無爲는 배치되는 말일까? 여기서 이야기는 다른 방향으로 뻗는다. 샛길로 빠지지만 따라가 보자.

무지와 무위

반복해 물어보자. 음모를 잘 쓰는 것多陰謀과 청정무위淸淨無爲는 배치되는가? 인용한 진평의 예언은 그렇게 읽힌다. 음모의 음습한 부산스러움과 무위의 청정함은 상반되는 자리에 배치되니까. 하나 다르게 읽어야 할 것이다. 무위가 아무것도 안 한다는 뜻은 아니므로. 진평의 맥락에서 무위는 '잘하는 것을 초월한 경지'를 말한다고 해야 할 것이다. 그의 진술은 잘하는 것을 넘어 마치 아무것도 안 하는 것과 같은 경지에 이르는 것을 가리킨다고 봐야 한다. 부지런히 노력해 잘하는 수준까지는 이르렀지만 더 나아가지 못하고 재주에 그쳤기에 금지하는 바에 머무른 자신을 후회한 것으로 해석해야 하지 않을까. 무학無學이 무식이나 배움이 없다는 뜻이 아니라 더 이상 배울 게 없다는 최고의 경지를 가리키는 말이듯.

진평과 무위를 생각하다 보면 중국에는 지식이라는 드높은 절벽에 도달하는 것 같다. 지식이란 무엇인가? 노자를 두고 주나라 사관史官 출신이란 설이 있다. 주나라 국립도서관 출신이었던 노자가 주나라가 멸망할 때 왕실도서관의 책을 사방에 퍼트려 전해 주면서 후대의 학술이 생겨났다는 것이 그 학설의 골자다. 지금은 인정되지 않는 이 주장에는 그럼에도 지식과 노자 사상과의 어떤 관계를 설명해 주는 것 같다. 노자의 무위는 소극적 통치술/처신이 아니라 모든 지식을 맛보고 공부한 사람이 다다르는 궁극의 어떤 지점——세상사와 이치, 그 근저에 다다른 사람의 무심無心, 달관達觀, 해탈의 표현이 무위가 아닐까 하는 암시가 담긴 것 같다.

　　「노자한비열전」老子韓非列傳에 공자가 노자를 찾아가 만난 에피소드가 보인다. 두 위인의 만남은 사실이 아닐 가능성이 높은데 사실 여부를 떠나 후세 사람들이 두 인물을 어떻게 생각했는가라는 담론으로 읽으면 많은 이야기가 탄생한다. 노자는 공자에게, "교만과 탐욕, 꾸미는 태도와 지나친 욕망"驕氣與多欲, 態色與淫志을 버리라고 충고한다. 「공자세가」孔子世家에는 공자가 떠날 때 노자가 배웅하며 해준 말을 기록했는데, "총명하고 지식이 깊은 사람聰明深察이 죽음에 가까운 까닭은 남을 비판하기 좋아하기 때문"이고, "학문이 높아 식견이 넓은 사람博辯廣大이 자기 몸을 크게 위태롭게 하는 이유는 남의 악을 드러내기 때문"이라고 했다. 공자는 노자를 만난 후 제자에게, 용龍에 대해 자신은 알 수 없는데 "그것은 바람과 구름을 타고 하늘로 나는구나"其乘風雲而上天, "노자는 용과 같다"其猶龍邪라고 말한 기록이 「노자한비열전」에 보인다.

노자는 공자를 알아봤고 공자도 노자를 알아봤다. 노자는 지식의 세계를 초월해 그 너머로 간 사람(도서관 출신이었음을 기억하자. 노자의 도서관이란 말이 나오니 보르헤스[Jorge Luis Borges]가 상상한 무한의 도서관[Infinite Library]이 떠오르지 않는가)이다. 공자의 마음을 교만이나 욕망, 주제넘는 뜻 등으로 표현한 것은 지식을 추구하는 사람이 갖는 분수 넘는 성향이라고 노자 처지에서 판단했기 때문에 가능한 말이었다. 공자를 배웅하면서 "총명심찰"聰明審察이나 "박변광대"博辯廣大라고 칭한 말도 좋은 뜻으로 들을 수 없다. 공자의 공부를 지식세계 안으로 규정한 것이기 때문이다. 공자는 지식의 세계에 남아 그 안에서 활동하고자 한 인물이다. 노자가 넘어간 저쪽 세계를 인지했지만 끝까지 이쪽에 남았다. 그들은 지식의 경계선 이쪽과 저쪽에서 서로를 파악했다. 노자의 비판적 언사는 저쪽에서 이쪽 맥락을 보고 발화한 것이다. 공자의 반응은 반대다. 공자는 노자가 피안의 세계로 넘어간 사람임을 간파했다. 그에 대한 존경으로 노자를 용이라 표현했다. 이때 용은 수사적 언급에 그치지 않는다. 은유였지만 노자는 진정 용이었다. 용은 잘생겼거나 훌륭하다는 의미로 『춘추좌전』에서 자주 쓰는 말이었다. 남의 자식이 빼어난 용모를 지녔거나 재주가 뛰어날 때 형제들을 가리켜 육룡六龍이니 팔룡八龍이니 하고 불렀다. 일상의 레토릭이다.

공자는 이런 용법을 연장해 하늘을 난다는 의미로 재정의하고 자신의 개념으로 창조해 노자를 용이라고 칭했다. 전형적인 공자식 언어 구사다. 최고를 형용하는 말로 용을 사용한 두드러진 예는 이미 『주역』周易 건괘乾卦의 효사爻辭를 들 수 있다. 『주역』은 기호처럼 기록했고 공자는 효사와 일치하는 의미로 썼다. 용을 언급한 공자의 진술을 은유 이상으로 정확히 이해한 사람은 뜻밖에 장자였다. 장자는 「소요유」逍遙遊에서 구만 리 창천을 나는 대붕大鵬을 묘사했다. 이는 용을 이어받아 자유의 이미지까지 덧붙여 복합적으로 형상화한 것이었다. 지식을 초월해 자유의 세계로 날아간 이미지로 완벽하다. 다른 세계(그것은 무無의 세계였을까?)에서 맘껏 날아다니는 노장의 이미지는 이렇게 완성됐다.

지식은 인간을 자유롭게 한다. 사실일 것이다. 무지와 지식을 상대적으로 놓고 빛의 이미지로 나타나는 지식은 진리와 동의어이기도 해서 우리를 깨우쳐 주는 밝은 은유다. 이때 지식은 계몽이다. 동시에 지식은 말馬의 눈을 가리는 가리개(bicker)와 같아서 인간을 한곳에 가둔다(bickered). 한계를 알기에 박식(잡학이 아니라)을 추구한다. 알면 알수록 자유로워질까, 아니면 더 알수록 지식의 협소함을 더 잘 깨닫게 될까? 어떤 경우이건 지식은 전통시대에 권력과 공생했다. 지식이 권력이었다. 지식을 어떻게 정의하든 지식은 양量의 개념이 아니다. 다르게 정의해 보자. 지식은 통찰력이다. 통찰력이란 낯선 존재와 만날 때 충돌한다는 사실을 인지함을 전제로 한다. 통찰력은 타자와 대면했을 때 자신의 것으로 덮어 버리거나 자기에게 구겨 넣지 않고 상대와 섬세하게 접촉해 천천히 접촉면을 넓혀 가는 능력이기도 하다. 이 단계는 지식과 지혜의 경계가 사라진 경지다.

노자는 이것까지 초월해 추상의 세계로 진입했다. 저자가 지워져도 무방한 『노자』를 보라. 그것은 고도의 이론이다. 공자는 현실과의 섬세한 접촉면을 지속적으로 늘리는 쪽에 자신의 자리를 잡았다. 『논어』에는 인간세계에 머물겠다는 공자의 언명이 아름답게 표현되었다. "새나 짐승과는 함께 무리를 이루고 살 수 없다. 내가 이 사람의 무리와 함께하지 않는다면 누구와 함께하겠느냐. 천하에 도가 있다면 나는 함께 (세상을) 바꾸려 하지 않았을 것이다."(「미자」微子) 이 말이 아름다운 까닭은 공자가 고난을 선택해서가 아니다. 권위로 화석화되길 거부하면서 현실과 접촉하며 원칙과 그 적용을 쉼없이 상호 교류시키는, 현실을 사는 공자의 인격이 스며 있기 때문이다. 『논어』가 흔히 말하는 살아 있는 텍스트인 이유도 여기 있다. 공자는 원칙을 세우고 견지하기 위해 노력하지만 현실의 여러 상황과 국면에 적용하면서 끊임없이 검토하고 수정해 결코 한곳에 머무르거나 고집하지 않았기 때문이었다. 공자의 말이 때로 상반되고 모순되며 배치背馳되는 것처럼 보이는 까닭도 이런 태도 때문이다. 현실에 집중하고 눈을 떼지 말아야 한다. 거기서 상상력이 자라고 사고가 풍부해져 확산된다. 사마천이 사평史評에서 공자를 계속 인용하며 기준으로 삼아 대상 인물을 재평가한 작업도 공자에게서 이 점을 배웠기 때문일 것이다. 어떤 정의의 지식을 마음에 품느냐에 관계없이 참된 지식을 체득하는 단계란 쉽지 않아 보인다.

백등의 탈출에서 빠진 샛길이 길었다. 사마천의 글을 읽고 따지면서 앞뒤를 연결하고 교차하고 겹쳐 보면 수많은 사고의 타래들이 독자를 끌어당긴다. 내 숙제 가운데 하나가 지식의 문제였고 이제 짧은 답을 하나 얻었기에 기록해 둔다. 『사기』는 자극을 주는 좋은 글이다.

문화 충돌, 중항열의 경우

본문으로 돌아가서 이후 진행을 보자. 한나라에서 반란이 일어나고 반란을 일으킨 장군들은 흉노와 합세해 한나라를 괴롭힌다. 한나라는 종실의 여자를 흉노에 바쳐 형제관계로 화친을 맺는다. 한나라와 흉노의 관계가 화친으로 돌아선 최초다. 힘의 원리에 의해 한나라가 열등한 자리에 섰기 때문이다. 이는 이후 한나라 정책의 기본 노선이 된다. 약자의 생존법이므로 비난할 건 없다. 흉노는 이 틈을 엿보고 한나라를 도발하는데 아슬아슬한 고비가 한 번 있었다. 묵특이 여후에게 편지를 보내 망언을 한 것이다. 여후는 흉노를 치려 하나 신하들이 만류한다. 고제같이 현명하고 무력에 뛰어난 분도 평성에서 곤란을 겪었다고. 여후는 바로 중지하고 유방의 길을 따라 다시 흉노와 화친한다. 사려 깊은 여자다. 『사기』에는 묵특의 망언이 무엇인지 기록하지 않았다. 『한서』에 묵특이 보낸 편지가 보인다. 그의 말인즉슨, "외로워 홀로 설 수 없는 임금孤僨之君(묵특 자신)은 소택지에서 태어나 평야와 짐승의 성城에서 성장한지라 수차 국경에 이르러 중국에서 노닐고 싶었소. 폐하도 혼자 있고 나도 혼자 사니 두 사람이 즐기지 않으면 홀로 즐거울 게 없다오. 바라건대 각자 가지고 있는 걸로 갖지 않은 걸 바꿉시다."* 유혹의 외피를 쓴 모욕. 나는 남자로 여자가 없고, 그대는 여자로 남자가 없으니 서로 합치자는 말이다. 묵특에겐 많은 연지들이 있으니 혼자가 아니건만

---

* 원문 陛下孤立, 孤僨獨居, 兩主不樂, 無以自虞, 願以所有, 易其所無.

고분孤憤이란 말을 일부로 썼다. 한문의 완곡어법을 최대한 이용해 말을 돌리면서 우월감을 자랑했다. 원문은 4자로 짝을 맞춰 격식 있는 글을 써서 형식미까지 갖췄다. 한데 정중한 양식 안에 저열한 언사를 담았다. 절제된 형식과 노골적인 내용이 엉켰다 분열하고 파탄을 일으키는, 절묘한 글이다. 여후로선 분노할 만하다. 하지만 묵특은 평성에서 유방에게 치명타를 먹였고 여후 따위(여자!)가 눈에 들어올 리가 없다. 한나라를 한 번 제압했으므로 거칠 게 없는 것이다. 묵특의 편지는 한나라의 처지를 보여 주는 상징적인 글이다.

문제文帝 때에도 곡절이 있었지만 예물을 주고받으며 화친을 이어 간다. 문제 6년 묵특이 세상을 떠나고 노상선우老上單于가 뒤를 잇는다. 이때 한나라는 종실 여자를 흉노에 시집보내면서 중항열中行說을 보좌역으로 함께 보낸다. 중항열은 가고 싶어 하지 않았으나 억지로 갈 수밖에 없었다. 중항열은 흉노에 가자 선우에게 항복하고 흉노 사람이 된다. 선우는 그를 총애한다. 중항열의 존재는 한나라와 흉노 사이의 문화 충돌을 선명하게 드러낸다. 문명세계의 기준에 대한 반성의 거울로 귀중하기에 주목할 만하다.

중항열은 선우를 설득한다. "흉노의 인구는 한나라의 일개 군郡에도 해당하지 않지만 강한 까닭은 의식衣食이 달라 한나라를 우러러보고 기댈 필요가 없어서입니다. 지금 선우께서 풍속을 바꿔 한나라의 물건을 좋아하시면 한나라 물건이 열에 둘이 되기도 전에 흉노는 전부 한나라로 동화되고 말 것입니다."

중항열은 문화가 다르다는 문화상대주의 원칙을 말한다. 문명의 우열을 전제한 전파론이 언급되긴 하지만 중항열은 그보다 각자의 고유성을 살려야 한다는 태도를 지지한다. 한나라에서 왔음에도 흉노의 문화를 이해하는 흔치 않은 인물이다. 중항열은 흉노로 가기 싫어하는 자신을 한나라에서 억지로 보내자, 꼭 내가 가야 한다면 한나라에게는 화가 될 것이라는 말을 남기고 떠난 사람이다. 흉노에게 항복했을 때 그는 한나라의 정체성을 버린 것이었다. 배신감이었을까. 그럼에도 문명인으로서 우월감을 가지지 않고 흉노의 장점을 거론한다는 점에서 일방적인 문명우월주의에 제동을 걸고 있다. 물론 한나라에서 몸에 익힌 조직화라든가 규모를 설계하는 능력은 흉노에게 이식한다.

우월감을 가진 한나라 사신을 대하는 그의 태도에서 흉노와 한나라의 비교는 더 분명해진다. 흉노의 풍속은 노인을 천시한다는 한나라 사신의 말. 이에 대한 중항열의 대답을 들어 보자. "너의 한나라 풍속엔 자기 의무를 수행하러 군대로 떠나는 사람이 있을 때 늙은 부모가 그 자식에게 두껍고 따뜻한 옷을 벗어 주고 살 많고 좋은 음식을 주며 전송하지 않나? 흉노는 분명히 전공戰功을 중요한 일로 여긴다. 노약자들은 싸울 수가 없다. 그래서 살 많고 좋은 음식을 건장한 사람에게 주어 자신을 보호하는 것이다. 이렇게 부자父子가 각자 오랫동안 서로를 보호하는 것인데 어떻게 흉노는 노인을 천시한다고 말하는가."

중항열은 말 서두에 "너의(혹은 너희들) 한나라"라고 확실히 선을 긋는다. '네 자리에서 보면'이라는 투로 한쪽 기준으로 파악하는 상대를 누르고 들어간다. 흉노의 풍속은 자신의 역사적 경험과 문화에서 나온 그들 고유의 것이라고 해석해 설명한다. 명민하다.

하나 문명/야만의 이분법에 빠져 자기 기준이 보편이라 생각하는 사람이 가치 기준 자체를 객관화하고 반성하기란 얼마나 어려운가. 한나라 사신은 흉노로 들어왔어도, 익숙한 저쪽 세계에서 낯선 이쪽 세계로 새로 진입했는데도 그에게는 새로운 세계가 전혀 보이지 않는다. 때로 여행이라는 낯선 세계의 이질감은 자신을 갱신시키는 자극이 아니라 자기 세계의 강화로 이어진다. 한나라 사신은 자신의 판단을 되돌아볼 생각이 전혀 없다. 이어지는 사신의 반박. 부자가 같이 살고, 아비가 죽으면 자식이 계모를 자기 아내로 취하고, 형제가 죽으면 형제의 아내를 자기 부인으로 삼는다, 의복과 띠를 장식할 줄 모르고 조정의 예도 없다고. 의복과 띠는 사회신분과 계급을 구분하는 핵심기제이기 때문에 늘 거론되고 문제가 되는 문명의 상징이다. 사신은 문명의 표상으로 예禮를 든다. 예는 사회적 합의이자 구분이다. 신분사회의 전제가 되는 관습과 제도, 문화의 총체로서 개인 생활과 대인관계망을 구성하고 판단케 하는 예. 예는 역사적으로 만들어지고 구성된 것인데 예가 형성되고 나면 역사는 거꾸로 예의 틀 안에서 재구성되기 마련이다. 때문에 틀 자체를 사고하기 어려운 것이다. 희한하게 중항열은 사고의 틀을 객관화하는 작업에 성공한 경우라 하겠다. 한나라 문화를 잘 알고 흉노 문화도 관찰해 설명할 수 있었다. 다시 한번 중항열의 말에 귀 기울여 보자.

"흉노의 풍습은 사람들이 가축의 고기를 먹고 그 젖을 마시며 그 가죽을 입소. 가축은 풀을 먹고 물을 마시며 때에 따라 이동을 하오. 때문에 위급한 때에는 사람들이 말 타고 활 쏘는 법을 익히고 평화로운 때는 일 없는 것을 즐기며 약속은 적고 지키기 쉽소. 군신관계는 번거롭지 않고 예절이 간편해서 온 나라의 정치가 한몸과 같소. 부자·형제가 죽으면 그 아내를 취해 자기 아내로 삼는 것은 혈통이 끊어지는 것을 싫어하기 때문이오. 그러므로 흉노가 어지럽기는 하지만 순수한 혈통이 유지되는 것이오.

지금 중국은 아비나 형의 처를 아내로 취하지는 않는 것 같지만 친척이 멀어지면 서로 죽여 버리오. 심지어 성姓을 바꾸기까지 하니 모두 이런 데서 비롯된 결과요.至于易姓, 皆以此類也 또 예의가 폐단이 되어 서로 원수가 되었고 건물을 화려하게 지으니 백성들 기력이 필시 고갈될 것이오. 힘써 밭 갈고 누에를 쳐서 먹고 입는 데다 성곽을 지어 스스로 방비하기 때문에 한나라 백성은 전쟁 때에도 싸움을 익히지 못하고 평화 시에는 생업에 지쳐 있소. 아, 땅에 매여 건물에 사는 사람이여, 많은 말이 필요없거늘 번지르르 말만 늘어놓고 입만 놀리면서 관冠은 써서 무얼 하려 하오.”

중항열은 앞서 개괄한 말을 이어 구체적인 삶의 토대와 방식에서 비롯된 흉노의 토착성을 이야기한다. 한나라의 번문욕례繁文縟禮와 흉노의 간편하고 실용성 있는 문화를 대비시키면서. 중항열의 관점을 파고들어 정교하게 만들면 역사와 문명을 전혀 다르게 해석하고 읽을 수 있는 세계관을 수립할 수 있을 것이다.

문화 충돌, 유여의 경우

크게 보면 중항열의 태도는 유일하거나 독특한 경우가 아니다. 긴 세월 동안 서로 부단히 접촉하면서 상대방을 꿰뚫어 본 사례가 이전에도 있었다. 「진본기」秦本紀에 보이는, 융왕戎王이 진나라에 사신으로 파견한 유여由余가 그 선례다. 현명한 진 목공穆公(춘추시대를 통틀어 가장 뛰어난 군주로 꼽을 수 있는 인물일 것이다)이 궁실과 재물을 보여 주자 유여는, "귀신에게 만들라 해도 힘들었을 텐데 사람들에게 만들라 했으니 백성들을 얼마나 괴롭게 했겠는가"使鬼爲之, 則勞神矣, 使人爲之, 亦苦民矣라고 대답한다. 유여는 귀鬼와 신神, 인人과 민民을 번갈아 써서 같은 의미를 강조하며 4자씩 4구절로 말했다. 목공이 예상하지 못했던 답변이다. 간결한 문장이 세련된 형식에 담겨 핵심에 도달했다. 목공은 괴이하게 여길 수밖에怪之. 괴이하게 여겼다는 목공의 심리적 반응은 경탄해 놀랐다는 말이자 아직 '설마' 하는 마음을 다 거두지 못한 미심쩍음도 들어 있다. 목공은 바로 이어, 시서예악으로 다스리는 중원도 늘 난에 시달리는데 융족은 어떤가를 묻는다. 유여의 응답.

> "이게 바로 중국에 난이 일어나는 까닭입니다. 먼 옛날 성인 황제黃帝께서 예악법도를 만들고부터 자신이 솔선해서야 겨우 조금 다스려졌습니다. 후세에는 날로 교만해지고 주제넘게 행동했습니다. 법도의 권위에 기대 아랫사람을 감독, 문책하고 아랫사람들은 피로에 지쳐 윗사람들이 인의를 베풀지 않는다고 원망해, 아래위

가 서로 다투어 원망하며 찬탈하고 죽였습니다. 심지어 멸족까지 하니 모두 이런 데서 비롯된 결과입니다.^{至于滅宗, 皆以此類也} 융족은 이렇지 않습니다. 윗사람은 두터운 덕을 품고 아래를 대하고 아랫사람은 진실과 믿음을 담아 윗사람을 섬겨 온 나라의 정치가 한몸을 다스리는 것과 같은데도 잘 다스려지는 이유를 알지 못합니다. 이것이 진정 성인의 다스림입니다."

중항열과 유여가 말하는 방식을 보자. 두 나라를 비교하면서 상대방을 먼저 말하고 나중에 자기 나라를 우위에 놓는 방식도 비슷하지만 말투까지 흡사하다. 원문을 인용한 부분을 보라. 또 '정치가 한몸'이라고 동일한 언사를 썼다. 두 사람은 상황이 반대다. 중항열은 한나라에서 흉노로 갔고 유여는 융戎에서 중국으로 들어왔다. 방향과 처지가 다른데도 이들은 오랑캐의 소박함과 순박함을 특성으로 추출해 문명의 맹점을 지적했다. 오랑캐와 한나라를 상대적인 문명의 관점에서 대비해 소박하게 비교한 것이다. 정치와 윤리가 미분화한 채 문명이라는 큰 단위로 묶어 문명론이라는 거대담론을 내놓은 것이기에 이야깃거리가 될 수 있었다. 중항열이나 유여는 사회/문명을 주어로 문장을 쓰면서 단순화의 위험을 무릅쓰고 아니 단순화했기에 상대방에게 강한 인상을 남겼다. 중항열은 이후 중국 사신들에게 더 이상 이야기할 것이 없다는 투로 신경질적인 반응을 보이면서, 한나라가 흉노에 바칠 물건을 제대로 신경 써서 바쳐야지 행여 문제라도 생기면 무력행사를 하겠다고 으름장을 놓는다. 한나라 사신 가운데 제대로 토론할 사람이 없다는 게 안타깝다. 대화가 되는 상대였다면 다른 문제까지, 혹은 다각도로 토론할 수 있었을 기회였는데 이야기가 뻗어 나가질 못했다. 유여를 대하는 진 목공도 마찬가지다. 뜻밖의 인물을 만나 그쪽 편으로 끌어들이는 쪽으로 이야기가 꺾이는 통에, 우리가 기대했던 다른 문명 간의 접촉면이 넓게 확보되지 못했다.

문명 대비라는 면에서 보면 중국 내에서의 격차를 인정할 때 같은 현상을 발견할 수 있다. 예컨대 오吳나라는 남방의 야만국 취급을 받았다. 앞에서 언급한 계찰季札이라는 걸출한 인물이 예외적으로 취급될 수 있을 텐데 그의 중원 여행은 일종의 문화 기행으로 후진국의 선진국 기행으로 읽을 수 있다. 앞서 조趙나라에서 무령왕이 흉노의 전투 복장과 말 타고 활쏘기를 도입할 때 진통을 겪었던 일도 문명 충돌로 접근할 수 있다. 하지만 이런 예는 국내에서 벌어진 일로 외부세계를 일방적으로 전제한 경우라 중항열이나 유여처럼 당사자의 목소리가 직접 들리지는 않는다.

유여에게는 남은 이야기가 더 있다. 목공은 융족에 이런 "성인"聖人(이때 성인은 통달通達한 사람이란 의미로 썼을 것이다)이 있으면 자신에게 근심거리가 된다며 유여에게 회유책을 쓴다. 융족에 미녀 악사를 보내 문명에 오염되지 않은 융왕을 타락시킨다는 계획. 진나라가 보낸 미녀 악사들에 빠진 융왕에게 유여는 간언한다. 융왕은 듣질 않고 진나라에서 그 틈을 타 유여를 진나라로 초빙한다. 결국 유여는 진나라로 가고 융을 칠 계책을 짜게 된다.

음악이 문명의 상징이면서 다른 편으론 타락의 매개가 된다는 사실이 흥미로운 생각거리를 던진다. 그보다 이 미인계, 낯익지 않은가. 그렇다. 공자가 노나라에서 벼슬을 할 때 문명국 제나라에서 촌스런 노나라에 보낸 것도 미녀 악사들이었다. 미녀 악사들에 취해 정사를 돌보지 않은 노나라 군주나 융왕의 반응도 똑같고, 간언하다 자기 나라를 떠난 유여나 공자도 똑같다. 목공이 유여를 "성인"이라고 칭한 것도 공자의 등장을 연상하기에 충분하다. 아무튼 미인계는 공자시대에 제나라가 특별히 쓴 수법이 아니었고 선진문명국 제나라답게 다른 나라의 트릭을 잘 알아 제대로 카피한 것이었다. 공자니까 간파했다고나 할까. 진평이 흉노의 연지를 찾아가 뒤집힌 미인계를 썼다는 한나라 사람들의 추측도 한편으로는 말이 안 되는 것도 아니다. 뇌물 수법을 잘 쓰는 진평이었으니 뇌물+α 수법으로 미인계를 추측하는 건 자연스런 순서였으리라. 실마리를 더듬어 나갈수록 여기저기 맥락이 닿는 것도 『사기』를 읽는 재미이리라.

흉노 사람이 된 중항열의 정체성 변화는 두 문명 비교에 시사점을 던진다는 측면에서 의미가 적지 않다. 중항열과 유여를 함께 놓고 보면 타자를 대하는 사마천의 열린 태도와 균형 감각을 읽을 수 있다. 역사의식이란 사실을 많이 알거나 맥락을 잘 읽는다는 의미 이상의 깊은 감수성임을 깨닫게 된다. 이 또한 사마천의 탁월한 면모다.

관점을 약간 틀면 오랑캐를 달리 인식할 기회가 열린다. 주인공에게 관심이 몰리는 까닭에 독자들이 주인공에 감정이입하는 일(직접화)은 자연스럽다. 조연이나 엑스트라는 부차적인 존재로 밀려나고 작게 취급되는 반작용(간접화)도 어쩔 수 없다 할 수 있겠다. 상대적으로 작은 존재들에게 일어나는 습관적인 간접화를 극복하는 일이 독서의 힘을 기르는 길일 터, 중국책을 읽을 때 우리는 스스로를 오랑캐 자리에 놓기 어렵다. 동이로서의 자각이 오랑캐를 보는 안목에 변화를 가져왔다 해도 우리와 다른 타자를 만났을 때 그들의 처지를 이해하는 데까지 나아가는 길은 얼마나 힘겨운가. 사마천이 오랑캐를 다룰 때 그들의 목소리를 전한 방식이 예사롭지 않은 것도 그들을 정면으로 보았기 때문이다. 오랑캐전이 귀한 작품이 되는 이유다.

이후 한나라와 흉노의 관계는 전쟁과 화친을 반복한다. 힘의 논리가 작동해 한쪽이 압도적인 위치에 서지 않는 한(한나라와 남월처럼) 불균형 상태에서 전쟁과 불안한 평화 사이를 왔다 갔다 하는 일이 지속될 수밖에 없다. 문제 때에도 전투는 간헐적으로 벌어졌다.

무제를 평가하는 문제

이제 무제武帝 시기로 접어든다. 무제 시기에 길고 자세하게 대외관계가 펼쳐진다. 그 사정을 다 기록할 필요는 없다. 우리의 주제와 관련해서 핵심적인 이야기는 모두 나왔기 때문이다. 다만 무제에 대한 사마천의 평가와 관련해 간략히 정리하고 이야기를 거둬들이도록 하자.

무제에 대한 평가를 다룰 때 주의해야 할 점이 있다. 거듭 강조하거니와 사마천 개인의 원한과 분노를 염두에 두고 사마천의 평가에 선입견을 가져서는 안 된다. 이에 대해서는 기회가 있을 때마다 언급했기 때문에 말을 아끼는 게 좋겠다. 앞에서 사마천이 뛰어난 까닭 가운데 하나가 당대의 역사——현대사를 다루기에 시간과 겨루는 힘겨운 임무를 감당하기 때문이라고 했다. 이 문제를 다시 정리해 보자.

사마천은 현대사를 다룰 때의 맹점을 잘 알고 있었다. 시각의 편향성이 우선 문제가 된다. 거리감각의 불균형으로 대상을 객관화하기 어렵다. 현대사는 대상이 생생한 만큼 고대사를 다루는 일이 시각의 중립성을 갖는 것과 근본적으로 다르다. 현대사의 자료는 아직 열도가 높은 데다 즉각적으로 정신을 작동시킬 수 있는 것도 아니다. 사마천은 그 곤란함을 인식하고 있었다. 저자는 서술을 분산시켜 대상을 다각적으로 조망하는 방법을 택해 최대한 곤경을 피했다. 대상을 주의 깊게 다루는 동시에 자신에게 긴장감을 주기 위해서였다. 주지하다시피 사마천은 대상을 사건 중심으로 다루지 않았다. 인물을 중심에 두었기 때문에 인간의 감정과 느낌을 배제하지 않았다. 사마천 읽기의 까다로움은 기본적으로 인간학이라는 사정에 있다.

무제를 말할 때 저자는 한곳에서 다 말하지 않는다. 말할 수 없었다는 사정도 포함된다. 무제의 치적이 많고 치세 기간이 길며 생존해 있다는 사실이 사마천을 더 조심하도록 했을 것이다. 「금상본기」今上本紀를 썼다고는 하나 지금은 전해지지 않고 현전하는 「무제본기」武帝本紀는 후대 사람 저소손褚少孫이 「봉선서」封禪書에서 무제 부분을 가져온 것에 불과하다. 「흉노열전」의 경우, 「이장군열전」李將軍列傳을 앞에 두고 다음 편엔 「위장군표기열전」衛將軍驃騎列傳이 와서 세 편의 중간에 위치한다. 세 편 모두 무제 때 가장 큰 사업이었던 흉노정벌이란 테마로 꿸 수 있는 열전이다. 사마천은 무제시대의 유명한 장군들을 다루면서 당대의 정벌 행위라는 현상을 서술하는 데 그치지 않았다. 흉노와의 관계가 어떠했는지 대외관계사라는 역사화 작업을 시도한 것이다. 이렇게 사건을 시간으로 계열화할 때 당대의 큰일이 역사라는 원근 속에 들어가 평가의 지평이 넓어진 가운데 자리 잡게 된다. 바꿔 말하면 무제 역시 역사라는 시간의 지평 안에 놓인다. 「봉선서」에서도 무제 부분 비중이 제일 크다. 무제를 중심에 두지 않고 국가 제사라는 테마 안에 무제의 자리를 집어넣어 역대 공식 행사의 시간계열이라는 큰 틀에서 무제의 행위가 검토될 수 있도록 한 것이다.

　무제를 넓은 시야에 놓고 인식의 지평을 확대하면 무제를 어느 한 편을 근거로 평가하는 일은 일면적이다. 무제 시기에 활동했던 인물 전체를 함께 범위에 넣고 따져야 한다. 「혹리열전酷吏列傳」도 포함되어야 한다. 이것이 무제를 평가하는 1차 작업이다. 그 작업 위에 현대사를 다루는 사마천의 문제도 염두에 두어야 한다. 쉬운 작업이 아니다. 사마천 이후 후대의 기록자들이 무제를 어떻게 평가했는가 하는 것도 필요하다. 그들과 비교할 때 사마천의 시각이 더 선명해지기 때문이다. 무제와 인척관계이기도 해서 위장군(위청)은 자살한 이장군(이광리)보다 위세가 높았지만 후대 사람들의 높은 평가는 이장군 쪽으로 쏠려 있다. 사후 평가가 변한 것이다. 사후 여러 평가를 받은 무제와 현대사로서 사마천이 다룬 무제를 대조할 때 무제의 평가와 관련해 사마천의 접근이 얼마나 객관적 거리를 유지했는지 알 수 있을 것이다.

무제 평가 문제를 다른 쪽에서 생각해 보면 사마천 당시에 통용됐던 '당대적 사고'를 고려해야 한다. 당시의 '당대적 사고'란 구체적으로 무엇을 말하는가. 한마디로 '훌륭한 점은 찬양하고 잘못한 것은 비판한다'는 생각이다. 이 생각은 중요하다. 사마천이 『사기』를 통해 확립시켰고 후대에도 인용하고 선망했던 지식인의 원형이 이 안에 담겨 있기 때문이다. 유가들이 부러워했으나 실제로는 짧은 순간에만 가능했던 지향점. 현대에도 여전히 말썽을 일으키는 문제이기도 하다.

「사마상여열전」司馬相如列傳은 당대적 사고를 담은 문제작이자 모델이 되는 작품이기에 귀중하다. 사마천이 전문을 인용한 「대인부」大人賦는 부賦라는 운문문학 형식의 모범을 보여 주면서 무제를 염두에 두고 황제를 찬양한다. 이 작품을 두고 화려한 수사와 언어적 아름다움으로 무제를 상찬하면서 사마상여가 한 시대와 인물을 호도했다고 재단해서는 안 된다. 사마상여의 작품을 정치권력/체제에 대한 아부로 읽는 어리석음을 범하지 말아야 한다. 우리가 흔히 저지르는 실수다. 「사마상여열전」에는 무제의 무리한 정책에 대한 사마상여의 분명한 비판이 함께 수록돼 있다. 좋은 것은 좋다 하고 나쁜 점은 잘못했다고 비판할 줄 아는 선비의 균형감각이 결국 「사마상여열전」의 주제였다. 이는 당대 지식인의 모범상이었던 것이다. 환언하면 당대 지식인의 본보기로 「사마상여열전」은 씌어진 것이다. 인물의 실존성이 여기서 중요하게 드러난다. 상상이 아니라 실제 있었던 일이었고 실체로서 지향점이 마련된 것이다. 「사마상여열전」에 작품 전문이 길게 인용된 이유도 작품을 통해 사마상여의 진면목이 드러나기 때문이다. 「사마상여열전」은 한순간 가능했던 이상적인 조화의 정점에 해당하는지도 모르겠다. 누구나 소망하는, 조화와 긴장이 존재했던 시대의 증거로서. 「사마상여열전」은 한 시대를 사는 선비의 원형이 된다. 사마천에겐 소중한 작품임에 틀림없었을 것이다.

사마상여는 어찌 보면 행복한 지식인이어서 칭찬과 비판이라는 균형 상태를 유지할 수 있었다. 사마상여의 환상이고 착각이라고 해도 좋다. 그는 자신의 글로 무제의 장점과 단점(둘 다 통치자로서 공식적인 지위를 염두에 두었다)을 기록했고 이 행동이 지식인(=기록자)의 역할로 자리 잡게 된 것이다. 불행히도 어떤 시대도 균형은 위태로웠고 실패하면 그 대가는 생명을 잃는 것이었다. 시대가 지날수록 더 나빠졌다. 이전 시대에도 좋은 시기는 드물었다. 이럴진대 사마천의 무제 비판을 어떻게 보아야 하겠는가.

전통시대에는 최고 통치자를 중심으로 국가정치를 바라봤다. 지도자가 근본(인물)本이었기 때문에 그들을 핵으로 놓고 기록紀(이때 '紀'라는 글자도 벼리·중심선이란 뜻이다)하는 게 당연했다. 사마천 이전도 그러했고 사마천 이후에도 변함없는 전통이었다. 최고 지도자에 대한 평가가 중요할 수밖에 없었다. 시법諡法이라 해서 통치자를 한마디로 평가하는 무모한 작업도 이와 관련된다. 무제武帝라는 칭호도 신하들이 '무'武라는 시호를 올린 데서 연유한다. 장수절張守節의 『사기정의』史記正義에는 「시법해」諡法解가 실려 있는데 무武에는 뜻이 많다. "剛彊直理曰武"라고 했는데 장수절은 "강剛은 무욕無欲, 강强(=彊)은 불굴不屈, 충서忠恕를 품고 곡직曲直을 바로잡는 것"懷忠恕, 正

曲直이라고 풀이했다. 욕심 없이 불굴의 의지로 충서를 마음에 담고 시비곡직을 바로잡은 업적을 세운 왕에게 붙이는 칭호라고 볼 수 있겠다. "夸志多窮曰武"라는 시법도 보이는데 장수절의 풀이에 따르면, "뜻을 크게 갖고 군사를 동원해 최대한계까지 잘 실행했다"大志行兵, 多所窮極라고 했다. 한 제국의 무제는 이 뜻일까? 좁게 말하면 사마천은 시법을 위한(즉 평가를 위한) 기초자료를 제공하는 기록을 광범위하게 했다고 할 수 있다. 사마천 당대 시기의 기록이 동시대인에 의해 가장 풍부하게 채록된 예가 된 것이다. 현대사를 다룬 사마천에 대해서는 따로 테마를 마련해야 할 것 같다.

맺으며:

『사기』가 걸작인

이유를 생각하다

이제 궁극적이며 가장 기본적인 질문을 할 시간에 도달했다. '『사기』가 걸작인 이유는 무엇인가?'

이 질문은 두 방향에서 생각해 볼 수 있다. 첫번째는 고전으로서 어떤 자질을 가졌는가를 이야기하는 것이다. 두번째는 『사기』가 지닌 고유한 특성이 무엇인가를 따져 보는 것이다. 전자는 고전의 일반적인 특성, 혹은 공통된 면을 진술하는 것으로 보편성이라 명명할 수 있을 것이다. 후자는 그만의 색깔을 말하는 일이니 개별성이라 말할 수 있겠다. 개별성과 보편성은 충돌하지 않는다. 내 관심은 앞의 작업보다 개별성 쪽에 놓인다.

문학적 보편성을 염두에 두고 글을 썼기에 책의 내용은 보편성을 이루는 세목에 집중했다. 인물 형상화를 설명하거나 작품의 짜임새를 짚어 보거나 하며 감정을 움직이는 붓의 놀림새에 주의를 기울여 문장을 분석한 것이 그 예가 될 것이다. 간결한 필법을 거론하고 심리 묘사를 꺼낸 것도 이와 관련된 사항이었다. 이런 세부들은 수긍할 만한 요소이기는 하나 곧 다른 의문이 따라 나온다. 『사기』가 놀라운 형식적 특성과 본받을 만한 내용, 테크닉을 가졌다고 요약한다면, 『사기』를 그렇게 만든 것은 무엇이었을까? 이것은 근원적인 질문이다. '삶이란 무엇인가'라는 질문처럼 정답이 있을 수 없다. 나는 여기서 과감한 추론을 시도해 보려고 한다. 근원적인 질문을 던지는 이유는 『사기』의 개별성이라는 문제와 맞닿아 있기 때문이다. 욕심을 부린다면 과감한 추론이 토대가 되어 사고의 밑둥이 자라나 고전의 보편성에 대한 의견과 연결되길 바란다. 더 나아가 예술 일반에 대한 사고로 이어지길 소망한다.

가까운 예를 들어 설명을 시도해 보자. 재즈를 좋아하시는지. 재즈는 먼 나라 이야기니 판소리로 시작해 보자. 나는 판소리가 훌륭한 예술이라고 생각한다. 판소리에 관계하시는 분들은 전통이며 민족을 가져와 판소리를 말하는데 그런 장식 없이도 판소리는 예술로서 충분히 홀로 설 수 있다. 그러나 판소리가 뛰어난 예술이라는 확고한 사실에는 유보 조건이 달린다. 판소리의 현재 자리는 어디인가를 생각해 보아야 한다는 말이다. 나는 판소리의 현재성을 묻고 있다. 현재성에 대한 의문은 판소리의 예술성을 재고하도록 이끈다. 직설적으로 묻자. 판소리는 발생하던 당시의 에너지를 여전히 뿜고 있는가. 나는 뿜는다는 표현을 썼다. 품고 있다고 하지 않았다. 판소리엔 예술로서의 아우라가 충만하고 지금도 에너지를 품고 있다고 생각한다. 듣는 사람의 감정을 쥐었다 놓는 그 힘이란. 한데 내가 말하는 유보 조건은 판소리가 민속예술로서 존재하는 게 아닐까 하는 의구심을 가리킨다. 판소리는 완숙기에 도달한 게 아닐까.

판소리는 우리 사회의 제도적 뒷받침에 의해 지탱되고 있지 않은 가. 판소리가 어떠한 지원이나 뒷받침 없이 오로지 자신만의 힘으로 호소력을 발휘하고 매력을 발산하며 미래에도 생명력을 유지할 수 있을까. 판소리는 에너지를 품고 있으나 그것은 숙달된 테크닉에서 세련됨으로 진화한, 익힌 기술이 아닐까. 이 말은 판소리를 폄하하는 표현이 아니다. 오해 없기를 바란다. 판소리가 태동하고 성장할 때 거기엔 활력이 있었다. 초기 명창들의 목소리에는 예술로 대접받지 못하는 괴로움과 한恨과 고통이, 무엇보다 불안감이, 불안에서 생기는 긴장감이 팽팽하다. 그것은 노련한 자질로 선명하게 창을 하고 감상하는 지금의 세련성과는 다른 양상이다. 나는 그들이 느꼈던 불안감이 역설적으로 예술의 근거라고 생각한다.

재즈도 마찬가지가 아닐까. 재즈가 훌륭한 음악임을 누가 부정하랴. 재즈는 클래식 음악과 거의 동등한 지위에 오른 것으로 보인다. 정신이 번쩍 들게 만드는 연주—경이로운 감각은 듣는 사람을 감동시킨다. 재즈의 감흥과 기쁨은 미래에도 계속 이어질 것이다. 재즈 뮤지션 누구도 믿어 의심치 않는 사실이다. 그런데 재즈가 처음 등장했을 때에도 이랬을까? 아메리칸 컬처에 대한 논의 중 재즈가 인류에 공헌한 문화 가운데 하나라는 평가에 유보 없이 동의한다. 재즈가 태생부터 이랬던 것은 아니다. 지금 재즈는 완성된 예술품으로 확고한 지위를 누리고 있다. 재즈 뮤지션들은 재즈를 존경하며 연주한다. 세련됨과 우아한 아름다움으로 재즈는 연주된다. 재즈가 태어나 발전하고 완성되기까지 무수한 뮤지션들이 재즈에 헌신했음은 두말이 필요하지 않다. 그들이 재즈에 삶을 걸었던 것은 역설적으로 재즈가 예술로서 존재하지 않았기 때문이었다. 다른 예술에 비해 천대받고 존재조차 의심받을 때 그들은 재즈를 음악으로 인정받고 예술로 만들어야 했다. 그들이 재즈를 재즈로 만든 것이다. 뮤지션들이 품었던 절박함과 불안감이 그들을 긴장하게 만들었고 긴장감은 재즈에 전례 없는 활력과 역동성을 불어넣었다. 보상받을 가능성이 확실치 않은 상태에서 그들의 열정과 몰두가 재즈를 희열의 경지로 몰아간 게 아닐까.

완성된 예술로서 재즈가 품은 세련과 우아함은 발생기에 꼴을 만들어야 했던 음악으로서 재즈가 지닌 다이너미즘이나 활력과는 다르다. 재즈는 더 이상 존재를 위해 투쟁하는 몸부림이 필요치 않다. 그럴 필요가 사라졌다. 대신 잃은 것과 얻은 것이 있다. 재즈가 예술이 되는 순간, 세련과 우아함을 얻었고 다이너미즘과 와일드함을 상실했다. 이것은 삶과 죽음이라 명명할 수 있는 예술의 통상적인 운명일까.

문학의 경우도 크게 다른 것 같지 않다. 일본의 뛰어난 비평가이자 사상가 가라타니 고진柄谷行人은 근대문학의 종언을 말했다. 세간에 퍼진 오해와는 달리 그는 문학의 죽음을 말한 것도 아니고 문학의 가치가 없어졌다고 주장한 것도 아니다. 근대문학의 기원을 깊숙이 탐사했던 그는, 근대문학이 했던 어떤 역할이 이제는 끝났음을 이야기한 것이다. 근대문학의 종언이란 근대문학의 '특별한 역할'이 끝났다는 진단이었다. 근대문학의 특별한 역할이란 무엇인가. 그것은 근대문학이 짊어졌던 커다란 사회적 기능을 가리킨다. 근대국가 만들기와 밀접하게 연동된 거대담론들——사회계몽, 민중

계도, 국가건설 등등. 작가들은 기자이면서 기록자였고 고발자였으며 사회지도자였고 지식인이었다. 지사적 지식인의 글쓰기라고 이름할 수 있는 역할을 근대문학이 온몸으로 감당했던 것. 글쓰기의 주체가 교육받은 지식인/성인/남성이어야 했고 테마는 사회성이 중심이며 리얼리즘이 지향점이었던 예술.

가라타니 고진은 이런 근대문학의 역할과 기능이 종점에 도달했다고 선언함으로써 근대문학이 아닌 새로운 문학의 가능성을 열어 놓았다. 그는 역설적으로 근대문학을 새롭게 읽을 방법과 지향점을 제시한 것이다. 가라타니는 근대문학의 탄생과 죽음을 이야기하면서 한 예술의 생애를 조망한 게 아닌가. 종말을 선언하니 기원이 새롭게 보인다. 일본 근대문학의 기원을 다시 보면 무엇이 보이는가. 근대문학의 기원을 얘기하자면 언급하지 않을 수 없는 주요한 정서가 감지된다. 그것은 불안감이다. 근대를 대표하는 뛰어난 소설가 나쓰메 소세키夏目漱石의 작품을 이루는 중요한 정서가 불안감이다. 기원에는 늘 어떤 불안감이 배어 있는 것일까.

『사기』의 경우는 어떨까. 판소리나 재즈 혹은 근대문학이 걸어온 길을 되짚어 보면 시작 지점에 있는 텍스트로서 『사기』가 보인다. 『사기』에 대해 통상 하는 말이 있다. 최초의 체계적인 저술. '최초'란 타이틀은 오래전에 씌어졌다는 의미를 담고 있기도 하지만 최고最古라는 뜻에 한정되지 않는다. 『사기』 이후 수많은 저술이 그가 닦아 놓은 체제(=형식)에 따라 글을 썼으므로 최초와 체계라는 말은 분리할 수 없다. 논자들은 전傳 형식이 중심인 사마천 체제의 우수성을 이구동성으로 칭찬한다. 그럴 만하다. 전통의 창시자, 장르의 발명자를 누가 홀시하겠는가. 다시 한번 물어보자. 사마천의 위대한 업적은 수긍하겠다, 그렇다면 사마천이 형식을 창안할 수 있었던 근본 동인은 무엇인가? 이 질문은 『사기』가 왜 그만의 고유성으로 고전이 되었는가라는 질문과 다르지 않다. 사마천에 대해 어떤 칭찬과 찬사를 늘어놓든 다시 되묻고 싶은 것이다. 사마천이 그런 글을 쓰게 된 원인은 무엇인가. 『사기』의 장점과 배울 점을 구체적으로 늘어놓은 것도 이 질문을 위한 준비였다. 어떻게 사마천은 걸작을 쓸 수 있었던가. 나는 창작심리라 할까, 어두운 마음속을 탐사해 보려는 것이다. 나는 '절박감과 불안'이 작가를 움직였다고 생각한다.

사마천 당대로 돌아가 보자. 사마천은 전례 없는 글을 쓴다는 무거운 임무를 떠맡았다. 세 가지로 요약할 수 있다. 아버지가 남긴 유언이 있었다. 이릉을 변호하다 죽을 고비를 넘겼다. 저술을 진행할 때 주변에서 매서운 눈들이 지켜보고 있었다. 이릉 변호는 저술의 자부심이 두려움으로 바뀌는 계기였으며 아버지의 유언은 절망감을, 주변의 의심은 글쓰기의 괴로움을 가중시켰다. 그의 불안감은 컸다.

그는 어떤 방법으로 감당해 냈을까? 사마천의 첫번째 시도는 이전부터 내려오는 저술의 전통을 잇는 것이었다. 연대기의 장점을 흡수하는 것. 그러나 기사記事·기언記言의 전통만으로는 불충분했다. 전통에서 흡수할 수 있는 요소는 다 받아들이되 자신만의 논리로 새 틀을 짜야 했다. 새로운 방식은 전傳으로 응집된다. 잠깐 생각해 보자. 사마천은 자신의 집필이 훌륭해서 후대에 길이 남으리라 생각했을까. 그렇지 않았으리라. 사마천이 「태사공자서」 끝에, 산속에 간직해 둔다고 말한 것은 의례적인 겸사가 아니었을 것이다. 이 말에 배어 있는 정서는 불안감이다. 사마천은 저술 내내 절박감에 시달리고 불안에 내몰렸다. 그럼에도 절박감과 불안감은 작품 속에 긴장감을 불어넣었다. 『사기』에서 느낄 수 있는 활력은 여기서 기인하는 것이 아닌가.

『사기』는 최초의 체계적인 저술이었다. 이 말은 후대에 평가가 확정된 후 안심하고 이야기하는 것이다. 사마천 자신이 최초라는 말을 의식했다 하더라도 그것은 찬사가 아니라 미지의 땅에 첫발을 내딛는 불안감이었다. 미답지를 걸어가는 기술자記述者의 두려움. 최초라는 말에는 모든 게 완성된 후대의 시선들은 헤아리기 어려운 부담이 묻어 있다. 사마천이 창안한 형식은 지금은 당연해 보이나 그때에는 주어진 형태(the given, 소여所與)가 아니었다. 자동적으로 도달한 지점이 아니었다. 지금 예술은 이미 주어진 형태로 존재해 거기 들어가면 되지만(이것도 쉽지 않다) '창시한다'는 행위는 다른 차원의 얘기다.

예상되는 반론이 따라온다. 불안감이 예술의 동인이라면 불안이 없으면 예술이 성립할 수 없는가? 나는 불안 자체를 이야기하는 게 아니다. 예술의 경지까지 다다르게 한 어떤 정서 상태를 이야기하려는 것이다. 불안·긴장만으로 어떻게 예술이 되겠는가. 그것 없이도 예술은 존재할 수 있다. 그러나 모든 예술이 아니라 『사기』가 갖는 고유성에는 그만의 색깔이 있고 나는 그것을 불안과 긴장감이라 명명했던 것이다.

불안감은 예술의 필요조건이지 충분조건이 아니다. 예술로 성
장하려면 비옥한 토양이 있어야 한다. 사마천에게는 유리한 조건이
있었다. 그가 기록관史이라는 사실. 그는 조정의 기록을 자유롭게
볼 수 있었다. 무제 때 유교가 유일한 관학官學으로 성립하는 시기였
다는 점도 무시할 수 없다. 조정으로 들어온 수많은 서적을 보는 자
리에 있었던 것. 사마천이 숙련된 기록가였다는 경험도 빼놓을 수
없는 조건이었을 것이다. 거꾸로 말해 보자. 자료가 풍성하고 숙달
된 솜씨를 가졌을 때, 예술이 탄생할까. 가능할 것이다. 고전이 되려
면? 모든 조건과 기회를 다 뭉쳐 놓아도 환원되지 않는 어떤 기운,
혹은 총합을 뛰어넘는 어떤 정서적 울림이 있어야 한다. 그것이 불
안감이건 공포건 괴로움이건 무無로 돌아가려는 의지이거나 정열
이건. 나는 『사기』에서 불안감을 느꼈고 긴장감에 움찔했던 것이다.

다른 방향에서 접근해 일반화시켜 얘기해 보자. 현실에서 직접
부닥치는 불안감과 긴장은 견디기 쉽지 않다. 그런데 연극이나, 영
화, 소설, 시나 음악, 미술을 접하면서 겪게 되는 불안감, 심지어 공
포감은 사람을 고양시킨다. 왜 그럴까. 형식을 사이에 두고 있기 때
문이다. 바꿔 말하면 예술은 형식이다. 어떤 이들은 형식을 고정된
틀로 생각해 갑갑해하지만 예술은 근본적으로 형식이라는 일정한
질서를 떠나서는 성립하지 못한다. 감정이라는 휘발성/폭발성 강한
정념을 컨트롤해서 통제해 주는 장치가 예술이다. 일정한 질서가
있기에 감정은 제 꼴을 갖추게 되고 감상할 수 있는 대상으로 변모
해 객관화할 수 있는 구체물로 이해할 수 있게 된다. 질서를 통과할
때 벌어지는 현상을 카타르시스라 부르기도 하며, 크게는 간접 경

험이라 하기도 하며, 결과를 중시해서 예술적 효과라고 이름하기도 하며, 어떤 사람은 몰입이나 감동으로 표현하기도 한다. 언어를 매개로 할 때 문학이라 지칭하는 것은 널리 알려져 있다.

사마천이 전傳이라는 서사형식을 창안했다는 말은 질서를 부여하는 자기만의 방식을 찾았다는 말이다. 전傳이라는 형식 안에서 이야기 덩어리가 서사로 변모하는 질서를 얻었다고 할 수 있다. 전傳 양식의 유구한 생명력을 떠올려 보자. 그것은 이야기를 끌어안은 것이지만 이목구비가 수려한 자식을 낳은 것이었다. 자식은 잘 자랐다. 인간의 큰 족적이 여기 담겼다.

사마천이 창조한 세계를 위와 같이 요약할 수 있을 것이다. 그것은 『사기』의 개별성이면서 동시에 형식이라는 장치를 통해 보편성으로 나아가는 길이기도 했다. 2천 년이나 되는 전통시대 내내 그 형식은 널리 받아들여져 지속되었으니 보편성이라 부를 수 있으리라. 사마천이 확립한 '뛰어난 기록으로서의 문학'을 전통이라는 이름으로 박제화하지 않고 투항적 존경심으로 방치해 두지 않으며 조건 없이 추종하는 안이함에서 벗어나 생명력을 개신할 수 있을까. 옛것이 새것溫故知新이라 하든 옛것으로 새것을 창조法古創新 하든, 예술은 형식이긴 하나 끊임없이 새로워지는 형식이라는 점에서 자기 파괴적인 형식이라는 사실을 명심해야 하리라.

『사기』의 구성

※『사기』는 총 130권의 책으로 크게 다섯 부분으로 구성되어 있다. 제왕의 사적을 기록한 본기(本紀), 각 시대의 역사를 연표 및 월표로 일목요연하게 정리한 표(表), 정치·사회·문화·과학·천문학 등과 같은 제도(制度)를 주제별로 기록해 문화사나 제도사로 읽을 수 있는 서(書), 제후들의 역사인 세가(世家), 인물들의 전기가 중심인 열전(列傳) 이렇게 다섯 부분이다. 각각의 목록은 다음과 같다.

▶본기 12권

권1 「오제본기」(五帝本紀)

권2 「하본기」(夏本紀)

권3 「은본기」(殷本紀)

권4 「주본기」(周本紀)

권5 「진본기」(秦本紀)

권6 「진시황본기」(秦始皇本紀)

권7 「항우본기」(項羽本紀)

권8 「고조본기」(高祖本紀)

권9 「여태후본기」(呂后本紀)

권10 「효문본기」(孝文本紀)

권11 「효경본기」(孝景本紀)

권12 「효무본기」(孝武本紀)

▶표 10권

▶서 8권

▶ 세가 30권

▶ **열전 130권**

권128 「귀책열전」(龜策列傳)

권129 「화식열전」(貨殖列傳)

권130 「태사공자서」(太史公自序)